伪人

赵彦 著

南方出版传媒
花城出版社
中国·广州

图书在版编目（CIP）数据

伪人 / 赵彦著. -- 广州：花城出版社，2021.11
ISBN 978-7-5360-9303-4

Ⅰ. ①伪… Ⅱ. ①赵… Ⅲ. ①长篇小说－中国－当代
Ⅳ. ①I247.5

中国版本图书馆CIP数据核字(2021)第160872号

出 版 人：肖延兵
策划编辑：朱燕玲　李倩倩
责任编辑：许泽红　李嘉平
技术编辑：凌春梅
封面设计：姚　敏
封面供图：关　山

书　　名	伪人 WEIREN
出版发行	花城出版社 （广州市环市东路水荫路11号）
经　　销	全国新华书店
印　　刷	佛山市浩文彩色印刷有限公司 （广东省佛山市南海区狮山科技工业园A区）
开　　本	880毫米×1230毫米　32开
印　　张	12.25　　1插页
字　　数	230,000字
版　　次	2021年11月第1版　2021年11月第1次印刷
定　　价	49.80元

如发现印装质量问题，请直接与印刷厂联系调换。
购书热线：020-37604658　37602954
花城出版社网站：http://www.fcph.com.cn

小说,正背离它原本的样子,
向全书倾斜而去。

——卡尔维诺

目 录

第一章	1
第二章	41
第三章	58
第四章	78
第五章	88
第六章	102
第七章	131
第八章	147
第九章	162
第十章	182
第十一章	201
第十二章	226
第十三章	235
第十四章	252
第十五章	259

第十六章	272
第十七章	280
第十八章	298
第十九章	306
第二十章	328
第二十一章	335
第二十二章	356
第二十三章	361
结尾	372
后记　现实与虚构之双生花	377

第一章

　　我本来自己可以成为一名小说家的。这是我妈妈自小对我的期望,我的意思是说,在我妈妈早年的人生词典里,有一个写爱情故事的作家儿子是她浪漫的一个词条,夹杂在其他模糊又实际的内容里让她的少女时代闪闪发亮。后来,经历了一个凌乱的青春以及一场狗屎的婚变之后,她放弃了这个希望,但我在她生活里的重要性仍旧没有降低,因为我并非与她并列的"另一个人",而是她的剩余部分,她的补充能量,她的深藏的内部,她的隐性的外延,她的不可及的高山,她的不可抵的月球,她的对面的镜子,她的后面的窗户,她的词典,她的索引,她的后传,她的可转动的水晶球,她的月光宝盒……我和她的各种隐喻合而为一。从她的少女时代她就对自己有很多误解,连带着对我也产生了很多误解,尽管这种误解让我受惠不少,但没有人能够忍受得了她那种没有地平线的浪漫主义,或者说有任意地平线的实用主义,有时候这种实用主义还以阴晴不定的方式表现出来,因而可想而知,我父亲与她离婚了(尽管我父亲也不是个好丈夫),

之后，在失败婚姻的阴影之下她加剧了这种自我认识，而作为一种结果，我哥哥和我，就成了两个"问题孩子"：我哥哥成了一名在各个领域里整齐失败之后又急速转型的叛逆者（尤其在他的少年时代），而我则想尽一切办法逃离他们，我十五岁就离开我妈妈进了一所寄宿学校，后来又去了离家最远的一个城市上了大学，之后彻底远离了她。

故事正是从这里开始的，从我某一天想为什么我自己不能成为一个作家而要研究假作家波尼开始——结论显而易见，我不是当作家的料，从我上学的第一天起我的理科就与文科在成绩单上比翼双飞，也就是说，我脑子里的东西整整齐齐、明明白白，各种路径清晰可辨、泾渭分明，我的想象力一直处于被理性监视和无条件限制的境地，每次当它试图从现实的平地起飞，我理智的地勤就给它一枚不会迷路的罗盘，可想而知，我自小既喜欢《飞碟探索》《兵器》之类的杂志，又喜欢《少年文艺》，也很有可能，我还喜欢前者更多一点。重要的是在后来，高考过后，我所报考的那所大学招生办的工作人员不知怎么的，或是弄错我的档案，或是有意为之，将我调去了文学系而不是物理系（尽管报考文科和报理科于我都一样，但我暗暗地想成为一名科学家）。好吧，事情就是这样了。尽管我感性部分和理性部分在大脑里平分秋色，两块不相伯仲的面积整齐地供养着我思考力强大的脑袋，但我的人生就有了这样一个被迫的不是那么正确的起点。

就这样，我的故事开始了。

我经常想，要是在我的人生阶段不被别人犯点错，要是一切按部就班，按兴趣选的是理科专业，要是我的母亲打少女时代就不那样神经质挑剔苛责、无故抱怨人，要是我父亲不是只连根汗毛都珍惜的铁公鸡，要是我在三十多年前的那个夜晚不是那么拼命地跑在众精子前面，要是地球上没有那些营养丰富的肥料把我变成一颗尖嘴猴腮的精子，要是地球上压根儿就没有那些肥料……我就不会在这里写这些东西，就不会去研究波尼了。

波尼是一个不存在的假作家。

这是我最近的研究课题之一。也就是说，我知道这个假作家的一切：他的出生地，他的童年，他的诗歌风格，他的命运多蹇的母亲，他的残暴的酒鬼继父，他早年生活的那座多雨而溽热的海港城市，他的自杀的弟弟，他的诗友，他的不可计数的正式和非正式女友及早逝的妻子，他的小说和他的最终结局……

应该说是我的不着边际的想象力和反叛念头先怀上了他，然后我的课题压力催生了他，让他成为我的一名研究对象。作为一个一文不名的文学研究者，我整天都在费尽心思地找新的研究对象，直到波尼这个名字带着他可能的中文发音有一天来到我跟前。当然了，要把他研究出一个结论来，并把结论应用进我们真实的文学世界里，比方说对一些大学写作中心的年轻作家、作协或热心读者产生影响，就得像真正的文学研究工作者那样，亦步亦趋地收集资料并深入到他的生活中去，哪怕他生活在一个假世界。我于是给自己制订了一份历时三年的研究计划，我在课题报告上也是这样写的,我的这个计划包括四五座要寻访的城市(最终我放弃了这个寻访计划)、西班牙语作为主要语言的资料卡收集和整理(这个我后来也放弃了,最后只留下西班牙语)、写作时间表(也放弃了)、经费支出、如何发表和出版,以及后人可能的话如何为这本书做传记。我趁着短暂烧起来的灵感的余光把研究计划可行性的角角落落都照了一遍,对我来说,难的可能是如何自圆其说地把这个假作家的生活继续下去,因为目前我不知道他最终会写些什么。对一个不存在的作家进行调查和杜撰,我并非第一人,也不会是最后一个。就在不久前,在我冒出要将说西班牙语的波尼作为我的研究对象前,我还将英国作家朱利安·巴恩斯那本福楼拜的假传记《福楼拜的鹦鹉》又读了一遍,目的是核实这部既像小说又像传记的玩意儿到底透露了哪些写作上的秘密;我把波拉尼奥的《2666》前两章涉及的第五章的主人公、失踪作家阿琴波利迪也研究了个透——我一直有个错觉,阿琴波利迪既是阿马菲塔诺,同时又是波拉尼奥本人,读者只要对其中任何一个有兴趣就会发现这三者如此相像;博尔赫斯的《沙之书》以及意大利翁伯特·艾柯的《傅科摆》;佩索阿和他那十几个诗歌中的化身,也就是假佩索阿……十几年前,一位朋友在一所大学教授比较文学的朋友就提醒过我了,要提防作家们的花招,因为在作品中设置陷阱是他们的拿手好戏。我最近发现另一位意大利作家卡尔维诺也胡编乱造过一个不存在的作家,一个假借他本人的名字追索未果的"卡尔维诺",在那部小说中,他的同名人也写了一部《寒冬夜行人》，但这本书的章节却散落在世界各地，于是真正的小说主人公，两个读者——后来成为一对眷侣的年轻人，在书中展开了对"卡尔维诺"和小说《寒冬夜行人》的追索……作家们似乎老是会对不存在的同行感兴趣，其原因很好理解：当他们能够虚构一切后，虚构就不再是件有吸引力的事了，相反，对谁在虚构这件事非常好奇。写一个不存在的作家同行有时候就像用一面镜子照看另一面镜子里的自己，或者说用一架显微镜将镜头对准另一架显微镜——把它同类的粗准焦、镜筒、通光孔一一拆卸下来放在它自己的镜头下观察。这么做的目的最初是为了得到一个关于"显微镜"的确切而科学的概念，但最后却解构了它，因为它看到的不过是一些失去功能的平凡的局部。我不知道这样理解对不对。至于我本人，一个从未写过小说的文学研究者，一个只读言情小说的老妇人的儿子，研究一个作家纯粹是为了我某种不可告人的目的——一方面是为了打发时日，另一方面是为了对我的研究工作有个交代。鉴于我从未写过小说，唯一出版的书是一本评论不像评论、词典不像词典的大杂烩，在那本书中我牵强附会地把几个作家的人格表现、创作动机与一些动物联系起来，为的就是夺人眼球，让这本书登上文学类书籍的畅销图书榜，结果尽管我殚精竭虑编辑，也在书市上尽力吆喝，那本书也只卖掉了几百册，至今出版社还有很多库存。我知道自己不是写书的料，从此之后我就不再在创作上动歪脑筋了；物极必反，我打算走上另一条路，去写一本卖不掉的书，如果我写的那本书只能销售掉几册，那我就更成功了，最好的情况是根本没有人买而出版社愿意出，也就是实现零销售。但这件事我迟迟没做，不过我对自己有足够的信心。既然我是一个文学研究者，为什么要像别人那样去研究文学中的"成功学"，而不是以身试"学"去研究"失败学"，去做一个失败案例呢？比方说，一个假的失败的作家。研究一个假作家的念头就是这样出来的。我还想，为什么作品就得由一两个人写成，而不是由一群人或者无数的人呢？为什么是真人而不可能是假人呢？为什么虚构不能虚构自身呢？既然到这个份上，我就直说吧，我研究波尼的项目已申请到了研究经费，我不费吹灰之力就得到了肯定的申请批复是因为审批这个项目的官员根本不认识什么作家，那家伙是夜大毕业的，他的文学常识只停留在民间文学和童话故事上，最多只比这多一点点，因而我申报时把波尼描述成一个被忽略的作家没有人怀疑这一点。截至目前，有名的作家都已被请到研究学者的名单上了，有的甚至反复被邀请。审批者可能也看那几个名字看得不耐烦了，因而我借了这股东风刚递交上可行性报告不到半个月就出结果了，负责项目上报的同事给我打电话说我下个月就可去账务看到账的款项。

我和妈妈说这件事。听得出来我妈妈对这事并不感兴趣，她只是一个劲地、如常地向我抱怨小区物业至今没给她回复，她上周末刚刚给他们发出了第七封信。她每次都是在我说了一半我的事情之后插播进她自己的故事。她向小区物业反映小区广场舞的音乐分贝影响了她的睡眠，她几乎从住到这里的第一天开始就向他们反映这、反映那，几年前她开始失眠，实际上失眠的原因至今不明，但她将之归结于早上那些同龄人广场舞的音乐声音太大了的缘故。她的意思是说，在信中她也这样写道，鉴于她每天凌晨三四点钟才能睡着，锻炼的人五六点钟就开始在小区的空地上放音乐，导致了她体内一种不可重置的循环，也就说，由于她一直习惯于凌晨三点才睡觉，她没办法从这个时差中倒过来，这让她简直生不如死。因而她的白天都是从中午十二点开始的。运气好的话她十一点钟能够醒来。这个作息习惯让我们只能在十二点后才能联系到她——她睡前会拔掉电话线。不过她几点钟醒来现在没有人太在乎了，因为她一个人住，自从退休后她也不用再去学校上课了，我哥哥一家住在老城区，他们很少来往，经常是我节假日回家我们才会聚在一起。我妈妈给小区物业里的工作人员写的每封信口吻都不一样，实际上她还用了两个化名给他们写信，一个是脾气暴躁的老头，一个是在读学生，另外一个就是她本人，为的就是引起他们的重视，也就是说，她要向他们证明向他们反映情况的不止一个人，备受那些愚蠢音乐声折磨的不止一家住户，上有老头，中有妇女，下有小。但这些信都石沉大海。她也没有接到过任何一个回复电话。

  我妈妈以为讲完这些后就会在我这里造成一个效果，就像以前那样，由她主导那根走向不明的情绪的细线让我跟着她一起在一些鸡毛蒜皮的小事上荡个秋千，因此在我还沉浸在我的项目拿到研究经费的喜悦中她就用那些个屁事来扫我的兴，理由就是因为我是她不存在的那一面呀，如果我不对她的这些个事做出反应的话，这个世界上还有谁会拿她当一回事呢。她没有什么闺蜜和邻居可来往的，学校里的那些女同事个个与她老死不相往来，我哥哥一家对她也没有兴趣，因而我应该是义不容辞地成为这类电话的倾听者。

"嗯？……你为什么不加入她们呢？嗯，我是说……和她们一起锻炼？用你那条小瘦腿？"

我妈妈觉得我这个用轻佻和不敬的语言组装起来的建议惹怒了她，因而她在电话里开始对我大发脾气。我听得出来，只要她不接我茬，我就知道她不高兴了。不过她从来不摔电话，只要她摔上一次，她就会永远也联系不上我。事实上无须我这样威胁她，因为她非常需要我的电话，除了我，她生活中没有其他了。因而我有足够的自信在这样的电话中说任意的话羞辱她，只要我愿意。不过我很少会拿话刺激她，那不是我的风格，我也没有什么幽默感，最多说几句不痛不痒的反话，再说我也不想与她闹掰。果然，在我说出"小瘦腿"这类不至于惹怒她的调皮话之后，她心平气和了下来。她觉得自己堂堂一个小学音乐老师怎么能混迹在那群连五线谱也不识的大妈中间呢。

我父亲几年前就再婚了。他与我妈妈离婚后也单了几年，但并没有闲着。我们很纳闷他居然在婚恋市场上非常抢手，他与我妈妈在形式上分居后第二年就有人找上门来了，但那时候他还不想找人。退休前我父亲工作不错,是一家国营饲料厂的一个小头目,长得也是一表人才,尽管比起我妈妈来差远了——他五十岁之后就开始谢顶了。他们离婚手续没拖太久,因为我与哥哥都赞成他们俩分开,那时候我已经在外地上大学了,我哥哥则有了女朋友,他整天在他女朋友家忙着扛煤气罐,帮她捯饬药店,一个星期也没几天回家吃饭。而我则觉得父母的离婚不过是履行一个手续,从我记事起他们几乎就不住在一起了,我们家永远有两个卧室,一间属于我妈妈,一间属于我爸爸,我与我哥哥则是两个机动的流民,前期视我们的成长情况而定,后期在哪里下榻则取决于在某个阶段他们的卧室哪间更大。再后来我们俩就悉数被轰到客厅里了,因为我们俩体形加起来超过了我们家任何一张床的宽度和长度,也使任何一间卧室显得拥挤,一直到最后我们家有了一套三室一厅。因而在我们的童年里没有窃听和窥视父母夜生活这样的情节和桥段。我哥哥完全是无师自通,通过阅读各类婚恋杂志与他那帮哥们的口口相传加一定程度上的面授——就我所知,他十五岁就有过一次完整的性经历了。至于我,我至今对这类男女之事不怎么开窍,我也不感兴趣,后面我会具体交代的。总之,我们家的情况就是这样,我父亲离异后有了很多女性朋友,大部分是自己找上来和别人介绍的,然后他再婚,与我们进行法律意义上的分道扬镳。我父亲那样的脾气其实很难与人长时间相处的,他花钱不但不大方,简直是吝啬,不过有的女的就不怎么在乎这一点,有的女的就是不喜欢在各个方面浪费钱,因而他就有了一个与他能够长时间相处的，有八年之久吧，也可能是更久，我们不大清楚，因为后来那女的就与他结了婚。那女的，现在我们称为后妈或者继母的人，前夫因病去世，有三个孩子，但我们对他们的情况几乎一无所知，我们只在一起吃过一次饭。不知怎么的，在这件事上我父亲有些躲着我们，尽管很多年前他就与我们很疏离了，他没有正式向我们介绍过她的家人，那三个孩子。我们与她——我们的后妈——仅有的一次见面也是在他家里，随后见面阵地转至餐馆，那里熙来攘往的人群模糊了她的真面目，不过没有人在乎她的真面目。我与哥哥都不在乎。现在我们已经与他们几乎没有了来往。我继母的那三个儿子我们则根本没有印象。不管怎么样，我父亲的这段婚姻总体上应该是幸福的，因为他们至少没有分开，我父亲还由此变得活力四射，居然在唯一的一次全体聚会上（除了我妈妈没参加）说了很多话，加起来比我们整个童年和少年时说的都要多。也不得不说，那女的，我们的继母，穿衣服也还是有点品位的，从这方面上说，我们的父亲看上的也不是随便什么人，尽管她只是名工厂内退的厂办工人。为了他的长治久安，我们希望我们的父亲与别人过日子后就改掉他那吝啬的臭毛病，如果不这样，会有第二个、第三个我妈妈。不过后来证明我们的担心是多余的，父亲再婚后就不再是我们的亲人了，我们拥有同一个姓，但他不再是我们兄弟俩的父亲了。至于我妈妈，也可能是被我与我哥早期的经历妖魔化了，她只是有点刚愎自用和神经质而已，没有那么不堪，他们俩离婚的账也不能全怪到她头上。想想看，任何一个女的都不愿意与一个小气的男人结婚呢。何况我妈妈还是个很有想象力的热爱弹风琴的文艺女。

因而我父亲对我们长成今天这样子几乎不用负责任，原因只是因为他对我们的影响微乎其微，甚至可以说没有。过去，在我们四个人还住一起时，他就接近于一个隐形人，一个有着庞大身躯却不行使任何家庭权力的大人，一个出于对金钱的珍爱而主动向我妈妈交出话语权的假的当家人。他从不出席我们任何有点意思的周末活动，因为这要花钱啊，每个星期天他都回他自己家去蹭我爷爷奶奶的饭，这样可以避免在买菜上花钱，而我妈妈习惯于周末都买鱼买肉犒劳我们。就是在平时，我们也只是在晚饭后才能看到他，那时我们都做完作业准备上床睡觉了，为了省电费，他蹑手蹑脚地来到他自己的房间，连灯绳也不拉。我父亲唯一的存在感是每月交给我妈妈的那笔少得可怜的生活费，名义上是关于我们兄弟俩的生活费，其实只够我们母子三人吃上半个月，但我父亲每次付完那笔开销就觉得万事大吉了，就像功臣一样，多余的一粒大米他都不会给我们买，一直以来是由我妈妈承担了我们大部分的学费和伙食费。我与哥哥花销其实很少，因为小学阶段我们就在我妈妈的学校里，学杂费是免的，但我哥哥爱折腾，比方说，也迷恋过一阵子球类，因而家里还有一些体育用具。我父亲对此做出的唯一贡献是给他买过一个篮球，原因很简单，我哥哥是长子，他以为这个篮球接下来还可以传承给我，一代一代地用，因而他的慷慨里还包含着一份长治久安的打算。不过，这也是我的猜测，因为那个篮球实际上只打了一个学期，到了第二个学期，我哥哥就对上面破了的几个洞皱起了眉头，也没有任何迹象表明我父亲会对此进行更新。因而，那是对我哥哥的那一套。对我就没有这个恩慈。不要说一个篮球，热爱看书的我至今也没有得到过他一本赠书，书比起篮球可便宜太多了，他也没有像其他父亲那样给我买过一张游泳票，没给我买过零食，哪怕是一块泡泡糖。只有一次，他送了我一只万花筒，是他自己做的，他把三块长条形的玻璃片用胶带纸黏成了一个筒状，之后用牛皮纸固定住，里面撒了些彩色的塑料碎屑。因此我的同学从他们的父亲那里得到的万花筒是圆形的，而我的是三角状的，不过不妨碍我看那一端用彩色玻璃纸和橡皮筋碎片制造出来的多变又美丽的世界。这是我童年最好的礼物了，我一直珍藏着它，一度将其作为父爱的象征提醒自己不要太过憎恨父亲。一直到很多年之后，我知道那个万花筒并不是他特地为我做的，而是他同事的作品，因为那位同事给自己儿子买了个新的，就顺手把自己DIY的给了他。一想到这个我伤心欲绝。电影《玻璃城堡》里一个穷光蛋父亲送给他四个孩子的圣诞礼物是几颗天上的星星。有一年圣诞节，身上没一个子儿的父亲把四个孩子分别叫到屋外的雪地上，他让他们抬头看星空，然后选一颗自己最喜欢的星星。他对他的儿女说，孩子们！你们选中的星星是我给你们今年的圣诞礼物。我给你们的礼物是最杰出的，你看，当别人的礼物都烂掉了，你们的礼物还在天上挂着呢。

我父亲绝不是这样的人。他绝不会送星星给我们，要是有星星也肯定要让它们长在泥土里，让它们长出利息来再送我们。他也从没给我们送过任何生日礼物或者其他节假日的礼物。相反，我妈妈倒是年年记得我们的生日，好像这是母亲的分内事，每一年我们生日的那天早上，我妈妈都会把我们的礼物包在一张报纸里塞进我们的被窝，好让我们醒来的第一刻就看见它。对于生日，我妈妈也有过度阐释的嫌疑，可能是因为我们的父亲过度失职，她过于看重这样的日子了，以至于我们有点不耐烦了。比如说，她会提前一个月就对我们说今年她要送不一样的礼物给我们，天天说，一直到我们真正生日那天。而实际上年年礼物都差不多，因为商店里没有这么多花样供她选择，不是一双白袜子就是一个铁皮铅笔盒（只是图案不同），永远是这两样东西，而她还假装记不得上一年她送我们什么。不过也总比什么都没有好啊。因为礼物至少让我们想起又一年过去了，当那些用旧用破的铅笔盒一个一个垒在桌子上时，我们就知道我们又长了好多岁。我父亲肯定不会送任何礼物给我妈妈，这点毋庸置疑，从我妈妈从未向我们公布过她的生日这一点就可以知道。我们同样也不会知道我父亲的生日。在我们家中这两个日子是被遮蔽的。实际上，我父母在新婚后旅行蜜月的第一个晚上就吵翻了，理由是我父亲不肯给我妈妈买一碗要多付一两粮票的三鲜面。这是我们家的一个传说，来源来自各个渠道。我信，我哥哥也信。因而自从有过这个故事后,我妈妈再也不吃三鲜面了,我们家也从不做三鲜面,三鲜面这道食物在我们家是一个永远的禁忌。因而一段从信纸上建立起来的感情肯定是脆弱的,它缺少柴米油盐作为婚姻这座大厦的基角。也就是说,如果当初我妈妈不至于被我父亲写给她的信上的言辞所迷惑,不被介绍人的花言巧语所暗示,她不会在这场婚姻里输得这么惨。总之,事情就是这样了,当我妈妈在蜜月之后发现不合适时已经来不及了。当然,我父亲那一方肯定也有他的理由。我有时候很想听听我父亲是怎么评论我妈妈的,但我们再也没有这样的机会了,因为我与我哥哥从不会给父亲打电话,我父亲也不会给我们打,我父亲甚至不知道我在哪个单位上班。在我们的生活词典里,"父亲"这个词早就随着他的再婚悄悄地隐没了。

每次我妈妈在电话里向我叫苦——通常都是与她的失眠症有关——我都不知道说什么好。任何一个男子气十足的人都不会有耐心听她几年如一日地对睡眠的抱怨,可是我做到了,原因就是因为我男子气不够。这点在之后我会详细与读者说。我哥哥之所以不常回家是因为每次去妈妈那儿都得是下午,一定要掐准钟点在十二点之后到,否则她会大发雷霆;就是不发火,你也没法通过三道门——两道防盗门和卧室门,把她叫醒。一个中午十一二点才起床的人,可想而知她的午餐时间也是很晚的,就是这个点起床她也没有省掉她的早餐,因而如果我哥哥一家准时赶到她家也不过是她的早餐时间,而且她的早餐还相当丰盛:一碗稀饭

（头天晚上熬在定时电饭锅里的）、两个包子，或者两个白水煮鸡蛋外加一杯牛奶。因而最好的拜访是下午五时，下午五时我们可与她一起共进午餐。然后，她会在晚上十一点或十二点钟做晚饭，那时候我们早已睡意来袭，尤其是像我嫂子这类习惯定时早起的人，我的小侄女也挺不住。但我妈妈偏偏要他们留下来与她一起吃晚饭，她会在晚饭准备好多食物，各种肉类啊蛋类啊，还有水果，她也要在晚餐后食用。她凌乱的词典里从来不缺内容。她自恃身材没有任何忌食，她也不锻炼，这就是她诟病她那些小区邻居的原因。如果她热爱运动，如果享受过运动给她带来的舒适感，她就不会对那些大妈们怒目圆睁。她甚至连散步这样轻微的身体运动也没有，她就坐在客厅里，以各种各样的姿势盘踞在反正也没有其他人坐的沙发上，一直到两三点上床睡觉。她的运动仅限于屋里那架老掉牙的风琴，手指从一个琴键到另一个琴键，这种手指端的运动就让她心满意足了。不过那也不是经常的，得看她心情。此外，另一项手指运动也让她乐此不疲，那就是翻动翻动她那几本言情小说，这是她从年轻时就保留下来的爱好，由于读得慢——有些章节她已经反复读过了。这项手指运动的情感意义要大过物理意义。

所以我才会在电话与我妈妈说我关于波尼的研究情况。不管她第几遍读她的言情小说，她都是一个读小说的文艺女老年。但她根本不感兴趣。她根本没有听进去。她不相信除了她喜欢的琼瑶、岑凯伦，世界还有其他写作的人配叫作作家的。她不认为那些通篇兜形容词和副词的圈子、用佶屈聱牙的故事来折磨人们的逻辑能力的玩意儿能叫小说。所以她咬紧牙关一个字儿也没问过我要研究的是哪种类型的作家，那家伙写什么、哪国人，以及为什么会有个外国名字。尽管我只是象征性地，或者急中生智地与她说起这个，但我还是希望她多少能插句话让我心里好受些。但她每次表现都差不多，巨大的淡漠底座耸着一丁点儿亢奋，那亢奋在滑过一两个词之后就消失了。因而她是矛盾的，一方面她想知道我在干什么，想知道我的一切，另一方面她想知道的只是她能理解和接受的东西，比方说，如果我说我有个女同事对我感兴趣之类的，她肯定会支棱起耳朵。可是她不感兴趣的，她一点点想听的欲望也没有。她甚至都记不住波尼这个名字的两个发音。自从知道我毕业后向她摊牌不打算结婚，而她也一直一个人住之后，她就要求我至少每周一次的电话中向她汇报我的生活，有时候她甚至想知道我都吃了些什么，可在诸如此类的汇报工作中，在向她呈现了诸如此类对我最重要的内容之后，她每次表现都一样，不是魂不守舍，就是自己一个人在那里喋喋不休。

因而当我说我的波尼时，她脑子里想的是自己最后一封信开头那几个组成一个尊称的词语：

"尊敬的物业公司领导"。

尊敬的——物业公司——领导（"领导"这个词显然带有讽刺意味）。

还有：

"但愿你们当中有人能够记得起来,这是我给你们写的第二封信。"

我们的谈话进行不下去了。我不能老是纵容她数落那几个我甚至没有见过面的物业公司员工——他们也只是用这份工作来糊口呢。在这种事上,她从来不会想到去求助我哥哥,也就是说,让我哥哥找关系去直接和物业公司的领导说这事。当然,我也能想象得出来我哥哥会是一种什么反应,我哥哥会觉得这是她要引起旁人关注的惯用伎俩,她经常把一些鸡毛蒜皮的事当成子弹射向我们。我妈妈就是一个典型的作女,尽管小时候我们是她照顾长大的。

无论从哪方面讲,我哥哥都是与我们更不一样的人,他有一部条目清晰的现实主义厚词典,那里名词充沛,动词活跃,不像我妈妈所有的词语都语焉不详,也不像我全由抽象词汇构成。我哥哥在市中心经营着一家生意红火的药店,药店最早是我嫂子的,她在那里当店员,后来老板做其他生意亏了钱,她与父母就一起合计把店面盘了下来,我哥哥狗运当头,就是那一年认识了嫂子。因此婚后我哥哥顺理成章地就成了二老板,之后升级为掌柜,也就是大老板。我哥哥的生意红火是某种诅咒,也就是说,人们疾病越多我哥哥的日子就越好过,但总得有人来干这件事啊,何况医药行业一直利润还不错。因此我哥哥一家很早就买了大房子,同时也在筹备着扩张,想在市区再多开几家药房。

我哥哥没上过大学,技校毕业后就招工进了造纸厂,之后工厂倒闭，失业了一段时间，然后借了我妈妈工资卡上的钱和朋友投资一家养殖场，因为瘟疫流行这次创业又让他亏了几万元。认识我嫂子后他的人生开始缓慢爬坡了，尽管两人最初也很坎坷——起先是她父母对我哥哥有点看法，之后是我妈妈提出完全的反对意见，再后来修成正果结婚，我嫂子却连着两次流产，然后是嫂子父亲癌症去世，一直到我侄女顺利问世……总之，他的生活是一条在务实轴线上不停波动的带光的弧，而我是一条静止的起初上升后来就再也没有运动过的直线，因而我妈妈从来不会把他和我相混淆，一条带光的曲线和一条暗淡的直线，她也不会把自己和我哥哥归为一类，因为她不喜欢我哥哥那样的生活，也就是说，她不会把我哥哥视作自己的镜子和高山后窗什么的。有好几次她甚至以为我哥哥是生产时护士把他和另一个孩子抱错了，也就是说，我可能还有另外一个哥哥，那才是她真正的血脉。那个哥哥像我一样，会一路学霸直到硕士、博士，然后像我一样臆想出一个不存在的作家把研究他当成自己的事业；如果他在这一点上不像我，至少也应该是个音乐家、建筑师、画家什么的，再不济，也得会弹点风琴啊。

我妈妈在这方面有着她执拗而不可理喻的想象力。

我对门有两个邻居，其中一个是和我一样的单身汉，年长我几岁，有一个八岁的儿子，他自己在区政府的一个档案部门上班。我邻居对我用"单身汉"这样的称谓形容他曾经抗议过，因为他结过婚，前妻还在离他家不远的地方住着呢，根据协议她一个月还得来一次照看他们的儿子,之所以这样,是为了让他儿子对他们的婚姻有个虚假的印象,以便于他的性格健康成长。鉴于我从未见过他前妻,我们的谈话从不涉及她,我们既不让她的名字滚过我们的舌头,也不允许擅自提起其他女性的名字,我们俩交往的前提就是因为我们的生活里都没有女人。因此他默许和鼓励我可以在任意时间里去他家串门,当然最好是事先给他发个短信,实在不行,直接去敲他家的门也是被允许的。但我自己有个原则,我尽可能选在他儿子不在家的时候去找他,因为只要他儿子一回家,他就一门心思扑在他儿子身上,给儿子辅导作业,陪儿子看动画片,督促儿子洗澡,有时候还得陪他一起睡觉。就因为他是雌雄同体的单身汉啊。我们俩都没有性生活,这种东西就像脸上长的瘤,你一眼就能看到的,根本不需要去交谈和确认。

"是洁癖。"我邻居有一次斟词酌句向我说起他生活中没有女性的原因。但洁癖这个词是那样的笼统,它粗大的网眼兜不住我想要的那尾真相的鱼。也就是说,洁癖有各种各样的类型,有人忌讳灰尘,有人害怕细菌,有人讨厌污垢,有人只喜欢秩序而已……我邻居告诉我他有某种体液恐惧症。

"这会要了我的命,如果沾上别人的液体——"

想象一下,这样的画面是娱乐的,但令人不能理解,一个恐惧体液的人与一个女人交媾,让他的体液反复射进她的身体后并且最终还生下了孩子。

我的想象里没有幸灾乐祸的成分,因为我也有自己的问题,我的问题相比于我邻居更难以启齿，好在我是一个文学研究者，也就是说，我的工作让我以研究为名对世事百无禁忌，我所拥有的文学世界让我站在一座可以俯视一切的塔尖上一览众山小，尽管那座塔在最好的时候只是被人称作一座虚无的"象牙塔"。因此，我理直气壮地对我邻居说出来了：我根本就对性不感兴趣！！！我几乎不碰自己的裸体，我也不去公共浴室，我家里所有的镜子都只能照见我身体的上半部。身体与我的关系不过是它是离我最近的设备，仅此而已。

"它帮我看，帮我听，帮我接收他人的信息，帮我拿取东西，也帮我逃离他人。不过是我不得已要携带的设备。我既不信任它，也不喜欢它，因为它有时候还会以疾病来折磨我。想象一下，我连自己的身体、自己的设备都不喜欢，怎么会喜欢女人？"

我巧妙地修饰了我的理由。而实际情况是我的"老二"不中用。我假装我就是卡尔维诺小说《分成两半的子爵》里的人，一半是肉体，另一半是鬼才知道的成分（在《分成两半的子爵》里，主人公一半是恶，一半是善）——在最好的时候这一半"鬼才知道的成分"被叫作"精神"。但我觉得这个理由要慢慢说圆才成，因为我自己也不知道是我的性器短小造成了对性不感兴趣，还是对性不感兴趣造成了迟滞的发育，这里面得有医学知识来支持。我们身边某些患有窥阴癖、露阳癖、娈童癖的中年男子尽管性行为怪异，但是有"行为"，可我却纯洁得像个假人、塑胶人、拷贝人,不要说行为,连念头也没有。"一支枪管短一截的手枪当然不能有效地把子弹射出去,时间久了,它就不认为自己是手枪了。"我这个比喻让我邻居听得头昏眼花。不管承不承认是柄手枪,可它仍旧是把枪啊。我邻居这样认为。"不是一码事……它是枪不假,但子弹出不了膛……"作为报复或者认同感,我一度想把我的波尼设置成一个性功能障碍者,一个比方说到了三十岁就失去性功能者,一个阳痿者,一个不举者,最终我手下留情了,因为这会毁了他的天才。在诗句给文学史造成的震颤中,性是少不了的一个重量。

  我邻居的问题非常清晰,就是不能接受对方做那种事时身上溢出的汗液。听上去这好像完全是一个属于身体技术方面的问题,但有很多办法可以解决这个难题,只要上帝同意我们对他老人家的作品进行一些修改,比方说,我们让生殖器从躯干部位独立出来,让男人把阳具像手镯一样戴在手上,当它冲动时自然膨胀开来就可工作了;女人呢,可把它握在掌心或别的更方便的地方,比方说腕部,这样一来,性交行为绝对可以大大简化,也不会有什么后遗症。我们还有其他的方式用来完成性交,比方说像鱼一样把精子和卵子拉出来,或者索性变成双性人,这样更简单,因为没有人会厌恶自己的……但我邻居在意的其实是另外一种体液:交媾行为产生的不仅仅是汗液,还有某种我们内部流来流去的液体。他害怕那种东西。他害怕那种交换。他肉眼无法看到那个流出液体的小洞穴对他而言是一个险象环生的空间。奇异的却是我们每一个人都是从那个空间里出来的。为此，他的恐惧不过是简化为对汗液的惊恐而已，为了这个，他夏天至少一天要洗三到五次澡，汗液成了他身上最想脱卸的壳。因而他离不开空调房，每一个夏季他都对空调深深依赖。好在他的工作帮了他的忙，他上班的档案局每个办公室都四季如春，中央空调把每一个角落都照顾到了，鉴于一些档案资料对温度的高要求，单位冬天也会保持同样的温度，这就使得他不会想到出汗这件事。因而我常在他们家的窗户边听到空调机疲惫的鸣叫声——在夏天那是四台空调的马力协同作战啊。

　　我妈妈来过我这里几次，所以我邻居也认识我妈妈。我妈妈还邀请他和孩子来我们家吃过饭。自从与我父亲离婚以及我父亲又再婚后，我妈妈对所有已婚女性都另眼相待，这种另眼相待里包括持有成见和反感，尤其是那种离了又结婚的女性，还有那种出轨离开丈夫的妇女也为她所谴责。因而想从她嘴里套出公允一点的关于婚姻和离异的观点是不可能的。不过那次吃饭我妈妈对我邻居的小孩很关照，她不停地给他搛菜，还给他缝衣服上松掉的扣子，为了显示出自己不只是个普通的老妇人，她还哼歌给他听，是她耳熟能详的过去常在风琴上弹奏的曲子，已经老掉牙了，我邻居的儿子一点也不喜欢。我知道我妈妈根本没上过什么正经音乐学校，只是小时候有点这方面的爱好，然后青年时期加入过一个类似文工团这样的组织培训过几个月，之后进学校教书。她的风琴也是自学的，只是奏准了音而已。但这是她的命根子,任何人都不能在这方面亵渎她,任何人都不能说风琴简直连正经乐器也算不上,不能。也不能贬低她弹的有缺陷的高音——拜那架风烛残年的风琴所赐。更不能对她的识谱能力评头论足,因为她的五线谱都是自学出来的,在音乐方面没什么能难倒她的。好吧,我承认她就像她自己说的那样是个天赋异禀的人,她无师自通,自学成才。而我与哥哥什么也不是。我哥哥就不要说了,他的艺术天才还没开发出来就被埋没了。而我不过是多读了点书然后搭上了文学这趟一去不回头的列车,但我没能成为她想要的那类作家也不是什么让她荣耀的事。她想要的那类作家是写言情剧的,专门骗少女和中年妇女眼泪的那类爱情小说,我妈妈认为小说的主要读者就是少女和中年妇女,因为只有她们的感受力最真实最充分,男性读者呢,只对政治和历史感兴趣。那道顽固地横亘在我妈妈心目中的关于什么是文学的界限,就像其他事物的界限一样,是一个来自主观的严厉法庭的体罚,一边站着被我认可的好文学,另一边站着被她接纳的言情小说,两者互相敌视,怒目圆睁。

我妈妈不认识那对小夫妻,我的另一户邻居。那对小夫妻平时非常忙,很少见到他们,就是在家也都是周末,而周末早上你别想见到他们的身影,他们的懒觉要持续到中午十一点之后,之后他们就神出鬼没地消失了,去朋友家吃饭或者开车去哪里郊游了,然后深更半夜才回来。不过,我与那位带着儿子的单身邻居不在乎,这里谁在乎呢?我们能够彼此认识、彼此串门,并且还知道对方的性习惯都已经很不容易了。

我妈妈不是一个讨人喜欢的人，在哪儿都不是。在这里她也没有交到过一个朋友，因为她总是自视甚高，觉得他们都不配成为她的朋友，尽管他们住在一个比她大得多的城市，但不是一些退休工人和职业家庭妇女，就是乡下来城里帮儿女带孩子的，而她自己至少是一名退休音乐教师呢，她参加市级歌舞比赛得过三等奖，她带的学生有两个考上了省级音乐学院，其中一个还去了国外，现在在一个小城市的交响乐团拉小提琴。我妈妈瞧不上某个人或某些人总有她信誓旦旦的理由。实际上，真正的原因是她来我这里的次数非常有限，总共不过两次。来的这两次她每天都去我家附近的公园散步，当然不会带个什么朋友回家。她每次回来都是同一个主题，不是揶揄这个，就是取笑那个，因为她在那里的两三个小时里已经把公园的角落都逛遍了，这么小的一个公园哪经得起她三个小时的打量和挑剔呢。公园从这里到那头不用十分钟就走完了。那里的老头老太都是便装出门，有的还坐在轮椅上由保姆推着，而她作为一个体面的来这座城市做客的看客，围着一条考究的真丝小方巾，头发烫成一个个螺蛳壳模样的小卷儿，坡跟的皮鞋擦得锃亮，袜子不但没有一个破洞，袜口还有一圈好看的蕾丝花边，衣服上一根多余的线头也没有，脖子细长，腰肢丰满……这是我妈妈一贯的风格，没有什么可值得骄傲的，可要是到了这家几乎全是糟老头糟老太的公园就有点鹤立鸡群了，尤其是冬天，出门前她更要精心修饰，比方说闪亮的防裂唇膏，皮手套或者一双毛织手套，有时候还会戴一顶绒线帽。这些行头并非到了我这里才整齐起来，在她自己居住的那个小城市，她也是个精于收拾的人，比方说，她的头发永远是刘海往后梳并有点小波浪的那种，这样小碎发才不会挡住她有点窄小的额头。她还搽香水，胳膊下有时候甚至还喷除臭剂（我妈妈老是怀疑她自己的腋下有味儿）。这样的人怎么可能与那些工人出身、保姆出道，或农转非的老头老太随随便便搭讪并迅速成为朋友呢？就是她与我父亲当年，与那个吝啬的饲料厂副头目也是写了好几个月的信才同意约出来见面的，结果见头一次面就把我父亲迷倒了。她来我这里不过是散散心，并非要照顾我的起居，她不喜欢我生活的这个全是人和建筑的城市。那还是早期，现在她早就不动这个要来这里看我的念头了。当然，她也知道她的睡眠习惯不得人心，我嘴上不说心里也很烦她，尽管我是她的一切，是她的内部和外部，是她的外延和周长。好吧，想想吧，一个快天亮才睡觉（三点）、午后才起床的人，几乎只会骚扰与她同住的人，怎么还可能照顾到我呢。每次来她只会给我添乱。

我哥哥就这样说：远离她吧！珍爱生命！远离一个凌晨三点才入睡的人！

潜台词就是，如果你想活得久一点，少与一个三点才睡觉的妈妈联系，最好不要住在同一个屋檐下。

我从波尼的青春期入手。我并没有深入波尼的童年，鉴于我自己就有一个不是那么愉快的童年，我决定避开这部分。我自己的童年几乎没什么正面记忆,我与哥哥不过是我父母整天吵吵闹闹的关系的两坨肉做的附庸,有时候我们以战争导火索的身份出场,有时候以看客的方式参与到他们大大小小的纷争中。他们早期的战争有多种形式,到了中期就萎缩退化了,也就是说,到了中期之后,两人拒绝与对方说话,两人挥舞着沉默的斧头砍向对方。我妈妈的那把刃口要尖利一些,因为除了大叫大嚷她有时候还会一个人到阳台上嘟囔几句,为的就是让邻居们听到;而我爸爸则稳如泰山地用报纸,或者别的工具,或一些简单的家务活,来掩饰他那张常年被虚假的笑容刻蚀的老脸,不说话是他向她亮出的盾。但是家里有那种气氛,就是说两人不说话你也会觉得这里每一样事物都不对劲的气氛让人难受,这里每一样事物都有自己颇具敌意的路径,每一条路径又都不会交叉。我是成年后才对父亲的形象清晰起来,我的意思是说,我成年后才利用父亲在家那些有限的记忆碎片拼凑起他的形象,就是那种影子般扑在家具表面和地板上的人物,不过这都是他自己造成的,都是他自己吝啬的习性让他失去在这个家的领导权和存在权的,因而他在我们家的声音的分贝一直就像是某种嘟囔或者耳语,他就是一只翱翔在我们家低空里的蜻蜓目昆虫,只要说得不对我妈妈的胃口,我妈妈就会摔盘子摔门,然后家里一整天都是冰雪天气——尽管她从来都说不是针对他的,因为她从来不说出我父亲的名字。我父亲的名字是那只关在琥珀的死亡牢狱里的昆虫,在她嗓子里永远不会有声响。当然,那都是早期了。我父亲说的真的全都是废话。是的，我们也不反对我妈妈这样评价他。我父亲说的每一句话都言不由衷，也就是说，他虚伪，他说的一切都是为了讨好对方，为了口袋里的钱不少掉一个子儿。但他说的任何东西只能持续很短的时间，他说的所有的话在舌尖上存活的时间还没办法到达对方的耳朵里就自己死了。他说好话的成本很低。他经常笑容满面，那也不是真的，因为他说什么都是带着笑，他的笑里没有分类。他真正的笑只对着人民币。因而这样的人必定让我妈妈厌烦。但我妈妈的一切发现都是后知后觉，一切都晚了，他们在一起的第一个晚上就让她有了我哥哥。我父亲的吝啬可能还不是我们这个家解体的最主要原因，因为最初我们一直认为他的钱最终是我们兄弟俩的，尽管他全力捂紧他的钱包和银行存折，但最终这些钱都是我们的。我们这样认为了好多年。直至在我父母分手的那一天我们才意识到我们之前有多善良，我父亲其实早就为他的财产转移殚精竭虑地做了好多年的准备，他的每一个子儿都以打字机淡色的墨迹牢牢地印在他银行户头上，而且还拥有一个化名，正是这个化名让我妈妈对他束手无策，以至于离婚时他可以一毛不拔，不但一毛不拔，还带走了很多家具和家什，包括一把喷水壶。

波尼的父母也离异，但远远早过我们。波尼三岁时父母就分开了，之后父母各自成家，他随母亲搬去继父家，巴莫拉圭亚的一个小城市的棚户区，之前他们一直住在阿根廷与巴莫拉圭亚的国境线附近。他后父性情残暴，因为他娶的这个老婆带着两个拖油瓶让他苦不堪言，他千方百计折磨这两个她前夫留下来的杂种，他诅咒他们在他自己的骨血降生之前夭折——结果诅咒没有降临到波尼兄弟俩身上，却击中了波尼的生父，波尼生父再婚后第二年就因病去世了。因不满供给这两个不是他亲生的儿子吃喝，波尼八岁时就被继父打发到大街上去卖香蕉了。波尼的弟弟比波尼小两岁，因而也得不到保护，在继父的咆哮中他成了波尼香蕉铺的跟班，两人一起风雨无阻地在大街上兜售香蕉。他们的母亲再婚后不停地给那位暴君生孩子，她生殖力爆棚，短短五年就给她的第二任丈夫生了五个孩子，要不是生病她还会继续生下去。五个孩子中有一个夭折了，因而还有四个，是波尼的两个妹妹和两个弟弟。夫妇俩因此负担很重，好在六张嘴是陆陆续续来的，等第六张嘴张开时，波尼和他弟弟已经接近成年了。因而波尼在街上卖香蕉的身影里还有他弟弟的伴随，他弟弟因为这样的经历和他一样自小沉默寡言，后来也成了一名诗人，写了几年诗，然后三十不到就走了。

波尼三十岁之前的生活有一个模本，我因为偷懒，从一个众所周知的作家——波拉尼奥，《2666》的作者那里窃取了他的一部分简历，即让青年时期波尼和波拉尼奥一样过着放浪不羁的生活：写诗，乱交，群交，出走，左派，革命，入狱……我最终没有将波尼设置成与我一样是个性冷淡者或性无能者，不但没有，我还把一个文学男人所能拥有的全部给了他，因而在他三十岁之前他享受了鱼水之欢，各种毒品和麻醉剂也尝试过了，他还尝试了那片土地上最刺激的革命、凶杀和死亡，而自己还能囫囵地活下来。因而关于波尼与波拉尼奥区别的节点是在三十岁之后，也就是波尼离开自己的祖国后。我让波尼三十岁那年死了弟弟，之后他母亲也去世了，然后他与一位热恋已久的姑娘迅速分手，之后离奇失踪。他的诗歌之外的作品，包括最主要的那部神奇的小说都是他失踪后写的，也就是他的西班牙时期。这段时间前后长达十年。我要研究的正是他从自己祖国消失不见的十年，也就是三十岁到四十岁之间的波尼。之后，波尼又无从研究了，至于为什么无从研究等我之后再说。

我在写波尼的过程中经常穿插进我自己的生活，是因为我也是波尼的灵感之一。我自己生活里的一切也都是波尼的素材。我们俩有时候就像山峦和它在水中的倒影。比如说，我与波尼一样也有个兄弟，我有个哥哥，我哥哥还与我很不一样，与波尼与他弟弟的相似性有别。这种含着差异性的对称有时候是很让人舒适的。波尼的童年里掺杂了很多作家的传记故事，不过为了便于直奔主题，我没有过多地进行叙述。我只是给了他一个轮廓：他继父和那四个孩子，他几个从未出过场的表姐妹，他在街上一起卖香蕉的另外几个孩子——他早年的商业伙伴。遥望他的童年和少年期的轮廓，便于我聚焦我自己的生活。比方说，我与我哥哥，童年时我们兄弟俩的生活基本是两点一线的，我妈妈的学校——家，家——我妈妈的学校，几乎无尘防菌。我妈妈作为一名讲究穿着的音乐教师，时不时地拿她小学教员的消毒水往我们身上喷一喷,她甚至不让我们与她同事的几个孩子有接触,因为根据她的说法,他们都"不正常",一个是怪物,一个是怪胎,另外还有几个智力不健全。这与波尼和他弟弟整天忙着在贫民窟里生孩子的母亲不一样。被我妈妈称为"怪物"的是我哥哥的一个同龄人,生下来就脑瘫了,但长得白胖,五官匀称,因为脑瘫不能走路,整个童年都在婴儿车里,为此在电台做一档农业节目的父亲给他在童车厂订制了一辆有四个轮子的大号婴儿车。他母亲愁肠百结,最初几个月里怎么也不肯接受这个现实。他母亲,我妈妈的同事,一位教五年级、口碑很好的语文老师,因为有个在电台做播音员的丈夫而在普通话发音上所向披靡,那口京腔使得她在学校语文教研组里获得了很高的地位,以至于年年教高水平的五年级,仅仅从这方面来说,她的婚姻环境就要大大好过我妈妈。但他们生了这样一个脑瘫儿子。命运这架天平车为让自己顺利运行,不会放过这个世界上任何一个角落。他们生了一个脑瘫儿子,但她丈夫既没有嫌弃这个残疾的孩子,也没有冷落她。夫妇俩经常出门旅游,推着那辆不实际的婴儿车,他们去过最南边的海岛沙滩,也去过最北边的雪国冰原。有时候推着这样一辆型号巨大的婴儿车上火车很不方便,但每上一辆列车都能得到列车员的帮助,他们甚至能在拥挤的乘务员休息室争取到一个栖息大号婴儿车的小空间。除了飞机。飞机上没有富余的地方给这些热心人施舍他们的同情心,飞机上每一寸空间都是无价之宝。汽车也不能。因而夫妇俩乘火车走遍了祖国的大江南北,为了感激独一无二的他们能够利用的交通工具,他们每一张三口之家的合影都有一辆列车作为背景。因而他们的旅行记忆里充满了火车的喀嗒声,这种配音让他们舒适。我妈妈同事的脑瘫儿子出生时医生曾经危言耸听,认为他活不过十岁,可等我哥哥结婚了他还活得白白胖胖的,只是那辆婴儿车早就散架了,现在取而代之的是一辆高级电动轮椅,他年迈的父母有时候出于娱乐推着它在房间里走来走去。再后来,他们给他做了一个大笼子,这是后话了。不知怎么的,我妈妈同样也无法与这位心地善良并且乐观向上的同事和睦相处,至少她们没什么往来,没什么私交。于是我妈妈得以无所顾忌地在背后给他们的孩子取绰号。另外被我妈妈称作"怪胎"的那名女孩是我的同龄人。我不知道就是这样一位天真可爱的女孩也逃不过我妈妈的攻击,但问题并非出在女孩身上,而是女孩的妈妈,她妈妈是个性情暴躁的女人,不发怒的时候冷得像块冰,发怒的时候热得像座火山——比我妈妈还糟糕。因此可想而知,女孩的妈妈与我妈妈关系不会好到哪里去,她们不大来往,在校园里见面最多只是打个招呼。我妈妈这位同事的冷酷是有原因的,长时间与丈夫分居让她把一切视作发泄对象,她与那位退役军官两周才见一次,因而每次见面她都是带着积攒了两周的怨气,像个马上就要爆裂的皮球坐在军官餐桌的对面,时机一到,它就爆胀开来;如果时机没来,它也会自己千方百计地制造时机,一个针尖般的小事就会让她歇斯底里——她的丈夫和女儿是最直接的受害者。退役军官为人严肃,脸上的表情在任何时候看到它都像被冻住了,即使打招呼他也是惜字如金,他的笑每一根肌肉线条都很准确,这种从部队里带来的形象和处理人际的习气让我们很不适应,从某种意义上说,他的有板有眼准确地呼应了他妻子脸上终年不化的冷霜。这名退役军官吃饭的时候背挺得就像一块墓碑,说话又短又快,好像每个字后面追着一群敌兵。因而他的光临给这个本已是接近极地的家带来的是西伯利亚寒风而不是什么东南亚暖流。但退役军官一走,要是做母亲的生个气发个怒的话,女孩就是唯一的承受者了。因而我们经常能在周一到周五(周六女孩父亲会来)在学校黑漆漆的走廊上看到被罚站的小女孩,我的同龄人,穿着一条毛线裤隐在怪物一样的夜色中。任何小小的原因都可以成为她罚站的理由,从一小滴沾在书页上的菜汁,吃饭发出的喀喀声,倒没考到理想的数学成绩——因为她母亲——我妈妈的同事是个数学老师。我的同龄人脸上经常青一块、紫一块,在我们冷得几乎不敢出门的冬天,她就蜷缩在由一条秋裤和一件薄毛衣组成的小避难所里,靠在走廊的一根柱子后面念叨着另一个也给不了她多少温暖的父亲。她甚至不敢哭泣。我们从来不知道她被罚站的结束时间,因为通常我们回家时她还在那里。我们从她身上得到的最大安慰是,尽管我们的妈妈也是个与众不同的母亲,但她的冰山和火山的海拔要低太多了,她会给我们年年买生日礼物,尽管礼物年年相似,她也给我们找了一个几乎是假人的父亲,但从她同事那里望过来,我们的妈妈的冰山和火山只是一片略有突起的平原。这两个小朋友,一个怪物,一个怪胎,本应该成为我们的童年伙伴的,可他们以他们或先天或后天的古怪特性把我们"学二代"的圈子变得怪怪的,就连学校附近的小朋友也不来找我们玩。他们两家都住得离我们家很近,母亲们又与我妈妈年龄相仿,但这些原因却都没有让我们拥有任何叠合交加的童年记忆,小学一毕业我们就再也没见过对方了。(很多年之后,我们才陆陆续续从各种渠道得知了他们的续集——我在这里忍不住要提前说一下——前一个,即那个"怪物",长到十九岁开始追求起他们家的保姆来,那段时间他们家有一位打扫卫生兼做饭的小保姆,两个月后那名保姆因为不堪其扰辞职回家了。我妈妈同事脑瘫儿子折磨小保姆的方式得自于他性意识的忽然觉醒:他要她白天他父母不在家时只穿内裤,或者在客厅里脱掉上衣,他还把她名字的最后一个字翻来覆去地叫个不停。这件事过去之后他有了一个新习惯:此后家中每来一位女性他都要直勾勾地盯着人家看。他母亲治疗他的方式非常老套,她听从一位医生给他看从各种渠道得到的色情杂志,甚至包括《大众医学》这类杂志。但不管用,这种方法非但没有将他发育正常的性激素从那类读物中得到释放,反而变本加厉。其最终结局是夫妇俩再也不敢把他的轮椅推出家门了。另外那名女孩,即我妈妈嘴中的"怪胎",她的命运想都能想得出来,她厌学、自闭、性情乖戾,据说连小学升初中成绩都考不好,尽管出落得非常水灵,后来也像我哥哥那样只上了一所技校。毕业后她在一家商场上班,与单位一位已婚的经理搞在了一起,生了一个儿子，致使那名经理离婚并被离职，最后两人结婚。我们不知道在她身上发生这一切时她父母是否还是她的父母，她妈妈是否是一位一如既往在愤怒和生着气的看客，她爸爸呢，是否还像墓碑一样挺直腰板作为军戎生活的受害者遗留在他们家的餐桌上，对女儿命运的急转直下只字不言。）

我哥哥其实是个真正的文艺青年。我父亲缺乏机会认识这一点，他与我们相处的时间太短了，他甚至不和我们一起过周末。他眼睁睁地看着青春期的魔术师把我们变成两个陌生人，两人材料取自于他，其中一个还酷似他。而他根本不了解，他也不知道我当时有理科天赋，同时文科方面也颇为擅长，那时候我一门心思想成为一名科学家，或者干脆被外星人神秘劫走。而我妈妈则对哥哥持全盘否定的观点，不仅仅因为他长得更像我父亲，他还淘气贪玩，在学习方面是个扶不起的阿斗——他的各科成绩从没考过七十分，小学升初中差点落榜，初中升高中成绩不够，后来还是走关系才上了一所技校。在技校里他惹是生非，又是早恋又是打群架，几乎每门都挂科，最离奇的是四年里他竟不知道自己专业的全称，毕业填表的时候专业名字都不对，可想而知他之所以能拿到毕业证是学校慈恩大赦给他开了绿灯，因为校长是我妈妈同学的老公。我哥哥是所有他读过的学校都想甩掉的尾巴，是所有邻居想驱除的雾霾，是我妈妈最想切除的毒瘤，是我父亲一直想忽略的基因，可只有我一个人知道我哥哥其实有过人的一面，而这一面从未向我妈妈他们展示过。我哥哥在这方面很有脾气,他不屑于向他们透露自己的才华和日常行径,甚至为了与他们作对,有意让自己像个不学无术的痞子,他越想对抗他们就越贬低糟蹋自己,因而他每一支想向他们宣战的箭其实最后都射向了自己。这个失败的策略和战术只有成年后他才知道,在青春期他的反抗总体上是一败涂地。这点不如我。因而我现在有一份较体面的工作还研究波尼——但谁知道呢,我们俩接下来的路还很长,谁比谁厉害还不一定呢。因而我哥哥那些年隐去了他有跳舞天分这件事,他对舞蹈的无师自通只有我这个书呆子弟弟知道。在二十世纪八十年代,跳舞在小县城还不是一项那么入流的爱好,尤其是我哥哥偏爱的那种太空舞,因为来自美国,而当时来自大洋彼岸美国的一切都是既时髦又邪恶的,所以太空舞或后来叫作霹雳舞的舞蹈只能像邪教在地下秘密研习和传播。我哥哥他们有一个不为人知的组织,成员都是三中和四中的男生,外加两个社会上的人,据说都是身手不凡者,一般爱好者还没有资格进入这个小圈子呢。我哥哥他们组织的领袖就是那两个社会上的年轻人,有点小知名度的舞蹈发烧友,隶属于一个更大的由全国各地的爱好者组成的舞蹈组织。这个组织经常在全国各地的舞厅或某栋建筑的地下室组织一些表演活动,有时候能拿到赞助,有时候则纯粹是表演。我哥哥他们主要的活动场所是一家溜冰场,门票两角,但我哥哥他们不用买票,因为溜冰场的老板是其中一位男孩的表哥,他把他们拉到这里是用来吸引更多年轻人的,因而他给他们提供免费音乐、茶水,有时候还负责介绍小姑娘。但活动时间必须是周末的夜间，因而那段时间我哥哥每周六晚上都在那儿。我哥哥他们每个人都有一套堪称专业的跳舞行头，黑色的尼龙料紧身连衣裤和中长的黑手套，以及鞋头尖尖的黑色帆布系带球鞋。正宗的尖头帆布系带鞋不容易搞到，但是他们的头，那两个社会上的人有路子，他们外出演出时会从正规的商店给他们捎回来，只是要收一点辛苦费。我哥哥这身行头就藏在床底一只不易被发现的纸箱子里，上面压着几本小人书，这我知道。有时候他还把它们寄存在朋友家，在风口紧的时候，比方说逢上期末考或我妈妈要检查他行踪时。我妈妈不全部认识他的这帮狐朋狗友，尽管她自己身陷失望的婚姻当中，但她还是注意着我哥哥那有点逾规越矩的交际圈。与我们的父母一样，我们所有的邻居也都不知道我哥哥是那个秘密太空舞组织的成员，那时候跳舞的年轻人与街上的暗娼没什么两样。因而我哥哥除了在那个溜冰场习舞时有一群模模糊糊的粉丝外，我是他唯一的观众加粉丝，当我父母不在家时，比如我妈妈去学校，我爸爸去我们的奶奶家，他会打开录音机塞进磁带跳上一段霹雳舞（磁带也在床底下那只盒子里）。说真的，他穿那身黑衣服戴上黑手套的模样酷极了，他那个板寸头也很带劲，他简直天生就是做艺术跳舞的，更不说他长得比我帅这一条了。所以学校里有好几个女生暗恋他。他节奏感很好，身体柔韧性也不错，可能我妈妈在艺术上的天分以某种变异的方式给了他，而我哥哥自己却浑然不觉，因而等青春期还没完过完他就毫不犹豫地放弃了它。他当时的生活真的比我丰富，除了这个组织，他还认识很多写诗歌写小说的、谱曲的、玩乐器的、甚至一些航模协会的人，他们都有圈子。他的朋友圈五花八门，当然主要集中在文艺界。当我在贫瘠的教科书中艰难踱步，最多畅游几本《飞碟探索》时，我哥哥已经有了一整个世界，这个世界还是一个几乎五脏俱全的文艺世界，他既是舞台的中心也是自己青春的主角。我妈妈呢，她将学校里那些音乐课当成她中年生活里的中心，将那些贫乏的音符当成沐浴她心灵的森林，因而透过那片森林她也根本看不到我哥哥这里，她根本看不到我哥哥在他一片大红的成绩单后面的绮丽风景。所以我们家当时每个人都领了自己的一块领地：我哥哥是邪不压正的霹雳舞和他数不过来的文艺圈朋友，我是成绩单构成的荒漠，我妈妈是她那些老掉牙的曲子和那架脚踏风琴组成的花苑。我父亲呢？银行和印钞厂是他仰望的乐园。但是我哥哥后来的转变令我吃惊，尽管当时似乎看上去线索清晰：他们那个组织的一名成员因猥亵幼女被捕从而让组织面临解散。依我哥哥的脾气他是不会因为这件事而放弃他的爱好的，但我哥哥就这样放弃了，他宁愿忍受技校乏味的课余生活也不再拾起他的黑手套。然后情节急剧反转，他的追求变得务实起来，后来一连串的变化，包括去造纸厂上班，投资养殖场都让他彻底远离那个爱跳舞的少年。他性格的棱角也收敛了起来，他不再处处与我妈妈作对，不过我想当时是因为我妈妈与我爸爸离婚了的缘故，认识我嫂子也改变了他。我嫂子家那块庸俗的平川让我哥哥看到了另一种希望，在我们自己家，我们家的一切都是他的敌人，每个人都把守着自己的阵地将他排除之外，尤其是我妈妈和我，一个伪文艺女中年，一个一问三不知的学霸，而在那个家，他只需扛两罐煤气就可赢来尊重，何况我那个未来的嫂子还那么爱他。因为他们是两个世界里的人啊，我哥哥那种前霹雳舞者的气质还是很吸引我嫂子的，尽管后来他被她改造得气质全无。

我本来是想写波尼的，不知为什么，每次当我打开电脑想写波尼在巴莫拉圭亚的童年时，我鼠标的箭头总是会滑向我自己的生活，比方说我与我哥哥。造成这一切的背后都是因为波尼也有个弟弟，我前面说过了。但我们的生活是如此不一样，我从小就不那么想成为一名诗人或者诸如此类的人物，我从小就只想研究外星人和外太空，发明低廉的飞行器，研究聪明的克隆人，在某家实验室终老，尤其是当我妈妈捧起她那些没有营养的言情小说时。波尼不一样，波尼十二岁就开始写诗，他几乎没有上过几天学，但他对语言就是有天生的驾驭能力，只要他拾起笔，字母们就会排着队让他写它们，它们觍着害羞的脸主动迎上他滚烫的笔尖，哪怕笔尖将它们的脸蛋烫伤。他那个暴君般的继父每天都会把他们揍得屁滚尿流，没有任何理由，继父就是想打个人，尤其是酗酒之后，手无缚鸡之力的兄弟俩就成了他的两个首选目标。但波尼的诗句中从来没有暴力，他从来不涉及这个主题，从来不写继父，不写生父，不写母亲，不写那些同母异父的弟妹，好像他是个从石头缝里蹦出来的人，继父、生父、懦弱得从来不敢站出来为他们伸张正义的母亲，不过是动物养殖场喂养他们食物的机器，因而无须怀念也无须憎恨，一切不过是流程，暴力是自动的暴力，爱是自然的爱，恨呢，也是流程上的自己会运行的恨。只有诗不是。他早年从一位买他们香蕉的游客那里得到了一本但丁的诗，那位好心人之所以把书送给这对小兄弟是因为没有零钱，而他要乘坐的船马上要驶离港口。香蕉当时值八十瓜拉尼，而那本书是它的几十倍。更没想到正是这本书成就了波尼。波尼从此喜欢上了诗。他还从那本诗中学到了一点意大利语，这点意大利语又为他以后的流亡生活派上了点用场。

　　我从这个研究项目中得到的课题经费不少，足以让我出国旅行几次，我的意思是，如果我真的要研究他流浪的青年期我可以去他的祖国巴莫拉圭亚和他失踪的西班牙住上一段时间，我甚至可以在游客送他但丁诗集的那个港口住上几个月。但读者们你们是知道的，我所要研究的波尼其实是个不存在的作家，一个假人，旅行对我帮助不大。如果我硬要装作旅行，可以把房门合上在里边读几天书。我所知的很多上个世纪和上上个世纪的作家都喜欢旅行，尤其那些法国作家，他们以去东方旅行作为他们在写作上的镀金方式，比方说阿尔及利亚。所以那个时代法国作家写下来的书都有某种相似性——他们把猎奇的景观当成文章的一种广度来看待。我把书房视作我的精神游轮和飞艇，我在那里寻访波尼的踪迹，于是一些我喜爱的作家的诗句就成了我时不时会光顾的景点，它们是某幢小巧而精致的教堂，某段没有被延续的城墙，某座小型的曾经出没过神祇的花园；一些体量巨大的小说在我眼里则成了一块块无所不包的大陆，在这些大陆上寻访起波尼来非常容易，因为波尼必定会到访过这些大陆的角落；还有一些过去我认为不重要的地理类图书、童话和神话故事也成了我搜索波尼的地图。比如，在童话故事《约翰熊》中，一位士兵向读者说道：

> 我穿越一座森林，里面没有树木；跨过一条河流，河里没有水；穿过一个村庄，那里没有房屋；我敲门，所有人都应声。我向你讲述得越多，我就会撒更多的谎。

现在我向你们撒的谎也开始了。

第二章

不用我主动去找他，我邻居也会经常邀请我去他家。他和我一样觉得我们很谈得来。他听说我正在研究一位不存在的作家后起初很起劲，因为他不明白我为什么会有如此巨大的热情投注到一个假人身上，以及为什么居然还有部门会批给我研究经费。他的世界的建筑材料是一些事实，一系列发生过的现实，而不是一些杜撰出来的故事，想象的曙光照不进他那座务实的大厦。因而他不明白我为什么要把我的热情燃烧到波尼这座海市蜃楼里。他所工作的档案馆里有成千上万个故事，成千上万个人，成千上万件事实，但每一件都是真实发生过的，有切实的坐标。所以他那片大陆构架结实、边缘清晰、层次分明。此外，时间也不会成为一个干扰他的因素，他那里的时间非常确定，都是过去时。可在我这里，所有的时间是一个缠在一起的线团，我用它们织啊织啊，直至织出我的波尼来。所以我的波尼有时候让我头疼。

我邻居是个不折不扣的技术男，专业使然，他懂得各种档案保存技术，比如，纸张的防腐问题，各种黏胶的化学组成成分，档案的几种装订形式。最近听说他迷上了3D打印。因为这门技术事关未来，比方说，如果掌握3D打印，一些档案修复难题就可迎刃而解，无须再像过去那样对一些纸张残片进行复杂的粘贴剪辑，尤其是一些特殊档案，比方说，像瓷片那类东西，残片从打印机里输出来既真实，又可节省时间和人力。因而他这段时间正在研习几个3D打印软件，他刚刚把Repetier-Host和ReplicatorG弄明白了，现在打算实际操作一些案例。我对这些一窍不通，完全是门外汉，尽管小时候的梦想是成为一个科学家，而物理学家，至少得是个小有成就的理工男，但这么多年的文学教育，尤其是硕士和博士阶段的论文写作把我的脑子用坏了，现在文学之外的理科世界和我的关系就成了这样一种画风：天文学是我的每日天气预报和手机上的占星软件，物理学的意思是家中包括电灯在内的几个电器，化学是厨房里的各种调料和洗衣机里的洗涤剂，生物学是墙角的几只蟑螂和蚂蚁，医学则是我反复交替的腹泻和便秘。

  我邻居尽管是更高级别的理工男，或者科技男，但他仍有一个低级的爱好——像所有的男人那样喜欢各种修理活，因而我每次去他家除了听他偶尔谈论一些3D打印新技术外，经常会被他家各种造型的工具所吸引。除了卧室和厨房，他家几乎每个地方都堆着不同功能的工具盒和工具箱，阳台最多，从地面一直垒到了天花板，盒子的种类也千奇百怪，视分类而有不同的颜色和不同的造型。可能盒子本身就构成了工具的一个品种。我猜他可能有这个瘾。我是说，只要是工具，或者是被他视作工具的物件他都收集，我亲眼见过他曾在楼下用两根手指头将地上的一枚铁钉模样的塑料条夹起来放进大衣口袋里。他家有好几盒不同型号的铁钉，两箱各种材料的长短不一的软管，另外就是有数不胜数的各种结构和产自不同国家的刀具和扳手。在这样丰沛的工具条件下，你在他家找不到一片破损处，所有有缺陷的地方都被他用工具消灭了，以各种方式、各种材料，以及他罕有的耐心。不过他有一个最大的破洞补不了：他的婚姻。他好像结婚后没多久就离了，离婚原因不明，不过我觉得不会有太大的意外，因为他是某种体液恐惧者，又是洁癖患者的条件因素。除此之外，他身上的一切与他的爱好特长是相符的，他在档案馆里最初的职务是档案修复员，后来升到了一个科室的负责人，现在是负责技术的副馆长。

　　说实在的，坐在他家这个充满了金属和各种塑料味道的空间里我有点乏味，因为这些工具箱、工具盒让我有一种感觉，它们都在等着收拾你：那些钉子等着嵌入你松开的骨缝，那些改锥等着拧断你过于东张西望的脖子，那些绳子等着捆绑你总是盲从别人的手脚，至于那几把型号不一的锤子，光看着它们就让人紧张起来。他家的这些物件会让你产生严重的自我怀疑——和你在医院里的感觉不一样，医院让你觉得某种生理的、物理的构成，至少还是个人类；这里则让你觉得你不过是一个机械制品。你之所以总是异想天开，就是因为你的脑瓜子缺少一把改锥与一颗钉子的合作；你总是抑郁就是因为皮肤缺少滚烫的焊枪和锡粒的融合，因痛苦已经在你的皮肤上拉开了裂缝……越机械的东西就越是精神的！我觉得我这样想是因为正在构想我的波尼的缘故，在我邻居家的另一边，对门，我所有的日常活动都事关精神和情感，事关我矫揉造作、鹦鹉学舌般枯燥的文学研究活动。我邻居是处女座，因而他对修理、修复各种破损的东西的爱好就是拜这个星座完美主义理念所赐，与之相适应，正确、整洁、齐全就是他生活里唯一的律法，在这个律法的统治下，也可以估料到，他的想象世界和抽象世界一片哀鸿。但我邻居不会同意我这么说。实际上我也有那么一丁点儿处女座情结，我能对读者说我是月亮处女座吗？我虚构波尼，虚构这样一个文学考察和文学研究活动也是拜我完美主义和嘲讽本性所赐——尽管那名夜大毕业生已经给我的工作做了具体的定性要求——我做这一切是为了让我们人类精神世界更圆满。一旦这样想，我就觉得我与我邻居走得很近，一个太阳处女，一个月亮处女，我们俩在一起简直就是一个完美的自成体系的太阳系。我邻居家从格局布置到装饰都非常"太阳处女"，在任意一个角落你都可以看到某种或隐或显的秩序。比方说，尽管有这么多盒子和箱子，但每一只盒子和箱子的表面都擦得干干净净，闪闪发亮，墙壁上没有一个斑点，地板上没有一根头发，桌面亮得可以看见它里面的原子……因而每次去我邻居家我都有点紧张，我总是要拾掇齐整之后才进去，我甚至会换上西装，戴上领带。进门前我会把衣领上的发屑预先弹干净,同时还要用手哈一哈气,以便判断嘴里是否有味儿。坐他家我也不自然,尽管话题让我放松。我会把腿规则地叠交在桌子下面或者沙发脚,尽量忍住打嗝和咳嗽,放屁则几乎是被我严厉禁止的事。有一次我真的有那意思了,为了防患于未然,我及时冲到厕所坐到坐便器上,嘴里大声地叨咕着我们刚刚在说的事,以便掩护我肛门有可能的歌唱,完事后我还冲水并盖上马桶盖。就这样,我以一系列麻烦的身体运动杜绝了我的身体寡廉鲜耻的自动声音以及它有可能发出的令人尴尬的气味。我在我邻居家喝茶时也会尽量不让唾沫沾上杯沿,交谈时控制着嘴巴张开的尺寸,以免把唾沫星子什么的留在他家任意一个地方。饶是这样,我还是乐意去他家拜访他。因为这是我主要的社交了。在这个小区里,我邻居似乎是我唯一值得交往的人。因而我在他家做客时的画面一直是这样的:身体上非常紧张,思路上极其开阔。我可以谈我任意想谈的话题,甚至是波尼,因为我邻居偶尔的沉默和偶尔有节制的回应既可以让我过谈话的瘾,又能收到恰到好处的建议——毕竟他不像我其他那些愚蠢又俗气的小区邻居。我自己家里几乎没有什么人会来,我的同事从不来做客,我的熟人大部分都很知趣,知道我家是禁区,我哥哥一家不会来,我妈妈只来过两次之后就再也不想来了,一个几乎得了厌女症的人也不会有什么姑娘追上门来的。我家里几乎全是书。我本科学的是文学,硕士是汉语言文学,博士是拉美文学,这就注定我家有很多文学类的图书,除了书房里的四面墙,还有地上堆的,阳台上挤着的,厨房里一只断了一条腿的藤架也是用书垫平的……此外，我还在很多地方让书派上了实用性的用处。月亮处女座让我对秩序和整洁的热爱又隐性，又节制，但我挑剔的一切都仅限于抽象王国里，因而你在我家你永远见不到秩序这名执着的在岗警察，整洁这名警察也不会来我们家值班，在各种清洗工作中，是诗人在那里主持日常事务。因此我家具用的全是原木色，这样好使我自己和其他拜访者观察不到家具表面的那些灰尘（所谓的拜访者最多只是几名送外卖的或者查水表和电表的物业人员），此外，我家简直杂乱不堪：墙上画满了东西，一些相框，几段绳子，随时写下的一个书名或几个句子的便签条，一只从旧货市场淘来的不会走的钟……我妈妈家里有那种她喜欢的刻意做出来的过气的文艺气息。我妈妈经常会在床头柜上摆一只没有没有琴弦的袖珍小提琴或音乐盒之类的旅游纪念品来显示她的品位，生怕别人不知道她过去从事音乐工作并且去过某个地方。她还把她那两个自称最有出息的学生的照片放大挂在客厅的墙上。她那架老式的已几近瘫痪的脚踏风琴则荣幸地成了她宽大客厅里的主角。这是与她相伴了二十多年的伙伴，因而在退休时学校将它作为一件退休礼物把它送到了她家里。为了让它享有它所配有的尊重，我妈妈不惜给它摆上各种它承受不起的装饰品，包括一块白色的镂空针织防尘尼龙布。

　　我邻居的前妻听说一直在动复婚的脑筋。不知道真假。我邻居前妻找了很多亲戚和朋友来劝我邻居，因为她不想就此甘休。

在离异的这几年时间里,她似乎忘了他是个体液恐惧症了,也有可能婚姻中那几次稀薄的性交经历让她想不起我邻居在床上的糟糕表现了,她原谅他了,甚至自己也变成了一个性冷淡的人了,因为毕竟她是一个在婚恋市场不那么吃香的老女人了。但我邻居对此表示怀疑。尽管有的女人一过三十岁就对这个没兴趣了,但我邻居认为他前妻肯定不是这样的人,她一定在孤单的夜晚反复回味他与她有过的那几个有限的同房夜间。在某些共居的每个月一天的晚上,我邻居甚至听到过她在他房门口走来走去,就像是某种欲火中烧但又找不到一只雄性动物的那种雌性煎熬,也许她以为我邻居听到后会把房门打开放她进去,或者他身体里有限的那几个雄激素最终会把大脑里的那几个寻衅滋事的泌乳素干掉。

我邻居不愿意!

我不知道他是怎么想的。

我问过他是否有别的办法可以解决这类事,比方说用别的形式来代替正常的性活动。我邻居咬紧牙关没正面回答我。我邻居的儿子从两岁开始就与他一起住了,数年来两人一直睡在同一张床上,每天晚上入睡时,他儿子就会把腿搁在他身上,有时候他那条胖腿恰好挡住了他那个蠢蠢欲动的部位。这个画面我想象不出来。我是说"一条小男孩的胖腿"和"一根蠢蠢欲动'管子'"(我忽然想起德国格·克·利希滕贝格的话:有用的东西都是用管子制成的,比如枪、笔、男性生殖器。枪用来征服国家,笔用来征服智慧,男性生殖器则用来征服世界——因为征服世界的起点在于征服女人）。因而我觉得我邻居有时候是在回避话题，要么不愿意谈，要么觉得谈论这个让他抬不起头来。出汗其实不是问题，如果是冬天的话……他禁止我接着谈论这个话题。对我来说，天气过冷勃起就是个问题。但实际上气候在我这里同样也不是个什么问题了，因为我几乎就不会勃起了，或者说我那东西太小了，勃起都没有什么用。我妈妈从未关心过我这个问题。她从来不知道我之所以单身到今天是因为我有这方面的缺陷。也可能我与她说过，但她总是记不住关键因素。她还一直以为我只是心理有问题。她甚至给我找过心理医生，那是在我三十岁之前，有一次她找的一个医生还给我打过电话。那名医生估计临床经验不少，因为他问的问题很直接，尽管之前他花了足足二十分钟假装是我妈妈的一个好友与我闲聊，但他的问话不像是在问性之类的，而是像在问我的手指头怎么了，我是否有疼痛感之类的，这让我没有心生反感。我还记得他的第一个问题是我是否做过性梦，第二个是我几岁开始遗精，第三个是我第一次性爱是在什么时候，以及感受如何。这三个问题我只能答出一个，因为后面两个根本不知道答案，它们是模模糊糊来的，又模模糊糊去的，第三个是模模糊糊缺席着的。

我一直在做梦，包括性梦，这些梦五花八门。我研究波尼青年时期的生活时更是频繁地做这类梦，一定是因为白天我想到那些敏感的词汇。既然我给波尼设置了一个生活混乱的青年期，就免不了不停地换女朋友性交之类的，过分的时候还和朋友玩3P、

4P什么的。什么方式都尝试过，甚至在树上也干过。白天想的这些，到了夜晚就刺激到了我，不做这类梦很难。我甚至还离奇地梦到与波尼在一起，我不知道我们是怎么做的。显然，我的梦缺乏细节，否则我一定会想起来我们是怎么干对方的，那应该会很刺激。我从没尝试过和男的在一起，我说过了我实际上是个正常的直男，尽管我自己经常怀疑。我甚至有过两次与异性的不完全的性经历。我当然没与医生说这些，我的意思是我没有告诉他我的那两次性经历几乎是半途而废的。我觉得不重要。我的问题根本不是他想的那样，我根本不是心理问题，或者说像我妈妈想的那样。医生应该让我直接脱裤子而不是问那些傻问题。我妈妈不知道自己的渎职，既然把我视作另一个她，她应该在我很小的时候就注意我发育方面的问题。但我们之间的身体接触到我少年期就结束了，我过了十二岁之后我妈妈就再也没见过我的裸体了，也不能责怪她。我的非勃起状态与其他成年男性也没什么区别，只是一到那个时刻我就蔫了，掉链子了——我在各个年龄段做过的五花八门的体检可不包含这一项。因而读者们可想而知，有兴趣的读者可跟着我回忆一下我那两次窘迫的性经历。情况是这样的：第一次我不知道自己在做爱。我是被引诱的，当时我二十岁，还有一年就要大学毕业了，我一个同学的姐姐连蒙带骗把我给"破处"了。她当时已有两个孩子，比她弟弟大八岁，婚都离过一次半了，目前正处于分居又打算复婚的阶段，因而这种事对她来说不过是一个经常练习的体育项目。反正是她先与我聊这个，因为我要找的她弟弟外出还没回家，而电视里正播着一道性心理卫生的节目。她穿着一件大号的直筒睡衣，就是那种像袈裟一样的棉布套头衫，走到我边上时奶子都掉出胸口了，对此她肯定觉得我会受诱惑，因此一遍一遍地把身子俯下来，重复做这个动作，还不停地撩起睡衣抓搔她的大腿根部。她的这些套路对一般男子肯定管用，可在我这里不奏效，我根本没有意识到她做这些与性有关，一切只是出于好奇，我多瞟了她那儿几眼。但这几眼给我惹了祸，她开始教我怎么吻一个女生，如何不碰到对方的牙齿而把舌头弄到她的嘴巴里。我对此怀着极大的兴趣，因为我天真地把这个行为排斥在性交之外，我自欺欺人地以为它是一种介于性交和社交之间的运动，只是一种特殊的嘴部运动，和进食接近。性交我认为是一个形式非常复杂且容易让人失控的行为，做起来很难，需要学习，也不一定学得会，因为有些形而上的东西让每一个人的性交都与众不同。性交产生的性快感也是一枚两面的硬币，一方面它给人提供了一个乐园，让我们乐此不疲；另一方面，和其他乐园一样，后面则是一个绝境——人间乐园之后就不能再进一步了，乐园之外不会再有乐园了，终点之后不会再有终点了（诗人布罗茨基有句话："乐园是绝路，它是空间最后的景观，是事物的终结，是山顶，是峰巅，再也不能从那里向上走。"说的就是这个）。我当时就明白这个，也就是说，性快感为男女关系提供了一个终点，人们常常在终点、此种时刻之后对对方产生短暂的厌弃，或者永久性的疏离。为了让身体免于疲怠，厌倦感是一种有效的疗养方式，如果没有它，我们可能一次性地就会把好奇、激动和幸福用尽——再也没有比性快感更好的感觉了，身体与身体的碰触再也不会有比它更美好的地方可以抵达了……

回到那天。那时候我不相信女性的身体里真的会有这么大的一个洞，因而，我同学姐姐那天仓促的教程里就添进了这个，她慷慨地向我开放了那个我从未见过的部位，然后，用一种严肃的口吻让我试试。但我让她失望了。我进不去，或者可能进去了一点点很快就射了。她非常惊讶我虽然勃起尺寸却仍那么小。在这个过程当中我也感受不到其他人感受到的那种兴奋，我的同龄人和我哥哥他们描述的那种欲仙欲死和诗人布罗茨基说的"乐园"和"绝路"的感觉简直无从谈起，同时我还觉得她那里居然那么丑，那两片张开的皮肤又黑又皱又干，只有蠢到家的男人才会把这里比喻成花朵——幸亏平时被她们藏得好好的。倒胃口说不上，但那天进展到这里我就没有再继续的愿望了。因而这件事过去好几年后，我对女性和她们身体里的这个仍旧心有余悸。不但好奇心没有增进，我还开始轻微地厌恶起这类事来。当我一些大学同学和其他同事聊这类话题时，我都会主动避开。我梦遗的次数也变得越来越有限。我怀疑这都是一个系列中的一串链子。首次性经历的败走麦城，之后又得不到遗精的持续性提示，对女性冷淡渐渐地在我这里就形成了，或者说我有了某种人们说的怪癖。我的第二次也很糟糕，是与一位暗恋我的女孩，我甚至没有勃起，最后我们也不欢而散。那位女孩非常不能理解为什么我对她的身体无动于衷。这些我都向那位性心理医生隐瞒了。并非出于自卑。经常性地，我甚至还自豪于我可以摆脱性别的控制，或者说性激素的控制，也就是说，性在我生活中缺席不会对我构成任何影响。

我与我邻居在这个话题上沉默了好长一段时间。既然他不愿意向我说他的细节，我只好猜测这个问题在他那里与我有同样的严峻性，并且给他带来同样的福祉。比方说，拜洁癖所赐，他比以前更能集中注意力，做事更有效。晚上儿子压在他身上的那条纯洁的大腿让他无从照顾他荒唐的性焦虑，陪儿子看动画片的活动增进了他对成人性活动的污秽性的观念。另外，堆叠在家中的那些工具箱和工具盒让他想到我们不过是一架被本能驱使的机器，如果有办法，我们是可以被修理、被矫正的，就像他用工具箱摆弄过的任何机械。总之，在身体这个话题上，在性这个话题上，我们有很多共识，但我们没有直接说出来。

我的研究从波尼的出走开始。

现在我终于开始正式启动我的假作家研究计划了。我从"有一天波尼就这样不明不白地离开了他的祖国"这个句子开始。

这让我有些兴奋。

我在我的论文第一页上写道：

有一天波尼就这样不明不白地离开了他的祖国。那年他弟弟已经去世了,死于自杀。弟弟的死对波尼的打击肯定不小,因为兄弟俩一直一起生活,还是同一个诗歌圈子的两位核心成员。他们有时候会在小书店做一些文学讲座,收入非常微薄,仅够兄弟俩一两个星期的食物开销。但这也比饿着肚子强。落魄的时候波尼去码头帮人搬运过货物,那是在他实在找不到糊口方式时。他弟弟比他瘦弱,胜任不了这方面的体力活动,因此波尼经常在生活方面独当一面。当然也有弟弟帮助波尼的时候,比方说有时候弟弟帮波尼想出了一个句子,那个句子波尼打死写不出来,你根本想象不到词与词能够这样组合在一起。波尼因此承认弟弟比他有更大的诗歌才华。但他们同属的诗歌圈不这么认为,有些人认为他们俩几乎不相伯仲,有人认为波尼的诗比他弟弟的接地气——也许是因为波尼的弟弟的人缘没有波尼好的缘故。大多数时候兄弟俩能找到其他的谋生手段。有时候诗人圈里某个混得好的朋友会给他们提供一份翻译的活儿,比如说将翁加雷蒂的诗歌翻译成西班牙语。波尼的意大利语都来源于那本游客赠送的但丁的《神曲》,他能够整段整段背诵。在语言方面波尼自学能力非常强,他能够如饥似渴地阅读任何到手的文字,他的几乎是自学成才的意大利语也影响了他弟弟,因而他弟弟也能看懂一些意大利诗歌,但在遣词造句上不及波尼。翻译尽管是技术活,但功力和效果还是要看母语的掌握程度,很多时候翻译就是创作,尤其是诗歌翻译,因而波尼的译诗在读者圈里很受欢迎。尽管这个国家文学凋零,实际上是各方面都凋零,但波尼和他弟弟译好的诗，连同另外几个诗友翻译的德文、法文译诗也能印在一本封面简洁的小册子上在附近一些小书店出售。购买者寥寥，这不让人意外，一直以来这个城市读诗的人还没有写诗的人多。在欧洲情况其实也一样，等后来波尼"失踪"到了西班牙，他发现那里也是遍地诗人。诗人作为一种职业不如说是作为一种状态，年轻人只有在诗歌这个组织里服过役之后才能对美好的事物免疫，才能坦然接受并对抗其他事物的不美好，但那时候在波尼自己的祖国还没有人这样认为，因为那里诗人真的是一种职业，他们在不同的酒馆里朗诵，在书店里做演讲、卖书，甚至还有上了年纪的富孀把他们请到家里供着，就像龛上的一只退役玳瑁十字架。波尼的父母显然理解不了他们的"职业"，他们把这对离经叛道的儿子所从事的工作等同于与烧杀抢掠同等的行当，因为诗人和艺术家们经常成群结队昼伏夜出穿过整个城市，装束怪异，无所顾忌，白天不是在睡觉，就是在等酒醒后睡觉。兄弟俩没给过家里一个子儿。波尼的父母和他们的那些孩子生活在城市的另一端，一个全是由失业者和穷人组成的居民区，紧挨着一条将城市分为富人区和贫民窟的内陆河。波尼和他弟弟大部分时间在河的另一边，因为只有那里才有诗歌和芬芳，那里的夜晚也更晚，那里姑娘的怀抱也更让人沉醉。由河分隔开来的不仅是建筑，还有文化、习惯和未来。河的这边是一户连着一户的低矮的木片屋顶房，河的那边是花园别墅，间或缀以一些高大的棕榈树。港口在更远处，再过去就是海和欧洲了。有一年，波尼和弟弟离开父母的棚户区后就再也没有回去过。他们学会了拼读，学会了写诗，还学会了以其他的方式挣钱。那时他们那位羸弱的母亲还在源源不断地给残暴的继父产仔，强壮的繁殖力令她整年不是忙于怀孕就是哺育新生儿，她肥沃的土壤上本来可以长几棵大树的，却被一波又一波的种子占据了地盘，那些种子一年又一年吸光了她所有的养分，让她筋疲力尽。不知道是食物营养跟不上还是其他问题，她后来的孩子都是生一个、死一个，活下来的很少。最终留下来的四个同母异父的弟妹又瘦又小，长得与波尼他们几乎没有什么相似之处，但也如波尼兄弟俩没能得到很好的教育，不过他们至少没有被自己的父亲赶去街头卖香蕉，因为那时候他们的父亲有了一份稳定的看仓库的工作。

鉴于我对波尼的叙述重点在于他在西班牙的流亡生活，我不能让他早年生活的大树过于枝繁叶茂，因而关于他在自己祖国生活的回顾就到这里了。我的课题研究经费也不支持我旁枝逸出更多的精力。总之，在波尼的早年生活中，他与弟弟是一对一直在一起的传奇，因为他们的诗歌，因为他们俩长相的过于酷似。其实这对兄弟的诗歌还是有区别的，很多人认为波尼的诗更有重量，用词密实，风格强健，但也有相当一部分人，这到后来是越来越多的人认为他的弟弟更是语言本身，更纯粹。波尼和他弟弟自己从没做过这方面的比较，尽管波尼实际上在诗歌技艺上甘拜下风，但他从来没有在公开场合承认过他弟弟比他更优秀。波尼弟弟在生活方面是个苦行僧，他不像波尼整天在诗歌圈里寻欢作乐。比较后期也即波尼在西班牙的生活，也很难让人相信波尼在青春期是这样一个人，他当时把能搞的女人全搞了，从十六岁的少女到六十岁的老妇，他还吸毒、酗酒、偷盗（出于娱乐）、嫖妓，尝遍了所有的人类极限，直到有一天戛然而止。要不是弟弟的死，波尼就会迷失于他目前的生活，会像其他一些诗人那样死于升级的纸醉金迷和降级的诗歌才华。但是弟弟去世了——于是有一天，波尼登上了一艘轮船，偷渡去了世界的另一端。

于是，故事开始了。

我通常下午开始我的研究工作，我干活的方式是这样的：煮上一杯咖啡在沙发上完成二十分钟到半个小时的冥想之后，开始读一点西班牙语（我主要的中文阅读工作是上午完成的，如果有出差机会，途中也会是我非常美妙的阅读时光），之后，当我觉得酝酿已至火候时，就把波尼的故事写下来。因而我实际上在写的是一部波尼的杜撰传记。我这篇论著主要由波尼的传记构成，在这当中我还要虚构一些从其他地方搜集到的文献资料，甚至包括口述采访材料。我有时候也会穿插一些日记，这些日记都是我现写的，并非我的波尼"当年"写下的。假装成一名真正的文学研究者为一位真正的作家工作，我喜欢那种工作。我的博士论文是研究小说结构的，这让我大倒胃口，当时我整天举着我刃口粗糙的手术刀砍向一篇又一篇小说，一直到我彻底失去阅读能力……而波尼让我舒服得多了。我的工作目标是每天至少写上一千字的东西，不管我对波尼的了解程度是否有深入。每隔三个月，我得写一篇两千字的关于我这个项目的进展情况汇报给那个申报部门，这是那名夜大毕业生要求的。我从没见过那名夜大毕业生，我们甚至没通过电话，不过我此刻对他充满了感激。因为正是他给了我很多钱啊，好使我可以有大部分时间在家工作而不必去单位。

第三章

我妈妈被同龄人的广场舞折磨的问题迟迟没有得到解决。她仍旧受不了他们清晨的音乐声和假想中扑倒在小区园艺植物上那些群魔乱舞的身影。清晨通常是她的梦风生水起之时,上天入地,钻云入海,高谈阔论,左开右阖,正当她的梦忙得不可开交时,同龄人俗气的高嗓门的音乐开始了。我妈妈有各种型号的耳机,都是我给她买的,每次当她在电话里与我抱怨这抱怨那时我就想给她买一副耳机,因而几年下来我给她买的耳机不计其数。可她说都没有什么用。每一副新耳机都自称自己有最好的降噪功能,可都是王婆卖瓜,没有一副能让我妈妈不在清晨醒来。她只要一醒过来就得一两个小时才能再次入睡,然后是一整天的心情低郁。我妈妈度日如年,自从眼睛老花后她一遍遍地重读言情小说的情况也减少了,她喜欢的作家就那么几个,她不明白他们为什么再也不写新作品了,她可能忘记了,作家们也会老,因而我妈妈就像失去了肥料的植物整天蔫头耷脑的。我劝她找点事做,比如去老年大学的课程班学点新东西,国画啊,厨艺啊,插花啊什么的,或者去那里的舞蹈班上上课也行。但我妈妈自从对广场舞有成见后对所有的群体生活都痛恨至极,她几乎患上了"多数恐惧症"。她也讨厌一帮老太太在一起时一直叽里呱啦地说话的那种场景。她那几个差不多年龄的同事,其中一个曾不计前嫌主动打电话给她,邀她一起去参加他们的活动,就是那个生了个软骨病儿子的女同事。那名女同事一个在旅行社上班的亲戚策划了一个特殊的老年旅游团,两日游,目的地是附近一个城市,团费很低,才四百,最令人惊喜的是二十来个成员中有相当数量的老年单身者——有些是离异,有些丧偶。我妈妈同事的用意非常明显,都不需要在"老年团"后面加备注,但我妈妈不知道是不是猜出了她的意思,还是天生对这种集体活动不感冒,接到电话二话没说就拒绝了。我不明白她脑子里想的是什么。难道她觉得她可以靠我那些三心二意的一周一次的电话过一生吗?

我给我哥哥打电话。我的意思是说,不管他如何忙碌和心里怎么想的,得经常去看看我们的妈妈,至少两周一次吧。两周一次?我哥哥现在变成了另一个人。自从他结婚后他就变成了另外一个人,我是说其实他去我妈妈那儿的次数还不少,放在过去,他可能一年至多去看她一次,因为"她不喜欢他"。我哥哥一直觉得我妈妈不喜欢他,尽管这是事实,但我不能承认,至少不能当着他的面去确认。我妈妈其实同样不那么欢迎我哥哥一家常去她家,因为为了他们她得对自己乖戾的习惯做一些调整,比方说,得正经做"中餐",并且在清晨被广场舞音乐吵醒的那一两个小时里就得考虑去菜场买什么菜。但这种牺牲比起我哥哥一家如履薄冰地计算她"晨起"的时间、就餐的时间以及最后的就寝时间程度要轻很多了。我哥哥他们要是去看望必须得是下午呢。听说我妈妈与我哥哥的丈母娘也处得不是那么好，两人很少来往，最多在电话里寒暄几句，如果我哥哥的丈母娘在哥哥一家来访时需要打电话与自己女儿沟通一下的话。我妈妈有点看不起她的纺织厂女工的出身，尽管后来他们家因为拆迁有了点小钱，也就是说，在这个城市有了三套房子，还帮女儿盘下了那家药店，我妈妈仍旧觉得她们是两个世界里的人。而之所以这么认为，那架退役的脚踏风琴是个重要的分水岭。这让我哥哥觉得既难过又觉得好笑。我哥哥心里明白就连他妻子——我嫂子，我妈妈好像也有点不是那么看得上，因为她是纺织厂女工的女儿啊。我嫂嫂高考落榜后就工作了，但她运气很好，或者说魄力大，眼光独到，在父母的帮助下很快由一名营业员升级成了老板。但我妈妈同样不买账。我嫂嫂第一次来我们家时我妈妈给了她一个严厉的下马威，那时候我哥哥在她们家已经扛了快一年的煤气罐了。我妈妈像个户籍警察一样在短短的半个小时里将她家的人口啊经济状况啊调查了个遍，接下来还打算拷问她的受教育情况。就在此时被我哥哥喝住了。我哥哥不喜欢她侦探式的好奇心，因为用脚都能想得出来，她将问的问题里会包括诸如我嫂嫂当年的高考成绩、中考成绩、小学升初中的名次，小学在哪个地段上的，是否上过幼儿园大、中、小班，等等。幸亏我嫂嫂是个度量大的人，或者说反应迟钝的人,她由于一门心思爱着我哥哥,爱着这具霹雳舞刚刚撤走的文艺废墟——我哥哥就是非常吸引她,她不介意我妈妈问她这么些问题。她是个看上去没有心眼其实非常有主见的姑娘,她的一切人生规划都务实而有效,婚后她把我哥哥抬到了一个至高之处,因为她懂得夫贵妻荣的道理。当然啦,我哥哥对她也会以忠诚相报,他在外面没有任何女人,我哥哥一点也不好色,尽管他形象不错,还有点文艺青年的底子残余,照说他是很吸引女性的。他们养的闺女也听话,总之,在我看来我哥哥已经很成功了。但我与我哥哥一家一年见不了几次,我们至多是在节假日才会碰上。我有时候觉得自从霹雳舞光环从他身上撤走后我哥哥对我的吸引力已经大打折扣了,但一看到他以丈夫和父亲的妥帖身份出现在他妻女身边,我就又会认为我哥哥现在的形象比过去更能吸引我。因为我自己是个残疾人。我才不介意这样形容自己。我哥哥也怀疑过我有问题,但他不说,等他自己结了婚就更觉得把自己的疑虑说出来有失体统了,因为我们已经是两家人了,我作为他唯一的兄弟,理应得到起码的隐私尊重。但并不意味着他不会想起这个疑问,随着时间的推移,这个疑惑越来越大,但越来越不能问。要是想问所有的问题也都得拐弯抹角,不过他不擅长这个,所以他装聋作哑,他与我嫂子只有在晚上熄灯后才会讨论这个。我嫂子也很聪明,每个人都有自己的生活啊。为什么人人都得像我哥哥那样娶妻生子呢?我觉得如果两人讨论起来,我嫂子也会这样对她的丈夫说。不过我们一家,我,我哥哥，我们的母亲，我们业已另组家庭的父亲，只有我哥哥才是真正令人羡慕的。我哥哥那个家无论如何看上去都会是一次性的，也就是说，不会像我们的父亲还有重组的可能。我们的父亲，最受我鄙视的我们家族中的男性，自从离开我们后就像消失了，城市那么小，我们却从来没有在街头或者类似的地方碰上过他，他也不给我们打电话，不给我打电话，不给我们的过去打电话。有好几次，我哥哥说，他在路上走着走着以为前面那个人是我们的父亲，有段时间任何一个稍微有点秃顶的人都有可能被他认作是主动消失的我父亲。他还会把一些看上去年纪与我父亲相似的老人认作我父亲。他用这种方式来怀念他和想起他，但是不管用。他就是没有在街头或公园之类的地方碰上过父亲。我想我与我哥哥记忆或者怀念我父亲的方式到底是不一样的，毕竟我父亲给他买过一只真正的篮球而只给我一只二手的自己DIY的万花筒。我奶奶和爷爷去世得不早不晚，正好在我妈妈和我父亲闹离婚的那几年，他们俩一个前脚走一个后脚走，在两年不到的时间里就全不见了，似乎是专门为我父亲腾出房子的。我父亲有先见之明，他早就在把那套房子落到他名下之前就把一些他需要的家什搬到他们家了。我父亲早就做好了这个准备。因而可想而知，我父亲离婚后就顺理成章地得到了奶奶家遗下的那套房产，把自己的名字名正言顺地添加上去。我们还有一个姑姑，但她家境富裕，又在外地工作，根本不在意我奶奶家的这套旧房子，她也很少回家，后来还移民了。因而离婚对我父亲来说实际上没有损失什么，那些早已存在我奶奶家的大小家什，包括几枚铁钉和一把喷水壶，存款上的那些谁也动不了的数字，全都随他去了我奶奶家的房子了。

我们家有两个阵营，这个观念一直存在我妈妈那里，我哥哥也有这种感觉——不是说我奶奶我爷爷和我们母子三人这两个阵营，而是我父亲与我哥哥，以及我妈妈和我这两个阵营。其标志物就是我上文说过的篮球和万花筒。但这完全是我妈妈推想出来的，起初是我妈妈想象出来，后来是因为我妈妈说多了，我哥哥也这样认为了。但我认为不存在这样两个阵营，因为我哥哥任何时候都与我们在一起，只是我哥哥在外形上更像我父亲，这种形象上的相似性有时候容易让我妈妈对他产生敌意，尤其是在她与我父亲吵过一架之后，或者生过一顿闷气之后，她很容易把怒气迁移至我哥哥身上，久而久之，就加剧了他对"正派生活"的反感。学业、固定工作，都是我妈妈眼中"正派生活"的一部分。现在她又觉得我哥哥通过婚姻进入了一个她不熟悉的社会阶层，也就是那个由工厂女工、私营小企业主以及高考落榜生和技校毕业生构成的底层社会，那个充斥着粗鲁的教养、持久的贫穷、俗气的理想的社会金字塔底端空间，是一件爬满虱子的不保暖的袍子，我哥哥偏偏要将它穿戴在身上，还要在某些周末在她面前晃来晃去。因而，我成了她阵营里的盟友。我学业佳，学历高，有固定工作，不但没偏离她所在的那个社会阶层还抬高了它，尽管我目前以研究一个虚拟作家为生，尽管我性器官发育不全，尽管我有两次失败的半性经历，但我这个独身人文学者一个星期会给她打一个心不在焉的电话而她也乐得听我所说的任意内容。

我的社交圈很窄，我不愿意将时间浪费在那些闲聊中。哪怕是我妈妈的电话我也要控制节奏，一星期一个是我的上限了。我是个学者而不是作家，因而我也不会像波尼那样有那么多文学聚会。我居住的城市与波尼当年生活的那个港口城市一样，每天都有由许多被冠名为作家和诗人的人组成的各种聚会，他们不是在下等酒馆，不是在小书店，不是在凌晨的街头，而是在金碧辉煌的大学礼堂里，在文联某个气派、考究的会议室内，在五星酒店金光闪闪的餐厅深处举办各种各样的沙龙和文学研讨会。他们还有数不尽数的政府提供的充裕资金，以便让他们从沙哑而单调的嗓音里随时唱出赞歌。他们一年中有好几次出国访问的机会，打着交流文学之名游山玩水，政府还出巨资给他们出各种译本，以便在某次生意冷清的书市亮相之后迅速送进造纸厂的纸浆池并为下一本烂书贡献纸张。此外还有各种层级不同的文学大奖，既给他们荣誉，又送给他们足以买上好几套大房子的丰厚奖金——通常意义上，这些文学大奖的参赛选手只限于作协组织内的人。最为离奇的是我们这个国家还有一种叫作"专业作家"的身份，一旦拥有了这种身份，就可以拿终身制的工资而不管你写什么破烂玩意儿。生活在我们这个国家的作家们真是幸福极了，因此大部分体制内的作家被养得肥肥的，但写的东西却臭烘烘的。如果波尼和他弟弟当时能够得到我的同胞作家们十分之一的待遇和机会就不会一个死的死，一个流亡的流亡了。当然也很有可能，如果他们拥有了这样优裕的物质环境，就会像那些作家一样用破铜烂铁的词汇来搭架他们毫无新意的文学大厦，每一座大厦美其曰名"现实主义"，其实不过是一间"现在主义"的茅房。我非常庆幸我不是个作家，我可以凭别的生存方式自食其力，我也不用像我妈妈喜欢的那些言情作家靠卖文为生。被人养着和卖文为生都不是什么好的状态。

波尼下了偷渡船后其生活状况最初被我想象成猪狗不如，就是因为我想到那些养尊处优的同胞作家。波尼饿了两天后，跟一个在码头上偶然遇上的罗马尼亚人学会了偷盗。在法国诗人奈瓦尔眼里，盗窃不过是一种物质转移的魔幻方式，与道德没有关系。因而有一次奈瓦尔去拜访一位朋友而朋友不在时，顺走了他一双靴子；几天后奈瓦尔向这位朋友解释他的行为不过属于"魔幻的物质转移方式"。波尼的情况好不到哪里去，他跟着那位罗马尼亚小偷偷市政厅门外整捆的电缆线，偷内务部顶楼钟表上的镀金时针，偷警察局食堂里的新鲜羊腿，偷市长儿媳妇放在干洗店里的毛皮大衣，能到手的东西他们都换钱了，这些钱填饱了他肚子，让他没暴尸街头。在这样的日子里写不出一个像样的诗句很正常，那时他脑子里全是一个个及物名词，不是电线就是羊腿，电线和羊腿的笔画止于酒杯和餐盘，不会探触到诗歌的诗行里面去。祖国已经远去，新生活还没到来。

整整三个月，我的研究就只进展到这里。我刚刚在脑子里把波尼偷渡到西班牙最初两年的生活理顺，但还没有下笔。我没有花很多精力去琢磨他在海上偷渡那一个月的生活。我相信类似的记载和冒险小说已有不少了，从史诗时代就有了，如今利比亚难民偷渡翻船的报道又为这类冒险和流亡增添了新的章节和苦难品种。我本能地反感构想这样的情节。我本人患有很严重的幽闭症，我不能想象被关押在甲板下面的生活：整整一个月你几乎见不到阳光，可能还得与死尸尿屎共处，缺水、缺食物、缺干净衬衣，另外还得提防各种防不胜防的传染病。一想到这个我就恶心。我晚上睡觉都得打开卧室里的窗户。于是我伪造了一些波尼的信，是他刚抵达西班牙时写给他朋友的信件，由于最后一刻他不想暴露自己的行踪而没有投进邮筒。至于为什么最后不想让朋友们知道他的下落，我想诗人内心是非常复杂的。他一生失踪了两次，与第二次失踪相比，这一次不过是看上去程度严重而其实动机没有那么复杂。因而可以假想这样一个画面：有一个星期里他几乎每个傍晚都在最初的临时住处和离住处最近的邮筒之间逡巡，手里捏着一封欲投递而最终没有投递的信件。那些未寄发的信件我假装是在马德里某个旧货市场发现的，由我的朋友哈维尔买了后成捆寄送给我。足足有二三十封。卖信给哈维尔的二手商店老板根本不知道波尼为何人，这些信他也读过，因而要价低廉，为了说动我朋友买下它，他还赠送了几张旧明信片。因而我可以放心大胆又大言不惭地在这些"信件"下面标注："可以肯定的是他这些信件，他那几个朋友根本没有读过，如果他们曾收到过这些信,他就不会被认定为'失踪'了。自从他登上船后他们再也没有他的消息,他们以为他死了,死于黑死病,死于疟疾,死于鼠疫,或者死于窒息,死于同船者陷害,死于缺食物,死于缺水,死于情杀,死于跳海,死于绝望……甚至可能才刚刚驶进公海就被海盗劫持到了不远处的一个无名小岛上,由于缺乏必要的生活资料,最后死于那年最早到来的一场风暴。也有可能他与幸存下来的另一个同伴制作了一条可以沿岛划行的独木舟,他们还在岛上垦荒种植,把船舱里最后一把麦子播进了土壤里,幸运地驯化了一只猴子做他们的'星期五',将一只椰子壳涂上矿石颜料后当成他们最初的宗教……由于缺乏异性,两个男人还发展了一种能被他们自己原谅的性关系。最后两人在一次出海中死于被海浪打翻的独木舟……"任何一个想象力丰富的读者,都会被我这段脚注所吸引,并认为波尼乘坐偷渡船的经历可能是另一部精彩的《鲁滨孙漂流记》。但这非我关注点所在,也非我所长。因此留下这条脚注之后我就再也不碰他那段生活了。我的文学研究重点不在于波尼是如何"失踪"的,而是他"失踪"后的日子,即他是如何在"失踪"的十年里在西班牙写出他的鸿篇巨制的,也即他的《……》。这部小说的名字取得也颇有意味,并非因为它是世人眼中的未竟之作,而是它还暗示了波尼的小说观,波尼的小说观核心就是任何小说都不应该被作家写完,至少不能被一个作家写完,就像人类不能被一个人灭绝了、被一代人灭绝了那样——这些前无古人后无来者的小说理论我会在小说中慢慢说给读者听，尤其是我小说的后半部分。鉴于我当时深爱波拉尼奥的《2666》，因而我只要稍稍一分心，稍稍走了一下神，就有把波尼变成波拉尼奥的危险，在构思和写作中，我需时时提防着波尼向波拉尼奥滑去，因为他们俩明显的共同点是，都是拉美人而且后半生都生活在西班牙（波拉尼奥迁来巴塞罗那是因为他母亲与他父亲离异后迁居西班牙）。我不想向读者隐瞒我这种笨拙的向大师致敬的方式，除此以外我别无他法。当我数年前在众多新书中发现波拉尼奥的《2666》时，这位身患重疾的作家已经驾鹤西去，因此我当时读到的每一个字都是作家已被人盖棺定论、人去楼空的遗址。这种遗憾我很难向读者说清楚。一个狂热的读者经常会碰上这样的情况：当发现深爱某位作家和某部作品时很快就会被告知此作家已去世，要么是很早就不在人世了，要么刚刚去世，而由于他（她）刚刚去世，出版社得以大量出版他（她）的遗作。言下之意是我们很少有机会能向活着的作家致敬，我们与我们喜欢的作家经常阴阳相隔。我不是那种饱学诗书的人，考虑到我的出身和经历，我并不对此感到抱歉：我在一个几乎封闭的小县城里长大；我妈妈是一名只读言情小说的小学音乐老师；我父亲是一个工作后就不读书的守财奴；我哥哥是一名连普高也考不上的技校毕业生；我们家除了几本语录和母亲的言情小说几乎没有什么藏书……文学专业阅读于我完全是一个外来物种，它是成年后才移植在我身上的羸弱枝条，要不是阴错阳差，我也不会将文学作为我谋生的职业。我能够在我现在供职的单位开花结果,并且申请到一笔以研究一个不存在的作家为目标的课题经费已经是个奇迹了。因此我不敢奢想通过我的研究工作能够发现世界上其他被忽略的伟大作家和他们的作品。"伟大"这个词本身就非常可疑,作为一个跛脚和瘸腿的词缀,它的意义和重要性向来取决于它旁边的次要词根:时代的、环境的、政治的、地域的、文化的……它经常变脸。我对那些"大"的东西向来避而远之,我非但对"大"的东西避而远之,我还对"真"的东西敬而远之,因为两者的德行一样,都试图代言权威和道德,并形成专制,但自身却缺乏稳定性。

有时候我对所有的形容词都避而远之和敬而远之。

幸运的是,那名夜大毕业生给我的研究经费多到让我受宠若惊。当我看到批令费用一栏里那一长串数字时我简直惊呆了,我差点要给那名夜大毕业生写一封感谢信了。我不知道如今我们的文化部门和掌管意识形态的部门已经这么有钱了,因而我不能再抱怨那些作家们享有如此优待,因为我也是受惠者之一啊。在我所就职的这家研究机构,我并不是唯一的幸运儿,我同事中有的是研究两河文明的,有人研究巴尔干半岛的东正教传播,有人研究各种迷宫形式,有人研究庄子的怪癖,有人研究佛教中的菩提树,有人研究镜子的历史,都很小众,但每个人都领了一笔不菲的基金。与我相比,他们研究的都是真的东西,我研究的却是从来没有存在过的一个人,不是外星人也不是神祇,而是一个假人。仅凭这一点我应该对那名夜大生感恩戴德。从另一方面来说，我也任务艰巨，我得从这个不存在的人身上研究出一些存在的事物来。比方说，某种存在于作家群体中的隐秘的禀性或者写作成功学之类的。那位给我审批课题经费的夜大毕业生就是这样要求我的，当然，他不知道波尼并"不存在"。每一个被批准的课题项目，最终结果都是要求我们能给他一些"首次发现"，如果没有"首次发现"，至少有某种可以量化的东西，确定的东西，某种公式或某种数学，以便为下一位研究者提供研究证据。我们所有的研究部门都已经很习惯把公式和数学当成一切真理，或者一切真理之源、现象之源、逻辑之源和思维之源了，历来统治者们也都酷爱数学或者科学，就是人文领域里的统治者也是如此。因为数学和科学就是服从，就是受驯，也就是说，顺应事物的本性，慎对存在之物，否则就会遭到自然的报复；而文学和艺术恰恰相反，文学和艺术要求变化、变形、模糊、超越，适度的混乱是被允许的，甚至允许颠覆，因为颠覆意味着革新。也因此，从事文学和艺术工作的人经常被统治者视为精神病患者或骗子，但他们中的一些人却靠文艺从业者们吃饭，比方说像夜大毕业生这类文化研究部门的领导，靠限制我们的项目吃饭，靠计算我们的经费吃饭。他每天要阅读我们这些他眼中的精神病患者和骗子从全国各地发来的花样百出的审批报告，尽管每份报告只区区几千字，阅读这些却让他头痛。因而删繁就简，在批复中夜大生希望我三年后给他的论著里能有一张清晰的表格，须论及诸如波尼这类被埋没的作家和马尔克斯这类作家明星在世界作家群体中所占的比例,前者与小偷、工厂看门人、超市收银员、公司清洁工为伍,后者以总统、总理和各国政要为朋友圈。此外,他还希望我能做一些更细的作家分类,比方说,婚姻状况,有婚姻的作家和单身的作家的比例构成,异性恋作家和同性恋作家的比例构成,育有多子和无后作家各种的比例构成,有过流亡经历和一直生活在某地的作家比例构成,酗酒作家和滴酒不沾者的比例构成,以五十岁为分水岭早逝和长寿的作家构成……他的要求烦琐,也相当无聊,大部分是统计学,通过对波尼生平的研究要得出这些数据,好像我是一名地质勘测学家。读者读完这篇小说后会明白,我最终偏离了夜大生对我的这些鸡零狗碎的要求,当然他最后也没发现我骗了他。他早就知道我们在一起工作的规则就是互相骗对方,言行前后一致是为了给对方以机会。就文学而言他根本就是个门外汉,一天之后就忘记一天前说过的话对我来说正是我恰巧可以利用的机会,对某些项目是这个要求对另外的项目又是这类要求,这种随意和无知也可以给我们以更多的空间,摆脱他对我们的严厉监管。不管怎么样,生活在统计学里比生活在某种具体的性格中、某种具体的命运中更令人舒适,戴着地域、时代、人种、语言的大遮阳帽,就不用害怕被命运的不确定性和它固有的悲剧性的紫外线射伤了。说真的,我有时候也希望我不是自己,而只是某个集合名词中的一个笔画。因而我乐得只为他提供几张表格。

对我邻居来说,现在他生活里最大的困扰就是前妻的复婚念头,围绕着这个复婚希望的是她那些神出鬼没的电话,以及每月一次(一个月一天)的临幸。但是他们那天从来不和对方说话。儿子成了他们一个效率低能但管用的中介,儿子会给双方带去信息,比如说我邻居想去厨房而他前妻在里边待了过长的时间后,我邻居会派遣儿子去厨房探视一下情况,必要的时候提醒她"好出来了"。尽管有这样一个中介,我邻居去卫生间之类的感觉上稍嫌隐蔽的空间时仍会仔细检查一下门背后是否有人。奇怪我邻居老是会这样想,他老是怕她——"那个人"——突然从门背后窜出来用"体液"把他"强奸"了。因为复婚以后免不了要在同一张床上睡觉,免不了要沾上她的"体液",所以我邻居对前妻想重新与他们一起生活的念头简直怕极了。

我们这一楼层很安静也很和谐,因为那对小夫妻经常不在家,另外两个男子和一个儿童对门而居,相互之间还往来。我从来没有在电梯之类的地方看到我邻居的前妻,更不会在他家里碰上,因而想起她来仿佛此人是虚拟的。根据离婚协议,我邻居前妻一个月来这里住一晚上,除了让孩子有一种她仍旧是这家中的一员的感觉外,主要还是来宣示她对这套房子的所有权的——这套房子有三分之一是她的(三个人每人一份),直到他们的儿子成年结婚,届时,她与我邻居就自动放弃,并将其作为儿子的婚房。因此在临幸这里的一个晚上也是她生活里的大事。为了让住一个晚上住得舒适,我邻居前妻经常"顺便"给孩子带新衣服来,有时候还用饭盒装着刚做好的点心之类的他爱吃的食物。但我邻居觉得，她来这里唯一的和最终的目的只有一个：看看做父亲的在干什么，是否有了新的女人。她怀疑他外面有人也是证据充足的，因为他一直不愿意复婚，每次受她委托的某个亲戚好友向他提起这个他都一副不想与他们谈的样子。"不要来打扰我们的生活了"。他前妻只要间接地听到他由亲友带来的这句话就会怒火中烧。同样的意思还会换着方式说，比如，"婚姻对我来说已经多余了"。这句话最让她受不了。她从来不敢自己直接与他谈这件事，也可能之前谈过，但我邻居肯定不但不答应，还会借此奚落她，一旦他不想与携带体液的她一起过了，找一些把柄和借口是非常容易的，毕竟他们一起生活过两年时间呢。她过于热衷于网购，热爱无脑的韩剧，卫生习惯不良，这些无伤大雅的东西在我邻居嘴中都会成为他不愿意复婚的理由。所有拒绝的说法中，对我邻居前妻来说，"我已经有女朋友了，有别人了"这句话杀伤力最大，因为一直没有从他口中听到这句话——各种间接打听的途径都没有给她带来这句话，前妻就对此抱有幻想，只要他一天没有对她说，她就仍旧是这个业已解体的在未来是潜在的三口之家的一员。因而在娘家的一些家庭聚会或闺密间的小型聚会上，当那些做过调解员的亲友成员把离婚的原因迁责在他古怪的性格上而不是"他嫌弃她"（实际上正是这样）时，她就会把脖子高高地昂起，用指甲钳的条纹背面磨搓着指甲切口上的新痕——这是她谈话的习惯性动作，幸灾乐祸地说："他就是个怪物。一个大怪物啊。"好像她早就知道这个结果。她早就知道将他定性为一个怪物。并非如此,她还是这个"怪物"的肇事者之一,如果不是肇事者,至少也是一个受害者,她用这种感觉来减轻对他的恨意。因为每个人带回来的不乐观的消息让她恨得咬牙切齿,同时一股强烈的羞辱感也让她难以对此释怀。当年两人怎么走到一起的故事已不值得回顾了,不过我估计过程是这样的:两个人在一个什么参观学习会上认识了对方后,她就开始给他打电话了,因为像我邻居这样的人一般在男女事情上很少主动,何况他还长得不错,个子高,年龄又相当,他当时还是他们那个区档案协会里的一个什么小领导,尽管是群众组织,却给了一些未婚女性,包括他前妻追求他的理由。那年我邻居前妻已过适婚年龄,她答应父母年底就领个男朋友回来。她父母一方面半信半疑地等着这个结果,一方面同其他家中有大龄儿女的家长一样每个周末去公园里为她相亲,举着写有她生辰八字的信息牌,希望能在那里邂逅到乘龙快婿。到了年底,事情进展超出了二老的期待,由于我邻居前妻的主动,这对年轻人的关系跨越好几个阶段直奔怀孕生子——她那磅礴的体液在某次意外的交合中成功地截流了我邻居几个精子,并收留了其中一个最强健的,然后双双携手进入子宫。

两人是奉子成婚。

每次我邻居前妻前脚走,我的邻居就开始大扫除,厨房、厕所、客厅、茶几的玻璃面、水龙头的开关、坐便器的圈圈、各扇门的门把手、拖鞋……所有能用抹布进军的物品表面都会被他列入清扫目标,因为她曾经无处不在啊。他的洁癖让人感到荒诞,如果说其他东西他能去除她的痕迹和气味,对空气他却束手无策,因为空气不为她所独有,他们曾经无时无刻不在交换空气,世界上所有的空气都是公共的,但他却不能在她走后把每一个空气分子都擦上一遍;灰尘也一样,灰尘也是公共的,曾经在她手上栖息过的那粒灰尘可能一刻钟之前就是从他额头上掉下来的……但他就是这样。据我分析,他洁癖主义的身体里有两条路径清晰可辨,一条通往他人身上的各种体液,另一条通往与他前妻有关的一切。前者表现为物质,女性;后者表现为精神,即他前妻的感情。有恐惧症的,我邻居不是第一人,这个世界上有恐惧各种各样东西的人,有的比我邻居更不可理喻的,比方说,我外婆害怕各种形式的毛发,包括她自己的头发,她一辈子只在理发店处理自己的头发问题,并不允许我妈她和她的堂姐妹们在他们家里梳头。因而我妈妈,据她自己说从小就留着一头容易打理的短发,而我外公则遭了她这个忌讳的诅咒,过了四十就开始秃头。离奇的事永远都有,仍旧是我外婆,她有个远亲还害怕硬币,那位害怕硬币的远亲的父亲害怕铁器。至于这位害怕铁器的父亲有个祖上害怕晚上看见月亮,因而那位胆小的祖上一入夜就不敢出门,她天天盼着下雨。什么样的人都有。我邻居不愿意承认自己有某种程度上已经相当严重的洁癖症,但他觉得他只是不喜欢前妻,因为不喜欢,她与她身体相关的一切都令人憎恶。

我邻居的儿子与我邻居几乎是一个模子里出来的,显然小家伙长得没他爸爸好看。我去他们家串门如果他儿子冷不丁地从门外走进来，我会认为是我邻居在同我开玩笑，因为父子俩不但五官，连表情都很相像，最为离奇的是他们手腕突起的那块小骨头上都有一颗蓝色的痣。遗传学显然在他们俩身上下了不少的功夫，不过他儿子胖胖的，五官比例也不是那么匀称，还有点罗圈腿，据说学习成绩也一般，因而我邻居在拷贝自己的版本时犯了点不可原谅的小失误。但这种感觉我不能说出来。他是个无可指摘的复制技术研究专家，在涉及自己方面没能克隆出一个令人满意的作品出来，这类事可能还要追究他前妻的责任。不过也许这只是我的一厢情愿。也许他们两人都觉得自己的儿子完美无缺呢。

很多人说我侄女与我很像，我觉得这种说法纯属无稽之谈，说我们像的是为了拉近我们之间的关系，因为我与我侄女见面次数非常有限，从她出生到现在不过十次，因而我们间任何一点微弱的联系都有必要被放大。何况我还是我们家的骄傲。不管我妈妈和我自己怎么不看好我，从小学一路到博士的我这个学霸都是我们家学历最高的一个成员。索尔·贝娄写过一部叔叔与侄女相像的小说《晃来晃去的人》，不过作家没有在小说中大谈他与侄女的相似之处，而是写了"我"与祖父的相似处："大约十四岁时，有一天我碰巧把它（全家照）从抽屉里拿了出来。一起拿出来的还有保存我卷发的信封。我端详着画像，忽然想到：外公的这种脑壳，有一天将会取代我卷发'冒失鬼布朗'及其他一切。

后来，我终于相信（这已不再是一种印象，而是一种教条），这张画像也是我必有一死的证据。我是暂借外公和他的前辈的骨骼挺直腰杆的。然而悬在我心头的是他本人，并非更远的过去，天长日久，他会对我起潜移默化的作用直到我自己也两拳干瘦，双目呆滞。"贝娄说面孔是我们存在的意义的全部体现，是我们祖先的记录，也是我们接受这个世界，拼命依附这个世界的方式。依照他的说法，我侄女拼命想用她的长相依附于我，但实际上却轻微地失败了，因为我们真的不像。我邻居与他儿子彼此依附，效果也极佳。两人都视对方为生命中最重要的人，因而我邻居前妻的父母在与我邻居抢夺儿子的战争中没有任何胜算，但这不妨碍他们仍旧把我邻居视作一个怪人，把我邻居家视作一座消过毒的监狱，因此当小家伙偶尔回外婆家过个周末时，他们把他当成一个可怜的逃犯。对此我邻居有些生气。

  正是在一次我们三个人坐在我邻居家时我说起了我的3D打印计划。面对我邻居儿子那张几乎与他如出一辙但又迥然不同的脸，我第一次向我邻居提出我愿意奉献我的波尼作为他的实验对象。那时候我邻居对波尼还一无所知。但在儿子克隆方面的败走麦城和对3D打印技术的日渐浸淫，让他很爽快就答应了。他还许诺我会慢慢地试着去了解这个假人波尼。

第四章

　　我妈妈的执着终于有回应,我妈妈对我说有一天有个男的给她打了个电话。她家的来电屈指可数,除了我一周一到两次的雷打不动的固定电话,其他都属意外,比方说我哥哥和嫂子"神出鬼没"的、可能有时候一个月几次,有时候一个月一次的电话,上门来查水电煤但不知何时会光临的电话,电信部门啰唆的服务套餐电话,送错货物的快递的不耐烦的电话……所有"意外的"电话中,她最为惦记的是她工作多年的那所小学工会主席的电话,一年总会有那么几次,电话通知她去学校领纪念品或参加个什么会议之类的,这是我妈妈喜欢的一类电话。另一类骗子的电话对我妈妈来说也相当重要,这几年经常会有一些电信骗子给我妈妈打电话说她中奖了,或者说有份免费的保健品可以去领,以及地址在哪儿哪儿,但她得告诉他们银行账号,我妈妈有时候会将这类致电者当成聊天对象,像我妈妈这样多疑又冷漠的人怎么可能轻易相信他们的花言巧语呢。除此之外,我妈妈的电话就没理由响起来了。她几乎足不出户。她教的那些学生也没有几个会记住她的。即便那些学生记住她也不过是以学校那架老掉牙的脚踏风琴一个附件的方式,她一年一年地重复那些教材上的老歌,从不教他们流行歌曲,因而学生们几乎是以憎恨的方式记住她的。时间一久,他们还把她与其他几个女老师混在了一起,不是把她的姓,就是把形象与她们串在了一起。因此可以这样说,他们根本没有记住她。她不介意这一点,但的确是没有一个学生给她打过电话,除了照片悬在墙上的那两名女学生——那也是好多年前的事了,其中一个学生的妈妈就是我妈妈儿时的邻居,由于这层关系,对方让我妈妈辅导她女儿。另一个呢?我妈妈私下里辅导过她识谱,还帮她报了名参加全省小学生歌咏比赛并得了奖。但这两名学生不见得天天给我妈打电话。因而可想而知,在这样的情况下,在连她的两个得意门生也快忘掉她的冷落中,当我妈妈接到这样一个陌生人的电话时有多惊讶!

给她打电话的是物业公司的一个新人。

话说这名新来的小区物业保安,有一天偶然打开了一只从未被人打开过的信箱,因为信箱很多年前就丢了钥匙,因此多少年来这只小铁皮箱子就一直以摆设的方式悬在大厅门口人们的视线中,足足有三四年了,里面的信件从未被人阅读过。随着物业公司领导走马灯似的换了几茬也就没有人再去记挂它了——"意见箱"属于已经过去的那个时代,那时候还有房管局,现在小区都由物业公司来经营。但我妈妈却前赴后继地往那只信箱里投了好几封信,她以为那只属于物业公司的公用信箱一定不会形同虚设。与我妈妈一道愚蠢地这样认为的还有一些散发传单的小公司和附近的一家大超市。因而当这个新来的保安打开信箱时不免大吃一惊。他一边向上面汇报情况，一边自作主张给写信的这个人打来了电话。

我妈妈每封信的末尾都会注上她的电话号码。

我妈妈撞到了狗屎运。因为这几年在这里上班的物业工人经常干个两三个月就走人，三四千块钱的薪水只够养家糊口，因而不到几个月这里就要换人。前任一走，继任者对这个小区的情况就两眼一抹黑。这几年都是这么过来的。这里只有一个干了好多年、负责整个小区的水电维修的保安，自从小区建成后，就是这里的固定员工，物业公司为了奖励他，给了他一个靠近小区大门的单间，于是他在这里娶妻生子。这名资历最深的保安有一只眼睛残疾，罗圈腿，老婆给小区里几家住户做钟点工。那保安在这里工作一年后老婆给他生下了一对双胞胎，双胞胎也像父亲一样，又粗壮又笨，因为早产伤了脑子还有点口齿不清。小区里所有的人都认识这家人，但上个月这名保安的老婆早上起床时发现正当壮年的保安死在了床上，眼睛瞳孔放大，身体也发硬了，送去医院时半道上就直拐到了殡仪馆。

新来的保安就是顶替这个老员工的。

新保安结结巴巴地在电话里读了我妈妈这两年给他们寄去的信，为的就是确认我妈妈是否就是写信的那个人，以及是另外两个化名者的身份，因为另外那两个人与她用的是同一种语气，留的电话也是一样。保安小学还没念完，因为有些字他还不认得，但我妈妈在信中说得很明白了，加上用七封信重复的是同一个内容，因而保安明白了我妈妈想要的是某种投诉和驱逐。

就是这么一点小事，我妈妈从春天等到冬天，从冬天等到春天，然后又是从春天等到冬天。因此在电话里我妈妈非常高兴。

"他们打算把那群人轰到地下车库去了，那儿没有人会听见该死的喇叭声音……该死的，终于有人同情我了。"

我妈妈其实真正要解决的并不是那群晨练者的时间表，而是她自己的作息时间。当我非常客观地指出这个问题时，我妈妈气不打一处地把我顶回去了。因为她睡不着。她振振有词地告诉我，不锻炼和睡不着两者也没有什么关系。我躁跶她睡不着的那几个小时里，也就是从十一二点到三点她在做什么，她说和你们八九点钟到十一二点时做的事一样。对于她日复一日的愁闷和抱怨我唯一能做的就是再给她买副新耳机，为她众多耳机的藏品中增添一个新品种。但她在电话里喜滋滋地告诉我，这些耳机可能再也用不着了，因为这名保安给她打了电话。听她那言之凿凿的口气，似乎有最终解决的可能性了。

我嫂子，那个比我还小两岁的女人其实是个很好相处的人，她性子不急不慢，也不计较任何细节，比方说，即使她知道我妈妈对她有成见她也不在意，当她对我哥哥的迷恋渐渐褪色后，她也不像有的女的那样翻旧账，然后搞得婆媳关系一团糟，我哥哥是我哥哥，我妈妈也即她婆婆是她婆婆，这是两个概念。她非常拎得清。因而我嫂子和我妈妈相处起来没有什么很大的问题，加上我妈妈要是生起气来熄火也快，除了对我嫂子出身这件事暗地里耿耿于怀外，我妈妈的怒气和怒火就像闪电那样会不经意地来、不经意地去，通常等我嫂子意识到我妈妈生闷气时我妈妈已和颜悦色、恢复如初了，因而一对婆媳如果要长治久安——我总结出来——须得有这样一个情绪上的时间差。但我嫂子对我妈妈亲近不起来。这不怪她。我妈妈与任何人都亲近不起来，甚至对我的小侄女也一样。因而我嫂子拒绝把我侄女送到我妈妈那里受教育，并非因为我妈妈总体上只会一种乐器，而是我嫂子不想让我侄女一直精神紧张。因此节假日去我妈妈家我嫂子至多说服我侄女去风琴上坐一坐——至少得装装样子坐一坐啊，以免有辱"音乐之家后代"这一名号。"跟奶奶学学怎么弹1、2、3、4、5、6、7、1。"我妈妈却很当真。我妈妈戴起她那副只有弹琴时才会用上的白手套抢先一步坐到那架脚踏风琴跟前。我侄女其时已经在外面上钢琴课了，每周六我哥哥或者我嫂子会开车送她去带班的钢琴老师家里，然而在我妈妈家，在我妈妈挪开后我侄女坐上那张对她来说高得够不到最里边的琴键的凳子上时，她会依她妈妈的要求装作什么也不懂十个手指头在琴键上瞎摁一气。这个也是我嫂子事先嘱咐她的。要忘掉那些已经会的曲子和旋律对小家伙来说非常难，因而当我侄女弹着弹着控制不住地在琴键上摁出半个或一个完整的句子时她会恼怒而弥补性地又重重地弹上几个乱七八糟的音阶，甚至只是长时间地摁着一个键，只为装得更像。这一切只有我嫂子才觉察得出来,我嫂子经常听她和其他小朋友在老师家弹这几个曲目,她对它们也是耳熟能详了。好在我妈妈不懂。我妈妈的耳朵深陷于另外的音乐系统里,比方说她的样板戏,她的民间歌曲,她音乐教材上那十年不变的几个曲目。我嫂子还敏锐地得知我侄女是真的有点生气了,但是冲着自己来的,因为是自己一次又一次委曲求全地阻止了女儿与其奶奶的艺术交锋啊,有时候小女孩还真的想在自己奶奶面前露一手呢。"为什么要假装啊?我可是会弹肖邦的人!"我侄女每次在回家路上都一副气鼓鼓的样子。别的家长都让他们自己的孩子尽情地在各种场合展现各种才艺,自己的妈妈却千方百计地要抑制她的音乐才能。因而从我妈妈家回家的这一天晚上,侄女噘着嘴巴的情况要多过咧开嘴巴,之后,会有那么一两次,小家伙会拒绝她妈妈的一切练琴要求,甚至发誓不再去老师那儿上课了,因为"上了课也没有用"。

这一切我妈妈都蒙在鼓里。她既不知道我侄女这方面其实还有点小天赋,也不知道我侄女在生气的瞬间被无谓地消耗掉的那些音乐激情,和天长日久之后对其奶奶的不屑。我哥哥在这方面的失败有时候也是我妈妈造成的,因为我妈妈从不正面鼓励他,后来他就索性拱手让出了自己的舞蹈天分,转型成为一家药店的老板。他对我们这个家族唯一正确的贡献就是把仅存的几个艺术基因改头换面以钢琴课上的练习曲的方式留给了我侄女,以在我妈妈家里错弹的几个音符的方式留在了那架老古董风琴上。我侄女错弹的都是一些外国歌曲，几首小夜曲以及《天空之城》《卡农简版》《梦婚》之类烂大街的玩意儿，它们在这个小县城还算是有点洋气的东西，除了在钢琴课等西洋乐器练习课和婚礼上，人们很少能听到它们。我妈妈是另一个时代的老古董，她的听力被样板戏和一些耳熟能详的电影插曲反复摩擦后，在欣赏好听音乐方面的能力早就失灵了。但她不会承认这一切。她还自以为是地以为是这个小城市里的权威，但她那点权威的微光充其量只能照亮自己。而且她也有点相信龙生龙、凤生凤，鉴于我哥哥在她眼里什么也不是以及我嫂子是个高考落榜生，她对我小侄女周末的音乐熏陶课也有点虚与委蛇。所以遭罪的其实是我侄女。我们家与别的家庭不一样，在我们的家庭聚会上，我侄女永远不是一个主角，主角是我妈妈，她的我行我素是我们一直疲惫地围着转圈的轴心。我父亲他自从离开这个家之后就再也没与我们团聚过，我哥哥的婚礼他没参加，我侄女出生也没有人告知，因为这些都要随份子花钱啊。也有可能他早就知道这一切而宁愿装聋作哑。吝啬限制了他的想象力，我想在他那里，我们家的其他三位成员，我妈妈、我哥和我生活仍同过去一样，我妈妈不会老，我哥哥不会结婚生子，我不会长大，没有孙子或孙女会降生……一切都凝固在他离开家把背部永久性地扭向我们的那一天。当然，我们对他的生活也一无所知。我奶奶家的房子现在已经推平了，我父亲早已不住在那儿，我们不甚愉快的回忆现在都没有放置的地址了。在他与我妈妈冷若冰霜的婚姻乌云笼罩之下，那些年我奶奶对我们也像个陌生人，比方说，当我们偶尔光临她的寒舍，她施舍给我们一点零食或者其他好吃的都必须通过第三方，鉴于我妈妈比较有性格从来不去他们家，也就是说，我奶奶会先给我父亲，由他转递到我们的手上。这样一个颇具仪式感的过程会让她感受到某种权威。她的权威是通过距离来树立的。她这点和我妈妈很像。我妈妈给任何到我们家拜访的小孩吃的都不会直接把食物给到他们手里（但我妈妈只是出于害羞，我奶奶则只是对我们兄弟俩这样）。我奶奶还与我父亲一样，也是个省着花钱的人，她勤俭持家，节衣缩食。也就是说，我奶奶其实是我父亲和我妈妈大致上的综合体。但与我父亲的节俭和吝啬相比，我奶奶更加技高一筹，比如说，请客人来家里吃饭，荤菜肯定是放在客人筷子难及的那一头，如果客人坐在北面，肉和鱼肯定是在南面，如果鱼和肉在东面，她安排的客人的席位肯定在西面，而且整个席间只会听到她笑容满面地劝客人吃菜："吃肉！吃鱼！别剩下了，都别剩下了……"她次次都用这种方式，既保住了荤菜，又保住了体面。所以不到万不得已，我们不去她家吃饭。我妈妈也不让我们去。所以随着我父亲去我奶奶家越来越频繁，我们兄弟俩与奶奶一家也越来越疏远，直到我们与他们完全失去联系。而完全失去联络是因为这二老过世了（两人只相差一年）。我爷爷死于脑溢血，我奶奶死因不明，两人着急着离开似乎是为给他们的爱子——我父亲腾出房子。到了第三年，我父亲离婚了，时间上刚刚好。我奶奶和我父亲精于计算，我奶奶和我那几乎不出声的爷爷的死似乎也精于计算,受益者是我父亲。后来,那一带改造,我哥哥说,我奶奶家的房子拆迁了,我父亲这次又被他算准了,他再婚第二年就因为旧城改造整条巷子都拆掉了,我奶奶家那套带天井的房子成了一片瓦砾,我父亲因此分到了一个三室一厅,可能还有一些拆迁款,但我们不知道具体数目。因为那房子与我们兄弟俩没有任何关系。我父亲这婚离得可谓赚得盆满钵满。

　　在我父亲的吝啬和我妈妈的自恋中我哥哥就像一个问题少年那样孤独地长大了。我之所以这么说是因为我哥哥的成长有着有别于他人的他自己的路径,与我的没有重叠,也没有任何交叉。最为显著的一点是,他外形上有一种越来越像我父亲的趋势,这是让我妈妈最为生气的地方。我哥哥同样也不喜欢这一点,尽管我那慈爱和慷慨的父亲曾给他买过一只篮球。那只篮球绑架了我哥哥一整个少年期。因为这只篮球,我妈妈有些时候得以有理由把对我父亲的气撒在我哥哥身上,久而久之,我妈妈与哥哥的关系就越来越奇怪,越来越紧张。我作为一种结果,前面我也说了,我被动地与我妈妈组成了同一个阵营。因而,在我哥哥眼里,我成了我妈妈和整个教育体制的化身,至少在某个时期,我哥哥在我身上发泄着各种不满。比方说,某个期末当他取回一张全班倒数第一的成绩单而我从学校大会上领回一大堆奖品,那天就会是我的世界末日,我哥哥处罚的方式就是不与我说话,有时候几天,有时候一个星期。我通常都逆来顺受。我打心眼里不憎恨他，我也不能什么好处都占，从上学直到中学毕业我几乎都是心想事成，我的成绩从来没有出过学校前三。我总得给他一些安慰。于是，当他后来迷上跳舞时，作为一种回报，我成了他第一个，也是我们家族唯一的粉丝。

第五章

　　我没有像回顾我自己的少年时期那样详细地去追溯同时期波尼的生活，不管怎么样，波尼到了西班牙后他发现自己一无是处。他在自己祖国的那些小书店出版的书在这里没有一个读者，翻译的诗在这里根本就看不到，没有人认识他，由于他低贱的拉美口音，西班牙人还有点排斥他。波尼结束那段被奈瓦尔修饰为"魔幻的搬运工"的生活后，最初下榻在一个同乡家里。同乡经营一家杂货铺，并且以出租廉价房为生。他的廉价房在那个年代很普遍，通常都是临街的一个地下室，上面是卖杂货的店铺，下面是密密麻麻的由上下两层床架组成的大通间。没有卫生间。墙角有一个每天需要清理的尿桶。波尼就成了那段时间清理尿桶的人，因为胜任这份工作就无须缴纳房租。通常这是初来乍到者的活儿，一旦找到工作，这个角色就会留给下一个新来的人，而最初负责清洗马桶的人也会在这里住一段时间，如果没有找到薪水更高的工作，他也有可能会一直住下去，因为这里房租比别的地方更便宜，是外面一个单间的五分之一。通常像波尼那些流亡西班牙的拉美同胞在最初的日子里找到的工作都不会是什么体面活计，脚夫、看护老人、代看车库、清理下水管道、在街上卖手链、摘橄榄……他们是这个国家想清除但又需要的沉淀物，从它征服拉美的第一天开始，一直到现在。波尼的床位紧挨地下室窗户，地下室的墙一半在地上，一半在地下，白天路过的行人要是好奇蹲下身子就可以看到波尼和他的床位——沾满各种排泄物的木头床架子和一条看不清颜色的毯子。还没找到工作的那些日子里，波尼整天躺在床上，只能用面包泡牛奶充饥。面包隔天就干得像石头，如果不用水浸泡一下，你都不知道是面包在啃牙齿还是牙齿在啃面包。波尼运气不好，刚下船行李就被偷了，除了一个贴身大包，在码头上，几个摩尔人几分钟内顺走了好几名乘客的行李，波尼不是最倒霉的一个，因为他的东西不值钱。波尼现在用的那条看不清颜色的毯子是从垃圾桶里捡来的，有一股怎么洗也洗不掉的焦煳味。枕头是一本从船上捡来的法西字典，也是他唯一一本带在身边的书，他仅有的两本出版了的诗集也去了摩尔人那里——这也就是他为什么在头一个星期被罗马尼亚人唆使一起去偷电线偷羊腿的原因。因为经常在书桌上趴着并反复摩擦，外套已经蹭破了袖口，这是那年遗留在他身上唯一的写作的印迹，只要有时间他就凑在任意被他指认为书桌的地方。地下旅馆的桌子是一块搭在一堆半人高的木板箱上的木板，这是老板为他提供的特殊优待，就在他床边，因为那儿光线最多。波尼来的第一天，老板就骄傲地向其他租客宣布波尼是个诗人，在诗人到底是职业、头衔还是身份三者中间做了一个不知所云的选择后，老板决定不对其做出甄别，因为住在这里的人半数没读过诗，也不知道诗人是个什么鬼。当时老板之所以要这样浓墨重彩地把波尼推出来是想通过他来抬高自己廉价房的身价。老板可不想住在他这里的净是些文盲和要饭的，如果他这里多几个像波尼那样的诗人，警察就不会老是频繁地来偷袭了，他也不会上收留偷渡客的黑名单。诗人在这里有辟邪作用。事实证明老板完全是一厢情愿，因为后来有一次遇到查房而老板拿诗人威胁他们时，警察让他滚回自己的国家。老板在这里生活二十多年了，最大的女儿也已经出嫁，但经济状况仍没有好转，每天天刚蒙蒙亮，他就得起来拉开杂货店的卷闸门，把货物铺陈开来，有时候半夜还在接待投宿的租客，还经常有租客欠了房租不给或有一天忽然消失得无影无踪……这让他心力交瘁，但他血管里流淌的稀薄的欧罗巴人血液渴求回流，无论这里的生活有多困难他都不想再回到那片炎热而贫穷的土地。因而在最初的日子里，同样没见过几个诗人和不知诗歌为何物的老板要求波尼每天写一首诗，由他向他认识的西班牙人兜售——他有个西班牙朋友在一家印刷厂做过排字工。以此来向当初为他的血液贡献了八分之一欧洲血脉的祖先致敬。因而地下室老板给波尼慷慨地提供了一些用来写诗的稿纸，还在他"书桌"下放了一个筐子作为他扔废诗的垃圾桶。每天，当波尼傍晚出门散步时，他就去把波尼那些扔掉的废稿纸收集起来，将它们抹平后塞进一个铁皮饼干筒。他把这些当成辟邪物，也把它视作潜在的比塞特（西班牙货币），他不知道从哪里得知应该收集诗人和艺术家们年轻时的作品，因为你不知道他们哪一天会飞黄腾达，就像当年西班牙画家毕加索在巴黎的"洗衣船"——如果当时有人收集他作废的画稿，之后肯定富可敌国了。因而为酬谢这些废弃的诗稿，老板会给波尼一些鹰嘴豆血肠炖汤配面包让他饕餮一顿，以便有力气第二天往废纸篓扔进更多的废稿纸。但不是每天。就是在这样的情况下波尼却没能写成一首诗。或者说充斥在他脑子里的诗句太多，他失去了选择能力。他现在写诗如同在用笔训练一队不听话的士兵，他让它们站直挺背往自己这边来，它们却朝人堆里走去——他写下的都是一些俗气和人云亦云的句子。他现在血管里每一滴血都长着向外看的眼睛，朝向他的祖国，朝向他偷渡的大海，朝向那名曾与他朝夕相处一周又忽然失踪的罗马尼亚人，朝向地下旅馆窗外行人的步子，就是不朝向自己。这种时刻不是写诗的好时刻。也许能写一些散文，但波尼视散文为文体中的低能儿。那时候波尼还没意识到一大波写作焦虑症已经来到他跟前，在之后的几年里折磨着他，让他在写作和放弃之间踟蹰，直到他写出那部最伟大的小说。在焦虑中，波尼经常会想起弟弟，因为弟弟的死才是促成他来这里的理由，他走前母亲也病重了，尽管没有得到她的任何消息，但他猜测他走后她就不久于人世了。繁重的生育负担透支了她的体力，他走后不到半年波尼母亲就去世了。（这些没有任何人告诉波尼，它只存在我的电脑系统里，既然波尼的故事只有我知道，既然我是构想波尼故事的唯一作者，这一切命运只能由我来安排。而波尼要是知道我的想法他也会认可。）波尼与整个祖国都失去了联系。波尼失踪了。波尼根本不想与任何人联系，尤其在失去写诗能力之后。现在居住在波尼身体里的是另一个人，这个人用他的名字，裹着他的皮肤，和他长一模一样的脸，心里想着的却是另外一个宇宙。这个人与波尼就此别过，与从前的波尼就此别过。

发我工资的单位每周有一次例会，也就是说，那天我必须去研究所。在例会上，我们向部门领导汇报研究课题的进展情况，但部门领导实际上对此并不感兴趣，就像那名夜大生。我们部门的直接领导真正感兴趣的是他自己的亚历山大图书馆研究项目，那些被毁于大火的希腊、波斯、希伯来和印度手抄本，因而在这类例会上他会心不在焉地记下我们的讲话，之后便将会议记录搁在一边。他从来不会去整理它们，也没有必要。在他上面更高层的领导感兴趣的是如何将每年政府拨给我们的财政款项花掉以及每年我们下面这些人能出版多少本著作，拿到多少个奖项，在Google或百度上，与我们相关的词条是否会多出几条。所以，在这样的例会上，我们更多的是在吹牛、抽烟、品茶、谈女人、聊孩子。我们研究所的专业队伍里除了两个老太太没有一名年轻女性，在长时间与异性相处以及经历多年严肃的专业研究之后，那两名老太太已被我们同化得失去性别了，因而我们吹牛极尽肆无忌惮，完全不顾忌飘浮在空气中的那几个有限的雌激素。我那些人模狗样的同事更感兴趣的是与他们专业相去甚远的黄段子，所有处于他们严肃工作内容与身份相反一端的事物他们都喜闻乐见并津津乐道。我们这支专业队伍每人至少掌握两门外语，这就为我们搜寻各个语种的黄段子提供了某种便利，强大的网络引擎功能让我们无所不能。这是点缀在我们令旁人遥不可及的学术身体上而我们自己也沾沾自喜的污秽附件。我是他们中的例外。我是说，当他们在谈论这些时，我通常只是一名普通听众。我还很不耐烦他们老是谈论我所不擅长的，比方说，我几乎无法勃起的那方面。我的同事们没有一个知道我的身体特征，也从没有人问过我为什么不找女朋友、不结婚之类的，除了那两名性别使然的老太太。我们这个部门怪人很多，我不是唯一的一个，并非说他们人人有一个健全的生殖器就正常，不，只要像我一样成为某方面的专家，肯定在某一方面就是发展过头或发育过头的怪物。我缺乏的只是将那些怪癖从他们身上一一罗列出来的耐心。我同事们最近在讨论的话题就是我所不喜欢的，因为有个刚刚从非洲出差回来的同事唾沫四溅地分享了乌干达的一种令他们垂涎三尺的职业：采妃使者。那名同事以学术研究为借口参加了一个外事部门组织的采风活动，其间参观了一些部落，还应邀出席了一个部落酋长的婚礼，正是在那次婚礼上他见识了"采妃使者"这种职业，于是当仁不让地就成为我们部门最近的一个话题热点。足足有两周的例会上都有人重提这个话题，有人在不断地完善，有人在扩展外围话题,有人在醉翁之意不在酒地评论……这个话题的最初版本:在乌干达,部落酋长要是娶了一个处女是件令人羞辱的事,因此,慢慢地,这个部落就有了一种特殊的职业——与即将成为酋长妻子的女性交媾。这个话题这么娱乐,可想而知很快就有博学的同事对此做了评论:这不新鲜,在古代处女并不是一种昂贵的资源,相反,人们把它视作一种污垢一样的东西必须在新婚之夜清除,就像我们第一次使用从商店里买来的茶杯必须用水先冲洗一下一样。第三位补充道:在很多文化里,女性的第一夜要献身给贱民、仆役,甚至是不认识的外地人。更有甚者,一些做父母的为此还要花钱。比如,新喀里多尼亚的处女在结婚前要用很高的报酬雇人破瓜。第四位举印度的例子令人恶心:在印度一些地方,如果未婚妻在婚前死去,她的未婚夫要在她下葬前帮她"破处",也就是奸尸。有个立志于研究现代性资源开发的这时发言了,我这位同事,也是最后一个让话题得以在此打住的同事的结论是:鉴于当今女性越来越独立,剩女和离异女性越来越多,女性性资源有着被过度浪费的倾向,如何正确使用这些性资源是所有我们这些男性,尤其是中年油腻男性要思考的。他的建议是,设立一个安全靠谱的社会系统来消费这些资源。比方说,根据不同职业和社会地位建立起一些渠道让那些单身的女性找到与她们的职业、社会地位和经济能力匹配的男性性对象,对方有无婚姻不重要,但不能因为这个消费行为破坏家庭,也不能将性伙伴固定,双方都可以任意交换和重组。这个看似为单身女性提供出口，实则是为已婚男性寻找更多性伙伴提供借口的想法遭到了另外几个同事的奚落，当然也有表示赞同的。我同事们对此谈得眉飞色舞。这样的例会往往令我心生厌烦，但我不能表现得过于特立独行，不能半席离开，部门领导还在圆桌的一头坐着呢，尽管也没有人把这位也参与其中的领导当回事。

我宁愿与我邻居而不是同事谈论这个。谈论这类比方说共享性资源的乌托邦组织或其他的话题。但实际情况与我一样，我邻居对此也兴味索然。长时间不与女性交媾让他对这类事充满了恐惧。他所有的爱好里都有某种去人性化的特征，比如对机械和维修的爱好，对3D打印技术的痴迷。我们宁愿谈论目前还子虚乌有的波尼，也不愿意在一个具体的男根、一个处女的生殖器上花力气。

我邻居的工作实际上与我们这群每天沉溺于严肃又不正经的事物上的同事们一样，在单位大部分时间里被纸张墨水和电脑所包围。尽管他大小是个单位领导，并不需要亲力亲为，但他仍旧把自己视为一名技术员。他负责对过去的事进行分类：已经解决的事故，已平息的纷争，已完成的发明，已和平的战争，已纠正的错误，已经进行完或正在进行的人们的生平，已被确定的未来，已被限制的幻想……在这种时态中工作久了，他就会变得非常教条。目前，任何事物在他眼里只有两个类别：有用的过去，没用的过去；可能成为档案的和需要销毁的。我的波尼在他眼里应该属于没用的过去。文学，在他们这类理科生眼里就是狗屎。"一个不存在的作家……一个流落在西班牙的巴莫拉圭亚人……"在我邻居听来，"不存在的""流落""作家"这几个词都可以忽略，重要的是后面那两个地名和"人"这个身份。这是他思考问题的一般方式，就是留下一些最基础和最普适的词汇，其他的当"狗屎"处理。他也是以这种方式来与我们这个世界和解的。不过眼下他显然对我打印波尼这个念头越来越有兴趣了，因为他急于要把他的3D打印理论落到某个具体案例上。至于我作为一个文学研究者用一种欺骗术获得了研究基金，他觉得我和那名夜大生都疯了。不过我得怎样才能向他解释"不存在的"波尼在我眼里是一个真实的人物呢？鉴于人们是用感觉来确认现实而不是用理性，比方说，我们用视觉、触觉、嗅觉、痛觉来感受世界，而很多时候这些感觉又不诚实，或者说，它们其实是我们大脑皮层玩的一个又一个魔术，想象力有时候也会加入其中，因而所有所谓真实的，其实就是我们能感觉到的脑波上的几个火花，我们的现实其实是大脑皮层上的几道一而再、再而三重现的电波。但他是不会愿意与我讨论这个的。他是个冥顽不化的人。怎样才能与他讨论"真实"呢？存在于我们大脑皮层上的与存在于他们档案馆电脑芯片上有什么区别呢？怎样与他讨论"存在"呢？存在，本质是一个物质组合形式，不同的存在也就是不同的组合方式。比方说原子之间的组合方式，现在有个更专业更简洁的名字叫"量子力学"。假设我说我是存在的，那就是说我现在拥有一种比较固定的原子组合方式,但我死了之后,组成我的那些原子并没有消失,而是被组合进了其他生物形式。比方说,被一棵凤仙花拉进了它羸弱的身体,被一只羊大腿组合进了它白嫩的肌肉,成为一只虱子血液里的一个活跃的红蛋白,成为细菌狡猾而安静的一颗大脑。"我"同样"存在",同样还没有消失。在我们决定一起合作波尼的打印计划后,我们就这个话题谈了整整一下午。那个下午我本来打算构思几首波尼写了一半被扔进垃圾桶里的废诗稿的,但这场谈论让我转移了注意力。我假装某个马德里收藏家从一堆烂家具中翻出了一叠波尼的废诗篇,正是好多年前廉价出租屋的老板的一个外甥把这些不值钱的家具卖给这个旧货收藏家的。当这些纸片又被一个私人博物馆收藏之后,我通过邮件让哈维尔从那家私人博物馆弄到了这叠珍贵的电子资料。我还假装哈维尔花了近半年时间说服这位私人博物馆馆长把它们一一扫描后发给我。那个出售波尼手稿的叫Feria的旧货市场位于马德里市中心马约尔广场下面,曾去那儿拜访过一次的我,深知那里都是些什么货色,我自己本人就在那儿淘过一些旧明信片,因而伪造波尼明信片上的文字也是我的拿手好戏。可惜波尼的人际关系简单,能够收到他明信片的人屈指可数,加上波尼不是个喜欢把自己未完成的作品到处嚷嚷的人,因而这些"明信片"价值不高。我不是写诗的料,我马上面临一个新困惑:为配合这个故事我编造的那几首被地下室旅馆老板外甥卖给旧货商最后又陈列在那家不出名的博物馆里的诗烂极了,尽管波尼当时已经失去了作诗的才华，但它们的蹩脚没让我在我电脑里留下它们永远的身影。我随即发明了一种写诗的新方法——在纸片上随机写下二三十个词，抽取这些词进行任意组合，有时候是两个词，有时候是三四个到五个，甚至更多，每组合一次形成一个句子，最后把这些句子排列成一首所谓波尼的诗。我参照当年达达派的做法。这是我所能做到的最好的"创作"方式了。读者肯定还记得小说开始时我的那番自我评估。鉴于我的大脑充满了逻辑，每次当我想出其不意，我的理性警察就叫它们排队，将意欲越出语法边境线的不法分子抓获归案。而诗歌就是一些在逻辑边境线上犯罪的偷渡客、抢劫犯、杀人凶手、骗子、瘾君子、梦游者、越狱者、纵火犯……一个堂堂正正的词绝不会成为一首好诗里的词的。由于我是这样一种思考方式，要我装成一个思维混乱的诗人在我虚构的故事里边写上几首诗——要知道波尼在诗歌方面可非等闲之辈啊——真是勉为其难。就这样，那天下午，在用自动法"创作"了几首波尼初到西班牙的诗歌之后，我来到了邻居家。我们畅谈了一会儿"真实"和"存在"的话题，然后我邻居抿起嘴，开始认真思考起我的计划。

那天周六，我邻居不用上班，而儿子也被他前妻接去了外婆家，因而我无须顾忌与我邻居的儿子碰面。我把我领带的扣结松了松，这是我穿正装拜访我邻居家的为数不多的一次，我全身上下香喷喷的，为的只是取悦我邻居，我觉得我邻居不喜欢一个臭烘烘的访客。我到时，我邻居正在给一部手机焊新电池。我邻居异想天开地要做成一个超功能电池,因为手机上的旧电池耗电太快。于是在他三脚猫的发明中,他把手机背面的锂电池拆卸了,之后装上了四节五号充电电池。我观摩了整个过程。他将收音机上的三合板面锯成了手机大小的一块平板和三条窄边,之后黏合起来作为手机的新外壳,也就是它的背部。为了让它美观,他把这个三合板外壳最后又刷成了黑色。那四节不可思议的充电池——听说待机时间有一个月——就这样成了手机的一个驼背。那手机要有多难看,就有多难看了。可我邻居觉得它实用性非常强。

好吧,同样为了取悦对方,我不当他的面点评他的技术活,我邻居也从不会在我面前批评我的文学研究。只有一次,我们俩用一句话评价了对方的工作,当我说"档案是新闻减肥后的瘦子"时,他说"文学是现实梦游的无用身体"。

我们俩相视一笑。我们俩扯平了。

他提了好几套打印方案,因为他对我的波尼还不是那么了解,他几次忘了我的波尼生活在大约哪个年代,他死于盛年还是老年,因而我们就有了一个讨论的问题:我到底要的是哪个年龄段的波尼?是他最后去世那几年呢,还是他青年时期?这个问题可谓触到了波尼的关键所在。我对波尼的寿命一直只有一种模模糊糊的印象,因为他不是死于非命,而是失踪。作为一种盖棺定论的东西,我必须交代清楚他最后一次出现在世人眼中的模样。我们对我们的名人,尤其是作家们一直有着一种刻板的印象,比如，由于那帧著名的蓬头垢面做鬼脸的照片，我们对科学家爱因斯坦的印象就停留在他是邋遢小老头的那个年纪，对霍金停留在他像团水瘫在轮椅上的样子。鲁迅最后在我们脑海里是个干瘦老头，托尔斯泰是个白胡子老爷爷，莎士比亚是上半秃鬈发的中年人，普鲁斯特是个带两撇胡子、头发中分的年轻人，里尔克是个猥琐的青年小个子，博尔赫斯是个眼神混沌的胖子……在我的虚构世界里波尼无疑是个美男子，他既有着欧洲人的鬈发、高鼻梁，又有着拉美人的大眼睛和结实身板。他这么美好，我因此不能让他活太久。经过几个回合的论证和讨论，我邻居觉得三十岁最合适，因为那时候他身体最健美，大脑发育成熟了，正在诗歌和小说之间进行着切换，他的生活也在此发生决定性的断裂。这是我邻居理想中的男性年龄和理想的生活。一份来自心理学家的报告称，人们在二十岁至三十四岁智力可达到最高值，其中不同的创作形式又各有其创作最佳年龄：抒情诗人创作出最佳众作品的平均年龄是二十七岁，叙事诗人是二十八岁，悲喜剧作家是三十五岁，散文作家是四十二岁，油画家是三十五岁，小说家是四十岁至五十岁。波尼在三十岁之前已经写出了他最好的诗歌，到了西班牙之后，在沉寂了几年之后，他又迎来了他最佳的小说创作时期。

但我对此持异议。我邻居所持的理论正在不知不觉地支持夜大毕业生的价值观，也就是他对我们这些所谓文学研究者的要求，必须最后给出一份分类学报告。可我不想这么干。我认为波尼最重要的时期是他写小说的那几年。自从我决定要研究波尼之后，我的生活就被他殖民了，因而我了解他生活里的所有点滴，他创作中的所有犹疑和困惑，他的"死"和他的失踪……我们活过的那么些年，有些注定是铺垫，有些注定要被误解，有些注定要被注销，而有一些呢，注定会名留青史。

第六章

我妈妈一来二去居然与新来的保安成了好朋友,因为那个电话之后不久,保安就成功地把那群跳舞的老太太安置到了地下车库。没想到事情居然会这样顺利,我妈妈对于"事在人为"这个说法就更加深信不疑了。不过这事还是有几个疑点:难道整个小区只有她不停地为这事在呼吁和写信吗?难道在这两年内没有人去找过他们并且他们也没接待过吗?难道这个保安一句话能顶十句用?难道这群广场舞老太那么听话,让她们离开就离开?难道车库允许这个点给她们腾地方,让她们在里面群魔乱舞吗?为了这个,我妈妈决定请保安上门来吃顿饭。保安竟满口应允,他答应周六那天下午来,因为晚上正好轮到他值班,他吃了饭后就过来。

我妈妈家很少接待人,除了我与我哥哥一家和我节假日的光临,由于我妈妈不合群的性格,亲戚们与她也没什么来往。前面我说过了,她与我父亲那边的亲戚从不互访,而说到娘家人的概念,严格说来一个人也没有了,因为我妈妈是独女,外公很早就去世了，我外婆去世得更早，我们都没见过她。我外公有两个兄弟，因此我妈妈有很多堂兄妹，但他们都住在乡下，儿女成群，儿女们又各自有了孙辈，因而我妈妈不喜欢那种邋邋遢遢、拖泥带水的生活，她从不去拜访他们，他们也不来。我妈妈宁愿一个人在家看电视，宁愿一个人默默地失眠。说真的，我们倒希望她见见她那些堂兄妹，不行的话认识几个外面的朋友也好，但每次说到这个话题她的反应就很激烈，时间一久我们也就不提了。因而我把积聚已久的希望寄托在了这个保安身上——哪怕他只是一名小保安啊。

就这样，我妈妈和那名保安有了一次历史性会面。那天下午两点，保安带着一盒小蛋糕敲开了我妈妈家的门。我妈妈非常激动，一是因为他没有爽约，二是他手中那盒外形漂亮的小蛋糕——蛋糕盒子上还有个粉色的漂亮蝴蝶结。并不是所有的访客都如此讲究礼节的，这名很讨人欢心的保安之前是武警部队里的一名战士，给首长做过两年警卫，因而是一个见过世面的退伍军人。我妈妈兴高采烈，当场就把那盒蛋糕拆封切开了，被装进两个瓷碟子里，还配上了两把有着景泰蓝工艺装饰的匙子。她给保安沏了家中最好的白茶，既然保安愿意来家里吃便饭，她就为这次见面准备了一些节日待客才会用上的精美果品，装在果盘里的杏仁和糖果、瓜子，还有我最爱吃的芝麻酥。我妈妈是头一次待人这么热情，但那名保安显然什么都没碰，他没在这里久坐的打算，不过他在听说我妈妈是名音乐教师后话匣打开了，因为他做警卫的那家首长的夫人就是搞音乐的,是部队文工团里的独唱,不但长得很漂亮,还常在一些歌舞晚会上演出。保安说起那名独唱歌手时那种又崇拜又迷恋的感觉让我妈妈觉得他可能有点恋母情结,尽管我妈妈对恋母情结也不是太了解。"音乐"这两个字把他们拉近了,我妈妈竟忘记了他是一名甚至比我年青很多的小保安;而保安呢,也把我妈妈这个老太太视作他逝去生活的一部分。我妈妈对军戎生活不了解,我外公早年是个懂无线电的技术兵,没有经历过血雨腥风,相反,战后还被优待,给予了许多荣誉,因而提起军队生活我妈妈想象的画面里会添加进很多罗曼蒂克和接近于上流社会生活的那种玫瑰色,她还从她喜欢读的那些言情小说中借来一部分浪漫的间接经验用来想象保安讲述的故事。因而保安回忆的画风变成了这样:在一些夏季的傍晚,保安经常换上他干净的军装坐着首长和独唱歌手一家的专车后座去参加有着军团最高首长出席的音乐会。有时候那名独唱歌手和他们一样是观众,坐在宽大的观众席上;有时候她是整台晚会的主角,在高高的舞台上独领风骚。保安嗅着她身上散发出来的特殊的香味,一边陶醉着这样的傍晚,一边想着要是他能一直留在他们身边就好了……我妈妈沉默了。她对自己年轻时委托文工团培训的那几个月没有半点印象,她本来想考文工团正式编制的,但没考上,面试时被刷下来了。因而我妈妈从不和我们说这段历史。之后,我妈妈在文工团教员的推荐下成了一名小学老师。再后来,我妈妈通过阅读她喜欢的言情小说补回了这部分生活,尤其是那些爱得死去活来的富家小姐和军官的故事总是能骗到她的眼泪和欢笑——这和保安与独唱歌手的故事路径完全相反。听说我外婆当年也迷恋各种类型的军官,以至于最后得偿所愿地与一名技术军官结了婚,可惜她没有享福的命,不到三十岁就去世了。所以我妈妈那天下午没怎么多说话,保安越是沉浸在他的回忆中,我妈妈的心理活动就越澎湃。我妈妈也没碰那碟蛋糕,保安的故事结束后,我妈妈觉得连那盒蛋糕好像也是他从独唱歌手家带出来的。因此我妈妈很奇怪自己为什么会对那名独唱歌手有一丝敌意,是因为自己没考上文工团还是我外婆的早逝呢?我妈妈就是这样一个人。因而等保安走了后,我妈妈居然忘了当时想向他证实的那些事,即为什么他一个电话就搞定了物业公司老总,并那么迅速地把那群老娘们轰到了地下室?为什么她们没有缠住他问是谁举报她们的?

保安很快成为一个过去时。

我妈妈经常觉得整个世界都在与她作对,除她自己三室一厅之外的全是战场,有时候甚至连我的电话也是,我的那根通往她的电话线也是一缕敌意的光。世界上最安全、最友好、最不用心机的就是她现在住着的这个一百多平方米的空间,我与哥哥曾短时间住过、我父亲用过其中的一个小卧室、她现在正在独享的房子。我妈妈现在用我父亲的那间做了杂物室,堆了一些食品(大半是过期的)和一些从墙上拆下来的旧画框和纸箱子之类的,那间房子只配得上这样使用,因为那里有她憎恨的空气;另外一间,也就是摆放过我与哥哥两张单人床的大卧室现在成了她的书房——那里全是她的言情小说,间或有几本我的《飞碟探索》《世界博览》和《少年文艺》。我心爱的《飞碟探索》!那是我年年必订的杂志。那里还有我哥哥当年贴上去的猫王演唱会的海报和几个我说不出名字的电影明星剧照,但我妈妈已经揭掉它们了,因为她不喜欢任何长相的老外,尤其是有胡子的老外。客厅里,不用说,我妈妈那架退役的风琴是毋庸置疑的主角。我妈妈置身于这样的环境很舒适,因为这里的一切都很笃定,她经历过的世界的大门已经合上,她的工作生涯已经终止,她憎恶的那个人也搬离了,这里的一切都按它们固有的方式来存储、保存、扩展、递增,她不寂寞、不孤独、不焦虑——如果能最终解决她的失眠症的话。

果然,我妈妈不再听到每天清晨的广场舞音乐了,每天六七点钟外面都静悄悄的,除了几只早起的在树枝上洗漱和练嗓门的乌鸫与麻雀,没有别的动静。但问题还没有解决,我妈妈仍旧能在那个时刻醒来,在寂静中,广场舞音乐的余音绕着她走了一圈又一圈,就像床上被她深裹的被单。这说明她有一只长在身体里的闹钟,它的指针就是她那些又长又细的血管,它们戳进她身体里,插入各个神经末端,因而无论梦到什么,它们都会在到点的那一刻把她点醒。无论做什么梦,一到六七点钟身体的钟表就会把梦的大门合上,因而她会被抛在任意的地方,一座不认识的城市,一棵高耸入云的大树下面,一片沙漠中,一个洪水现场,一张不认识的床上,一次婚礼的人群中间,一个葬礼……每次是她孤零零地被自己从这类地方推出来,还伴随着轻微的头胀。可她不想这时候起来,因为她三点才入睡呢。她头痛欲裂,她只能强忍住那种难受劲继续合上眼睛,直到不知什么时候又睡着。那帮跳舞的老太太有几张面孔她很熟,她经常会在菜场那种地方碰见,还有几个每天都推着孙子孙女的婴儿车在小区的葡萄架下打发时间,她只要从窗户往下看就能看到她们,那些人其实个个和蔼可亲,可我妈妈连招呼都不想与她们打,当她们把脸侧向我妈妈想与她寒暄时,我妈妈会比她们更快地把头扭到另一边,久而久之,我妈妈就养成了一个习惯,只要看到同龄人她就把头扭开,不管她们是不是那支广场舞队伍中的一员。紧接着,一个更加得体的习惯养成了,我妈妈开始出门就把手机带上,好让自己借手机与那些可能会与她打招呼的潜在对象隔开来,其方式是这样的:只要看到五米外的人面孔有些熟或者仅仅认为她们是同龄人,她就会掏出手机盯着实际上黑着的屏幕看。这一招很灵,那些并不熟的熟人,或者说陌生的熟悉人因此而打消朝她看或者朝她发问的意图。时间久了后,这里的大妈们也都不再望向她。我妈妈并不为此而难过。

我最近忽然觉得应该联系一下我父亲,这个念头来得那样突然,以至于我认为它可能一直就存在于我的大脑里,不是我把这个念头想出来而是它在我的大脑里叫唤我。我有五年没见我父亲了,也没有与他通过电话,尽管我父亲几乎不与我们通电话,唯一的一次还是我刚刚参加工作那年。我在电话里和我哥哥说这事,我哥哥说,咦,你不提醒我我还真没觉得,我们快五年没他消息了。不是五年,而是超过五年了,至于是六年还是七年,我有点记不得了。最后,我们计算得出的结果是六年零五个月,最后一次我们在一起吃了饭,而吃饭的理由是让我们"一家人"彼此认识一下。主角是我父亲和那女人,我们的继母。当然我妈妈不在席内。他们在自己家召集了女方的亲戚朋友圈举行过一场低调的婚礼后,我父亲觉得也应该让我们与他的新家,认识一下。所以那次是他请客做东。也有可能是我继母的儿女请客做东。因为我们兄弟俩肯定不会出钱请他们吃饭,只要一想最后那个喷水壶。这次饭局我们俩都记忆模糊,只吃了不到一个小时,我们连继母家人的面孔还没认熟就散席了。

这五六年我哥哥他们可能还见过父亲,如果把那次不知是否认错的见面也算上的话。但我哥哥表示反对。当时我嫂嫂拉着我侄女,或者抱着侄女(我嫂子有点记不得了),我哥哥拎着一堆从超市买回的日用品正在开车门,我嫂嫂看到对面人行道上有个老人,秃着头,与我妈妈年龄相仿,走路的样子像是有点瘸腿。由于对公公的不熟悉,我嫂嫂有可能会把所有秃头的老头都认作我父亲,因此我哥哥坚决否定她叫的"爸"的人正是他父亲。事后他对我说:"我敢打包票她看错了人。"他也拒绝回答如果对方真的是我们的父亲他是否会走过去相认以及甚至用车把他送回家。那条路离我奶奶过去的家很近,我嫂嫂认为我父亲在这一带出没有很大的可能性，加上她对自己的公公到底长什么样没有什么印象，在好奇心的驱使下她一遍又一遍地端详那个老人的脸和他那个秃头。我哥哥那天头都没抬起来，我嫂子事后对我说，你哥哥那天把那两只大购物袋硬塞进打开的后备箱后，几乎是逃也似的钻进了驾驶座。仅凭这一点，我嫂嫂信了对面那个老人就是我们的父亲。于是这成了我哥哥六年来的一桩悬案。但没那么重要，就凭我父亲最后离开我们的时候把家中的一个喷水壶都带走，我哥哥与我都觉得没有那么重要。只有我嫂子这种从正常家庭里出来的人觉得不去相信我父亲是件非常重要也非常严重的事。

后来这件事他们俩就不再提了。然后我也忘了。

我让我哥哥给我父亲打个电话试试。我知道他有我父亲的电话，理论上我妈妈也会有，可是我从来没有就此问过她，她肯定也不会拎起电话打给他，哪怕地球上只剩他们两个人类。不管我父亲最后做了什么，我哥哥与我都是他原则上和事实上的儿子，因而这个电话必须是我哥哥打的。我哥哥对我父亲的敌意随着他的再婚而加剧，之后发生的一切，比方说，我父亲对哥哥的婚礼佯装不知，对我侄女的出生佯装不知都让我哥哥揣测他可能是怕我们去争夺家产，要让父亲包个红包则更是会要了他的命。因此我哥哥与我从来没有垂涎过我奶奶家的房子，我们善解人意地希望我父亲能成为这个世界上唯一的业主和财主，一切都是他的，一切都听他支配。我父亲和我继母现在的住房条件宽裕到让人眼红，一个超大面积的三室一厅，还有个天井，天井不算建筑面积，另外还有一笔拆迁补偿款，此外，我父亲另有数目不少的退休金。他们俩在这个小城市生活得非常滋润，但再滋润我们也很难碰上他们，我父亲和他的第二任妻子既不会去电影院这类地方，也不会出现在饭店里。那一次我父亲请我们兄弟俩和继母一家吃饭一定是他一生中唯一的一次了。

我哥哥的电话打通了。电话是我父亲的第二任妻子接的，即我们的继母。那女人在电话里非常亲热，亲热可能是真的，因为我哥哥也从不主动给他们打电话。她在电话里问个不停，一直打听我们家其他成员的情况，她还问到了我妈妈，好像之前与我妈妈就非常熟似的。电话打了有半个小时，我哥哥有点着急，尽管她的语调让人不反感，可照她这样的节奏，这个电话可能打上半天才会把话筒递到我父亲手里。她的寒暄简直是一部华丽的史诗，我哥哥想，我可不是专门为了与她聊天才打这个电话的啊。我继母的磨洋工的功夫的确叫人惊绝，我哥哥每说一句话她都会有一个备选问题，往往我哥哥最后一个字还没说完她那句问话就送出了，以便让它们首尾相接，滴水不漏，因而绵绵不绝的半个小时过去了我哥哥还没能与我父亲说上话。我哥哥不得不提醒她。"哦，你父亲？"她装作恍然大悟的样子，她的语气肯定是装出来的，"你问的是你父亲啊？"——她难道以为她与我哥哥有什么交情么？我父亲此时正坐在离电话机不远的地方，在一张轮椅上，两耳已经失聪了，半边身子在一次中风后瘫了，他的智力与以前比都大打折扣。但我们的继母却是这样介绍我们的父亲的:"这死老头子每天下午要去公园和他的那帮老哥们相会,为了不让我联系上他还关机——"就像真的一样。我与我哥哥都知道像我父亲这样的人根本没有什么朋友,打从他年轻时他就没有什么朋友,他那么小气,几乎没有人会选他做朋友。"他最近迷上象棋了——"这一点,我哥哥比我更清楚我父亲过去就痴迷下象棋,并且是他唯一的爱好,也是他打发时间的唯一方式。可绝不是"最近"才迷上的。我哥哥于是认定我继母在撒谎,可他拿不出证据来证明我父亲当时就在家中,就在离电话机不远处——因为也有相反的情况,有人换了个妻子后性情大变,又喜欢上了结交朋友又会"重新"喜欢上象棋。我于是想,当时我父亲必定正在用他仅存的另一半智力思考给他妻子打电话的人,只要还有一点剩下的记忆力他就能分辨出我继母也几次三番在电话中提到我的名字和我妈妈的称谓,如果他的脑子还有一点联想功能或者逻辑能力不难判断打电话的人一定与他之前的家有关。但这一切只是猜测。我父亲残余的智力当时正在奋力自我挣扎,它们一方面想抗议我继母拖沓而言不及义的电话内容,另一方面正在琢磨有什么办法可以让自己从椅子上立起来——把左腿放下,直接让身子滚下来,敲击轮椅的轮子⋯⋯但我父亲微弱的肌力败给了他的想法。同时,我父亲硕果仅存的那几个脑细胞还在那些与我们相处的不甚愉快的过去的回忆运动中窜来窜去,也有可能,在那种情况下,在他中风之后的不那么畅通的脑电路中,脑电波所掠过的城池都是一些能让他体验愉快的海马区，比如说与当时貌美如花的我妈妈的第一次见面，头生子我哥哥的降生，看到当他把万花筒递给我时我脸上那副让他很受用的惊喜的表情。谁知道！谁知道他最后是否真的猜出了是我哥哥的电话呢？总之，我父亲当时在那辆功能复杂的电动轮椅上不舒适地扭来扭去，但最终没把自己扭下来。他的大部分身体像大山一样沉沉地焊在椅子上，只有四肢的末梢在划动着，但及不上他的念头。他能做出的肢体反应就这些了。当然，我哥哥没这么想。我哥哥没认为我父亲当时接不了电话。

　　看来我的直觉是对的。我就是觉得哪里不对劲了才让我哥哥给我父亲家打电话的。尽管我哥哥没能给我带来更加确凿的信息，他也否认我父亲当时可能接不了电话而是不愿意或不敢接电话，但我却从我哥哥的电话中觉察出父亲那边出了点状况。事情绝没有这么简单。我与我哥哥没有很正式地讨论过此事。在我们仅仅是蹊跷的感觉之后，我们俩只是戏谑性地聊过这个，比方说我觉得我们的继母可能把我父亲谋杀了，可能在家中将他分尸了，因为她一直不让他听电话。可能她把他浇在了水泥块中，把他腌在一个大缸里，把他煮成肉汤喝了……我们兄弟俩从这些不可能的假想中获得了一些乐趣，最近这类案件也太多了。我们绝非对我们的父亲类似神秘消失的结局幸灾乐祸，而是我们俩都非常愤怒。因为我哥哥最后没能与我父亲通上电话。我哥哥当时想，不管怎么样，我父亲"下棋"回来后要给他回一个电话啊。但他没有。我哥哥不相信我父亲像我猜测的那样可能已经死了,而且是暴死,如果不是死,至少也秘密地病了。我们决定不将此事告诉我妈妈。我妈妈也根本不愿意提起此人,我们的父亲。我妈妈甚至希望我父亲离开家的那一天就在石头上撞死了,钻到了车轱辘底被碾死了,吃食物中毒死了,睡觉睡死了,想钱想死了,此后活着的是另一个她不认识的人。我妈妈也对那个与我父亲生活在一起的女人不吃醋,只是她要是提起她,从不说她的名字,也不说"你们的后妈",她只说"那个人"。后来我发现,实际上我妈妈连"那个人"也没提起过。"那个人"的现任丈夫即我父亲也没有再被提起过。我父亲和有关于我父亲的一切全都在我妈妈的词典里消失了,除了我与我哥哥,这两个抹不去的我父亲的痕迹。我妈妈的生活词典里没有我父亲的一席之地。

因而我认为父亲此时可能只生活在半具躯壳中,另一半的他已经死了,无法支配了,所以他对他大儿子的电话也只能无动于衷、束手无策。我父亲既无法独自从轮椅上下来,也无法自己爬上轮椅,一切行动都必须借他妻子的援手。她现在成了他的一切,他的肉体的动力,他的精神的依靠。作为一个独立的人,他的一切都结束了。我父亲的生命到了不可逆转的扫尾期……

但他感知不到这些。

因为我父亲,我虚构了一个波尼母亲中风在床的故事。但波尼母亲不像我父亲,她一中风就去世了,由于缺医少药,加上她第二任丈夫酗酒,年纪轻轻就丧失了劳动能力无法养家糊口,到了后期一家人只能靠救济才能勉强得到食物。家里也没有余钱送她去治病。生再多的孩子也没用。波尼和弟弟成年之后就搬出去住了,他们甚至不知道他们的母亲早已病重,另外四个同母异父的弟妹,其中一个十六岁就死于吸毒过量,另一个痴呆,其余两个还未成年。波尼母亲子宫下垂,后来又大出血,最后血管破裂中风。因而那一年波尼失去了两个最亲的亲人——年初是弟弟,年底,也就是波尼来到西班牙后半年不到,他母亲也在巴莫拉圭亚去世了。

波尼的第一份真正意义上的工作是守夜人。他喜欢那份工作是因为白天不用上班,看守的那家食品店仓库旁边有个小房间,尽管只有四平方米,但能放得下守夜人的一张床。波尼于是把地下室的廉价房退了,他也受不了天天闻着粪桶的味道了,他也不能再持续地往那只好心而贪婪的废纸篓里扔废诗稿了。但那间值班室白天不能用,白天老板的一个亲戚,也就是楼上管账的一个老头会来这里睡个午觉,波尼得自己解决去处。这对波尼来说不是什么难事。只要稍稍花点时间,走段路,也就是下个坡,波尼就可在苹果园河边找到一个落脚点:那儿整条河堤都是他矩形的书房和睡床。没有人会驱赶他。也没有人收房租。因而最初半年的阅读波尼都是在河边完成的,他下班后(早上时间)在隔壁杂货铺买上一条新烤的面包和一袋腌橄榄,揣上一本书,一张纸,一支笔——他全部装备中的必备——来到天使门那一带的河边。那一段河岸是他最经常去的,因为河水不深,行人稀少,旁边就是一个叫作Casa de Campo的公园,里边有一些果树,成片的树荫也是一个绝佳的休憩处。他就是在那里读完了西班牙"九八年一代"的代表作家乌纳穆诺的所有作品的,皮奥·巴罗哈的几个短篇和阿索林的《塞万提斯的未婚妻》(波尼不喜欢他的《小癞子》)。由于手边没有一个完整的书架,波尼抓到什么就读什么。食品商店附近一家旧书铺老板的父亲在那段时间成了波尼的朋友,那位和蔼可亲的老头允许他每天带走一本书,但次日必须归还。为了报答老人的好心,波尼有时候会帮老人粘补一些破损的书页,帮他清理书架,编排书目。波尼希望能在旧书店找到一份店员的工作,哪怕是兼职,但二手书店生意不景气,老板自己都是泥菩萨过河,因而老板父亲几个月后去世,老板取代了自己的父亲就再也不允许波尼把书带出店门。在巴莫拉圭亚,波尼读到的外国书非常有限,不是所有的游客都像那位好心的买香蕉的意大利人那样会随手把一本什么书送给他们,因而到了西班牙的第一年,波尼不但能读到上个世纪末和这个世纪出版的西班牙本土作家的作品,还有其他欧洲作家的诗歌和小说,比如穆齐尔的小说《没有个性的人》和斯特林堡的《鬼魂奏鸣曲》,詹姆士·希尔顿的《消失的地平线》,另外还有一些刚刚出版就被送到旧书铺的不是那么一流也不很二流的书。波尼所有的收入都买了书。他的衣服是周末跳蚤市场买的，就是我假装托哈维尔淘购波尼信件和明信片的地方。食物填饱肚子就行。在最初的那一年里，波尼最幸福的时光就是在天使门河边的那一个白天接一个白天的阅读。他的眼睛就是那时候弄坏的，西班牙正午的光线非常厉害，而波尼最正式的阅读恰恰是在正午，从纸张上反射过来的阳光刺穿了他的瞳孔，这种明丽的光线一方面可以将书上的营养直接送达大脑，另一方面也弄坏了阅读者的眼睛。波尼晚上在值班室用那昏暗的照明灯则从另外一个角度损害了波尼的视力，它们给他任何意欲抵达书本的视线穿上了一件厚外套。于是，波尼眼睛的玻璃球体很长时间被两种光线轮番摩擦，一种过于明亮，一种过于昏暗，以至于不阅读的时候都看不清其他东西，也就是说，波尼的眼睛渐渐变得只有阅读文字时才能聚焦，正常的光线和正常的观看对象都会让他的视力大打折扣。一条面包够波尼吃上一天，一半是中餐，一半是晚餐，有时候波尼在咸橄榄之外会再买上一盒沙丁鱼罐头，一盒鱼罐头可以吃上两天，他不会一次性地把一条鱼吃完，沙丁鱼很咸，每次他只吃半条。有时候他也会在头一天傍晚上班前买面包，因为那时候面包最便宜，面包店快打烊了，卖不掉的面包都在打折。食品商店仓库看管员给的薪水少得可怜，扣除食物开销就所剩无几了，因而在省下其中的一半用于购书后，他给自己添了几件内衣。这份工作也没干多久，并非波尼辞职不干了，而是食品商店一位上货的店员突然被倒塌的货架压折了腿，老板不忍心辞退那名店员，就丢车保卒地让波尼回家了。就这样,波尼的那份工作给了那名压断了腿的店员。

我连着几日在家画草图。也就是波尼的形象。这其实多此一举,但自从那次在我邻居家聊天之后,我有了一股子激情,想试着画出波尼应该有的样子,比方说一双忧郁的大眼睛和他带栗色的小鬈发。让一个想象中的假人具有一副现实而具体的面孔并不是一个好主意,因为无论哪一张面孔都使我远离他而不是向他的生活更迈进一步。我邻居同意我这个观点。他还没有开始他的计划,因为一次性地打印出波尼,还是一部分一部分地打印,在技术难度上相差很大。他听了一部分我虚构的故事,也就是波尼到达西班牙后最初半年的生活之后,他觉得这对他的打印计划帮助不大。他也对拉丁美洲不感兴趣。他没去过拉丁美洲,想象一下,一个恐惧体液的人必定会对那里的景观和生物痛恶至极,光那里品种繁多的仙人掌、仙人球就够他喝一壶的了,因为仙人掌会流出汁液,也就是它们的体液,这与女性的躯体极其相似;那里名目繁多的蚊虫,每一只雌性都带着印第安人古老又肮脏的血液——也就是说一种带颜色的体液;亚马孙——亚马孙是流淌在整个拉丁美洲的阴道,是整个拉丁美洲的体液。我邻居对所有黏腻、流动的东西充满恐惧,而拉丁美洲是这方面最好的代表。他绝不会去那种地方旅游!他对这块大陆唯一的了解就是多年前看的根据略萨同名小说改编的《潘达雷昂上尉和他的劳军女郎》,电影中整列的士兵排着队等着操那些妓女。他因此认为整个拉美无时无刻不在操逼。

我不能向我的邻居多谈波尼早年的生活。同样,波尼最初来西班牙的生活也不那么方便对他说。所有涉及性的话题我都隐去了,但我在自己的研究文章中却大书特书波尼早年混乱的私生活,比方说,他玩过的3P、4P,他还喜欢肛交、口交,他把所有性交方式的可能性都试过了而还在研发新方式——用身体所形成的各种缝隙、涡状小孔来试探欢愉的程度。我自己也几乎是带着恶作剧的心情构思这部分内容的,以便于在谈论他后期苦行僧般的中年生活时形成一种张力。

再次登门时我给邻居带去了波尼的诗歌而不是我虚拟的那些故事。我洋洋得意于自己"创造"出来的那几首诗,鉴于我邻居对诗歌一无所知,与我邻居谈论诗歌于我具有某种保险性,就像与日本人谈论爪哇语。不过这个话题没让他反感。他与他的小伙伴们小时候玩过一种游戏,游戏中每人写下一个带有两个名词一个动词的名字,然后打乱所有的词混在一起,之后每人从三堆词里捡三个词重新组合,根据新句子表演它所传达的内容。看他说话的架势,我知道一场针对创作、针对我伪造的波尼的诗歌,针对波尼置身的文学,针对大范围的文学和人文学的攻击即将开始。我赶紧岔开话题不再谈诗歌。

我邻居家的确找不到一本文学书。他所有的藏书都与技术有关。唯一的一本小说是英国作家格雷厄姆·格林的《问题的核心》,之所以有这本书是因为书中给他提供了很多关于间谍的技术问题，比如如何利用莎士比亚的作品进行编码，其方式大致是这样的：执行任务的间谍和他的同事事先约好用一本《哈姆雷特》作为编码书，当间谍给他同事发去比如"3804563 6632310012599"这三组数字时，根据"前三个数字为页码，第四第五个数字为第几行，第六第七个数字为第几个字"这个规则，间谍翻阅《哈姆雷特》几分钟后就可译出来，其意思可能就三个字：他走了。

　　一本《古拉格：一部历史》。这本记录苏联斯大林时期残酷迫害其人民的程度可以与纳粹集中营媲美，成千上百万被关押的政治犯和刑事犯被尘封的档案资料令人发指。书中有一些让我邻居非常有兴趣研究的细节，比如有很多囚犯如何死里逃生度过狱中生活的生存策略，如何用干面包屑包布做纽扣，等等。

　　《身体的历史》。这本书为我邻居提供了很多人类早期的解剖学技术，以及圣徒们光怪陆离的苦修方式——会让我邻居关心的问题诸如耶稣身上到底有几处伤疤？如何制作圣徒们头上的荆棘？等等。

　　《论迷宫》。关于迷宫的几种绘制方式肯定是我邻居感兴趣的。他甚至在很小的时候就发明过一种迷宫，其图案极其复杂，光入口处之后就有十多种可能路径，十多种可能性的每一种又发展出自己的可能性，然后这些可能性又衍生出更多的可能性……你简直找不到出口。我第一次在他家书架上看到这本书的时候我们聊过这个话题。我当时告诉他这个世界上有一种非常简单的迷官,根本不需要我们花费心思去设计各种路径、线路,却任何人都找不到出口,任何人都到达不了终点。我在那张纸上画了一条直线。"一条无限的直线!"他恍然大悟,朝我羞愧地笑笑,那是他谈到技术时唯一向我垂首的一次。而他之所以羞愧是因为发明一条无限的直线的迷宫非什么牛逼的技术人员,而是作家博尔赫斯——博尔赫斯在他一篇小说中写到过。还有什么比一条在无尽延伸的直线更让人困惑的迷宫呢?还有什么比没有终点和出口的直线难度更大的迷宫呢?自那之后,我邻居不敢过分嘲笑我的文学事业,但他对作家这门职业也只持续了很短一段时间的敬意。很快有更多足以让他继续对我的专业鄙视的证据。我邻居理解不了我和波尼所生活的抽象世界,也理解不了我们这个世界之所以存在文学的真正意义所在,文学并非为了让一类人——我——有饭吃,有课题经费可拿。但既然他不理解,我也就不费唾沫去解释了。就像他感兴趣的这本书《论迷宫》,对迷宫这种类型的建筑,我邻居真正兴之所至的是它的空间逻辑,是技术,对那些错误的走廊是如何导向绝境的他不感兴趣。在博尔赫斯的小说里,迷宫就是时间的化身,迷宫和时间也是他创作题材众多关键词中的最重要的两个(其他还有火、夜莺、老虎……)。对《论迷宫》这本书的作者来说——这里需要加以说明的是这位作者也是个哲学家——迷宫也是时间,因为穿越迷宫这种游戏所要求我们的不是节约,而是浸淫时间,花费时间。在迷宫里,时间就是东西南北走向的各种空间的堆积,我们在其中游荡,在其中迷茫，在其中穷尽各种可能性。在迷宫里，我们都是一些不知所终的漂泊者。波尼正是这类漂泊者，我也是一定程度上的漂泊客。对波尼来说，他的迷宫就是那些作品，他先是穿越诗歌的矮墙，继而绕过散文和通俗文学的拐弯，之后在另一些让他迷惑的小说的墙根犹豫和徘徊，最后，他通过了迷宫那个"出口"。我呢？波尼成为我的一个迷宫，为了赶上波尼，我给自己设置了很多困惑、假证、伪据、借口、错误、困难、惩罚等诸如此类的"迷宫走廊"，最后，我仍旧被波尼给甩了。

像我邻居这样的修缮者、维护者保证了我们这个世界的确定性，像波尼和我这类彻头彻尾的务虚者则保证了我们这个世界的无限性和多元性，简单一点说，我邻居加固了我们生存的这片大陆，而波尼和我让我们七大洲多出了一个洲——一个虚构的在地球仪上不存在、但存在于我们大脑里让我们不至于被现实的务实之光灼伤，可以让我们避难和幻想的大陆。当然，我和波尼都不会是这块大陆的第一个建设者，荷马、但丁、弥尔顿、拉伯雷、塞万提斯、莎士比亚、托尔斯泰、泰戈尔、陀思妥耶夫斯基、普鲁斯特、福楼拜、海明威、卡夫卡、里尔克、乔伊斯、纳博科夫、博尔赫斯、卡尔维诺、波拉尼奥……他们都比我更早，也比我更优秀的建筑师，我不过是其中一个微不足道的搬砖者。波尼呢？

好吧，我姑且把那些我用自动法创作的烂诗放在一边吧。反正它们也不重要。

我邻居最近利用上班时间学了一阵子G代码查看器的功能，因而现在他说起这门爱好已经会用一些专有名词了。他很快就会成为这方面的专家的，这点我深信不疑。他们档案馆有一台三维打印机，但那些同事打印出来的东西令人哭笑不得，比如一片光敏树脂饼干，一只金属粉的甲壳虫翅膀——都不是什么正经物，只是因为打印平面比立体容易，一维或者二维在颗粒床上操作起来技术难度更小。为了让修复科练习和应用这门技术，我邻居批了一大笔经费让他们购买各种打印材料，如塑料粉、金属粉、树脂等，但这些都不是我的波尼所必需的。在我最初的打印计划里，波尼是一个真人，一个由活细胞构成的货真价实的拉丁美洲人。我邻居觉得我异想天开，他专门研究过这项技术，打印一个真人必须得用真实的人类材料——活细胞，这个过程非常繁复，首先，活细胞得在凝胶媒介或糖基中一层一层地沉积，最后组成诸如脉管系统的三维组织。但这只是第一步，之后还有要将这些三维组织组合成各种造型的人体组织。这太难了，这涉及极其复杂的生物学、解剖学理论和实验环境。目前我们最前沿的克隆打印技术也只进展到打印一些简单的人体组织，电影里的都是传说。比利时哈赛尔大学的研究人员几年前为一位八十三岁的比利时妇女打印出了一块新的颌骨，但光这一小块骨头就花了那支科学家队伍半年的时间。

这是一个十足的乌托邦打印计划——不过想想很让人兴奋。

我们两人，一个痴迷于技术的档案学专家，一个不是那么热爱文学的文学研究者,以各自的专业路径将打印波尼这个假人作为一种消遣方式,我们频繁地碰面,但并非为了得到某种切实的结果,尽管我可以作为一种愚弄方式把波尼作为我的一个研究成果呈递给那名夜大毕业生。因而有好几次我们都觉得似乎真的有这么一个未来的3D打印人生活在我们俩中间,尽管还未成形,却呼之欲出,他随时会跨出书页来到我们跟前,每次只来一个部分——他与我们的母亲孕育我们的方式不一样,我们的母亲是一次性地把婴儿所有的器官和组织配套地在子宫里组装好,而波尼是一个器官一个器官地出现在我们跟前的,先是一个心脏,之后是他的肺、他的肱骨、他的肝脏、他的肾、他的胰、他的肌肉,他的神经……每次波尼出现在我们跟前都会有一个新器官。每次来的波尼都是一个有缺陷的人,直至最后一次。

并非所有的器官都必要,因而我们列出了波尼不需要的可以被"忽略"的器官的一张名单。

关于波尼可剔除的器官:

1. 睾丸。(鉴于我们俩是某种程度上的"性冷淡者",去掉这一项读者完全能理解。)

2. 包皮。(如果阴茎无须膨胀,就无须包皮。)

3. 盲肠。(很多人会主动割除它。)

4. 智齿。(完全不必要的装备。)

5. 肾。（只要一个就可维持基本生存。）
......

可以省略的还有更多。不仅是睾丸和盲肠，我们还可以省掉像尿道、大肠、肛门那类东西，因为那类组织又丑陋又复杂，还会产生垃圾，气味又难闻。没有这些器官不会影响我们的波尼最后问世他的杰作。说真的，我们的身体机器有时候过于复杂了，要是我们像刺胞动物那样，所有的组织器官综合在一起会更加轻便，旅行起来也更容易。到底是我们啰唆的身体在进化上更先进呢，还是水螅之类刺胞动物的有着一具综合身体的动物更先进？比方说，当我们谈论一架机器时，那些能将各种功能集中在一个小按钮并且还轻便携带，比如超薄苹果笔记本电脑，还是早期那些分工具体、机关复杂、体型庞大的长城310电脑先进？还有，我们真的需要那些复杂的器官吗？

讨论这些让我们俩都很兴奋。尽管他与我是两个世界里的人。在我们以后的交往中，波尼与其说是我们的合作项目，不如说是我们的谈话理由，而且越来越是我们的谈话理由。这个世界上没有谁比我们俩更相像，也没有人比我们俩差异性更大。

以下就是我们那天谈话内容的一部分——

我邻居："我们聪明的身体为我们隐藏起了那些丑陋的器官，但并不意味着那些器官是无用的。就像你说的，你们这些文科生都爱说的，身体就像是我们的外套，可我们无法'脱'去我们的身体。我们借身体活在这个世上,就像币值借硬币存在于人们的经济活动中。"

"我们的身体就像是藏传佛教所说的,是我们随时可卸下的行李……"我啜嚅道。

瞧吧,这就是那名搞错我档案的大学招生办的人招来的结果,如果当初他不犯这个失误,我今天对我邻居就不会说什么"行李"之类的,我可能会说:"精神在我们这个空间是一种能量场,现代物理学认为整个宇宙是由场构成的,爱因斯坦对宇宙中无形场学说是肯定的。他认为场才是遍及宇宙的基本物理存在,而粒子只是场在局部地区的凝结和在我们这时空的物质外壳,是无形场的一种能量的聚合体。"

我邻居的"行李"非常好,他长得很帅,五官清晰,皮肤白嫩,头发乌黑,个子高大。他身上是某种男子气和女人味的综合体。

"你的意思是我们要学会与自己的身体和器官和解,要与它们和平共处?哪怕是那些造粪器官和容易让我们生病的组织?"

"这方面你难道没想过?"我邻居有股子较真劲,"我们对待身体的态度是非常矛盾的,一方面我们用最好的食物去供养它们,根据它们的本能和规律去安排衣食住行;一方面却又将它们视作枷锁、围墙和替罪羊。"

"此话怎讲?"

"你看,当一个人变化或犯罪,社会对他的惩戒通常都是通过身体来完成的：关押、鞭笞、割鼻子、剜眼睛、剁手、断头、凌迟、去势……在中世纪，西方的修士们为了追随耶稣的神迹，对自己的身体也是各种折磨：绝食、泡冰水、戴荆棘头冠、割破肋部，甚至为了示恩，每周周五学耶稣受难的样子在床上一动不动地躺上一整天。他们认为人的身体越痛苦，离拯救也就越近。"

……

此后我们重复过很多次类似的话题，这也是我邻居罕有的对技术之外感兴趣的话题之一。我正是在那时开始写身体的隐喻的随笔的，作为这部分研究内容的一个附件。这个设想后来竟与我假想中波尼的偶像哈维尔的兴趣不谋而合——当然，这是后话了，我后面会交代的。

第一次，我写下的是关于那些可以"被忽略"的身体部分的隐喻。

睾丸

男人的弹药库。没有它，阴茎只是一根空管子。

睾丸也是人类最早的住处，当卵子在子宫里享用它宽绰的豪华单人间时，精子正挤在它们人头攒动的集体宿舍里。要过很久精子和卵子才会相遇，但并非所有的精子都有能力和运气遇见那枚唯一的卵子，最后能够冲刺到卵子的豪华单间的只能是那枚最强壮的。

事实上睾丸也是个冷藏室，为了保证出膛的子弹在保质期内，睾丸成了人体里最冰冷的所在。睾丸表面粗糙多皱褶，为的是保证它能够收缩自如，因而在西班牙语里，"睾丸"这个词与"牛油果"享用同一个单词。

去势的太监通常都是割去睾丸，而不是切掉整条阴茎，也就是说，清空弹药库男人就无用武之地了。

包皮

最初，男人们在原始森林里讨生活时，每天都得面对荆棘和各种蚊虫的叮咬，不得不对他们内在的枪管进行保护。包皮就这样长出来了。

自从衣服被发明出来后，包皮就成了无用之物，人们千方百计想要去除这件天然的紧身内衣，因为：一、尽管有抵御外扰和保护的作用，但同时它也是身体上一个藏污纳垢之处；二、由于它的存在，阴茎在它的深重保护下会对任何外来刺激变得很敏感，导致性交时容易射精。因而在很多文化里，割去包皮成为男性成长中一个重要的仪式。犹太教规定，男婴出生第八天就要被割去包皮，否则就不是一具清洁的身体。

人们为自己的身体除去"赘物"或改造自己身体的某个部位，有时候是一种聪明之举，有时候则全无道理。如下一些行为就是人们的费解之举：戴唇盘、裹小脚、割阴蒂、穿环（穿耳环、穿鼻环、给肚脐穿环、给阴唇穿环）、刺青。

盲肠

把身体想象成一个聪明的机械装置的话，盲肠也是一个典型的案例。这段长为6~8厘米的袋装结构其目的是防止大肠内的食物回流至小肠。也就是说，它是食物之旅的一个必需的驿站，为被消化液腐蚀得七零八落的食物们提供一个休憩整顿之所，但实用主义的人类却把它视作一个"赘物"。越来越多的盲肠们被迫成为医院手术室里的冤魂。

智齿

牙齿家族中的一个替补成员。借智慧之名，行"赘物"之职，实际上智齿并没有派上多大用场，相反还经历因为它硬要挤上牙床而给我们带来的无尽疼痛。

就这样，波尼的打印身体和我对波尼身体的隐喻成了我研究计划的子内容。我决计将我的文学研究变成一种"四不像"的研究也是得益于我对波尼以及后来对哈维尔的研究的进展。我甚至想象过有一天当我向那名夜大生提交我的"作业"时，当我向我们部门领导提交我的研究结果时，与我的不存在的作家的书稿（其中有若干随笔、信件和各种资料索引）一起的，还有那名从打印机里出来的满腹经纶、才华横溢的波尼（我最初想象他是一名活人），就像文学史上一件意外的奖品，被我带着四处旅行——从我们这个研究所大会议室的讲座台上到夜大生的办公室，之后也许还有什么评奖大会的评委室、颁奖室之类的地方。

我的同事们像我一样，尽管每周会在有例会的那个下午聚在一起，但我们对对方的研究内容毫无所知，偶尔我们还会彼此防范，因为在某些时候，比方说，课题经费紧张时，我们内部就会形成某种竞争关系，但现在形势越来越好了，随着文化部和教育部门批给我们的研究经费越来越充足，甚至出现了有些部门不知道怎么把申请到的经费花完的情况，尤其是那些冷门课题的研究部门。比方说，我们这个部门研究亚历山大图书馆馆藏语种的所长就为此一筹莫展，图书馆两千多年前就毁于大火而万劫不复，因而如今他所能查阅到所有资料都是已经被印刷出版的二手、三手甚至是好几十手的图书，自从图书馆查阅系统数字化后，所有工作网上就可以完成，因此我们的所长也就失去了去世界各地图书馆查阅资料的公费旅游机会。研究经费的充足与报销制度的严苛成正比，在其阔绰的大手笔之下，文化部和教育部对我们课题的每一项报销内容也都查得非常严，甚至鼓励我们使用互联网工具。没有人会认识我的不存在的波尼，或者说拜那些文学修养低下几乎不认识几个作家的文化官员所赐，没有人会质疑我正在研究的是一个虚拟的不存在的作家。我那些在例会上满嘴跑火车的同事也没有几个专注于学问，有些人不过是拿研究项目做幌子在各种电视节目上出镜，因为电视台一期节目给的报酬就可抵过我们好几年的工资；有些人一心只想着旅游，以课题为借口把自己活成一个空中飞人；有些人身在曹营心在汉，一门心思地在打着调去政府部门弄个一官半职的主意，这类人对学术并无兴趣，只是将它当成阶梯；热衷于研究钞票上图案的人在炒股票，甚至还有人在炒房。我们这个部门最近集体研究的项目是采妃使者。很快，这个话题过去后其他的衍生话题又会到来。因而大部分同事只知道我最近在研究一个不知名的拉美作家，姓甚名谁没有人知道，也没有人过问他写过的作品。

他们不明白，我为什么要研究这样一个无名者。

是的，一个无名者。

第七章

  自从那次在家里接待那名保安后,不受我妈妈待见者的名单上又多了一个人,此后每次经过小区门口,她都会注意自己的言行,也就是说,她尽可能不在大门附近停留,不东张西望,不穿太醒目的衣服以免引起旁人的注意。与我妈妈相反,自从受邀拜访过我妈妈后,那名保安把我妈妈视作自己人,空下来就会盯着门外,以便不错过那些熟人的身影,主要是我妈妈匆忙经过的模样,一旦瞄到我妈妈的身影,他就会像脱离弹道的子弹那样及时而迅速地来到她身边。保安把我妈妈视作那名美丽的独唱歌手的化身,或者说独唱歌手的老年版本,因而他目光的投影里有念旧和深情的光,一旦这光落到我妈妈身上就会集中起来将她灼伤。我妈妈对于任何形式的亲昵关系和特殊友情都避之不及,她的星球上只有一名居民——她自己,因此,她怎么可能容忍自己这个星球上有个外星人朋友忽然在此做客并试图永久性地驻扎呢?我妈妈每天雷打不动地去菜市场买西红柿做她的蔬菜汤,但她去菜市场通常时候都很尴尬——午市已散场,晚市还没开始,经常是两三点钟。因此她无法从其匆匆经过的车库入口处来验证那伙同龄人是否真的把广场舞搬进了车库的地下室——虽然她现在听不到早上的广场舞音乐了,但那些旋律已经在她身体里找到了一个永久而结实的栖息处,每天一到点儿,那些不是从她耳朵里进来而是从她的身体深处自内而外地扩散出去的音乐就会把她紧紧抓住,不是通过听力得来的声音更冥顽不化。因此她晚睡的习惯仍没能改变,十二点一过她的双眼就闪闪发亮,彼时,充斥在她脑子里的一切画面都被照清晰了。

　　她的身体对于我们而言是个无法理喻的时区,它有它自己的分针和秒针,有自己的日出和夕照,有自己的沙漏和日晷。每天下午五点,当我结束案头工作打算休息或者等待我邻居回家好上门去拜访他时,当我哥哥与我嫂子不是在接我侄女的路上,就是在刚刚抵达的家门口时,当我父亲和上午一样一动不动地在他的轮椅上盯着慢慢收缩的阳台光影时,当我的波尼从我的电脑中解放出来站在他虚构世界门口张望着我疲惫的身影时,我妈妈这才慢吞吞地揣上钱包手忙脚乱地步出小区大门去买菜。但她在自己的时区里活得其乐无穷。晚餐之前,即晚上十点钟之前,她会在自己的风琴上弹上那么一两首老歌——那架退役的风琴仍能发出不是那么准确的音调,只是低音区的七个音变得非常混浊,就像被宣纸弄糊的笔画,歪歪扭扭地在黑白双色键上自恋地弹跳扑打。用她迟钝而过气的乐感来折磨那架奄奄一息的风琴成了她用来表达欢快心情的方式,尽管并不经常,除了我侄女极少会光临的周末，要够得上她坐上那架老古董风琴，一定是她生活里发生了什么重大的事件。小说她最近读得很少，有时候会看一些电视连续剧，要是这一切——阅读和电视——都让她提不起神来的话，她就会将其归之于夜晚没睡好的缘故。不论怎样失眠都是她生活中不会退场的反派主角。我建议她外出去认识个把新朋友，我的意思是不要拒绝诸如她的老同事邀请她去参加的那些有老年朋友出席的派对，就像上次那个相亲活动，说不定她能从中找到她的黄昏恋呢。

我妈妈觉得我的建议极其荒唐。

我有时候也会非常好奇我妈妈的性取向，她会不会是某种程度较轻的厌男症患者呢？我妈妈年轻时不乏几分姿色，又爱好文艺，应该有很多追求者，除了我们咨啬冷漠的父亲，她可能有不少倾心对象。为了对我妈妈的过去有所了解，几年前我曾向她周围发出过几份形式多样的调查问卷，主要是她乡下的那些堂兄妹，因为我妈妈自己没有兄弟姐妹。我给他们打过一些电话，要是在不多的亲友聚会上碰上他们我还会假装无意问起。给我带来一点实质性内容的是我妈妈的一个堂兄，我的第二个舅舅，大我妈妈两岁，两人有很大的一部分青春岁月重叠在那个贫瘠而匮乏的年代里——没有人比他更清楚我妈妈了。但我堂伯的叙述很机智，只有我能听出他的弦外之音，·他说我妈妈只爱小说里的男主角，她只爱小说主人公，而我父亲显然不是这类人，我父亲各方面都像个配角。因而我妈妈在他们的心目中，在爱情方面她就是一只没被人打开过的牡蛎,一枚从没被交媾过的处女蛎。我父亲显然是那颗想闯入其中的沙子,因而我与我哥哥作为两颗由我妈妈这枚牡蛎产下的珍珠,我们不是她与某颗沙子的幸福结晶,而是两个痛苦的伤疤,两颗痛苦的结石。久而久之,这枚牡蛎就把任何外来物都视作沙子了……听上去任何让我妈妈梅开二度的想法的劝诫都是愚蠢。她现在是一只紧紧合上、永远也不会打开的牡蛎,这只牡蛎的两扇硬壳在没有任何外力的作用下已经自己粘上了。

实际上情况比我想象的要好,在我的建议没有被采纳之后的几个月,我妈妈又迎来一个新机会,即前面提到过的那名建议她参加老年团活动的同事没有对她死心,她又向我妈妈发出了邀请,借口是这是她们认识的第四十个年头,他们想搞个小型聚会。

"不需要担心,就我们四个人。除了你还有另外一个朋友。"

我妈妈不知道怎么的竟答应了。

我妈妈之所以打破惯例赴宴,我想理由有二:一是她们一同进入学校的三人,另外一位女老师,也就是生下怪胎女儿的那名数学老师忽然联系不上了,诸种小道消息都说她可能不在人世了,但此事还缺乏确凿的证据。二是我妈妈想见一见她这位同事的傻儿子。不知怎么的,我妈妈忽然想起这名我的同龄人来。我妈妈还扳起指头数了一下,我与这名傻子是他们学校"文二代"

中硕果仅存的单身汉。这事说明育儿工作既重要又不重要，因为我妈妈这名同事在母爱方面是一份无人能媲美的正面教材，她照看她那名傻儿子如果说鞠躬尽瘁算不上，至少也是前无古人后无来者的无私，可结果却同我妈妈一样。我妈妈深知自己的爱稀薄而吝啬，在她的词典里"母爱"这个词条是一个语法不对的生造词。不像爱情里的"爱"，后者有无数言情小说作为它冗长的词条和烦琐的脚注。

我妈妈的感慨不重要。因为实际上没有人会将我与那名傻子做比较。重要的其实是这又是一个我妈妈的同事给她设下的善意的圈套，而我妈妈还以为这对夫妇想与她庆祝点什么、怀念点什么，或者某种程度上的同病相怜。

因而那天到同事家时我妈妈直奔那名傻子，也即我的同龄人。与多年前的形象有别的是，我的同龄人长起一撮有点可笑的山羊胡子——就像煤灰一样撒在他的下巴上，因为只有很短的胡茬。准是我妈妈的同事好几天没给他刮胡子了。其他部分与我妈妈小时候见过的他没多大变化，皮肤白皙水嫩，头发略略发灰。就像所有的避光植物那样，我妈妈同事的儿子的身体表皮敷着一层说不上颜色的浅色光芒。我妈妈同事和她丈夫给他们的傻儿子做了一个很大的木笼子，笼子放在其中一个卧室的中间，里面有简单的小型家具，有食物，有水，有玩具，另外还有一个小卫生间，也就是一张有孔的凳子，凳子下面是一个宠物用的便盘。就像一个玩具房。或许是为了贪图方便，或许是年纪大了体力不支，老两口现在不再围着他转了，他自己一个人能在这个方寸之地完成吃喝拉撒以及其他娱乐活动。其中一项最主要的娱乐活动就是手淫。

我妈妈听到这个词吓了一跳。

但这是千真万确的！

我妈妈的同事觉得在自己的老同事面前提起这个并没什么不好意思的，因为我妈妈也是傻儿子成长的见证者之一，其他人就不一样了。我妈妈的同事经常担心的一件事是怕她的傻儿子当着其他人的面手淫，要是她带他们来儿子的这个房间他有可能会对着他们产生性欲。我妈妈同事的儿子失衡的大脑分泌不知怎么地就有这个功能，他在这方面欲望特别强大，随时随地会从裤裆里掏出那家伙。这让我妈妈的同事丢尽了脸。自从那名被猥亵的保姆离职后，我妈妈的同事夫妇就不轻易带人来看他，他们也不能再带他出门旅行了，他现在凭着他的嗅觉功能就能发现异性的吸引力。

我妈妈绝不相信这会是真的。

我妈妈同时还想，这下好了，我们两家人都生了个怪物，一个是百无一用的文学博士，另一个是一无是处的笼中物。

我妈妈这次的拜访于是从那个笼子开始。我妈妈围着它转了好几圈，她察看合理而精巧的笼内设施，惊叹它的迷你造型，就像参观一个她不能理解的现代化设施，不停地向她同事夫妇问这问那。尽管吃喝拉撒都在笼子里，卧室里却没有任何异味，这一切都可归之为那个小卫生间设置巧妙的功劳。没有人知道它便器里面的结构，表面上看它就是一张普通的凳子，不，是一张有着精美装饰品的凳子，为了掩饰它的便溺功能，我妈妈的同事给它做了一条有木耳边饰的腰裙，腰裙的布料是青花瓷花纹的绸布，木耳边是透明的蕾丝花边，此外还有一个不是那么规范的椅背，椅背上镶着一只玩具熊。尽管装饰物风格混搭，但效果不错。

观摩这一切都无须问候笼子的主人，因为我妈妈同事的那名傻儿子，我的同龄人睡着了。笼子里有张正巧能躺下他的木床，因而我妈妈可以尽情而专注地欣赏着它的奇异性和不可能性。我妈妈同时还觉得他们把饲养傻子当成一种娱乐了，自从他们再也不能推着他出门后，他们就把他关在了屋子里，一个用他自学成才的木工艺，另一个用她精湛的缝纫活计，把整个笼子装扮得像一件真正的艺术品，当然，坐在当中的傻子儿子——那才是他们最大的作品呢，就像所有的艺术作品一样没有任何实用功能，既不帮他们传宗接代，也不能在年老时照看他们。我妈妈观赏这一切时不停地抚弄着自己的头发，因为她不知道可还有更好的方式来表达她的惊叹和悲哀。

我妈妈的同事让我妈妈入座。因为这时外面进来一个人，就是我妈妈同事想介绍给我妈妈的人。参观线路结束了。

下面是我妈妈这次拜访的另一个主题。

进来的是一个老头，七十多岁，个子不高，双腿短小，戴着一顶红色的棒球帽，帽檐上有一个机绣的万宝路Logo在灯光下闪闪发光,我妈妈因此第一眼就瞧到了那个Logo。我妈妈主观地把他当成是一个不速之客,尽管来之前就知道他也是受邀者之一,她还是把他当成一个不受她欢迎的不速之客——因为她同事之前对此没有任何介绍啊。所以气氛一开始怎么也热烈不起来,"出版过一本散文集和诗歌呢。"我妈妈同事投其所好,在介绍老头时尽量突出他在文学方面的成就,我妈妈同事认为,给我妈妈一个惊喜比事先介绍可能起到更好的效果。

但我妈妈实际上是个叶公好龙的文艺老年,鉴于她主要对言情小说才感兴趣,任何其他的文学形式在她眼里都只是文字并非文学,她才不会对老头写什么感兴趣呢。老头在我妈妈同事这番言简意赅的介绍之后,将作为见面礼的那两本书掏出来放到沙发上,其用意是让我妈妈读它们。但我妈妈只是把其中的一本拿起翻了几页,之后连一句起码的评价也没有就把它放回茶几上了。

于是就有点尴尬了。

我妈妈同事于是猜测之前他们的估计是否有点过于乐观了。也许老头不应该那么早就亮出他的书,他应该表现得谦逊一点。但此时已经无法扭转局面了,老头对此完全不知,热情洋溢地发起一个又一个文学话题试图引起我妈妈的注意而罔顾我妈妈冷冷的眼神。

没有人知道我妈妈真正反感的是什么,显然不可能真的是因为他的夸夸其谈或者盲目自信。我不知道在我妈妈的爱情故事里,主角到底是一个什么样的人。从我妈妈目前的表现来看,这个人可能甚至连个配角也不是，只是个路人而已——其处境甚至不如我当年的父亲。

我妈妈同事家的晚饭时间正好是我妈妈平时正午时间还要早那么一点点，因而我妈妈胃口还好，但她只舀了几勺蒸蛋就把碗筷推开了。老头见状于是将取悦方式从谈话转移到服务上来，既然谈话内容吸引不了我妈妈，总有一款是能够吃牢我妈妈的。他拾起我妈妈放在桌上的空碗要帮我妈妈添汤，他还问我妈妈是否要在汤里加点葱料。这时我妈妈注意到她同事和她丈夫交换了一个有意味的眼神。

她不知道这个眼神是什么意思，但猜到可能他们此刻站在她这一方。

老头很多年前就死了老伴，目前住房条件不错，退休工资也高，因而他这样的物质条件最初让我同事与她丈夫觉得很是称心。同时老头还对文艺圈情有独钟，又出过书，一个音乐老师和一个爱好写作的工会主席还有什么比这更合适的呢？因而一看到我妈妈，老头就将我妈妈同事的叮嘱忘得一干二净——我妈妈同事事先给他打过招呼，说我妈妈有点"特立独行"。老头把餐桌视作讲台，把客厅当成会议室，把那些围绕在他们身边的椅子当成另一群与会者……我妈妈同事急得不停地拿眼神暗示他，可他正在忘乎所以中，他看我妈妈的眼神简直就像是马上要把她吃到肚子里了。而我妈妈对他变得越来越生气了，她对他直勾勾的眼神也气不打一处来，仿佛被他凝视过的部位都长了溃疡，唯一的办法就是切除掉被他凝视过的任何部位，否则过几分钟她就要死去了……

当时的情况正是这样。

因而我妈妈的同事这时向她伸出了援手，我妈妈同事聊起了另一位"下落不明"的女同事的话题，我妈妈她们另一位没到场的同事——与我妈妈掌握的情况差不多，我妈妈同事只知道那名女同事的退役军官丈夫退休前与她调到了一起，但两人形同陌路，长时间的分居让他们离对方越来越远，最糟的是，他们的女儿成年后也与他们断绝了往来……

但我妈妈还在生气。我妈妈生气的大部分理由都是莫名其妙的，不但莫名其妙，有时候还难以收拾。因而在那天的那个谈话现场，我妈妈很多时候紧抿着嘴一言不发。她在生所有人的气，生老头的气，生自己同事夫妇的气，生她前夫也就是我父亲的气，生不是那么经常去看他的我们兄弟俩的气，生她那位不肯主动学风琴的孙女的气，生与她有点生分的儿媳妇的气，生从不来往的邻居的气，生那位与自己的女儿和丈夫都是陌生人的女同事的气，生她居住的这个城市的气，生大街的气，生公园的气，生树的气，生青春的气，生命运的气，生造物主的气，生生气的气……

这时，客厅里的那位"作家"又说起话来，他杀了个回马枪，又聊起了文学话题。老头谈起他在老年大学的写作课，因为他想让我妈妈知道他是老年大学教写作课的老师，这个身份让老头相当自豪。

我妈妈于是只好气呼呼地礼节性地问他老年大学的写作课是怎么回事。

"有些人连句子也写不完整，却一心想给自己的后代留本传记……我的学员中很多人正在写自己的传记。有些人来就是为了学写传记的……"

"那么你——"同事丈夫发话了，因为他觉得有义务帮老头，不管怎样老头可是他这方面的朋友。"你是否打算给自己写一本书呢，一本传记，或者你已经写过了？"

"我？"老头依稀觉得卖弄的机会来了，但随即冷静地删繁就简，清了清喉咙说他已经写了五六万字，印刷厂都联系好了，一写好就出版。

"关于哪方面的呢？"我妈妈同事这时也凑过去了。

"学习啊，生活啊，工作啊……"

"就不写点你的恋爱经历吗？"我妈妈冷嘲热讽地问道。

"我哪有什么像样的恋爱啊。"老头深情款款地盯着我妈妈。我妈妈又一阵恶心，觉得那些溃疡已经像钉子一样嵌到骨头里了。"我死去的老太婆是我表姐，大我一岁呢。我们俩没恋爱就结婚了……"

"哦，我有个姨妈也嫁给了我表舅。"我妈妈同事的丈夫插嘴道。

"这种事我略知一二。"我妈妈同事的丈夫觉得应该再说点什么，他在电台做农业节目之前，还主持过一段时间的热线电话访谈，那时候常碰到一些奇怪的夫妻，"我知道有个十八岁的小伙娶了他七十岁的远亲。还有弟弟娶姐姐的呢。"

"你想说什么？"我妈妈同事有些不解地盯着她丈夫。

"我的意思是对很多人来说，婚姻就像是一件危险的玩具而他们意识不到。每个人都玩得不亦乐乎。"同事丈夫赶紧接过他妻子递过来的暗示。

"哦，好吧。"老头有些怏怏不乐。

我妈妈既不对老头的过去感兴趣，也不对他的妻子是表姐的婚姻感兴趣，更不对他有未来有兴趣，因而这些对话中没有我妈妈的声音。尤其是当我妈妈同事暗示自己丈夫之后，我妈妈开始一言不发了。老头有点失望。老头在老年大学讲堂上训练起来的滔滔不绝在这里明显遇到了障碍，那些乱了方寸的话题遇到了一面不领情的墙壁，然后他那些句子的箭头纷纷落下。老头接下来说的更让我妈妈反感。他说老年大学一年给他五千元的写作课薪水。"尽管五千元不多，但我是唯一有报酬的又是学员又是老师的学员……我教写作课……"

在老头卑微的一生中，"写作"这两个字是他头顶的那一圈闪光，但作用不是让他看见更多的事物，而是让他看见自己从而对别的事物视而不见。

我妈妈对我的文学研究课题不感兴趣，因而此时她实际上错过了可以一个引用在文学链顶端的文学学者的儿子的我从而打压处在文学链底部的老头的风头的机会。她缺乏对我的足够认识，因而在老头令她反感的进攻面前居然变得像是手无寸铁。

她决定主动出击。

机会不久就来了。

不知道铺垫是什么，反正忽然之间我妈妈成了几分钟谈话的主角。

我妈妈说的是一个梦。

如果我妈妈意识到梦是比文学更大的现实，她一定会在自己的谈话里加进更多的自信，可惜当时没有。不过不影响我妈妈的叙述语气。我妈妈当时瞄了一眼餐厅里唯一一张画，一张米罗的印刷复制品——我妈妈同事把它挂在餐厅的墙壁上面，是想利用它的颜色来开胃——我妈妈开始说话了。

她说她昨晚走进了一张画里，当然不是米罗的画。我妈妈随机应变，忽地抬起头，为的是把大家的视线引向餐厅里那张尺寸被缩小了一个型号的米罗仿制品。

就像真的一样。

"——不知道是谁的画……总之，为了欣赏它，为了近距离地观察它，我稀里糊涂地从画框外走进了画中。起先我还不知道发生在我身上的这一切，我看到画里坐着一个老人，他的椅子很奇怪，椅腿很高，椅背很深，因而我看他必须抬起上半身。老头旁边还蹲着一条黑色的拉布拉多犬。那家伙脖子上系着一个金色的铃铛。我们好像说了一会儿话，我与那老头。一定是在一场谈话之后，因为老头对我说你要想理解画家的意图必须进入他的作品，但要在合适的时候离开，否则你的身体就会粘在画布上。老头显然是那方面的专家，他说得非常自信。他穿着一件闪亮的长袍，袖口处有两道很窄的金属光泽的镶布，就是那类我们经常在古典油画里看到的人物，画家为了炫技故意画出他们衣服上的各种高光，就是没有光也要用白颜色胡乱地涂出光来。老头的声音很特别，带着一种奇怪而嘹亮的回响，也就是说一句话的最后一个字通常要重复两遍。这时，老头旁边的狗想咬我的手，或者它只是想嗅我，它突如其来的动作吓得我一下子跳了起来，然后，听着！我一不留神就跳出了画框。等我有知觉时我发现自己已经摔在画框旁边的一条峡谷里了。"我妈妈的"梦"杂乱无章，因为都是她即兴编的，她又不像波尼是个诗人加小说家，她那没有被训练好的想象力没有靶的，只是在胡乱地朝前射去。有一阵子她一下子想不起来自己到底要说什么，好在她那支摔跤的箭又出发了，这次渐渐地有了一个小方向。

"我看到画家走进了他的画室——不要奇怪掉落在悬崖底部的我是怎么看到这一幕的，我又是怎么知道来人就是画家的，因为这是梦啊，任何离奇的情节都有可能——画家看到他昨天正午刚完成的作品里多出了一个老妇人的形象，是个背影，没有颜色，没有其他细节，这个人影是透明的。那正是我，可他不认识我。"我妈妈直觉讲到这里应该有一个小停顿，因为她看到他们都在很认真地听着，就像卖关子，得让他们知道她的"梦"很不容易，"他拿着画笔在那里抓耳挠腮了老半天，最后戴上作画用的手套用小刮刀把它擦掉。擦掉一个透明的人形物很难，因为它的边缘是与其他颜色融为一体的，但它又是存在的，因而，一刻钟后，这位技艺超绝的画家从画布上刮下了一堆'我'，一些透明的干掉的油画碎屑，他把它们放在手心吹了吹，确认手里有一些碎屑后把它们扔到了画架旁边的悬崖下。然后我就醒了——我是说我在画中醒来了——我发现我原来是个透明人，有可能是画家把最后一粒碎屑扔下悬崖后我就成了一个透明的人。那些碎屑彼此之间有一股很强的磁力，因而它们一着地就快速地自动组成一个完整的人——我。这之后我走到哪儿都变得像是个鬼魅。我这么说你们可能还不明白，我的意思是我出现在哪儿，哪儿的东西就消失了，好像世界就是一幅画，而我有一个去色功能，画家刚刚刮掉的就是这个功用，一块抹布，一块橡皮。我到过哪儿，哪儿就成了光秃秃的画板。总之，我成了一枚透明的会传染的病毒。"

我妈妈说完洋洋得意地看着在座的三个人。她那种后现代文学式的叙述让我妈妈同事和她丈夫迷惑，当时如果我在场我能理解，可她的三个同龄人此刻只是目瞪口呆地看着她。我妈妈后来对我说那一刻她灵感来临，身体里有一个她不认识的人让她胡说八道，那个人可能是个被她自己忽略但是非常重要的假人。我于是一下子成了她的知音，因为我的大部分工作就是胡编乱造：我的波尼和他的文学生活。在工会主席一直讲述的写作课程里，有一些写作原则被他和大多数作家奉为圭臬，比方说一篇文章里第一段文字出现的事物通常都是有用的，在第一段文字中出现的一把挂在墙上的枪到了文章后面肯定会出膛射击（有著名作家说过类似的话）。因为作家们不能浪费一个字啊。我妈妈说的"透明人"，那个画中老头，那条咬她的狗，那个悬崖，那个画家肯定有些什么意思。但我妈妈讲这些事物时就像一个不负责任的导游，经过一个个景点可从不过多停留，等到参观结束了也没给她的游客讲解。

因而完全可以想象得到，我妈妈同事这次精密策划的相亲活动没有取得预期的效果。后半场我妈妈简直成了主角，但每一个人都被她弄得很困惑。那位老头很实用主义地判断我妈妈是一个没有写作天分的人，因为这个无条理的梦将他们都绕晕了——就此而言她还有多少东西要向他学习啊。可惜老头的心得到不了我妈妈这里。因为我妈妈同事和她丈夫简直不想回忆这个晚上，两个人的表现都令人失望——老头的发力过猛和自我感觉过好，我妈妈的凌乱以及自命清高。

这就是我妈妈的相亲活动！

第八章

　　我的波尼此时已经在西班牙生活两年多了,他交了一个女朋友,一个酒吧女招待,一位萨拉曼卡老姑娘。这位萨拉曼卡姑娘不同于波尼在阿根廷谈的那些女朋友,她们都是他文学圈里的,不是写诗就是初出茅庐的小说家,还有些是文学习作者,也就是说一些准文学青年和预备文学青年。但这个萨拉曼卡姑娘不一样,她读文学没有职业目的,比方说她只看过一些情节俗套的骑士文学和白银时代的抒情诗,这个水平的读物让她能勉强冒充一个文学青年,大部分时间她的日常读物不是酒单上的手写体酒品名,就是大街上花花绿绿的招牌字。但这并不影响她的生活,也就是说,她照旧有熙来攘往令人艳羡的恋情,甚至还曾有过一段古色古香的忘年恋——与一个半百老头好了一年多。认识波尼之前她至少谈过九任男友,十二岁时有了第一个不是那么正式的男朋友,十三岁那年和两个男孩轮流上了床,之后继往开来,几乎没有过空窗期,因而到波尼时她已经是个有着非常丰富恋爱经验和床笫技巧的成熟女性了。她二十五岁,一头漂亮的栗色鬈发,彼时已经是一个私生子的母亲了,她从未见过这个生下就被一对老夫妇抱走的儿子(为了消除后遗症,接生婆都没让她看一下他的脸),因而她也没有在父母之外的人跟前承认育过一子的负担和责任(这里要提醒读者一点,事实上这个萨拉曼卡姑娘没有父亲,母亲也在不久后就去世了)。于是她顺势假扮成一个天真可爱、不谙世事的年轻姑娘继续在萨拉曼卡和托莱多生活了好多年,并且谈了好多场恋爱,后来又辗转来到马德里,在一家酒吧找到了一份比较稳定的工作,并干了一些年。鉴于她是这方面的老手,认识短短几天,她就把波尼搞到手了。她对波尼下手的理由据说仅仅是波尼与她之前经历过的那些男的都不一样。在她情人的长名单里给一个拉美诗人留个席位无伤大雅,因而没有朋友质疑她。波尼也不在意他在她长名单上的席位,因为那时候他已经在写小说了,但仍旧经常性地失业,不是十天半月在家闲着,就是一天同时干好几份工作——晚上守夜,白天做搬运工,或给人做点报酬极低的意大利语翻译。也就是说,波尼自己的状态也非常不稳定,还没有足够的精力聚焦这段关系,再说他自己也有一份女友的长清单。于是波尼开始了一段与这个酒吧女招待的同居生活,为的是节省开支。在这个国家写不了诗歌已经成了他确定的一个事实,因为他永远地失去了那种在针尖上生活的感觉。他像所有寄居在西班牙底层的拉美人那样白天在大街上被人丢白眼,晚上则在简陋的小旅馆里在疲劳中呼呼大睡,在这种状态下他很少能梦到愉快的东西。

有一天他梦到了一个天使。天使无缘无故地栽倒在他脚边。醒来后他把这个梦记在一张纸上：

他占据了整个房间，整个旅馆，甚至整个世界。天使的右翅已经弯了下来，翅尖靠在装着镜子的梳妆台上。他的左翅吃力地扑动，抓住了一张倒下的椅子的腿。这把倒下的椅子在地板上来回移动，砰砰作响。翅膀上的褐色皮毛冷气飕飕，寒光闪闪。天使似乎被吉他一击打中聋了耳朵，摊开双掌支撑着身体，宛如狮身人面兽一般。他白色的手上青筋突起，靠近锁骨的肩膀上有几块黑洞般的阴影。他近视眼一般眯起眼睛，眼里闪着淡绿色，就像黎明的天色，从连在一起的直眉下方一眨不眨地盯着科恩。

这实际上是我玩的一个诡计。一个写不了小说的中国的文学研究者对这个流亡在西班牙的拉美诗人玩的一个语言游戏。有过阅读经验并且喜欢欧美文学的读者或许会知道，上述这段话并不是波尼的一个梦，而是他的同龄人纳博科夫的短篇小说《振翅一击》中主人公的一个幻想场景。借着这个诡计，我想对读者说那时候波尼已经有点分不清哪些是他的梦、哪些是他的生活了。比方说，现在这个与他同居的女孩他有时候觉得她并不是个真人，而是他读过的众多欧洲小说中的一个女主角，一个与许多男人有过肌肤之亲的带着一点风骚劲的娘们儿，而之所以与他好上是他能满足她的一部分虚荣，因为他到底是个货真价实的诗人呀。

萨拉曼卡姑娘下班后会经常带他出入各种比她工作的酒吧更寒碜的小酒吧，那里总有一些年轻人组成的各种聚会，也是她在这里的主要社交生活。她才不介意她是一个围着酒吧和男人生活的人，酒吧为她提供了一切：食物、工作、薪水、男友、住处，也为她提供了一片似乎不是在这里的大陆。她与波尼的出租房也在一家酒吧楼上，那家酒吧并不营业，出于某种原因，某天酒吧老板突然失踪，然后楼下的大门再也没有被打开过，也没有人打算把房子收回，那个地段本来顾客就稀少，几乎所有开在这里的酒吧不是亏本就是因为微利而关门，因而酒吧楼上的廉价租房照旧有人进进出出。萨拉曼卡姑娘参加的那些聚会主要由两个闺蜜和她们不时换面孔的男友组成，另外还有一个同性恋，也是萨拉曼卡人，现正被一个木材商包养；一个对她垂涎已久的老头，他是后来加入的，不算在那些年轻人之列；此外还有几个不定期出席的朋友，其中一个做床垫生意，在马德里和托莱多有两个家。这群乌合之众并不欣赏波尼的诗歌，他们当中甚至还有文盲，但他们喜欢自己的朋友圈里有这样一个人物，以免这个小群体在往庸俗和低下的深渊里滑得更欢乐。波尼是这个小群体头顶的花环，他为它奉献荣誉和光彩，但也仅止于此，要是他想顺着杆子往上爬显摆自己文学才情的话，那必定会遭到嘲笑和疏离。波尼深知这一点。换作前几年，在自己祖国的那些诗歌沙龙聚会上他可经常是主角，每次类似的文学活动结束，追求者名单上总会添上一两个新名字。他从不缺姑娘。他爱带谁上床就带谁。最荒唐的一次是他与三个女粉丝在一张双人床上过了一夜，其中一个还是有夫之妇。四个人在短短的一个晚上把各种性爱姿势尝了个遍，当然这事之所以如此水到渠成是因为其中两个姑娘就是彼此热恋中的同性恋，另外一个是生育过、对性爱充满浓郁兴趣的少妇。波尼被她们折磨得筋疲力尽。对波尼来说那段放浪形骸的生活给他提供的并非仅仅是诗歌灵感，还有某种免疫力，此后任何出格的生活对他都没有吸引力了，因而他能够坦然接受萨拉曼卡姑娘虽然老练但比较乏味的床笫生活，深入浅出地出没于她那些他根本没有真正激情的社交活动。这一切，后来波尼发现给他的小说写作带来了很多灵感，因为过去他的朋友圈只局限于文学青年，而现在他认识了五花八门的人，西班牙的这个新世界向他敞开了诗歌的另一极。他在那些聚会上经常喝得酩酊大醉，他的打扮一出现在酒吧里就会引起人们的注意，比方说那件领口蹭得发亮的衬衣和门襟处咧着嘴（掉了一颗扣子）的裤子，他的朋友评论他就是从那里唱出他的诗歌的，听到这样的话波尼醉眼蒙眬但得意洋洋，尽管他从不写性方面的诗，他的诗要是出现人体部位从不会越过脖子。几乎每一分钟萨拉曼卡姑娘都在贪婪地盯着自己男友的嘴唇，因为要是兴致高波尼总能语出惊人，包括他讲述在自己祖国经历的那些荒唐事儿，他那些事要是没有一点想象力是理解不了的，因而聚会常常进行还不到一半波尼就成了众星追捧的月亮。没有聚会或沙龙波尼就写他的小说，他对自己的小说的最后命运会怎样有点拿不住，但他想通过写小说来糊口。比起诗歌，小说只是个体力活，写小说是文学工场上的搬砖者，这类人更容易在职场上找到工作，因而波尼最早的两个小说卖得非常好，他模仿当时盛极一时的三角恋爱情故事，不到两个月就完成了其中一部。给他这份活的正是地下旅馆老板那位印刷厂的朋友，印刷厂的朋友有个客户是个有钱的书商，书商觉得这类故事能卖钱就找到了波尼。这两个故事没署波尼的名字，但卖了两万册。其中一个故事灵感来自萨拉曼卡姑娘众多恋情中的一个，即她十四岁那年谈的两个男友，为了哗众取宠，波尼把其中一位男友虚构为一个四十岁的中年男子，另一个是十九岁的少年，两个男人在各种困难重重中争夺他们的小女友。之后，那名十六岁的女主角，即那个小女友为他们生下了一个儿子，但不知道是谁播的种。主要故事情节就是这个儿子成年后的一段寻访和回忆。小说写完后波尼在很短的时间内又炮制了一个相仿的，也就是它的姊妹篇，之后就收手了。这两个故事写得他浑身起鸡皮疙瘩，因为那不是他的真实感情。他也不把此类活动称作"创作"，甚至都不配叫作"写作"。但给他带来一笔最初的收入。此后波尼在西班牙生活的数年间，他还有过一次给人做枪手的经历，那是后话了，接下来我会交代。因而拿到这两本书稿酬的那个晚上他有点闷闷不乐。书商为他举行了一个范围很小的庆功宴，在庆功宴上波尼喝醉了，之后，那个晚上，等他回家后肩膀上有两块黑洞般的阴影的天使飞入了他的梦中。

这次天使飞入是真的。

属于他,而不是纳博科夫的,这个受伤的天使像那篇小说描述的那样径直来到了他床前。天使瘦骨嶙峋的,眼角乌黑,薄薄的一层头发像画在头皮上,一对沾着油污的翅膀有气无力地在它的胯部耷拉着,其中一只翅膀的翅尖掉了一小撮毛,露出了里面粉色的肌肤。

不过天使身上最引起波尼注意的是那副带卷的小胡子,不对称地梳在鼻子的两侧,胡尖高高往上翘,就像另外一对翅膀。它丑陋的滑稽样儿让波尼打起了精神。但他动不了胳膊,也翻不了身,力气只够把头攒向墙壁。

"起来!"天使用那只掉毛的翅膀拍了拍波尼的肩。他知道波尼一睡熟就很难唤醒。

房间里很闷热,所有的窗户都被波尼关得严严的,墙角某个地方发出一阵奇怪的沙沙声,一只求偶的纺织娘正在用触角碰了碰掉落在地上的一小块墙皮。天使喘着粗气,因为室内的空气过快地擦过它的嗓子而微微发疼。他解开白色西服领子,好让胸前那一撮被打湿的汗毛露出来透透气。

"有部小说在等着你。"天使沙哑的嗓子奋力把这句话一个字一个字说出来。

波尼抬了一下眼皮,因为天使翅膀毛绒绒的感觉令他难受,他将天使的翅尖拨拉到一边。

"让我睡会儿……"

"有部小说在等着你。"天使重复道。

"让我睡会儿好吗？"波尼被书商灌得晕乎乎的，现在全身发烫，脑袋像裂开了似的，手心里全是汗。

"我是说——你写那些破烂玩意就到此为止了。你的诗人时代已经结束了，你已不再是诗人了，同时这里也不是你的祖国了……别糟蹋自己了！！！"

"你是谁？为什么用这种口吻对我说话？"天使挑衅性的腔调似乎终于将波尼从睡梦中唤醒了。波尼扭亮台灯，在苍白的光线中仔细地辨认了一会那一大团黑影。

他床边一个赤膊的肩膀上有两块黑洞般阴影的又像鸟又像人的天使正睁着眼睛看他。天使几乎半个身子跌落在地上，为了离他更近，一只翅尖牢牢地抵着地面，另一只，即那只掉了一些绒毛而露了点粉色肌肤的翅膀则摇摇晃晃地扶在墙上——这个不舒服的姿势可以让他得到支点而不至于整个儿塌在波尼身上或者地板上。

不知怎么的，波尼一股同情之心油然而生。他减弱了语调中生气的成分，叹了一口气："我相信你有人们所传说的无所不至的能力，但别糟践我写的……"

"有部小说在等着你。"天使仍旧只重复这一句话。

尽管一开口说话胸口和喉部的疼痛就会加剧，但没有阻止天使继续说"有部小说在等着你"。

这句话它重复了好多遍。

以至于天使悲哀地想到自己仅仅是一个天使而已。

波尼这时已彻底清醒过来了。

天使开始不再说什么了,因为他深信这句话已深深地刻在波尼脑海里了。

之后,波尼记不得他们之间的这种对峙持续了多久。然后波尼看到天使跌跌撞撞走向窗户,那是它进来的地方,先前关着窗子,现在被打开了。这个几乎只说过一句话的受伤的天使跟跟跄跄地爬上对他来说并不高的窗台,他先把那只受伤的翅膀一点一点抬上去,之后踮起脚尖,让另一对长翅膀也缓缓滑到那边去。

他似乎过不了这一道坎了。波尼看到他蠕动的样子像是已经用尽了最后一点力气,很快就会死去。他脑袋耷拉在肩膀的一侧,右肋处的羽毛被汗浸透了,正滴滴答答挂着水。当两只翅膀全部消失后,天使整个身子急速向下滑了下去。

因而波尼听到的最后一个声音是"砰——砰——"。

他相信天使整个儿栽了下去。

天使如果死去了,那就在他家楼下。

我邻居对于工具的热爱基于他实用主义的生活原则,但他的生活原则没有让他其余部分受惠,比方说他的婚姻。因而在我们讨论波尼的间隙我不止一次地想他为什么不与前妻复婚,因为我经常看到他给他儿子辅导作业时冲着孩子大吼大叫,那时候他优雅尽失,而在我们谈话时这样的场景永远不会出现。因而我发现他的实际生活其实一团糟,没有任何处女座特征。

尽管他矢口否认，但他在家庭生活方面的确有点力不从心，他的修理兴趣、他的对3D打印的热忱都是他内部生活无能和无序的一种表现。作为一个结果，他现在将乌托邦精致的地基和罗马柱打在了我漫无边际、实际上只是为了区区几万的课题经费的地盘上，当然，我其实也不在意那点经费，我在意的是如何去奚落那名夜大生。

我们的每次谈话都有益于双方，就像上次关于身体零件的谈话激发了我写一系列随笔的想法，当我完成《身体的隐喻》的第一部分文字后我还拿给我邻居看，他没说什么，只是觉得我写得有点拗口。他读的文学书非常有限，但他心目中有个雷打不动的大师，那位大师就是我如鸡肋般憎恶的翁贝托·艾柯。但我邻居却醉心于他，因为他是个符号学家而不是个作家，由此他误读了他的几本书。看完我对睾丸等器官的描述后，我邻居抽出艾柯的《开放的作品》翻到其中一页让我看。

"除了数学语言和交通信号灯，人类的语言天生具有歧义性，而艺术品的开放性根源正是语言的歧义性，为了精确诠释作品的开放性，自然应该消除歧义，而消除歧义自然不得不使用没有歧义的科学概念。"

他的意思是用语言去描述任何东西都不会得到真相，只是从一个歧义到另一个歧义。

那本书他只读了几章。艾柯的作品信息量大我不反对，但艾柯的饶舌的确令人头疼。我上次研究他家书架时根本没想到这名意大利老头也厕身其中,我邻居对我说他最喜欢他的《玫瑰的名字》。我一点都不惊讶,因为这正是我最不喜欢的小说。沿着这样的标准,我与我邻居可以对对方的阅读趣味知根知底,就像他如今不认可我的文字,即使赋闲也拒绝对波尼做更深入的了解那样,甚至包括拉丁美洲。那之后,我们几乎有半个月没再见。每次我给他打电话或者直接过去敲他家的门,他都说最近太忙,因为他儿子要期中考试。好吧,我想就让我们的计划暂时凉一凉吧,目前我的想法太多而我邻居对此还没有真正进入状态。恰逢此时我的波尼才和他的萨拉曼卡姑娘谈恋爱了,他的两本通俗小说也出版了,似乎有一阵子风平浪静,尽管危机已显露——一名受伤的天使访问了他。

我决计给波尼安排三次恋情。但这三次恋爱本质上没有改变波尼什么,因为波尼后来有了一桩一锤定音的婚姻。波尼一生只爱过两个女人,一个是他的初恋,另一个是陪在他病床前度过最后日子的妻子。妻子通常都是诗人们的次要女性,小说家们则都对自己的妻子充满依赖,诗人艾吕雅会把自己的妻子转让给画家达利,而纳博科夫之流却恨不得将自己的每一篇小说都献给妻子薇拉。波尼的妻子是这两者的结合。

对我邻居来说,妻子就是他的敌人。

我有时候会想我邻居对体液的恐惧可能来自一种对他身的恐惧,因为我们的前身都是体液。我们都是从体液慢慢变成固体的。因而液体是一切存在之源。但这个世界诡异的是能让我们把握住的却全是固体，在我们眼里能被我们认识的大部分都是固体，固体比液体稳定和方便，但液体更加终极，比如人死后会变成液体流出来，比如是海洋在最初和最终改变着地球的模样而不是大陆，大陆只是海洋的改变对象。但这样的话题我们不会聊。

我对我邻居真的缺乏认识。我从未见我邻居父母或者兄弟姐妹什么的来过他家。我唯一知道的是他的亲戚都不在这个城市，至于他父母，很多年前就双双过世了。我妈妈那次来我家请我邻居和他儿子来吃饭就将他的家庭情况了解得一清二楚了。我妈妈有时候喜欢对别人的私事刨根问底。但我邻居说得不多。我也觉得知道得太多无益于我们的友谊。

后来我才知道我邻居躲着不见我并非儿子期中考试而是他前妻有男友了。这应该是个好消息，因为这意味着他复杂的复婚纠缠终将结束。

但我邻居心绪有点复杂。

他前妻终于改换门庭。在一次同学聚会上，她邂逅一名多年不见的男同学，一个鳏夫，两人迅速恋上，之后一起吃了饭，还见了双方的父母。之所以考虑那名男同学，一方面是我邻居前妻对我邻居绝望了，另一方面是男同学没有家累，适合再婚。男同学有个快上大学的儿子，不是那么介意自己有个新妈。因此男同学再婚的时机成熟了。男同学毕业后就与他的青梅竹马成了亲，可婚后第三年青梅竹马就查出了子宫癌，当时还怀着儿子，没有临床经验的妇产科医生以为是一种妊娠反应,建议她产时再来检查。妇科医生的判断乐观了。临盆那天护士前脚抱走剪掉脐带的新生儿,肿瘤医生就后脚跟上了。几个小时后,主刀医生对她的家人说他们对她子宫里的东西束手无策了,因为癌细胞已经扩散到其他组织了,在妊娠反应的掩饰下,她身体里重要的器官已被疯狂扩散的癌细胞占据了。半年后,男同学妻子在医生的预期中走了,只留下了一个刚断奶的孩子。

我不明白我邻居不安的是什么。是否因为这意味着将取消她一个月一次对他们父子俩的临幸?处女座是一个惜物的星座,对我邻居来说一个坏习惯、坏处境都像一个老朋友一样,是值得怀念和珍惜的;那些在他前妻走后被他擦去的细菌、激素分子、唾沫、灰尘、某种成分不明的体液也同样值得惺惺相惜。因而与其说是"失去",不如说是"改变",实际上我邻居不能适应的是某种改变。

我邻居在技术方面无往而不胜,但不包括身体。在身体使用这个领域里我邻居就像一个笨拙的独轮车车夫驾驶他的高科技波音飞机,紧张、怯场、不自信、不知所措、莽撞肇事、临阵脱逃……人体上某些摁钮的功能他永远不能掌握。初吻就是一个典型的案例。现在看来初吻是我邻居和他前妻日后注定解体的婚姻上的第一道裂口。我邻居前妻当时从他搅蛋器般的舌头上体验到的简直不是亲抚和爱,更像是侵害。整个过程就像是在她的口腔里翻拣食物或者寻找某种食物残渣,他慌不择路的舌头从她的上颚探到牙床，然后再舔了两边的内颊，在这个过程中他的牙齿不停地叩碰着她的门牙，之后，似乎是探测无果后，他身上的这块肉没有任何征兆地就退出了她的嘴巴。这个过程，每次当她回想起来都觉得惊奇。好在现在她有了盼头了，她那位事业方面也如意的男同学已经在物色他们新婚的房子了，两人也对各自的身体进行了好多次卓有成效的试用和探测，事实证明双方都有一个非常常规的体能和对性的兴趣，男同学不但在床上很卖力，还能让她得到从来没有在我邻居身上体验的快感……

在我与我邻居没有见面的这段时间里我顺势写了几个身体部位的隐喻，比方说嘴巴和性器。我怀疑邻居实际上也一直在用手解决这类事，当然，他不会向我承认他有这方面的活动的，当儿子入睡后，他可能会在浴室里做这类事，在淋浴喷头下，花上个几分钟让自己快活得像其他正常的男人那样——自上而下的水流即刻就会把那团东西冲进下水道的。只有使用这种方式才能减少他对体液的恶心感。为人所赞颂的性交，说起来其实只是人与人之间一种局部的、短暂的、现时的交融，这种交融的本质并不是交换，而是排放——男人为了排放上千亿的精子，而女人则为了她每月的那个卵子。

那几天我写下的关于嘴巴和吻的部分是这样的：

> 对于嘴巴来说，圣母的额头和情人的嘴唇是两片迥异的大陆，亲吻前者是为了拉开天堂与尘世的距离，亲吻后者

是为了缩短两个性器官之间的距离。当嘴巴说话的时候，它抚过的是词语，当那些词语跟随着格、性、数、人称而变化时，嘴巴获得了某种程度上智性的知觉力；当它碰上圣母的额头和情人的嘴巴时，它获得的是不同皮肤的触感和关系，无论圣洁与淫冶。

第九章

我哥哥给我带来的确凿的消息与我之前猜想的一样,我父亲已经不行了。两年前我父亲突发脑溢血,顶叶出血多达四十毫升,之后被送去医院做了脑脊液分流术,手术的目的是建立起一条脑脊液循环通路,以便解除脑脊液的积蓄,兼用于交通性或非交通性脑积水。但效果并不理想。我是说,我父亲不但半边身体不能动了,同时术后还失去了语言能力,仅存的一点听力也由于不会说话而没有任何实用价值,因而我父亲几乎是一个植物人了。我父亲现在在这个世界上只有如下四个意义了:一是为他第二任妻子、我们的继母贡献一个丈夫的名分;二是行使让他工作过的单位给他发工资的权利,每月一次,让那个带着好多零的数字如愿地来到他的工资卡上;三是继续拥有我奶奶房子的继承权;四就是帮助我们维持住了一个没有任何现实意义的父亲的肉身。

我哥哥声称是他发现了这个秘密。

实际上是我嫂子,是她先发现的。我哥哥持续了近一年的疑虑不过是为她的发现提供了一种催化作用，或者说一个背景。不管怎样，夫妇俩决定公布这个秘密，但仅仅针对我。对我来说这个消息并不让人惊讶，我父亲被我们的继母"软禁"了这个事实似乎有人告诉过我，我早就预感那个女人会这么做，因为这么多年我们之间没有电话，也没有其他的亲戚夹在当中给我们带个口信。我们的继母在我们唯一的一次会面中印象越好，她在这件事的嫌疑成分就越大。因而在这种情况下，我哥哥和我嫂嫂决定登门一探究竟。

在他们上门前，我得先交代一下我嫂子是怎么发现这个秘密的：

说来凑巧，我嫂子有个表妹在一个居委会做事，那天被派去做人口调查，这一查就查到了我父亲居住的那个小区。我嫂子表妹不知怎么地觉得坐在轮椅上的那个老人与她表姐夫有点像，于是就多问了几个问题。回答问题的是我父亲的第二任妻子，但不妨碍我嫂子的表妹借此仔细观察了在边上一直沉默着的老人，我们那也许已经沉沉睡着了的父亲——我父亲清醒的时候并不多。消息很快到达我嫂子那里，带着少许的疑虑和大部分是肯定的判断。我嫂子在第一时间判定她表妹的怀疑没错，得知此事后，也就是我父亲已经瘫痪之后我嫂子不免有点生气，因为我们的继母从没通知过我们我父亲病重一事。我嫂子的意思是，既然之前他们请我们吃过一次饭，那么我们就是一家人了，无论我父亲最后是否捎着一把喷水壶、揣着他那张带着很多零的存折去了他的第二任妻子的家,还是净身出户地投向他的第二春,我们都还是一家人。我嫂子平庸而务实的气恼得到了她母亲的响应,也就是我哥哥的丈母娘。我哥哥的丈母娘有着被我妈妈鄙视为小市民家庭的那种出身,但她平均水平的伦理常识让她在人际交往中如鱼得水而不像我妈妈几乎四处树敌,因而她极力鼓动自己的女儿去看一看这个病得不成样子的公公。我哥哥没发表意见,他一切都听他媳妇的,家里的两位女人是他的意见领袖。现在童年里那个篮球的父爱光环随着时间的推移和我们父亲的再婚已经越来越淡了,尤其是在他自己的女儿一天天变大之后,他对我们的父亲感情越来越复杂。

带着这样复杂的感情,我哥哥做出了判断。他决定与他妻子一起上门去看看。

话说就到了那天。为了不打草惊蛇,我哥哥他们事先没给继母去电话,也没选在那些敏感的日子,而是在表面上看普普通通的一天里出门了。

与他们想的一样,那女人,我们的继母先是从猫眼里瞄了他们一眼,然后假装热情但也许是真的热情地把门打开了。我哥哥和我说,我得老实地说,这是我头一次去我们的父亲家,但你难以想得出来,他们家有多干净——完全与我们小时候待过的家不一样,很明显,那女人,我们不愿意相认的继母是个会勤俭持家的人。他们家没有一点有着一个大小便失禁的老人家中惯有的气味,东西都在客厅里归置得整整齐齐,地板擦得闪闪发亮,电视机壳上盖着他们那个年代的人喜欢的装饰防尘两用的白色镂空针织方巾——与我妈妈家一样。我们的继母，每天五点钟起床去附近的公园晨练，一个小时后回来给我们的父亲穿衣服，扶他坐到轮椅上，喂他东西吃，之后，在做过例行的血压测试后她出门买菜，借此机会和邻居们碰个头。午饭后，如果是冬天，她会推着我们的父亲在小区里走走，因为冬季中午才暖和起来，是晒太阳最好的时机，这个时间段外出我父亲也最不容易伤风感冒；如果夏天，她就让他在家睡个午觉。下午她有自己的活动，她会读一些教友们推荐给她的书，都是一些劝人行善的故事（她在她第一任丈夫得病时就信上了基督教）。她看书时我们的父亲就在阳台上听收音机，不管什么样的节目她都让他听，因为这是留住他日渐衰微的记忆和唤起他注意力最好的办法。可是不管听什么，我们的父亲都会在椅子里睡着，不到五分钟他就会在主持人悦耳的嗓音或任意风格的音乐声中进入梦乡。

于是一幅极其和谐的画卷在我哥哥和嫂子眼前展开了，客厅里，阳台上，小区的林荫小道上，卧室中，这两位老人一动一静地过着他们和谐恩爱的静好岁月：我继母一会儿是个辛勤爱整洁的保姆，一会儿是个温婉的热爱学习、善于交际的大家闺秀，两种角色的交替中，我父亲，那位几乎痴瘫和失去意识的老人，过去的吝啬鬼，内心溢满对她的爱但那爱却最终没能冲过阻塞重重的血管显示到他眼睛的虹膜上，也没能让他脸部肌肉弹跳哪怕那么小小的一下子。

我哥哥和我嫂子拘谨地在客厅里坐着。我哥哥头一次不知道怎么在沙发下面安放他曾经激情满怀地被霹雳舞专业训练过的双腿，我嫂子则表现得有点客气过头，因为我们继母的描述非常有画面感，我哥嫂两人像是在观摩一档夕阳红的电视采访节目。我们的继母气定神闲，一边说话一边还一轮接一轮地端出各种吃的用以看住他们，以免他们的目光和注意力向周围滑去。因而给我嫂子的直觉是他们家有她不想让他们看到的东西。但我嫂子不知道家中有哪些秘密被我们的继母列入了防范范围。我嫂子猜是厨房，我哥哥猜是久病在床的我父亲，两人各执一词，当时不见高下。

但我嫂子和我哥哥的困惑随着时间的推移越来倾向肯定的一方，因为半个多小时过去了，我父亲仍旧在自己的房间里久久而沉沉地酣睡着。我嫂嫂与我哥哥于是快速地交换了一下眼色。我哥哥会意了，他提出要去我父亲房间里看看。"你瞧，我都忘了让你们看看你们的父亲。这死老头子一睡就醒不来了……"她说到"父亲"这个词时就像在说一件物品，或者一个普通的名词，但是光秃秃的，带上任何感情方面的形容词都不合适。这让我嫂子坚定了继母是有意藏起我父亲的猜想。我嫂子还担心我们的继母每天给我们的父亲喂安眠药，或者某种效力强大的安定剂，因为这是上午啊，离通常我父亲起床的时间——根据我们的继母刚才的描述——不过一个多小时，怎么可能无缘无故地就又睡着了呢。她刚刚还说我父亲生物钟清晰而准时呢。我们的继母于是第一次在话语中露出了破绽，但并不慌张，对付这类局促的局面她有许多信手拈来的经验，此刻最好不接茬，因而她不紧不慢地把茶几上适才我哥哥泼洒上去的茶汁揩干净，盖上糖果盒盖子，之后领着他们把我父亲的卧室门打开。

  我嫂子和我哥哥注意到这个开阔的三室两厅两卫的房子并没有被充分利用，我们的继母住光线最好的带卫生间朝南的那间，而我父亲的那间朝北，没有阳台，两个卧室中间隔着一个距离不小的卫生间。第三个房间不知派何用场，门一直没被打开过。预期中的场景并没出现，我哥哥的意思是说，我父亲的房间一如客厅那般整洁，除了家具旧些，也就是说，房间里唯一一把椅子的绒布磨得闪闪发亮了（反正我父亲也不会去坐那张椅子啊），以及床头柜像积木一样堆得老高的空药盒——都和客厅十分匹配。这一点我嫂子一直不明白，为什么我们的继母不扔掉那一大堆空药盒，留着它们难道是向前来拜访我父亲和她的客人做显摆用吗？父亲的房间空荡荡的，除了床还有一张扶手上缠着一圈绷带的轮椅，一个取暖器，蒙着镂空织花装饰物的落地风扇，一个大号的盛着清水的痰盂。就这些了。我父亲结结实实地裹在被窝里，连同脸全都被他自己塞到了被子下，只有枕头上几根头发证据不足地显示被子下面躺着的是个人。这对好多年前就半秃了的父亲来说，枕头边那几根硕果尚存的头发简直是神来之笔。他没有快速地发展成为我们想象中的秃子就拜这几根毛所赐，我们不知道他是以什么样的方式挽留住它们的。不过，显然，最后，是忽然而至的"三高"把我父亲击倒的——他中风的起因是血管堵塞。

我哥哥他们只能把他视作一块肉了。他们声调起伏有致的呼唤并没有让他醒来。我哥哥喊的是久违了的"爸"字,我嫂子对这个字发音不是有点陌生,而是非常陌生,因为他们之前并没见过面,我父亲再婚时请我们吃饭我嫂子还没与我哥哥正式确定关系呢。两种感情强度不一致的称谓在我父亲耳边环绕但并没有把他吵醒。我父亲仍以蜷身侧卧的姿势沉醉于他的睡梦中。从被头上可看出他的脸是朝向墙的那一侧的,手在被子下紧紧握起,双腿蜷曲在胸口,因从上面看下去,他们只能瞅见一坨高高耸起的被子。在这种情况下我哥哥他们也没法看到他的正脸。生疏感阻止了我哥哥把我父亲的身子扳向他们那一边,或者用稍稍抚弄一下他的头发、额头、下巴,以诸如此类的方式表示一下长子的亲热和关切。我父亲现在这副样子唤起的不是我哥哥的亲情和同情,而是一种厌恶,来前的复杂感情现在变得越来越清澈,越来越明了,我哥哥现在仅用一个词就能把这种感情归纳出来——"厌恶"。在我哥哥他们等待我父亲自然醒的过程中,他的第二任妻子,我们的继母也拒不向他们讲述更多的细节。她那副安静的、圣母一样的模样可能也在某种程度上惹怒了我哥哥,因为我哥哥习惯了像我妈妈那样的人表达感情的直接性和不加修饰性。在我们继母的对比下,我妈妈那种没有来由的神经质在我哥哥看来也都是珍贵的。我妈妈经常突如其来的情绪就像时不时地席卷沉闷大地的风暴,当她怨气冲天的词语尘土在逻辑的公路上乱飞乱跳时,我哥哥会有一种受虐者才有的狂欢。我们从小就知道我妈妈要是一天不抱怨点啥这个世界就运转不下去,我们就是在她目标无定且打击准确的艾怨和怒气中长大的。我哥哥想——通过转述这天的见闻他把这种想法分毫不差地传递了给我——要是我们的父亲是个值得尊敬的德高望重的老人,那他们就不会对我们的继母那副贤妻良母的假模样生气了,可我们的父亲现在成这个样子了,他就像是假装生病似的,以避开对离开我妈妈和我们之后的生活进行表态和解释。但实际上他是真病了。他病得连给个机会与他们交谈都不可能。以前我哥哥还小不懂事,现在他想以成人和为人父的身份与我父亲说说话。可他病了。因而在剩下来的时间里我哥哥脑子一团糨糊,他又气又急——我哥哥说,他因为生气还把来看望父亲的初衷忘得一干二净,要不是我的嫂子提醒,他可能出了我父亲的卧室之后就打道回府了。

我嫂子此时开始扮演了她该扮演的角色,因为至少她没生气。她作为儿媳,此时的表现得体端庄。她显得比任何时候都冷静机智,她既没有头脑发热地恭维我们的继母将我们的父亲照料得如此周到,也没有指责她公然不将此事告诉我们的失淑和阴暗心理,而是与我们的继母聊起了她恩爱始终如一的父母,这番闲聊的用意可以从两方面来理解,一是以提起她父母那一代人为的是缩短与我们的继母之间的距离,二是影射我们的继母一女事二夫的不忠。我父亲的第二任妻子,他们两人一致得出一种印象——我哥哥和我嫂子,在我嫂子这番话落地后,我们的继母反应快得出乎所有人意料——好像她早就为我嫂子的这番话做好了准备,她说:"我有件东西要给你们看。"

谁也没提这事,谁也没找她要什么,可我们的继母从自己的那间卧室里取出一个信封,信封里是我父亲两年前写好的遗嘱。

纸张折叠得很整齐。笔迹是我父亲的,容不得半点怀疑。它那种简洁又意味深长的文风和措辞也是我父亲的。我哥哥于是读了起来:

> 为了避免纠纷,我死后房产归蔡翠芬所有。鉴于我前妻的两个儿子和蔡翠芬的三个儿女经济状况尚可,不建议他们从中分取家产,亦不建议遗留现金给他们。另外,除房子外的其他物件也任由我的现任妻子处置。

遗嘱写得滴水不漏。不用脑子也能得出结论,名义上的公平和公正里实则倾向性很明显,那女人即我们的继母死后房产和其他财物还能归谁呢?她可是有三个亲生儿女的。我们早已被我们的父亲排除在外了。这一点我哥哥事先居然还抱了一丝不切实际的幻想,尽管他从没想过要得到那套房子的继承权,他不缺那个钱。现在打击朝他砸来,我们的父亲,那个惜物如金的吝啬鬼,在遗嘱上甚至都没提我们的名字,我们到底是他的亲骨肉啊,可在他的遗嘱上,我们只是"他们"这个模糊代词。尤其是我哥哥，我哥哥毕竟是我们家的长子，也是他的长子。我哥哥毕竟我父亲唯一的一次礼物赠送者（一个篮球），毕竟是我们兄弟两个长得最像我父亲的一个；毕竟我父亲为我哥哥基因的磅礴做出了一半的贡献；毕竟让我父亲的基因还能在这个世界上继续的是我哥哥而不是我……凡此种种，我哥哥觉得我们的父亲就是不给我们留点什么，至少得在这样重要的文件上单独提一下他，或者我们俩的名字。

我哥哥于是不再说话。我嫂嫂也收起笑容，她接过我哥哥手中那张遗嘱看也不看地就还给我们的继母。

"中午一起吃个饭。"处理完这件事，我们的继母松了一口气，她兴高采烈地倡议道，"昨天我包的饺子还剩了点，是芹菜瘦肉馅的，你父亲爱吃……你父亲也很快就会醒过来。"

他们俩都看得出来，这时她的高兴是由衷的。

我哥哥的视线早已熟悉一个有着一架华而不实的旧风琴和其他有着非典型家居装饰物的我妈妈的家——很早的时候我们家，还有我好好往墙上粘贴的花花绿绿的杂志明星剪报——他习惯了我妈妈家那种带着刻意的个人风格和喜好而形成的拥挤，他的耳朵也习惯了被我妈妈像喷泉一样永不停歇地喷发的矫情的牢骚和抱怨堆簇着。我妈妈那里一切都泥沙俱下，而这里却整齐、明亮、安静、有序、克制、慷慨、空洞，这里所具有的宗教故事一样的气氛和温馨似乎为所有人喜欢，但被我哥哥视作我父亲生活里的外来生物或异度空间。他不喜欢。

不过他们留下来吃饭了。

我嫂子说服我哥哥不要拔腿就走。"留下来一起吃个饭。还真的很难得的呢。不知道下次见面是什么时候了。"我嫂子话里有话地说。

而我哥哥想不起来这样的饭有什么好吃的!!!

我父亲不久就醒来了——果然如我们的继母说的那样。我哥哥当时怀疑我们的继母给他下了药,并非是她对我们父亲的生物钟"了如指掌"。那堆肉醒着或者睡着对我哥哥他们没什么区别,都是一块肉,尽管眨动幅度很小的眼皮会提醒他们——他醒了。我们的继母让我哥哥过去搭把手。轮椅就在床边。被窝下面我父亲穿着一件加厚的毛衣和一条棒针双辫花纹毛裤,为了保暖起见,每天他都穿着袜子睡觉,因而他的起床仪式,或者说再起床仪式(两个多小时前已经起过一次了)简单明了。我哥哥几乎没帮上什么忙,因为我父亲也没有什么重量了,我们的继母自己一个人就能把他弄下床,整个过程她已驾轻就熟,有时候我父亲半边身子还能起点作用——尽管它的力量是横向的,他的纵向的力都已经丧失了。在这个起身过程中我父亲似乎看了我哥哥一眼。因为他的眼皮滑动了一下。眼睛附近的肌肉微弱地弹跳了一下——它是我父亲唯一能够操控的部分,但根深蒂固地深植在他性情里的吝啬让他连一点点多余的表情也不肯给。我哥哥的意思是说就只是眼珠滚动了一下,他没能从我父亲的眼神里读出什么,没有惊讶,没有好奇,没有欣喜,没有激动,没有愤怒,给我哥哥的感觉就是只是被一束光秃秃的光扫过。

这束光没有内容却有种无声的杀伤力。反正让我哥哥一时很难受。

"知道他是谁不？"我们的继母大声问我们的父亲。

没有任何反应。

我哥哥有点被他死尸般的表现惹怒了。这个顶着父亲名号的男人像一尊焊在轮椅上的雕塑对他的愤怒拒不做任何反应。这时候我哥哥忽然想起来其实我父亲在他最好的时候也不过是与我们母子三人在同一张桌子上吃吃饭，由于我妈妈一直压制着他，他就放任他原本就稀薄的父爱日渐淡薄，直至有一天自然灭绝。此时如果不去计较他业已失智的状况，我父亲实际上表现的正是他本性的一部分，或者说常态的一部分。有些东西是要经常操练的，比方说慷慨，比方说善良，比方说亲情，有时候这几个词还是同一个词呢，没有善良怎么会有慷慨？没有慷慨怎么有父爱，没有父爱怎么会有慷慨？没有慷慨怎么会有善良？我哥哥同样也不能理解当我父亲有了第二个家的时候，他是怎么施展他感情方面的能力的呢，比方说他到底爱不爱他的第二任妻子呢？因为慷慨里也包括了爱情啊。

我嫂子嘲笑我哥哥居然会有这样的念头。眼下的一切可一点也不重要。我父亲的病没有可逆性，时间也没有可逆性。

我父亲于是就这样来到了客厅。他带着一双可以灵活操控视线的眼睛和一大坨失去知觉力的肉来到了客厅，他的到来给客厅带来了一片浓重的阴影,因为我们的继母把轮椅停在了挡住阳光的玻璃门那儿。我父亲家的客厅与餐厅是相通的,中间没有阻隔,稍稍过去几步就是餐厅的桌椅。我们的继母很快煮好饺子,饺子的芹菜味从厨房飘过来,还有饺子汤的面味,但面的味道有点闷。我嫂子负责给碗里放料:葱花、蒜末、猪油、盐以及一点点胡椒,两个人组成一道简短而高效的流水线,里应外合,配合默契。我哥哥不知怎么的这时有那么一点点惆怅,因为这样的场景从未在我们的妈妈家出现过,我们的妈妈每天都从正午开始,她的表盘是以她任性而乖张的性情作为时针的。

我父亲同时也失去脸部其他肌肉的运动能力和神经,他不会自己吃东西。我们的继母给他盛了四个饺子,但不急着喂,因为他不知冷热,他的知觉力几乎丧失殆尽。一切都是那么糟。自从坐上餐桌我父亲的眼珠就再也没有滑动过,他丝毫不惊奇,好像我哥哥他们一直就坐在这里从未离开过,就像家中有着固定位置的家具,它们一直在那儿。我嫂嫂捅捅我哥哥。但我哥哥不想说话。我哥哥不想浪费自己的感情,他在这个人身上甚至连礼貌也不值得给予。

我哥哥就是这样。他说那只篮球早就破了,没有东西能够让我们保存得这么久。

一切都破了。

我不知道我们的继母是否问起过我。我忽然对那个女人感起了兴趣。我哥哥说怎么不会呢,她挨个儿地提起了我们家所有的成员，她对我们家可是了如指掌呢。出于一种我可以理解的报复行为，我哥哥没有提一个字关于她三个子女的情况，也就是我们那三个没有血缘关系的兄弟姐妹。在那次唯一的聚餐中，我们与那几个此后要与我们共用一个父亲的人也没说过几句话。我们分两个阵营坐着，我们在一边，继母的儿女在另一边。后来我们的继母倡议我们穿插着坐，为的是方便我们交流。但没有谁听她的话。所有的人脑子里都盘旋着唯一的一个念头：尽快吃好，离开这个让人信任不起来的包房。

宴席后我们再也没有联系过。

我哥哥他们不久就告辞了。那顿省时间的饺子为我们的继母的独角戏提供快速结束的可能。后半场，就像我们那次在餐馆，每个人都想尽快让汤碗见底。我哥哥他们告辞时我父亲还在咀嚼他头一个饺子。但他们实在没有耐心等了。

"与一块肉一起吃饭，"事后我哥哥用缺乏幽默感的玩笑语气来评价这次见面，"毋庸置疑，我们的父亲就是一块肉。一块甚至可以在离开我们时带走一把喷水壶的肉。"

我哥哥少年时期昙花一现的艺术天分一直是我们成长岁月里的一个梗。我的意思是，我一直弄不明白，我哥哥为什么后来忽然戛然而止，既不追星也不再对任何身体运动感兴趣了。我甚至都想不起来他之前怎么会对舞蹈有兴趣。在我们家，他比我更像一个谜。

我哥哥生了一场证据不明的忧郁症，那场忧郁症持续了近一年的时间。我妈妈从没承认过，我也假装那只是我的一个不靠谱的怀疑，可能他只是性格内向，可能只是一场稍纵即逝的青春病的短暂临床病症……技校生活以及毕业后待业在家里的两年，对我哥哥来说是段难挨的日子，做过几件事又都不成功，蜕变起来非常容易，霹雳舞爱好的戛然而止直接将他推进了谷底。不过那段时间我无暇关心我哥哥整天都在忙些什么，我自己的课业都多得喘不过气来，我的中考成绩虽然理想，可进入高中后我的对手变得强劲起来，一名各科成绩都在我之上的学霸成了我的一个拦路虎，那女生门门功课拿得出手，此外，体育成绩也不赖，还学过油画，尤其是她出众的写作能力，年纪轻轻就在当地报纸副刊版面发表过文章了（但她之后没有以写文章为生）。是她让我的高中生涯的学习由赏心悦目的闲庭信步变成了一场气喘吁吁的竞跑赛。在这样的压力下，我对我哥哥除了吃饭整天在结交些什么朋友、在听什么看什么、在玩什么丝毫不感兴趣。除了有次他让我听破碎乐队的《乌鸦》：

  当夜幕降临一瞬间 随之而来的不安
  每天重复着 承受着
  苍白的墙上你的脸 让我感到疲倦
  完整又黑暗 都是自卑的

  我怀疑会死于孤单 无可救药的孤单

一切都会腐烂　没人发现

可哪还有什么永远　还有什么明天

飞向最高点　拼命坠落

我才把悲伤骗成微笑

乌鸦落在床脚　它在冷冷地笑

如果真相原来是这样

像是黑色羽毛　别让我知道

Hello 一个拥抱

Hello 一个微笑

Hello 这很重要

Hello hello

那是我认认真真地听的第一首摇滚歌曲。各位知道，我少年时期关注更多的是另外一个领域，排在我喜欢的杂志的最前两本几年里一直是《飞碟探索》和《兵器》，我最爱的作家是儒勒·凡尔纳和最爱的小说是他的《海底两万里》，因此可以说，我的兴趣花苑里除了科学这棵大树其余寸草不生——文学当时是它荫庇下的几片微不足道的苔藓；而我哥哥则一直在文艺这个大花园内花枝乱颤，除了跳舞他还读点武侠书、朦胧诗什么的，什么品种都有。

"苍白的墙上你的脸　让我感到疲倦/完整又黑暗　都是自

卑",这两句我听一遍就学会了,之后几乎连着两个月连上厕所都哼着这几句旋律。这首摇滚歌曲,确切地说,这支乐队是我哥哥的一位兄弟的最爱,由他推荐给我哥哥。我哥哥那位兄弟不但喜欢摇滚,还画油画,写小说,他才是个不折不扣的文艺青年。在我哥哥那个圈子里这样的人物多如牛毛,但每个领域都能研究到炉火纯青的地步的却凤毛麟角,但这位朋友是。那时候我哥哥的这位朋友已经知道博尔赫斯和卡尔维诺了。他推荐我哥哥听《乌鸦》的那段时间正是他在写一部叫作《树上的哥哥》的小说时期,不用说,光听名字就知道他模仿的是卡尔维诺的《树上的男爵》。那时候很少有人读过卡尔维诺。我哥哥的那个圈子,那个自诩由众多文学青年和文艺青年组成的圈子,大部分是一伙读过一两部巴尔扎克和鲁迅《狂人日记》的文学初习者,文学品位混杂而凌乱,因而当他们看到他在写一个生活在树上的男孩觉得惊艳又费解。那位仁兄瘦高个儿,皮肤微黑,脚掌宽大。他那对大脚掌在夏天的时候给人印象很深刻,因为就像两张把根茎牢牢地倒粘在地面的蓖麻叶——脚趾不但长,且分得很开。那时候我哥哥他们不知道,他微黑的皮肤和宽大的脚掌里都隐含着危情,因为最后夺走他性命的正是它:先天功能缺失的心脏。所以,在听了众多像《乌鸦》这么悲催迷乱的歌,写了这么多高蹈不接地气的"树上的哥哥",画了这么多非人形物(模仿米罗)——幽灵不像幽灵、人类不像人类的米罗之后,那位向来只取悦时代、向潮流觍颜的缪斯之神就怒气冲冲而百般鄙夷地把他领走了。

我哥哥兄弟走的时候已经让他的一位追随者——一位同样爱好文学的姑娘怀上了孩子（这点很像我的波尼，有艺术才华的男生总是会陷入早恋）。我哥哥朋友的父母已退休多年，姐姐带孩子离异与他们同住，为了躲开家人他一个人在城郊接合部租住了个小单间。那天晚上我哥哥朋友先是与我哥哥那帮兄弟一起鬼混，喝了酒，唱了歌，之后回家因为兴奋还写了几首诗。但也有可能没写，只是铺了稿纸或者给那篇《树上的哥哥》的结尾做了一些润色，或者给借居在他心目中的另一个米罗做了些增补。总之，凌晨四点钟他忽然进入了昏迷状态。六点钟他姐姐因为有事给他打电话，电话不通，叫门也不应，他姐姐和他妈妈于是迅速从旁边的小区赶来，最后叫来救护车送他到了医院。医生的诊断令人失望，我哥哥的朋友倒下的原因是心肌梗死和脑溢血。人勉强抢救过来了，但此后一直昏迷不醒，在病床上躺了二十多天，在这期间，他的私生子在另一家医院出生了。然后到了月底，有一天，他姐姐给我哥哥兄弟中的一位打电话告诉他说，因为出血部位不对，手术失败，人已送去殡仪馆火化了。

这件事不知怎么地让我哥哥忧郁上了。那段时间我哥哥正好没找到工作，整天在街头瞎混，被招过几次工，但不出几天就因旷工或磨洋工被辞退了，投资又失败。兄弟的死让他找到了自闭的借口。"可哪还有什么永远　还有什么明天/飞向最高点　拼命坠落……"是我先发现了他的不对劲的，因为他天天在马桶上哼这句歌词，而我熟悉这首歌的全部歌词。说真的，让我喜欢上这首歌就是因为它的歌词。我也喜欢我哥哥哼的那两句,尽管最先让我喜欢上的前面那两句:"苍白的墙上你的脸 让我感到疲倦/完整又黑暗 都是自卑……"飞向最高点,拼命坠落……啦啦啦……飞向最高点,拼命坠落……我妈妈对我哥哥一天到晚躲在卫生间里非常生气,他像个鬼一样在里边大声号叫也让她怒不可遏。但她的嫌弃和愤怒成分复杂,也就是说,我那位只忠实于他的钱包的父亲此时也位列我妈妈的嫌弃和愤怒之中,当我妈妈要训斥某人时,与之相关的人物一定要做好心理和智力上的双重准备,因为她从来不会让自己的愤怒有所浪费,不是一石二鸟就是一石三鸟。我是我们父子三人中受训最少的,因为我最像她,是她自己这样认为的。所以我妈妈没头没尾的牢骚和发泄加剧了我哥哥的忧郁,直到有一天他宣布自己得了忧郁症。

没有人相信这一点,尽管那一年他几乎足不出户,整天不是在听他的破摇滚就是在读他那些不知从哪弄来的文学书(武侠小说和诗歌)。他的舞蹈队解散了,两位组织者中的一个被当作流氓抓了起来,另外有几个进了局子,其中一个因为抢了出租车司机一百块钱就被关了一年,出来后就一口普通话,好像在那里留了个洋、镀了个金。还有个哥们同性恋,吸毒,之后死在戒毒所里,死时屁股已被操烂了。在我哥哥忧郁的这一年里发生了很多事,而我父亲一直以他的方式缺席着。我说的是我父亲从没注意过他大儿子精致的堕落的精神状态和毛边丛生的青春期生活,至少我妈妈还留意了我哥哥那一年对卫生间马桶盖那块方寸之地的贪恋，而我们的父亲，一边忙着清点他存折小数点周边的数字，一边准备着从我们这个四口之家秘密全身引退。我们的父亲每周都借周末吃饭之际往我奶奶家捎点什么，有时候是一块毛毯，有时候是几捆不中用的电线，有时候是一只旧皮箱，要是实在没有什么可捎或我妈妈正盯着他出门，他就会往口袋里丢几根铁钉。

  我哥哥其实都记得这些。但是他成功"转型"后，我的意思是说，自从碰上我嫂嫂后，他成功地把文艺青年的旧壳留在了他的过去时之后，他忽然像是长了一层厚茧，把自己与过去分开了，我父母分手离异的尖刺再也伤及不到他了。我父亲的自私自利也仿佛成了一个自愿往外推送的远景，我哥哥唯一的兄弟，我，考上一所不错的大学……我还记得我即将去大学报到、次日就要登上远行的列车的那个晚上，他忽然推开门对我说，我怎么觉得明天要走的是我。

  "我一直觉得我会四处流浪，你看，我却留在了这里。"

  我哥哥语气平静，但很悲伤。我一直记得那晚。可是如今他已经不用这样的语调说话了。他背叛了自己，成了一个幸福的男人。

  就像现在。

第十章

　　我邻居出了趟差,因而有一阵我怎么也找不到他。我先是去敲他家的门,在得到闭门羹之后我打他手机。手机关机。我当时没想到这是因为他正好在飞机上的缘故。可以想象得到,凭我与我邻居的交情,没事他也不会主动给我打电话,在得知我找过他之前他是绝不会给我打电话的,于是就这样我在焦急中度过了几天。岂止是焦急,我还担心他出了什么事,因为他很少连着几天外出的。但碍于自尊我没再给他去电。此后几天我往担忧里掺进了我丰富的想象力之后,我认为这可能是因为他前妻离开了他的缘故,他前妻要再婚了,因而他可能黯然伤神,以自杀的方式消失在这个世界上……

　　我想象的东西正是我妈妈喜欢的那些言情小说中的俗套桥段。

　　事实上我邻居彼时正在一所北方城市开会。我们的电话也恰好错开了,非常巧合,我给他去电时他正好在飞机上,而第二天他给我来电话时我手机没电了。旅行中我邻居总是很紧张。我邻居害怕所有门类的旅行,拜洁癖患者多此一举的想象力和感受力所赐,旅行会给他带来很多难以预料的风险和麻烦,比方说,根据会务组的安排他会下榻在一个沾满陌生人体液和气味的房间里,床上的床单和被罩实际上是一张斑驳的由陌生人的指纹和各种血迹构成的、暂时没有被显影的画卷,浴缸是各种籍贯的细菌和不知名的黏液的温床,马桶就不用说了,沙发那样的地方他是从来不坐的,迫不得已要坐时他也会事先铺一块用一次就扔掉的毛巾……他习惯自带床单出门,自带香波,自带一次性毛巾,自带剃须刀,自带拖鞋,自带茶杯,自带新鲜空气,自带空间,自带整个宇宙……他也不用宾馆里的茶杯和开水壶。因而这类会议对他来说不是什么享受,而是不小的麻烦和困难。但他得硬着头皮开这类会,因为他是分管业务的副馆长。

会议的主题是他感兴趣的:"数字档案管理技术高级研讨会"。但到了才知道会议的其他细节。因为讨厌出差,像以往一样他拒绝事先去了解会议内容,因而当会务组通知他在第一天做个简短发言时他马上想到了波尼。就是那个下午他给我打的电话,但我手机恰巧在断电中。我邻居只好临时组织演讲稿,由于我们的实验并未进展到实质性阶段,给不出有效的实验数据和可行性结论,甚至在最基本的打印材料准备这个问题上我们都没有统一的意见,他决定听天由命随便对着观众说上几句。在简单的讲述之后,会上有几个好奇者发了问。我邻居让他们之后联系我们,因为"这是具有史诗般意义的一个正在进展中的研究",我们的研究需要列位的参与。鉴于我邻居讨厌任何形式的修饰和形容词，"具有史诗般意义的一个正在进展中的研究"这个提法是坐在他旁边的主持人也有可能是会务组织者代他总结的。有一点非常肯定，我邻居的发言形式不同于其他的演讲者。因此他当场就赢得了几位粉丝。女讲师就是其中的一位——这是后话了，接下来我马上会交代。由于有了一个很好的开头，会议当天他心情不错，之后，开小组讨论会，参观，吃饭，睡觉；之后又是参观，开小组讨论会，总结大会，吃饭，睡觉。这几个节奏轮番展开，几乎让他忘记自己恼人的洁癖了。

与往年一样，这次会议与会人员中有几个女性成员，其中一个是大学里的讲师，另外是两个级别与我邻居差不多的副馆长，此外还一个年事已高明年即将退休的国家档案馆馆长。之后还有几名串场跑腿的在读女研究生，是研究古籍修复的，是召开这次会议的档案协会主席的女弟子。

之所以这么详细介绍这几名女性是因为我想把那名女主角引出来，也就是说，这几个人中，那名大学女讲师喜欢上了我邻居。

前面我说过了，我邻居长得气质优雅，身材修长，没有他这个年龄里该有的发福迹象，加上又在第一天开幕式之后发言出了一点小风头，所有人都被他的"打印一个人"的计划吸引了——其他的发言不过是重复往年的套路或纯粹只是敷衍。那名女讲师作为他众多粉丝中的一员不但认真听了，还提了问，尽管问题与

"打印人"没直接关系。我邻居也记不得她的提问内容了,因为当时有好几个人在问他,包括一个做雕塑研究的老头(我邻居事后才想起来)。于是在会后吃自助餐环节上那名女讲师找到了我邻居。女讲师其实一散会就在人群中寻找他了,没多久她就瞄到了二楼餐厅窗户边那个位子,那是我邻居那天早餐的地方和此后每天就餐的固定座位。女讲师看到我邻居与他的同屋正在那里啃羊腿,我邻居戴着一只透明的塑料手套,专心致志地肢解着羊腿余下来的部分,他卸骨拆肉的方式就像他平时做事那样有模有样、有条有理:尖细的小骨头排成一堆,呈一个五角星形状规则摆放,大的羊肱骨则在另一个盘里装着,肱骨两边的空白非常对称。至少有三个碟子为这根分解中的羊腿提供服务。

我邻居的同屋在这方面是个老司机,两分钟他就听出不请自来的这名女讲师前来探讨的东西并非是某种"打印人",她的开场白里有某种东西,非常明确,因而她一落座同屋就借口回房休息辞别了这两人。我邻居的餐桌前摆着一条尚需深精加工的羊腿,半途而废和浪费粮食从来不是他的习惯,再说他还套着那双拆羊腿的一次性塑料手套,因而很顺利地,女讲师得到了一个单独与我邻居聊天的机会。

女讲师决定好好把握这次机会。

此事恰巧发生在我邻居前妻离开他们父子二人之后,地点是在一个风景秀丽的旅游胜地的宾馆里,时间为期三天。因此我当时要是知道我邻居有这等好事一定会怂恿我邻居好好利用这次机会，说不定他就能得到他的另一半了。

可惜我邻居当时与我失联了。

再回到那天——两人在自助餐厅用餐。

坦率地说，女讲师长得很一般，脖子细长，骨盆突出，一头长发染成了棕灰色，一条羊毛薄呢的马桶长裙则让她整体显得有点细脚伶仃。她鼻子上还架着一副金丝边眼镜，嗓音尖细，也就是说，女讲师一看就是典型的女教师形象。她的着装和说话腔调有点在某些方向表现过头，有些方面又缺点什么，总的来说有点咄咄逼人，是大部分男性心怵和避而远之的类型。但我邻居无所谓。咄咄逼人或温柔可人在我邻居看来都一样，因为他的洁癖和厌恶体液症给他鉴别和欣赏异性时蒙上了一层拒绝的厚纱。

此外，我邻居那天有点累了。

但可能我邻居文质彬彬的模样蛮吸引女讲师的，两人又年纪相仿（实际上他大她八岁），我邻居在大部分是年长与会者中又属于年轻的。这类会议变成相亲会在学术圈是常有的事，在文学圈就更不要说，有时候它们还真能促成一两对有质量的伉俪，就是成了不了伉俪，做情侣也是常有的事。女讲师于是约我邻居饭后去宾馆外面散散步。因为她喜欢这家主体建筑为雕梁画栋、层高不过四层的宾馆，宾馆内还有假山流水喷泉以及各种让人眼前一亮的园艺和小花圃。

但对我邻居来说，这里的一切有点死气沉沉。我邻居对所有假模假样的仿中式建筑都深恶痛绝。

档案学也不是女讲师的专业。女讲师中文出身,由于学校里没有相关专业的老师她就被派上了这个用场。她在大学里教大三的档案学选修课。于是她大谈他们系的各种糗事:档案秘书协会会长的绯闻,她的即将发表在CIS上的论文,她的不长进的学生,高校扩招,左派自由,欧洲和右派崛起等。她并不知道自己的谈话让我邻居昏昏欲睡了,还以为自己旁征博引的滔滔不绝能吸引像我邻居那样拙言笨行的人。她那些焦点散乱的谈话内容就像一束四处射击的箭矢,目标是我邻居这只低情商的随时准备开溜的小蚂蚁。

因而每一支箭都击不中。

我邻居把嘴紧紧抿上。

羊骨头就像医学院的教具,分类整齐地摆放在我邻居旁边的两个碟子里,酒杯里的红酒已空了——我邻居喝酒是因为可以给他出差的夜晚催眠,放在平时我邻居是滴酒不沾的。

自助餐厅里的人来了又去,去了又来,此时已经是进餐的第三拨人了。一起开会的人走得差不多了,可女讲师还没打住话头。我邻居不由得问起她的房间号,以切断她的谈话。

"与你住同一层。我就在电梯边上的第一间。"

我邻居惊讶她竟知道他住在哪一层。

女讲师的意思是要我邻居陪她去散会儿步。

我邻居只想在亭子周围看一看然后回宾馆。但女讲师想去湖边走一圈,要知道那个湖还不小。女讲师说自己是个深度失眠者，出差让她的失眠症变本加厉。因而她散步计划的完整版包括与我邻居绕湖走一遭，在假山后面的石凳子上坐一会儿，散散热，然后回去再冲个澡；删节版是陪她绕湖走上一圈；豪华版是这两个环节进行完之后，我邻居由此如愿上钩，邀她去外面喝点东西，在酒店一楼咖啡馆喝点咖啡也行，她也不反对他直接带她回房。

她几次暗示过她一个人住了。与她同屋的老馆长，那位老女人搬出去单独开了一个房间（馆长不习惯与人同住一个房间），因而她可以独享两张大床和一个大浴缸。

我邻居听不出她的弦外之音。一直以来，那层惧异性的阴霾让我邻居变成了一个迟钝的男性，应对任意形式的挑逗时缺乏一定程度上的敏感性，我邻居最后反而会显得非常容易上钩。我邻居经常会犯这样的错。很有可能，当年他前妻就是用这种方式让他"上当受骗"的。

我邻居搁下餐具后就一声不吭地跟着她踏上了湖边的石子小路。一路上她说个不停。没多久她的谈话就进展到自传故事的童年部分了——和他前妻一样，她对他讲的第一个故事也是关于自己的童年。她是家中独女，父母生她时已四十多了，他们对她倍加宠爱，因而造成了她非同寻常的婚恋观。她的意思是，父母的年迈使得对她的看管显得与众不同，也给她日后的单身埋下了祸根，比方说九点钟之前必须回家、二十五岁之前不得恋爱。不，她说的不是祸根，她说的是趣味，父母的看管让她形成了某种与众不同的婚恋观。

女讲师的陈述里处处有我邻居熟悉的东西。他前妻，现在已与他形同陌路并彻底甩开他的女人，她的故事也是通过这样的路径展开的：童年——择偶观——初恋——表白……我邻居一阵心悸。天底下的故事都雷同！

女讲师不知怎么地对自己的吸引力信心十足。她还十分武断地判定我邻居没有家室，可能是个单身汉，可能目前处于离异状态。我邻居身上的厌女症经常有误差地表现为直男的那种气息让她心醉神迷。我邻居其实早就有意无意地向她宣示过他的身份了——他说话时有意无意地晃动他的手指，戴在右手上而不是左手上的戒指提示对方他是个离异者。这枚戒指相当于我邻居的第十一个手指，自从拿到离婚证后它就长在了我邻居的手指上了。

我邻居就是用这种方式来拒绝女性对他的兴趣的。但不是所有人都知道婚戒戴在右手上意味着已婚离异。

女讲师信心十足地认为我邻居也会拜倒在她的石榴裙下。

我邻居的迟钝于是就这样被误用了。只要女讲师不把有汗渍的身体往他身上靠，不让他闻到她身上特有的体味，我邻居觉得他就能够忍受。于是为了哄骗我邻居继续陪同她走下去，女讲师聊起了她的失眠。

女讲师告诉他，有一次失眠她一口气跑了五公里，并非为了锻炼，而是生自己的气，因为她不明白为什么办法使尽了还是不能入睡。为了治愈失眠，她还给一档深夜电台节目打电话。

那是好几年前的事了。主持人的热线电话播送出去后招来了一些听众，这些热心的不眠者纷纷给她支招，有些人的治愈方案简直可以说是天方夜谭，比方说，有人竟以为是龋齿的影响，建议她把第二颗磨牙和尖牙拔掉，而且是左边的牙齿。还有个人让她服用燕子的粪便和乳糖加牛奶的混合物，吃上三个疗程，即半年时间，每晚临睡前服用就可奏效。一个不靠谱的中年听众认为她需要两个性伙伴，轮番与她发生关系，因为他们的精液有助于她的阴道吸收，同时也能刺激她的脑垂体，从而分泌更多的褪黑素。这些听上去貌似还有点科学但又非常离奇的方法让她哭笑不得。

我邻居把女讲师送到房间门口。失眠话题已经聊完了，但女讲师问我邻居是否有兴趣一起看一部克隆人的电影，电影里有一些情节说不定有助于我邻居和我的打印人计划的扩展。我邻居明知她说的是哪部电影，因为我邻居对所有关于克隆或复制技术有关的电影如数家珍。像他这样的技术男不会错过任何一部这方面的影片的。

我邻居还在犹豫时女讲师就把他推进去了。

我邻居于是像是降临到了一个被病毒全面感染过的世界。因为同样的情况，他不会在一块没有一次性毛巾垫着的沙发上落座，不会在别人用过的水杯里喝水，不会用他不信任的纸巾牌子擦嘴，不会在紧闭窗户的房间里大口喘气，不会让他的手指落在被她汗液涂抹过的门把手上……这里的一切对他来说都危机四伏。女讲师没有立即在电脑里打开"那部克隆电影"，而是揣上装内衣裤的贴身包闪进卫生间,她要冲个澡,因为"全身都是黏糊糊的汗"。如果说我邻居本性愚钝的话,这个时候他忽然清醒过来了,因为同样的情形在与前妻交往时发生过,那是在继"童年——择偶观——初恋"步骤的下一步"表白"之前的前一步。不仅花招相似,结局也雷同。我邻居不由得想:或许关于女性勾引套路才是他们要讨论的学术话题呢,而不是什么"打印人"和电影里的克隆技术。女讲师想要的无非是如何优雅而不失态地让他把那团连他自己也深恶痛绝的黏液送进她体内,让那些混合物在她的体内与她的混合物交织,之后,小的混沌产生大的混沌,之后,产生人类,这个过程,被我们虚伪地命名为"爱"或者"爱情"。

我邻居及时抽脚。在女讲师还没出来就合上门离开了。

我邻居在她茶几上留了一张字条,字条上只一句话,说他困了。

我妈妈这段时间像消失了一样,她没再像过去那样频繁地给我打电话,周末我打过去她也一副不大想接的样子。可以肯定的一点是我哥哥他们绝没有把我父亲的情况告诉她。他们是两个系统,我是说我父亲和我妈妈,不但彼此不愿意发生交集,就连我与我哥哥也希望他们这两个世界绝缘为好。结束了就是结束了。

但我妈妈一个人在家能做什么呢?她六十八岁了,眼见着就要迈进七十岁的大门槛,她不能靠那些没有营养的电视节目的毒害、对有限的几本言情小说的回味和颠三倒四的时差的折磨过日子啊。我让她写点自传什么的。想到不久前碰上的那个连拉屎撒尿都写的老头,我妈妈坚决不从。现在"老年大学"已经进入了她憎恶名单的最新一栏,其脚注就是"写作班"。上一次是"保安"。

剩下来只有让她去出门走走了。我背着她在一家旅行社给她报了个名,她知道后却对我大发雷霆,因为她根本不想离开家,不想离开这个小城市。同时,鉴于上次她同事的安排,她以为所有的旅游团都是变相的相亲团。试想她怎么可能忍受六七点钟就被勤劳的导游催醒,然后与一堆傻呵呵的游伴去看明信片上都有的那些东东呢?这段时间她仍旧凌晨三点才能入睡中午十一二点起床,但她对自己凌乱的作息时间已经底气十足了,因为她遇到了一个知音,一个在公园门口遇上的老头。

那老头时差正好与她相反:每天凌晨三点多起床,五点出门去晨练,晚上八点准时入睡。

这两个人简直一个是欧洲,一个是亚洲。

我建议他们建立起一些联系。我妈妈在电话里对我说,还用你说,我们早已是好朋友了。

我妈妈完全想不到这个世上还会有与她差着一个晚上时差的人。老头是个公证员,老伴去世后开始改变作息习惯,晚上一到三点就睡不着觉。和我妈妈一样,他也不知道为什么兴奋以及怎么形容那种兴奋。为此他把卧室搬到远离儿子一家的客房去,因为在那里随便他怎么折腾都不会吵醒他们。这种状况持续了一年后他索性把三点钟醒来当成一种全新的习惯接受下来了，每天醒来后他就起床，在家里待一会儿，之后出门去等天亮。他等天亮的方式是沿河走上一两个小时，回来正好是儿子儿媳和孙子起床。因而他有两个早晨，私人的早晨始于三点，集体的早晨始于八点。之后，他再次出门，去公园假山边走走，做做一些吊环、蹬车等器械运动，和一些老伙计说说话，看人在湖里钓鱼。有时候老头下午也会去那里，看人下下棋。老头也就是那位公证员就是在那儿与我妈妈相遇的。那天我妈妈正好穿过公园去买菜。

我妈妈与他聊得很热络。因为他特殊的作息正好与她形成倒影，一个正要入睡另一个醒来。他们俩简直一个是日一个是夜，一个太阳一个月亮，正好首尾衔接。于是两人见起面来，我说的是两人开始频繁见起面来，因为毕竟还有八个小时是共同醒着的——我妈妈起床是正午十二点钟，公证员入睡是晚上八点。公证员就住在隔壁小区，见面非常方便，两家隔着一个大商场，走路十分钟可到。

因而每天三四点钟，当其他人睡得正香时，公证员就被自己的梦推醒了；在我妈妈那一边，是刚刚被有气无力的生物钟推进睡眠的时间。此时，两人相逢在睡梦的大门口，一进一出，任何人都会觉得有必要彼此张望的。

其实我妈妈与公证员还有更多的相异点，比方说，公证员没有半点文艺细胞，而我妈妈却自诩为文艺老年；我妈妈感性，公证员理性；我妈妈喜欢素食，公证员喜食肉；公证员父母长寿活到几年前才双双去世，我妈妈的父母也即我外公和外婆却早逝：公证员皮肤黑，我妈妈皮肤白……他们的对立和相异可以表现在任意的细枝末节上，任意的势不两立上，任意的形而上和形而下上，这些差异性加剧了他们的整合。就像一个圆的起点和它遥远的终点，最终相合相交。于是公证员开始频频去拜访我妈妈。自从那名保安离开后，我妈妈家就没有迎来过像样的客人。公证员登门的下午通常是我妈妈最为精神奕奕的时候，款待这位同命者的精力绰绰有余，我妈妈因此会端出各种零食，专门给他做手艺生疏了的点心——就是节假日我妈妈也很少给我们做，取出上好的茶叶给他泡茶喝。在这样的情况下，公证员也很能知道真正能取悦我妈妈的是什么，他会要求我妈妈坐上那架走调得厉害的风琴弹上那么一两曲老歌。音乐在任何时候都是一张时间的门票，会把我妈妈送入她想去的时代，而过去是我妈妈最偏爱的景点，于是我妈妈的时间旅行中就添上了公证员这个同伴，他们一起畅游了那个所拥有的东西既有限又统一但确定的几十年——业已荒芜的两人的过去在我妈妈音乐的伴奏之下变得繁花似锦；相反，现在却只是一个寸草不生的苗圃。为了回报我妈妈带给他的那些下午，公证员每次去拜访都会随手捎上一件小礼物，有时候是一本他买的我妈妈注定会喜欢的书，有时候是两张有老歌的唱片，有时候是一盒点心。

我妈妈于是反面地想起了在她同事家有过一面之谋的老头，那个工会主席。工会主席取悦她是以一种低级的私人炫耀的方式来进行的，不是自己写的书就是自己的写作课，而公证员却无须在她面前显摆什么，在他们独一无二的作息习惯的大阳伞下，做任何事都是一种取悦。于是我妈妈会非常好奇公证员早上三点之后在沿河踱步的那一两个小时里到底在想什么，就像公证员有时候好奇我妈妈在三点之前想什么一样——在凌晨三四点钟，河边还是黑黢黢的，水鸟们还在熟睡中，树也没有完全醒来，白天和黑夜这两名时间卫士开始换岗但还没有完成最后的仪式，一个背影已去，另一个脚步将来，在这片无人管辖的区域内，在这个时间上没有隶属的空白期，在这个抑郁症者最青睐的自杀时间段，公证员在做什么？也许他穿着方便行动的夹克衫——冬天是一件保暖的羽绒服，夏天是尼龙料很吸汗的运动装——出没在一段空无一人的河堤上，出没在大街上，就像独享整个地球的人。一切都是为他服务的，空气、河水、树木、城市、街道、声音、颜色、云的上面、水的背面、光的里面……全都是为了他而存在，为了他而命名。他是第一个人类和唯一的人类——这种感觉只有在碰到其他人类时才会消失。那些他碰到的"其他人类"往往是下面这些人：倒三班回家的疲惫的工人，在一辆闪闪发亮的公交车上刚刚醒来的司机，板车上堆着蔬菜的亢奋的菜贩子……不管碰到谁，他都会与他们打招呼：向骑自行车的工人点头问好，与公交车司机挥手致意，和菜贩子寒暄交谈。因为一天中有过这样的相遇，他便把其他时刻视作平庸的时间和平庸的相逢。我妈妈是看什么打发她的时间的呢？在十二点之后到三点钟之间，在同样几乎没有其他人类做伴的这段时间，她只是坐在沙发上，有时候躺在等待入睡的床上。她的世界没有公证员那么广阔和丰富：在灯光为她打造的这个迷你世界中，光线为她的世界画定了一个不确定且临时的边界，一伸手就可以摸到尽头，一缩手就可以抵达中心。这样大小的世界给了她从未有过的安全感，因为她是这个世界唯一的主人，唯一的公民，唯一的神，唯一的建设者和唯一的毁灭者，以至于紧随其后的睡眠就像是一种附加，一种说明，一种不重要的消遣。

两个人的某种感觉如此相似！

我妈妈有了这样一个挚友后便不那么需要我了，我能感觉到她已经不再依赖我的电话来度日了，她给我的电话里也有了新内容，不全是抱怨和怒气了，她也不会有事没事就想着给我打电话。这让我很高兴。不给我打电话，或者接我电话的时候，我妈妈就一门心思想着公证员什么时候上门来。公证员也会邀请我妈妈去他们家，从周一到周五下午都是他一个人在家，他为我妈妈沏茶，陪我妈妈看电视，讲他自己年轻时的故事，坐在阳台上看风景。公证员家的阳台下面就是他常去的公园。但我妈妈很少上他们家去。我妈妈只有在自己家才会自在，她不愿意失去"女主人"这种感觉。公证员的小区没有什么广场舞大妈，也没有一个对女高音歌手倾心的保安，小区里都是像他儿子一样的年轻人，像公证员这类以电视为生的老人在这里是稀有动物。

很快，我妈妈发现自己竟还具有某种久违的女性魅力，与此同时，她还知道自己对这位同龄人有好感，因为她向他讲起那些曾经让她恼怒到自杀的早晨和广场舞音乐语气竟轻轻松松，而在曾经给我的难以计数的电话中，她主要腔调是抱怨、牢骚、訾骂和诅咒。在我父亲还没离开我们家的那些年，我妈妈也从来没有与我父亲有过一场像样的谈话，给我们的感觉是我妈妈从不与我们的父亲沟通，现在我妈妈却盼望着这位公证员天天找她聊天。我妈妈还把三点入睡之前在床上想的那些东西记下来，正像有一天公证员开始把三点钟出门散步所见所闻记录下来一样，为了次日或者其后几天两人再见面时可以有交换的内容。

他们达成了这项默契。

记下一些不见面时的感受是他们的另一种见面形式。

于是从这年春天开始我妈妈有事做了，每天中午一醒来，用过她的"早餐"之后，她就拿出纸和笔记下前一天晚上所做的事。在同一时间，公证员也在自己家里记下早上散步时的经过。颇有仪式感的写作活动激活了我妈妈和那位公证员的写作潜能，尤其我妈妈，早年阅读言情小说的激情和潜伏多年的浪漫主义这时候从她体内一跃而起，从最初的一两段话，到后来一天竟能写上四五百字。之后，我妈妈简直每次都有那种欲罢不能的感觉。

就这样，我妈妈与公证员就把他们的见面变成了一场又一场的作品朗诵会。

比方说，他们会朗诵如下一天的"日记"：

4月15日

我妈妈：晚上吃的是菜心炖豆腐皮和蒸蛋，饭毕是一杯清肠的柚子茶。我已经连着几天晚餐只吃一点点并且坚持不吃肉，我估摸着这会让我的肠胃舒服点儿。如今能够让我看的电视已经越来越短了，或者说我对电视的依赖越来越少了，电视里的演员越来越年轻，有时候你不能明白生活怎么可能像电视里演的那样简单，一对情侣，一个貌美如花、一个事业有成，爱得死去活来，却一个劈腿做小三、一个在外面有私生子，就是瞎折腾。也许我没有经历过真正的爱情没有资格来评论他们。

一点钟。我听到外面有紧急刹车声和呼叫声。不知是否出了事，是否有人正消逝在车轮下。

公证员：三点十五分起床。比起昨天来要早了八分钟。出门已是三点四十分。吃了两个在微波炉里加热的肉包子。今天的线路与昨天稍有不一样。还没到圆盘就拐弯了。碰到了一棵倒在人行道上的树。不知道是不是昨晚被风刮倒的。但是台风要到夏季才来呢。三点五十分，我已经来到了河边的老体育馆。没碰上一个行人。有七辆货车经过。估计是同一个车队的。似乎是运送军备物资一类的。四点钟,准时到达铁路桥。四点十分,碰上了今天第一个在路上走着的人类(货车司机不算)。一个流浪汉。没准是一个醉鬼。几年前我也曾碰上过一个男人。几乎裸体。估计是他自己把衣服扒光了的。因为有人说他脑子不好使。从附近一家疯人院里跑出来的。注:附近哪有疯人院啊。

两人的"日记"风格迥异,我妈妈以叙述和抒情为主;公证员则一时间摆脱不了他的公文文风,以纪实为主。公证员的写作有两大特点,一是滥用句号,二是他对各种数据和数字情有独钟——与他之前的工作有关系。但我妈妈喜欢。

在这种情况下,我是说当我妈妈有次在电话里给我读了他们俩的日记之后,我想起了我哥哥那位早逝的兄弟写的东西。尽管那名夭折的文学家模仿博尔赫斯和卡尔维诺,但他的《树上的哥哥》却是一部真正意义上的小说。在他那部几乎没有读者的小说中他写了一个男孩,但有两个分身,其中一个看不见东西的也就是瞎子的分身生活在地面上,另一个能看见一切的生活在树上。我还记得这部小说的结尾:

那些把我们看作一个人,一个大脑,一具肉体,一个体积,只活一次的人都是错误的。我们其实是两个人,是重复，是无限，是矛盾，也有可能我们根本就不存在，一切都是幻觉在玩的把戏，不信的话你把眼睛闭上，你会看到自己正跳跃着穿梭在一棵树上，或者你爬上一棵真实的树，然后，你会看到另一个你正坐在树荫下，闭着眼睛，想着树上的能看到一切的自己。

第十一章

　　早年的波尼觉得写一部小说就要频繁使用"老二""约炮"之类的字眼，只有这样才能把对文学的敬意降到最低，因为文学经常与作家的诚意为敌，让侮辱与认真思考的作家为邻——但波尼后来写他最重要，也是唯一的被自己认可的作品时却没有这么干。后期的波尼认为，只有小作家才会对文学和文坛心怀仇恨，只有二三流作家才会想尽一切办法以没有节制地在小说中穿插方言、反讽、脏话等这类雕虫小技来显摆自己。就像太阳以它的灼热、月球以它的冰冷、水星以它的迟缓、木星以它的沉重、土星以它的虚无（主要为大气）来形成自己，但宇宙却以什么都似和什么都不似，以没有风格和没有特征来构成自己。

　　波尼与萨拉曼卡姑娘的恋情只持续了一年。波尼找到了一份新工作，给一家书店老板当助手。但后者不是主要原因，主要原因是萨拉曼卡姑娘有了新恋情，这一次对方的条件比她之前遇到的任何一个男友都要好。此时波尼也无法与萨拉曼卡姑娘一起负担房租了，那两本做枪手的书稿稿酬很快就花完了，两人出了趟远门,把整个欧洲逛了个遍:住上好的宾馆,吃各种美食,狠狠地奢侈了一把。很快波尼又落到了身无分文的境地。写完那两部小说后他也一直没有找到新工作,而此时萨拉曼卡姑娘的房租已拖欠近三个月了。因而在一次激烈的争吵后,萨拉曼卡姑娘失踪了,波尼揣着到手不久的两本做枪手的小说样书和几件破衣烂衫又来到了第一次住过的那家地下室旅馆。但这次重返地下旅馆那两本未署名的小说帮了他一个大忙——小旅馆的印刷厂朋友给了波尼一个书店老板助手的空缺位子。

就这样,波尼迎来了他第二阶段的生活。

(一直到现在,波尼在西班牙的故事还没有出现大的戏剧冲突,就像一位平庸写手写的故事,全是令人昏昏欲睡的流水账——批注)

波尼的继父此时却去世了。他对此并不知道。波尼的一个同母异父兄弟也死于一次出海。那名十七岁的少年在一条渔船上做见习水手,一次下水检查拖网时被鲨鱼咬掉了半条腿,之后伤口感染,十五天后就去世了。波尼的大妹妹在街上拉客,后来从良嫁给了一个比她大二十岁的货车司机,数年后也死于难产。波尼四个同母异父的弟妹到最后只剩下一个了。波尼的继父去世时没有一个亲人在身边,因为他醉后跌进了一条离家很远的河里,之后被警方被当作无名尸处理了。为了找到波尼父亲的家人,警察曾在河岸附近张贴了一个月的通告,但没有一个人认识他。波尼继父生前的身世也一直是个谜,波尼觉得他可能是个孤儿,但继父从来不承认这一点。从来没有人知道波尼的继父来自哪里，童年在哪里生活，在娶波尼母亲时是否结过婚。波尼和他弟弟也不知道继父是在哪里让他们可怜的母亲遇上的。唯一让波尼亲兄弟俩记得的是继父无穷无尽的酗酒次数和不问来由的暴力。自从弟弟和母亲去世后，波尼家其他成员的命运或他们的死再也不能以其阴郁的触角碰触到他了，它们不再是波尼生活的一部分了，甚至那块大陆也不再是波尼的了。在这里，在西班牙，波尼是另一个人，一个丧失了写诗和歌唱能力的人，一个曾经住地下室旅馆终日与粪便为邻的人，一个与一位萨拉曼卡姑娘谈过一场不了了之的恋爱的人，一个写过两本烂书的人，一个接待过一位受伤的天使的人，一位亲眼见到天使从他卧室的窗户里栽下去可能死去了的人。

波尼的新工作是给一位书店老板做助手。

书店老板是一名文学的狂热爱好者，目前正在为家族写一部传记。那部传记从他爷爷手上就开始了，之后是他父亲，另一位书店老板。但两个人都没能把他们自己的传记故事写完，只是把书写家族故事这个传统和使命传承给了他。书店老板的父亲，也就是第二个作者本来有能力完成这件事的，他不但雄心勃勃，而且在文学方面有着出色的领悟力，他拾起老父亲的两个章节接着写，添上了自己与妻子和几个孩子的续集，但最后却意外死于一场流感引起的肺衰竭。书店老板于是成了第三个书写者，二十多岁时他接过死于肺衰竭的父亲手里的接力棒，但他不是一个专注和有耐力的书写者,在传承衣钵的这十多年时间里,他一直游离在各种与书写家族故事无关的事情当中,包括求学、恋爱、结婚、生下第一个孩子之后又抚养第二个,之后,在乏味的家庭生活催迫下,在外面有了一个秘密的男友,分手,然后又有了一个新的……四十岁那年他重拾折断了的羽毛笔,试图将家族故事续写下去了,但却打不起精神——他整天都被书店生意、两个孩子和不停更换的男友累得疲乏不堪,因而等波尼以秘书或枪手的身份接手这份工作的时候,书店老板的传记只进展到他与他妻子结婚这个章节。这部有三个作者的传记故事章节凌乱不堪,风格和表达方式也参差不齐,写好后又从未有人修改过,甚至从未有人将它从头至尾读上一遍,因而整理和续写工作实际上非常繁累。最让波尼头痛的是之前有些段落简直无法卒读。书店老板祖父的那部分墨水已经褪色得很厉害了,还有掉页的事发生,书店老板父亲的章节倒是非常清晰,可惜内容少得不足以把自己的生活描述完整。为了完成这部家族故事,书店老板每天给波尼口授,之后就由波尼书写。老板给的薪水不算低,对传记完成的最后期限也没有要求,也就是说,在本书出版之前波尼无须担心他会丢掉他的工作。

书店与波尼之前工作的那家食品商店隔壁的书店(波尼至今还记得那家书店老板的父亲)很相似,都在一楼,楼上是旅馆,楼梯做在外面。书店面积不算大,四五个通天大书架上,通道很窄,但足以供顾客通行。收银台在最里边,再往里去就是供波尼和老板午睡的小单间，过去这个单间是珍藏善本的小空间。书店老板还有一条狗，因而最早接待波尼的是那条老狗，它围着波尼的裤腿不停地打转。老板觉得狗已经通过这种方式认可了他，因而很快就让波尼次日来上班。这条德国牧羊犬是书店老板父亲留给他的，父亲去世那年它正好一岁。因而它已经非常年迈了，但不失机灵。这名资历颇深的老者就成了波尼写家族故事时的伴侣，直到几个月后去世。那时候，这里的一切还没曲终人散。

从外表看，老板没有一点同性恋的样子，他常年在嘴边别着一只海泡石大烟斗，裤缝直得就像书架的四条边，栗色的头发整齐地梳在一边。他那种老派的战前小知识分子形象与他内在的秘密趣味很不一致。但第一次见面双方印象都很好。老板建议波尼每天下午四点开始工作，给他讲上半个小时的家族故事后开始写。写作时顺便照料一下店里的生意。八点钟打烊下班。老板本人通常上午会在这里，下午事情多些，因而下午波尼可以独享收银台的整张桌子。那张兼作收银柜台用的桌子底下堆着老板祖孙三代人的手稿。波尼坐的时候要特别留意是否踩脏了纸面。

波尼最初仍住在那个地下室，预支了薪水后他在书店附近租了一个小房间，卫生间很小，但房租很低廉，有个小灶台可以做饭，但他很少开伙，因为书店老板会提供他一顿工作餐，晚上回家则喝点冷汤或者啃几块干面包就打发了事。波尼并非每时每刻都在整理那部书稿，老板的口述部分他花两个小时就能整理完成。至于之前写下的那些需要订正和改写的工作也没有他想象的那样令人头疼,有几天波尼一口气就整理了几十页,因而他有足够的时间想自己真正想写的东西。波尼最重要的小说、也是一生唯一一部小说就是那段时间冒出来的。他最初只是想写一部可以署上自己名字的小说,而灵感就来自老板的那部家族小说。也就是说,波尼在那段时间同时进行两项工作:一是整理和续写真实的家族故事,二是将那个家族故事虚构进他的小说。波尼没有照搬这个实际上非常乏味的家族故事,他被其中几个人物吸引住了,比方说老板祖父的第二个老婆,那个神秘的吉卜赛女人;老板父亲的第二个儿子,也就是书店老板的二哥;第三个重要人物是老板的一位朋友。这几个人物每个人都值得大书特书,可在老板的家族故事里却不能着墨太多,因为他们都不是主角。书店老板的祖父原先是一个农场主,后来转行来马德里开书店,故事正是从他农场突如其来的一场瘟疫开始的。因而在波尼最初的小说中,在他自己的小说中,他的主人公就是这几位:吉卜赛女人、早逝的书店老板哥哥、老板的一位朋友。波尼给他每一个主角都量身定制了一种叙述风格,如那个吉卜赛女人用的是一种感性的对话体来讲述她的故事;书店老板的二哥用的是类似侦探小说里经常出现的卷宗记录式的语言,枯燥又事无巨细,与这个人物自身的故事和性格非常贴切;写到书店老板朋友时则完全是诗歌般的语言在操控着这个人物的命运,因为这位老兄就是个飘忽不定的人物,整天在朋友和家人面前玩失踪、写诗、搞女人,但从未被发现,或出版过。

后来,波尼把这部小说取名为"……"。

波尼将这部当时还没有名字的小说当成书店老板家族传说的一个平行故事,因而最初他的写作态度并不严肃,他把几个主人公当成纸上玩偶,变着法子用故事和出人意料的命运来折磨他们。小说进展也相当缓慢。因为此时他无须为卖作品而发愁了,老板给的薪水足以让他正常生活。这时候他开始想起死去的弟弟了,因为他意识到这是弟弟去世的第五个年头了而自己还没有在这个国家站稳脚跟,更不要提文学成就了,他没再写过诗。当他写到书店老板早逝的二哥时,他尤其怀念自己的弟弟。在书店老板的鼓励下,波尼于是回忆出了以前的几首旧作,还在打字机上打印了出来,书店老板非常喜欢,早年书店老板也写过诗,但并不是个称职的诗人。波尼觉得书店老板的文学品位并不差,但他的诗歌语言里缺少一种物质性,他喜欢抽象词汇甚于具象词汇,就像一个急于求胜的跑步者眼睛牢牢地盯着那根冲刺的线而不注意步伐和周围的风光——往往优秀的选手在赛跑过程中眼神是旁逸斜出的。书店老板最近一任男友很年轻,才二十出头,是个画家,但在艺术上只是刚刚起步,似乎也不打算画出点什么,因为那男孩几乎无时无刻不与自己年长的男友在一起,他社交的向日葵只围着男友的太阳在转——后来波尼发现情况其实完全相反,实际上是书店老板围着小男友的向日葵在转。波尼无法评价书店老板小男友的作品风格或者说艺术趣味,应该是某种介于印象派和现实主义之间的表现风格,但他只画男性裸体,此外一无兴趣。因而他的画中有很多以书店老板为模特的成年男性身体，就像早年的弗洛伊德，从来没有画完的时候，或者不知道自己的作品是否已完成了。这本来是一种非常好的感觉，可是这种感觉被这个初习者滥用了，也就是说，小男友不停地在他的作品上添东西就是为了"完成"，而不是就让它们以"半成品"的方式出现在世人眼里。对于印象派来说，既然是印象，就不存在"作品已完成"或"未完成"这两种状态，每一笔都是印象，都是作品，因为印象自身就没有开始和结束。显然，印象派在小男友开始习画的第一天就过时了。他自学成才，但并不是个有天分的人。书店老板给他的画家小男友租了一套带家具的公寓，有两间大卧室，此外还有一个大阳台、一个杂物间改装的画室、一个配有大浴缸的卫生间、一个厨房，设施一应俱全，阳光也充足，是作画的好地方。但小男友却用它来与书店老板缠绵，小男友的裸体画通常创作于两人性交之后。不过波尼很乐意在他们外出时利用这套公寓，尽管公寓里始终充斥着一股精液气味，拜那些扔在四处的避孕套所赐。有时候这些用过的避孕套就粘着颜料被当作作画材料的一部分出现在画布上。因为波尼有一部分作品写自那里，那间充斥着精液气味的小公寓，在那样的环境中，小说人物自然就会向情色滑过去。周末书店通常关门休息，老板有时候会带着他的小男友或者和自己的家人外出度假，男友在老板家人眼里的身份是插画作者，因为书店有时候会自己印制或出版一些没有书号的书。没有人怀疑他的身份。老板妻子整天围着两个孩子转，她并不关心老板离开家后的生活。每次当老板单独出门,或与家人一起带着小男友出门,波尼就可以搬离那间潮湿的小房间,或者离开光线昏暗的书店来到这套公寓的大露台上——四月或夏季七八月,老板大部分时间都在度假。因此那段时间波尼写下的东西里经常会出现男女主人公在阳台上对话的章节,从阳台上望过去,深处还有几幅画。

　　随着小说情节的推进,波尼对弟弟的思念愈发强烈,波尼仍旧认为如果弟弟活着他一定能写出更好的诗歌,在弟弟的激励和鞭策下他也会继续诗歌写作而不是转行写小说——尽管他目前在小说中找到了从前在诗歌中得到过的那种激情。有一次波尼还回忆出了与弟弟一起遭遇的一个小事故:有一天下午,他与弟弟和一只羊一起栽倒在了离家不远的一段河堤下,起先是受惊的羊一脚踩空从一块大石头上滑落了下去,之后拽着羊尾巴的弟弟跟着坠了下去,紧接着是牵着羊绳的波尼。不知道回忆出这个有什么意思,也许同命于危险之境那种感觉正在呼唤他的内心,诗歌是那头栽倒的羊的化身?它一个拖着一个,一个拽着一个,最后把兄弟俩都拉下了河堤……为了将弟弟的形象拼凑起来,他记起了很多并不重要的细节,这些细节无助于描述弟弟究竟是个怎样的人以及无法佐证弟弟是一个比他更优秀的写作者但却让他走笔如飞。波尼这时候觉得弟弟可能并不是一个真实的人,而是他的分身,他的年轻但却早夭的继承者,他的无法在此时显示的因此在那片大陆死去的躯体,他的不能溯回的往后走的时间,他的没有结构的文学内部,他混乱里的里子,他务实里的忧郁……有天晚上他哭了起来。

弟弟自杀时波尼毫无知觉。那天他正与两个女的在一家酒吧里调情,凌晨三点了他还逡巡在不同的酒吧,最后在离家最近的一家酒吧撩着其中一个人的头发并琢磨着怎么把另一个弄上床。六点钟,他在迷糊中听到酒吧外面有人呼叫"死人了"——早起的第一个艄公为了将锚从河道里捞起来,看到了漂在船舷边的一件鼓起来的衬衣。

波尼由此对弟弟怀恨在心。因为他走的时候竟没给波尼留下片言只语,也没有留下他的诗歌——弟弟把手稿烧了,余下的东西,包括衣物打包收纳在一个纸箱里。由此可见对于自杀这件事弟弟是有预谋的。弟弟没有正式的女朋友,其俊俏忧郁的模样总是会招来诗歌圈那些喜欢走"歪门邪道"的老流氓,因此几乎没有什么机会留给他去追求那些女孩子,也没有机会让那些女孩子靠近他。弟弟的每一首诗都能打动人,他那种复调的句式里裹着的那名叫作"忧伤"的裸女谁都可以接近,通过抚摸她胴体的方式把手伸向自己的内部,伸向自己的胃,伸向自己的脾,伸向自己的肝脏,伸向自己的喉管……但在生活里弟弟却打动不了任何一位女孩子。弟弟的诗集在诗人们自费出版的那些书中总是最早售罄的,尽管他们那个诗歌圈每本诗集都只能印个几百本,有时候是两三百本,最好的时候卖过八百本。弟弟的死可能更是他们那一代读者的损失而不止是波尼和他的家人。弟弟的遗体被捞起来后没有送去父母家中而是直接就去了公墓,因为继父不愿意出这笔开销(谁想得到他自己的下场也是如此呢,由警方直接把遗体送去停尸房,之后是火化场)。波尼后悔没让弟弟留下更多的照片。当时没有一个人愿意收藏他的照片,因为继父说弟弟是个"二尾子";那些只有一半血缘的弟弟妹妹们对他们兄弟俩的生活一无所知,他们不愿意额外增加对他的记忆,而母亲病得稀里糊涂。因而在回忆自己的诗歌时,波尼帮弟弟也回忆出了几首诗,有几首是弟弟最后半年里写的,还有几首他甚至想不起来是弟弟写的还是他写的,抑或两人一起写的。后来由波尼回忆出来的这几首诗都在书店老板的资助下出版了,当然,那是后话了,在波尼为老板的家族故事完成了三卷后,老板资助他出了一本很薄的诗集,只印了三百册。

波尼很快也成了老板同性恋男友的朋友,他得到了他们两人的友谊,通过他们还认识了更多的人。一个长年奔波在德国和西班牙做绸布生意的布匹商成了波尼最初的朋友。布匹商在马德里和柏林两地都受过很好的商科教育,精通德语,还懂点法语,年轻时写过诗,但自从唯一的女儿和他的外孙女去世后他就搁笔了,他觉得在她们离世后还写诗是不道德的,自从女儿和女儿的女儿合上眼后他用来写诗的鹅毛笔也残疾了。但不妨碍这名可敬的绸布商对诗歌怀有旧情。因此布匹商积极地参加所有在马德里举办的诗歌活动,甚至远至郊区阿尔卡拉·阿雷纳尔和塞戈比亚,但每次出席他只是听,不发言,也从来不写,诗歌圈里很多人都习惯了有这样一位悲痛但安静的听众。一位在马德里教阿拉伯语的摩洛哥女人是波尼结识的第二个朋友。那女人最早是通过那名布匹商进入诗歌圈的,他们很早就是朋友了,与书店老板一样。摩洛哥女人的传奇身世圈子里人人皆知,她是摩洛哥当地一位农场主的女儿,农场主是个杀人不眨眼的暴君,婚后没多久就打死了第一个老婆,也就是摩洛哥女人的生母,然后又把第二个妻子打残,将第三个妻子打逃,第四个没娶成,因为他没时间了,刚谈妥亲事就发现自己不行了。但这还不是他故事的全部,他的第三个老婆,也就是摩洛哥女人的第三个母亲,被打跑的女人,有天重新回到他身边并把他的"老二"割了。尽管生母去世得早,摩洛哥女人还是自小就受到了很好的教育,她精通法语和一点点英语,尤其是法语,使用法语如同使用自己的母语,能熟读波德莱尔和艾吕雅,整段整段背诵魏尔伦。她十六岁嫁给了第一个老公,但很不幸,那家伙酗酒并且也有暴力倾向,两人不久后就分开了。之后,摩洛哥女人把三个孩子留给那个酒鬼,一个人渡过直布罗陀海峡来到了西班牙。来西班牙时她已经三十四岁了,已不年轻了,为了谋生她学习西班牙语,五年后她写下了第一首西班牙语诗歌,并且通过布匹商被诗歌圈接纳了,然后成了一位行将就木的老诗人的情人,于是在马德里顶层诗歌圈沙龙上谋到了一个不是那么靠边的位置。也就是说,自从上了那位老诗人的床之后,马德里诗歌圈内有什么大型活动都能在给老诗人的请柬旁边找到她发音复杂的名字——当时一个外国女人而且还是个包头巾的外国女人能够出入这类文学沙龙的确是非常罕见的。波尼与他们有交情但不深,因为波尼那时候已经不大情愿去参加类似的诗歌活动了,自从他离开祖国诗歌就死了,或者说,自从弟弟自杀他就主动卸去了诗人身份,弟弟的死让诗歌与他完成了彼此的背叛——以前他与诗歌互相张望,现在诗歌只能看见诗歌,他只能看见他。

波尼的书店老板在那个时期成了波尼最好的朋友,通过让他整理书稿资助波尼把他一生中最重要的作品写完,但那时候两人都还没意识到这一点,雇佣关系掩饰了书店老板对他的欣赏、崇拜和具有催生作用的资助机制,波尼那时候也不知道自己以戏谑方式写的小说会成为一生中最重要的作品。书店老板缺乏写作上的才能和耐心,但却是个博览群书的人,与诗歌分手后,他将所有的精力都投入到他的同性恋关系和阅读中,尤其阅读了大量的德国文学。他的趣味对沉闷的德语文学青睐有加,比方说黑塞。他对法语文学评价不高,法语诗人在他看来都有点"娘娘腔"。英国文学则是个不会让他怀孕的老处女。除了上述两个文学上的诗人朋友外,即布匹商和摩洛哥女人,书店老板还有很多"二七一代"的作家朋友,但由于他的兴趣过于分散,没有精力在文学事业上做一些真正的开拓,尤其是错过了成为当时正在蓄势待发的一个新文学运动的资助人机会——当时他的几个朋友想发动一个"新现实主义文学"与当时法国的"新小说文学运动"南北呼应,但这个计划最终流产于内战。书店老板没有被历史选中，但他选中了波尼，在他的举荐下，波尼在当地几份小报上发了一些小文章，尽管没造成很大的影响力——因为波尼没有像他的其他拉美同胞那样在文字里贩卖政治调料。当时的读者和编辑们习惯将拉美作家当成一群厕身文学的政治犯来看待。如果波尼是个女作家，不用贩卖调料，像摩洛哥女人那样傍上一位过气的老诗人也是一种声名的快速提升法，至于勾搭上有实力的女赞助人这种方式在波尼的那个时代已经不流通了。

不过这一切没什么。波尼很快有了新恋情。

审批课题的那位夜大毕业生要求我们每半年对自己的课题做一个进展方面的汇报，我同事们对这类汇报都迎头而上，积极配合，因为他们有切实可行的研究内容和研究成果。可我着手的波尼就是一个骗局。目前波尼刚刚与萨拉曼卡姑娘分手，他的小说刚刚有了进展，他刚刚在马德里有了一个自己的小文学圈。因而我在年中总结报告上只写了几个字。庆幸的是那家伙放过了我，我是说那名夜大生，他没有要求我重写我的申报材料，我们单位也无暇顾及我的工作疏漏，因为最近有个同事出了点事儿——一个年届六十的研究员被人在男女关系上挖坟了。有人举报他与多年前带过的一名女弟子，即来我们这里实习的女博士有不明不白的关系，之后那名女博士自杀。这件事本来早就尘封归档了，女博士又是在他们自己的大学里跳楼自杀的，她所在的学校都没怎么追究，但忽然之间，女博士一个在海外的好友不知怎么地翻出了她们多年前的通信，从信件中得知我那位如今已年届六十的同事，当时是她的指导老师的男人多次勾引她，把她肚子搞大却不愿意与之结婚，屡次三番躲避她，正是这件事导致她从人文教学楼的顶楼跳了下去。逝者已逝，活着的当事人如今却生活事业节节高攀——我的这位同事正在申请法兰西文学院院士。

这件事让我逃避了令我烦恼不堪的总结工作，如今全单位都在忙着讨论这件事，忙着让那个晚节不保的老头做检讨，尤其是行政管理部门整天忙得团团转，而例会上我的那些事不关己的同事则一个劲地炒作这事，他们的性话题有了现实版，因而没有一个人会关心我的波尼。

之后便是七月来临，有些手上有涉及其他语言的研究课题的同事纷纷出国度假去了。一个与我走得比较近的同事劝我利用宽裕的研究经费和闲暇时间去一趟西班牙，可我不想挪窝，正像我妈妈不想跟团旅游一样。我讨厌酷暑天里在外面行走。当然，最重要的是我不能告诉他波尼所生活的大陆实际上是不存在的，波尼从没有生活在一块具体的大陆上。巴莫拉圭亚或者西班牙都是一个假地方。或者说波尼是不存在的或无处不在的世界公民，他其实就生活在我们周围，中国、印度、俄国、中东、欧洲、美洲甚至非洲；生活在有任意地名的城市、乡村、港口、墙堞、迷宫里；生活在没有名字的字、词、句子、逗号、句号、引号、分号中；生活在失传的美德和失踪的历史里；生活在棋盘、星盘、罗盘、箭矢、镜子、火焰和各种语言的语法中。就像卡尔维诺写

《看不见的城市》并不是真的在写一座"看不见的城市",而是如他在"城市和标记之一"中所说,"浏览街道,它们仿佛是写满字的纸张:这城说出你必须深思的每一件事,叫你复述它讲过的话,而在你自以为游览塔玛拉的时候,其实不过在记录它用来剖析自己各个部分的名词"。

我邻居本来一心要告诉我那次会议上与听众们探讨打印波尼的事儿,由于那名女讲师的那粒老鼠屎,我邻居回来后闭口不谈此事。事情甚至发展到了一个极端,即其后我邻居连着谢绝了两个类似的会议邀请,其中一个还是在本市,会议也才两天。我邻居还销毁了上次会务组发给他的一些会议文件。

这件事非常符合他的性情。尽管我急需与他探讨波尼,但我不想强迫他。于是这个夏季不知不觉就过掉了一半。我们的打印计划没有半点进展。我有时候会去他家串门,我知道夏季干活对他来说也有一定的难度,因为夏季是一个体液繁茂的季节,每次我去,我邻居不是在空调边就是在调试空调。一到夏季空调就成了他的救命稻草。

其实整整一个夏季我邻居都在为波尼的身高、肤色、发质反复琢磨。我们没有正式讨论并非意味着他的工作就完全停滞了。女讲师那粒老鼠屎的气味也会渐渐散去。因而有一天他打我电话让我过去,因为上次会议之后有位与会者给他发了一封邮件(而不是给我,当时我邻居同时也留了我的邮箱),说他愿意成为我们的合作伙伴,老头本人是学雕塑的,懂得人体生物构造和解剖学，尤其是肌肉造型方面的知识。

但我邻居怎么也想不起这名自称曾在他发言后提问过的人的问题。他也不觉得一个研究造型艺术的人会混入他们当时的档案专业队伍。经过两轮通信后，我邻居终于想起他来了，的确有这样一位老头，当时他是会务组请来的一位场外专家。老头好像还有点秃顶。

渐渐地他还回忆起了老头当时问的问题。那老头先是谈论了一番《圣经》和《赤脚医生实用手册》这两本书的流行程度，然后问我邻居如果他要实施这个打印计划是相信《圣经》呢，还是《赤脚医生实用手册》？老头把我邻居绕进去了。老头的意思是说，《圣经》上说女人是男人的一根肋骨变的，是亚当把自己的肋骨抽出来做了夏娃的身体，如果真有这么一说，男人其实刚生下来时是有207块骨头的，因为其中一块给了女人呵。老头与其说是发问，不如说是来打趣的。因而下面哄堂大笑，但并非嘲笑我邻居，也非嘲笑现代医学。由于我邻居完全没有幽默感和后来那名女讲师的搅局，他竟记不得当时有这样一位发问者和他风趣的提问。

我邻居于是认认真真地又给那位老头回了信。玩笑归玩笑，得知我们真的要开展这样一个打印计划时，老头表现出很愿意帮我们的样子。因而几天后老头通过他的邮箱又给我邻居发来一张人体草图。不过那简直不是草图，而是几乎精确到每块肌肉纤维的医学解剖图。我和邻居都大为欣喜。赶紧写信追问老头其他的情况。老头拒不告诉他的身份，我们唯一知道的是他年轻时曾在一家工艺美术学校教过素描课，退休前在一家没有什么名气的建筑设计院上过班。但我吃不准。因为后来给我们的印象是工艺美术学校老师、建筑设计院或博物馆档案修复员之类的都是他随口胡诌的。

老头也不向我们要一分钱。他说做这一切纯粹是出于一种乐趣。

神秘老头的出现又让我和邻居聚在了一起。因而我们仔仔细细研究了老头的草图。我们发现老头将波尼画成了北美人的形象，或者说高加索人、雅利安人的形象，或者说纯种欧洲人，总之是那类人种。不过我觉得这不是他的错，因为我们没告诉过他波尼的"身世"，我自己本人也从没真正去想过波尼到底长什么样。有时候我觉得波尼应该长得很帅，就像我邻居那样是个秀气的小白脸；有时候我又觉得他应该有张普通的脸，就是那种容易融入人群里的大众脸；甚至也有可能长得相当丑。要把我的波尼定型下来，让他有一张具体的脸，这是一件比较有挑战性的事。

在我们共同"生产"波尼这个新人的过程中，我邻居更像是一位具体的母亲而不是一个有想象力的或者说调皮的上帝，他的方法严谨成这样：为了让波尼有一张具体的脸，他翻阅了至少五个版本的人种学方面的书，查阅了不下数十个人种方面的图片网页，然后，他整理出了如下几个具有权威性的文字片段以供自己研究：

亚洲人种

亦称黄种。主要特征是黑色且较为硬直的头发,眼有内眦褶,体毛不甚发达,肤色中等。主要包括分布在亚洲东南部的东南亚人、东部的东亚人以及位于南北美洲大陆上的印第安人。

非洲人种

亦称黑种。主要特征是黑色呈小卷曲状的毛发,一般分成南非和北非两个类型,前者分布在非洲撒哈拉以南的地区,鼻矮,通常为圆颅形,肤色相对较深;后者分布在非洲撒哈拉以北的地区,鼻高唇薄,总体肤色较深。

高加索人种

亦称白种。主要特征是呈大波浪状且较为细软的毛发,毛发颜色主要有白、金、红、棕、黑等主要的五种大色调,颧骨不明显,鼻高唇薄,通常为长颅形,肤色较浅。白色人种主要起源自白人化之后的北非土著,后来经过长期的演化和定居,扩散到北非、西亚、中亚、南亚、欧洲,以及16世纪以来逐渐扩散至整个大洋洲和南北美洲。

大洋洲人种

亦称棕种。主要特征是黑色呈小波浪状且较为粗糙的毛发，鼻高唇薄，通常为长颅形，肤色中等。主要分布在位于远东大洋洲上的岛屿上，以及澳大利亚和新西兰等地。例如新西兰北岛上的毛利人等。一般的衣物是用稻草编织而成的，而在建筑物的周围则一般会采用石雕来做装饰，海岛文明显著，在文明上主要是继承了隶属于古代美洲的印第安文明。

之后，根据我为他提供的波尼的祖上可能是高加索白人与美洲当地印第安人和大洋洲毛利人的混血这一粗略的信息，他用电脑软件在网上合成了波尼的长相，三分之二的高加索人面部和肤色特征、四分之三的印第安人脸形轮廓和四分之一的毛利人肤色和骨骼造型——其结果，当然在科学上是属于波尼的，看上去简直精确到无可挑剔。但不是我要的波尼。

至于我的波尼是这样"出生"的：我从网上随机找了几张我所喜欢的大致是欧美人模样的混血脸蛋，之后我把它们打印在一张A4纸上，蒙上眼睛，随手指到哪张，哪张就是我要的波尼。

我们俩都喜欢我们自己的方式，这非常像我们自己的风格。一个是处处较真，一个是胡来。我们把用各自方式"画"出来的波尼的肖像同时寄给了那位老头，不管他是前艺术学校的美术老师也好,建筑设计院的设计师也好,还是一名普通的博物馆档案修复员。也就是说,我们邀请这个身份不明的热心人加入了我们的游戏。

我们等了整整一个月。

在这期间我们以为老头可能退出了,或者他忽然对我们的计划不感兴趣了,或者也许他也是个假人呢,他根本就是我邻居伪造出来的,就像我伪造出一个不存在的波尼一样。但我错了。就在我们决定放弃时老头给我们俩回了信。他寄来了波尼的完整形象,一张手绘和电脑绘制结合的电子图:一个裸体的年届四十的、有着三分之一欧罗巴、四分之三印第安和四分之一毛利人血统的中年男子。

既不是我的波尼,也不是我邻居的,但很明显这张脸综合了两个波尼的面部特征。

我一见到就喜欢上了他,我邻居也是。老头笔下的波尼形象如下:小鬈发,深陷的宽眼窝,宽双眼皮,高鼻梁,轮廓精致上唇稍厚的嘴唇,也带小鬈的浓密的胡子(他建议我们只要青色的胡碴)。画波尼的那名神秘老头还建议,波尼左额上方最好弄个两厘米长短的疤痕,如果我们不反对的话,手腕上(左手右手皆可)加颗蓝色的小痣或肉瘤,另外,让他稍稍有些罗圈腿显得更可亲。这些缺陷无伤大雅,但我们只留下了前两条建议,最后一条没有采用,因为——邻居和我都不能接受一个有罗圈腿的男人。

自此，我们聊波尼时有了出发点，我是说，当我们说到波尼时，我们的每一句话每一个词都有了出处，带着波尼结构复杂的姓氏将文学的箭矢射向那个虚构的终点。在老头知道我写下的部分关于波尼的身世故事之后，老头建议我们添加的几个缺陷其实都有出处和脚本：波尼那个疤痕始自我不久前描述过的波尼回忆起来的与弟弟和羊一起坠入桥墩的小事故，而痣或肉瘤（现在我已确定其为肉瘤）是他们家的遗传，波尼那命运多舛的母亲脸上就有一颗标志性的肉瘤——我曾在关于波尼的文章开始描述过他母亲的长相。

附：以下是这段时间我写下的关于脸和脸部器官的隐喻。

脸

人们习惯于将脸当成是一块用于映照身体内部的幕布，将脸上的五官当成一个已知条件来理解看不见的内心世界。人们希望这个世界存在着一些密码，可以带领我们通往一个大致可视之物，几近暴露，似是而非。人们害怕自己的内心世界如同害怕一切不可知的事物。

眼睛

我们有两只眼睛，视觉却没有因此而重复。我们看到的事物永远是单数的。视觉是神奇的事物，眼睛的视力是那样好，我们却看不见眼睛自身，虽然它们都在我们跟前，我们看不见我们的瞳仁，看不见虹膜，看不见眼白，看不见那层似有若无的晶体，我们也看不见眼睛后面的东西。看不见眼睛后面的东西，卡尔维诺将它提升到了一种哲学层面的意义，他说人们永远受后脑欠一双眼睛之苦，因此他对知识的态度只能是有疑问的，因为他永远无法确定他背后是什么；换句话说，他无法验证当瞳孔向左或向右延伸时，他所能见到的两个极点之间那个世界是否持续着。

耳朵

为了耳朵，人们发明了嘴巴。为了耳朵，人们还发明了词、句子、歌声、微笑、哭泣，发明了口哨，发明了乐器，发明了广播。在听力这件事上，耳朵拒绝个性，不像眼睛，有时候眼睛会拒绝一些颜色，例如色盲。耳朵会以它的真诚投入到某种笼统团结的情感中去，它们收纳的声音几乎可以囊括世界上一半的事物：虫子鸣叫时的声音，动物交配时的声音，汽车启动的声音，房屋倾斜的声音，旗帜拂动的声音，雨滴落在树叶上的声音，果实坠入地面的声音，枪炮的声音，战争的声音，和平的声音，死亡的声音，重生的声音。声音形成秩序，形成路径，与视觉互成倒影。但耳朵也不是万能的，有一些声音我们听不到，例如：光线划过云层的声音，雪花渐逝的声音，目光穿过玻璃的声音，词变成句子的声音,路和路交叉的声音,花朵变成果实的声音,蛇诅咒苹果的声音,火被盗的声音,岩石起皱的声音,星辰膨胀的声音,纸张朝内看的声音,笔握自己的声音,牙齿咬向自己喉咙的声音,天空低下头的声音,地平线被折弯的声音……

眉毛

眉毛堪称人体低调的典范。在长度和面积上,它从不逾规越距,要是它犯规了,往上就会变成它的远亲头发,往下则会成为它的兄弟胡子。懂得控制,懂得拒绝,沉着,世故,安静,这是眉毛的全部美德。眉毛唯一的缺点就是没有内部,不通往内部,也极少与其他器官交集。

鼻子

是鼻子让我们知道在我们生活的空间里,有空气这样一种事物,空气用其无限小和无限密集的身体将自己隐藏起来,使我们以为它并不存在。空气瞒过了眼睛,却瞒不过鼻子和肺。不过严格说来鼻子只是肺的一个门卫,它把守在人的脸部。我们无力验证鼻子的工作对象,因为连续的空气在我们看来只是一片虚无,我们从来都是相信眼睛胜过一切的。气味更像是鼻子自说自话的骗局,因为气味不像光线和温度会改变物体——光线可以向我们呈现了物体的各个面向和颜色，不同的光线之下会有不同的面向和颜色；温度可以改变物体的造型，甚至可以令其达到彻底的毁灭——而气味只能让自己停留在现象学上，自始至终，它取悦和伤害的都只有一个对象：鼻子。

胡子

胡子看上去似乎毫无用处，毫无价值，统一，乏味，没有深度。它不保护下巴，不遮挡嘴唇，也不怎么美化脸蛋，它唯一的功能就是显示性别。

第十二章

　　我哥哥每天起来第一件事就是给女儿做早餐，自从结婚他就成了一个宠妻狂魔，包揽了一部分本应该由我嫂子做的家务。不过在这之前是我嫂子手把手地把经营药店的秘诀传授给他的，比方说如何做假账，如何快速记住药品的名字，药品的几大分类，以及各种令人头疼的药品拉丁名——关键是那些莫名其妙的拉丁名词根。我哥哥等于重新学了一门手艺，其代价是他霹雳舞的天赋因此报废了，在接手药店的第一年他还报名在一家卫校的药剂师培训班上了半年课，那之后，我哥哥的内存就清空并更新了。我哥哥，当他对着霹雳舞的镜子时能看见自己，对着药剂学的镜子时也能照见自己，可是当他同时面对两面镜子时他消失了。他本人神奇地消失了。因而我很好奇他是如何用他那颗文艺的脑瓜子记住那些火星文一样的药品名字的，我还好奇他那身帅气的跳舞行头最终到底去哪了以及他其他的那些兄弟现在在做什么。我哥哥如今开着一辆神气的蓝色别克车，头发梳得油光锃亮，裤缝熨得笔直，皮鞋上没有一条皱痕，一副标准的中产阶级模样。他们家好几年前就购置了一套宽敞得令人垂涎的带顶楼花园的三室一厅，面积不亚于我父亲家，我哥哥的丈母娘还有个地段不错的小套房，除此之外，我还知道我哥哥他们背着我妈妈在邮电局后面买了一个店面。之所以不让我妈妈知道是因为我妈妈向来反对他们任意的商业行为，她的反对内容当然是花样百出了，她的反对包括前些年我哥哥的女友即现在的嫂子盘下的这家药店以及随后我哥哥竟成了一名高级店员，并直至晋级为药店老板。我妈妈的趣味一直是很混乱的，她反对这反对那，因而她的反对也没有什么价值。发生在我哥哥身上的这些变化让我觉得如今我面对的是一个假哥哥，我是说，如果沿着过去那个霹雳舞爱好者的路径发展下去，我哥哥或许会在各类舞蹈大赛上拿个什么奖，之后参加电视选秀节目成为明星，从而与他的迈克·杰克逊更靠近一步，或一步登天直接成为迈克·杰克逊，中国的迈克·杰克逊。

这不是没有可能的事。

而他现在却是一家药店的老板。

这件事不知怎么地让我悲伤。我妈妈却从不去想这类事，除了对我——她对我怀抱过成为作家的梦想，就是成为那类蝴蝶鸳鸯派之类的作家，其他人于她都不重要。现在她对我的侄女，她的孙女也没什么期望，好像那不是她骨血——她的血缘止于我——尽管我的小侄女的音乐天分超出了所有人的预想。我妈妈把音乐教学的唯一热情留给了照片上的那两位女学生——如今一个去了维也纳,另一个其实也不过是一个普通人。我哥哥对此恨得咬牙切齿。我是说我哥哥现在就连恨意都变得凡俗了,变普通了——他的恨意有具体的目标,不像他青春期面对的是一个空泛对象。他文艺少年的那段光阴仿佛像是强加给他的,犹如一块粗麻布袍子上的丝绸补丁——在这之前他是一个淘气的问题儿童,在这之后,他是一个循规蹈矩的中产阶级。这更坚定了我认为我们有时候是个假人的想法。

好在我父亲缺席了。

不过我父亲也是个假人。

我们的继母在经历了我哥哥两口子的拜访后,生活又回到了从前。现在她不再害怕有一天我哥哥他们和我会过去分家产了。她一直担心着这个。我父亲的健康每况愈下,他开始大小便失禁,照顾他成为越来越大的负担。实际上我继母这架机器也老了,她最近一段时间手疼得抬不起胳膊来,还经常半夜醒来,人会老这件事加剧了我继母对一种虚无力量的依赖,她越来越频繁地出入他们那个教会小组织。

我妈妈那边的情况却正好相反。我妈妈现在的生活进阶到了一个让她生气勃勃的时期,尽管无益于改善她的失眠症,却让她活力四射。只要在醒后的第一个小时里拿起笔能写下几段满意的文字她就能够忍受每天从十二点到凌晨三点这几个小时的等待入睡时间。现在她非但不把那几个小时视作折磨,反而将它们当成一种生活方式,就像波尼在他的书店收银台上敲下第一个字前那令人亢奋而激动的几十分钟——他们等待那段文字闪现如同新郎在新婚之夜等待他的新娘。最重要的是,当她终于入睡后会有一个人像接过火把一样把她的清醒时刻接过去,当她把眼睛闭上时,另一个正在不远处缓缓把眼皮抬起。时间就在这一关一合之间被延续了。

那个人就是公证员。

打开、关闭、打开。在我们出生之前,一切都在没有我们的宇宙里开着。在我们活着的时候,一切都在我们身体里闭着。当我们死去,一切重又打开/打开、关闭、打开。我们就是这样。

这让我想起阿米亥的诗句。当然,我妈妈从没读过阿米亥的诗,也不会去读。

最初我妈妈写的日记行文干涩,尽管滥用感情,但是她还不懂得对材料进行适当地裁剪。不过很快她掌握了某种技巧,她能够流畅地对自己一天的心情进行记录,并且知道一篇好文章就像一幅好的风景画应该有远、中、近景,如果没有远景至少得有中景,某些令人乏味的小说之所以叫人读不下去是因为缺乏特写和细节放大,而某些文章之所以沉闷是因为没有节制的聚焦让人透不过气来。掌握了这些技巧后我妈妈简直下笔如神。不过一段时间后她又出现了新问题,她的生活缺少书写材料,也就是说,她每天过得都差不多，每天能遇见的都是这么几个人，每天遇见的那几个人都说那几句话，说的那几句话里用的都是那几个语气词。这让我妈妈无比烦恼。因而有一天她主动找了保安，在小区门口，她热情地与保安打了个招呼。因而可想而知，那名保安非常激动，他扯住我妈妈聊了半天，他告诉我妈妈他谈了一个朋友，是织袜厂的一名女工，半年后或一年后他们就将结婚。这场谈话让我妈妈这天的日记不再无病呻吟，就这件事她写了几乎整整一页。我妈妈对这类主动出击寻求灵感的方式非常满意，之后，她没有来由地在菜场挑事与一个八竿子打不着的菜贩子吵了一架，以此方式又让她收获了两页的内容。给我哥哥一家打电话并在电话中主动问起孙女学琴的情况又让她有了写上三页文字的激情。然后一发不可收拾，她邀请我哥哥一家三口周末来家里吃饭，让对我妈妈的饭局素来如履薄冰的我哥哥困惑了一下午，以让我哥哥一家成为三个轻度的受害者和让自己忙上半天的艰难方式，日记又增加了五页的内容……我妈妈从做这些之前从未尝试过的事情当中尝到了甜头，她的日记比以往任何时候都生动和有文采。

但与其说这些变化是她自己主动要求来的，不如说是那个公证员带来的。

我因此想，我妈妈原来自己就可以成为一个作家的，如果她早年就发现自己有这个天赋的话，她自己就可以写那些死去活来的言情小说。但她在真实生活中却一直过得像只拘谨的热水瓶，外面严防死守，冷若冰霜，里边自己一个人在沸腾。她写下的东西越来越长、越来越多之后，她就越来越有想分享给我的念头。这个时候她似乎又记起我是一位文学研究者了，尽管我经常给她的这些朗读内容浇冷水。在读过几次后，她开始上瘾了，经常在我们的电话快结束时补上一句，你要不要听听我前一天在写什么？

大部分时候我迎合她，我一边想着别的事（通常都是我的关于波尼的研究）一边听她用不标准的普通话读那些不得不说写得还有点意思的小文章。但我显然并不是她最重要的听众，我只是一个顺便的分享者，经常是她不能即时找到她的重要听众——那位公证员——的一位替补者。这我知道。在我妈妈待的那个小城市，那个老头，那个公证员，另一位与众不同的早起者或者失眠者才是她真正想要的忠实听众。如今他们每周至少有三天时间在一起碰头读自己的日记文章，甚至有时候在深夜当我妈妈即将入睡而公证员醒早了的时候他们会通上一两个电话，为了某个突然跃起的灵感。他们之间还渐渐地有一个不成文的约定：公证员醒了就给我妈妈发一个短信，因为我妈妈只要一睡觉便关机，能收到这个短信说明她还没睡着，这样公证员就可以打电话给我妈妈。不过通话时两人都非常克制，以免一激动把其后要写下来自己还洋洋得意的内容提前透露给对方。公证员非常喜欢三四点钟这个时刻，自从认识了我妈妈之后，这个时刻变得更加激动人心，当他站在客厅的窗户边猜度外面是否下雨以及测量局部温度时，他和我妈妈一样，同时想着可能会出现和需要补充的写作灵感，想着这一天可能会在河边遇上的人，想着那些公交车司机，想着菜贩子，想着夜班工人，之后，他换上鞋子和外套，兴高采烈地启动他凌晨黑暗的长征。

我妈妈呢？入夜后也喜欢站在客厅里观望外面显得似乎没有生机的大街。深夜与黎明是两个世界，可是在他们眼里都一样，因为我妈妈面对夜空经常脑子里一团空白，任何能够表达内心的东西都已经死去，世界此时是一尊没有心房的雕像；公证员按说天生头脑活跃、思维理性，但当他的大脑闲置时就像一架卡壳了的机器，需要劳动和运动才能自由起来，因而当他打算出门而未出门站在客厅里张望天气或者诸如此类的事物时，他也像我妈妈一样脑子里如宇宙爆炸前的空无一物，连一个灰尘也没有。

但不妨碍他们写下一篇篇动人的日记。

就这样，我妈妈家的风琴开始蒙尘了，她不再将情感寄托在那些已逝去的事物上，她也不再对自己已终结的前半生抱怨不已，奇异的睡眠习惯对她就像是上天的馈赠。有一天我妈妈在小区里邂逅那群跳广场舞的同龄人时还与她们打了一个招呼，种种迹象显示，那些天天在地下车库跳广场舞的还不如凌晨三点入睡的我妈妈精神矍铄。现在我妈妈脸颊红润，头发黝黑，走路疾步如飞，她现在连感冒都很少有。在我妈妈历时三年以炮轰般的力度不停地给物业部门写信最后成功将其轰至地下车库之前，那群广场舞的同龄人中已经有三个去世了,一个是子宫癌,一个是骨癌,另外一个早年就有病,有一天跳着跳着就没有再起来了——心脏永久性罢工。我妈妈为此洋洋得意,在得到消息的当天(三个同龄人的死讯是同一天被她知道的),她素材干涸的日记上于是就多出了一个版块:

什么意思?有谁能告诉我?为什么上帝老爷儿要一个天天跳广场舞的老太太去他那儿报到而把我撂下?是说我失眠得还不够彻底?是我人品爆发?啊,当然,我可不想这么早去他那儿,那地方(据公证员说)据说冷冰冰的,好人与坏人各站一个队列,而且好人总是想插坏人的队,坏人总是想充当好人,因为各自都觉得没活够,希望能够有时间再体验不同的人生。但是神(主要是上帝)忙得不得了,他又健忘,于是,他经常在分配角色时把人们弄混,也就是说,坏人到了下一世还是坏人,好人呢?仍旧疲惫地做着他的老好人,就这样,这两类人都不想活了。就这样,世界变得越来越单调,就这样,自杀的人越来越多,可每次都死不透。

嗯?我都写了些什么啊?我想说什么来着?我最初想写什么来着?哦,我说的是我们小区的几个老太太去世了,而之前那群人让我的早觉受尽了折磨。现在她们走了,我希望那个世界里没有疾病。就像我的朋友公证员说的,最好的天堂就是一间光秃秃的房子,连光也不要有,不要有食物,不要有被裘,不要有……要不然人们还是会有欲念,只要有欲念,恶就没有止境。

　　天哪,我都写了些什么?

这就是我妈妈的风格。

第十三章

波尼最崇拜的人现在是莎士比亚。过去是但丁。再小的时候是荷马。现在波尼觉得莎士比亚是世界上最了不起的作家，因为任何人都可以在莎士比亚的作品中找到他所需要的一切，从这个意义上讲，将莎士比亚放在任何一个具体的时代和一种具体的体裁里都是对莎士比亚的贬低，历史和体裁不足以解释和说明莎士比亚，反倒是莎士比亚照亮了历史和文学体裁。在写作那部家族小说和他自己的小说《……》时，波尼一直没有放弃阅读。在波尼的阅读名单中，不仅但丁、荷马和莎士比亚，还有一长串作家名字需要他在写作时小心翼翼地绕开并给予关照，因为他们的声腔过于嘹亮，嗓门过于粗大，当波尼写自己的小说时，它们总会喧宾夺主让他去注意它们的分贝、声调和吐字方式，它们想把他的作品变成它们的复制品，想让自己的基因寄生在他的字里行间以此得到一次复活机会。这一长串名单如下：熙德、奥维德、维吉尔、弥尔顿、拉伯雷、塞万提斯、惠特曼、柯尔律治、乔叟、歌德、席勒、狄更斯、乔伊斯、福楼拜、莫里哀、托尔斯泰、巴尔扎克、普鲁斯特、陀思妥耶夫斯基、契诃夫、梅尔维尔、乌纳穆诺、何塞·埃切加赖、马丁内斯……躲开他们犹如玩弄一个个疲惫的文字游戏，因为在写作这件事上波尼是一个贪婪的负债者，他的第一个字是从他们的作品中借来的，此后他向他们借来每一个字，还向他们借用标点、语气、故事、叙述方式、写作技巧，借明喻、隐喻、暗喻、讽喻，借俳句、借七言诗借赋借词，借行吟文学借流浪汉小说借宗教故事借民间传说借寓言。现在他必须成为一个赖账者，他必须把这串名单变成一张墙纸而不是一座靠山。是到决断的时候了。

波尼的第二个西班牙女朋友是一个打字员，曾经是马德里诗歌圈核心人物，就是那名老诗人的助理（不过只几个星期），现在为哈维尔·佩雷斯故居工作，以文印员的身份整理和打印与哈维尔·佩雷斯有关的各种文字材料。哈维尔·佩雷斯是西班牙语世界里众所周知的神秘人物，早年写过诗，后来改写小说和戏剧，还写过散文和游记，研究诺斯替教、穆斯林教和小乘佛教，写过一部如今已失传的类似游记又类似小说的作品——据说这部作品对他来说最为重要，因为没人知道它是什么。说起此人每个人都公认他是个全才，但他的主要成就却很难定义，因为没有人知道他到底是一个怎样的人以及他到底有多少部作品，在作品的数量和品种上始终是个谜。很多人对此无从下手。每次哈维尔·佩雷斯研究协会开年会都会引起纷争，有人甚至为此大打出手，因为研究他诗歌的人说诗歌重要，研究他戏剧的说他的戏剧是重点，而另外几个门类也各执一词，不愿意承认自己研究的东西是哈维尔·佩雷斯的旁门左道。越是这样，对他感兴趣的人就越多，他几乎没有留下什么作品可所有的人都知道他，那个年代的所有重要的作品都提及过他。几乎所有的研究者都相信他至少还有一半的作品丢失了并且会有重现天日的一天。因而人们专门为他在马德里市中心筹建了一家博物馆，一栋漂亮的两层巴洛克样式的小楼，就在市政厅后面的一条小巷子里，并以"故居"冠之（哈维尔·佩雷斯实际上根本没有在此居住过，他最大的可能是住在毕尔巴鄂）。有时候也叫"博物馆"。哈维尔·佩雷斯的故居里满满当当的，除了那些研究者胡说八道的著作和一些不知真假的照片，还有很多他用过的日用品，但很多展品都是经不起推敲的，比方说，哈维尔·佩雷斯那件羊毛披风和那两支鹅毛笔。最近又有人声称发现了哈维尔·佩雷斯那部小说手稿的残片，即那部写一个年轻的旅行者从西班牙南部出发绕一大圈去寻找可汗王成吉思汗的小说，旅行者沿途经历了《哈扎尔辞典》中描述过的哈扎尔古国，马其顿的亚历山大图书馆，印度伽波叶的后代所建立的一个小国家，最后抵达他心目中的英雄所生活的成吉思汗的大草原。

　　与文字离得这样近，波尼的新女友，即那名女打字员怎么可能不写点东西呢！但女打字员写的是那类不怎么会引起读者注意的小品文，因为这样的小篇幅正适合在打字的间隙写，不像波尼，工作使然，可以在整个下午构筑他庞然大物的小说大厦，他可以慢慢地搭建它宏大的支架，慢慢装修一个个小密室的内墙，甚至可以精心地用字母的黏土打磨里面的每一块墙砖。波尼和打字员相遇在哈维尔·佩雷斯故居的一个小房间里。那个小房间据传是哈维尔·佩雷斯用来存放他秘密资料的地方。女打字员对于波尼对哈维尔·佩雷斯生平一无所知这件事有点愕然，因为她觉得人人（尤其是马德里人）都应该像她一样把哈维尔·佩雷斯视作无人不知的公众人物，是所有文学青年的亲密家庭成员之一。可这位拉美来的前诗人却对此不感兴趣，最让她生气的是他之所以造访这里是为了一探真假，因为他觉得哈维尔·佩雷斯可能是一个人造人——他是从书店老板的小说中得知这个人名的。根据书店老板祖父的记述，这位哈维尔·佩雷斯纯属当时一位文化大臣开的一个玩笑，大臣收集了哈维尔·佩雷斯一些所谓的证据然后呈报给国王说当时国内有此等奇人以便来扩充他们的人才库。于是慢慢地，由于这位大臣的信口雌黄，哈维尔·佩雷斯这个人就被写进了那一年的历史，并且在之后还得到了一座"故居"。

让女打字员生气的可能不仅是波尼不知道哈维尔·佩雷斯，还有他对她工作的贬低。照波尼的说法，她看管的是一栋谎言的城堡，正是那位始作俑者文化大臣给了她一个工作机会，然而这些谎言会给我们的真实世界带来什么呢？因为波尼的这个看法两人有了一些争论，但仅仅是争论而已。等波尼修改到书店老板父亲的章节看到又有人在手稿中提到哈维尔·佩雷斯这个人时，他就又去拜访了一次。这次他发现哈维尔·佩雷斯是个有趣的人物,是一个有趣的"人造人",而且不仅有趣,可能还是一座宝藏。因而这次他在故居里停留的时间远远久过上一次。也就是说,他与打字员又有了一场更长更新的谈论,于是,由于这次见面两人就由一名游客和工作人员的关系发展到了情人关系。

波尼最初完全看不上女打字员写的那些无病呻吟的文章,但小品文是打字员离文学最近的文学,打字员边上也有几个写作的朋友,有别于书店老板边上那些装腔作势的年长的作家朋友,打字员的朋友都是一些态度诚挚但天分匮乏的文学初习者。波尼把她纳入自己的女友行列从某种意义上讲也是他与中断数年的文学关系的再续恩爱。但不再有敬意了,自从弟弟去世后,自从不再写诗后,波尼就不再膜拜任何化过妆的缪斯了。

女打字员非常认真地阅读了波尼写完的那些章节,她很惊讶竟有人以这种方式来写小说,尽管家族故事主线清晰,但这个家族故事并非如前言所说的那么重要,重要的是那些家族成员和家族成员的朋友和仆人,她从他们每一个人身上都辨认出一位重要的曾经存在过的作家,那位固执己见的祖父是托马斯曼,轻浮的二叔是维吉尔,祖母是普鲁斯特,大媳妇是莫里哀,吉卜赛女郎是福楼拜,祖父的贴身仆人是巴尔扎克,孙子之一是乔伊斯,孙子之二是塞万提斯,孙子之三是陀思妥耶夫斯基,书店老板自己是但丁……女打字员的阅读经历只支持她认出其中几位,其余的属于波尼自己阅读体系里的。波尼与他的文学债主们的债务纠纷还未得到解决,因而他不知不觉地使用了那些作家的基因,一方面他极力躲避，另一方面又不自觉地被他们附体。殊不知，这正是他的风格所在，直到许多年后，当人们在对他的遗作进行研究时，用的正是这样的词——"作家中的作家"，就如他活着时评价莎士比亚一样。（抱歉，这也纯属我虚构，实际上只有我在研究波尼。）波尼写下来的众多人物中，风格中还借鉴过他弟弟的诗歌语言特色，小说中有个人物也颇像他的弟弟，就是书店老板的朋友，通过对这个人物的塑造让波尼稍稍感到了一丝宽慰，因为每次写到这个小说人物的有关章节时，波尼都像是在与他弟弟对话。在波尼的记忆中，那场雨后清晨的死亡事件似乎永远也不曾发生过，或者一直在发生，每天他都会得到弟弟的一个死讯。

女打字员为波尼的写作提供了很多帮助，因为当他自己的小说写得越来越庞大、越来越长时，他需要的资料和灵感就越多。那时候波尼的写作已经"喧宾夺主"了，也就是说，他把主要的精力用于写他自己的小说而不是书店老板的家族故事。为了让自己的小说成为一部"总"的小说，他借鉴了哈维尔·佩雷斯的方式写出了很多出色的篇章。当他对哈维尔·佩雷斯有所了解，并第二次来到其故居时，曾对女打字员说终有一天哈维尔·佩雷斯个人写下的作品会有一个真正的作者。现在他如愿地成了这位"作者"。他采用了哈维尔·佩雷斯那种百科全书式的语气写下了自己最为满意的一章。在写到次要人物时，波尼有时也会让女打字员来做个替手，现在女打字员已经非常熟悉波尼的叙述腔调了，尤其是写到某个只在其中匆匆出现并且很快就消失的女性时，女打字员总能准确地找到它的语言风格。波尼在塑造女性方面是个拙劣的写作者，因而没有人能看出来这部后来被人作为伟大小说的一些章节是他当时的女友代笔的。两人在写作中迅速发展了恋情。波尼对自己女友的家庭情况一无所知，只知道她是马德里附近的人，父母双亡。但这并不妨碍他们住到了一起并且女打字员还为他生下了一个儿子，只是没多久就夭折了。

书店老板对波尼的另一部作品，即老板的家族传记也非常满意，当波尼写完其中一卷后他很快出版了这一部分。事实证明第一卷波尼就写得才华横溢，光它的开头就非常吸引人，"当木材商心事重重地推开他凌晨的第一扇窗户时，也同时打开了他命运多舛的四十年。那天风和日丽，但是树梢上有一只乌鸦在不安地跳来跳去……"很多人被这样的开头吸引住了，因而对其后情节的推进充满了期待——尽管波尼自己对此不屑一顾。但老板没有立即出版波尼已经完成的第二卷，因为这时候老板的小男友离开了他，年轻人爱上了一位前议员，或者说那位前议员包养了那名小男生并且许诺给他在官方博物馆展出他的个人作品（事后证明他只是在博物馆一个不重要的侧室给他做了一个几乎没有观众的小型画展）。

老板为此一整个夏季闷闷不乐。出版家族故事尽管给他带去了一些欢乐，销售这本书也让他的书店出了点小名，但他的感情此时却成了一块真空地带，任何人都走近不了，那个曾经充满淫冶的小公寓现在成了一块窒息情欲的墓地。

波尼很快着手第三卷的写作。春季来临，一场史无前例的流感席卷了整个马德里，波尼也病倒了，但生病让他得到机会休整了一个月。在流感肆虐的那一个月里，女打字员仍旧在几乎没有访客的故居打印那些胡说八道的文件、研究者莫衷一是的"新发现"，以及一些谁也不知道做什么用的物品陈列清单和脚注文字。波尼每天在家写作，下午近傍晚时分会去马德里河边散步——这个他刚抵达这个城市时光顾和落脚的地方，当时他夹着一根长面包、一本封面卷皮的书和一瓶水每天来这里做文学梦，当时他还是一家商店仓库的看管员，一文不名，一无所有。现在他同样一文不名，但已经有了一部正在写作中的小说，这部小说让他底气十足。有天下午他在散步的时候还在从前是皇家猎苑现在叫作Casa de Campo的公园门口遇到了那位萨拉曼卡姑娘。但彼时她已经不再是"姑娘"了，她嫁给了一位年长的剧院经理人做他的续弦，这段总体上还如意的婚姻让她摆脱了酒吧女的漂泊命运，显而易见，她也不再去组织她的沙龙，她的闺密圈子早已解体。波尼这才知道她当年失踪时的去向。现在一切都进入了一个新时代。萨拉曼卡姑娘是，波尼也是。于是波尼那一长串前女友的名单现在增进了一名新成员。那个名单上的成员如今个个面目模糊，就连刚刚见过面的萨拉曼卡姑娘，有时候还包括女打字员，现在与他住在一起的人，波尼回想和回忆起她们也像回忆她们中的任何一个人。

我非常疲惫。有时候我像波尼一样疲惫。因为我虚构的波尼进入到了他最为重要的生命周期，尽管波尼自己认为最重要的生命阶段仍旧在自己的祖国，在他弟弟投河之前，在他那些没完没了的诗歌朗诵会外加在那些无名女粉丝销魂的床垫上，在他把一支写诗的笔替换到另一支写小说的笔之间。我经常在深夜为了让被键盘敲得炙热滚烫的电脑冷却一会儿，来到阳台上抽烟，我没法让波尼彻底离开我，入睡前被那些虚构的词语一遍遍洗劫的脑袋，因而我暂时把灯关掉，把身后的门合上，然后来到阳台上。

我喜欢这个城市深夜的模样，这会让我彻底安静下来，就像我妈妈对于凌晨时分的挚爱，我觉得我现在离一切都很远了，我的虚构中的波尼，我的就在我左手边的邻居，我的作息怪异的妈妈，我妈妈的有同样怪异嗜好的公证员，我哥哥的一家，我的瘫痪的父亲和我们的继母，保安，我的同事们……这些人物也像波尼小说中的人物一样，以他们或远或近的景深构成了一本属于我的书籍。还在很多年前，我想象在我们的地球之外，有好几个同样住着有机生命的星辰，它们有的像《小王子》中举全球只有一位居民，有的白天时间只持续几秒因而忙坏了那些点灯人，有的住着热爱数字的实业家。这些星球统统都想有一天或许会有一些外星人来洗劫它们，一些高智能生物穿着神气的靴子，戴着傻里傻气的帽子来拜访他们的同类。他们都视对方为人造物，因为不能理解对方在外形上的奇异性：有的只有一条长得像吊车的钢索一样的腿，有的只是一个圆球，有的庞大无比，有的长满复眼可以看见一切事物……每一种都按其业已完成的功能长成夸张的外形,而不是像我们地球人类有着平均微弱的感官功能和智力几乎长齐了所有的配件却仍旧对无限的宇宙感到束手无策。

我小时候读过的各类科普书和长大后读的那些文学书一起拥到我跟前,它们让我对眼下这个世界,眼下这个夜晚更加迷惑。我也不想返回室内再去写我的波尼。我孤零零一个人,一直一个人。我在写一个不存在的人,一个假人。但我同时也无法判断我自己是不是真实存在的人。我自己的真实性。我,一名三十六岁的中年男性学者,生殖器短小,没有女友,有轻微的恐女症,独居,有一个同样独居的妈妈,抽烟,不嗜酒,不好美食,有很少的朋友,热爱旅游但很少出门。我实际上是《小王子》中那个唯一的星球居民,其他都是我种植的玫瑰花,他们靠潮流来繁殖,靠黑暗来照明,靠绝望来滋润,靠想象来永生,像我一样等待着其他外星玫瑰永远不会到来的临幸。

波尼是其中开得最妖艳的一朵。

我邻居有一天给了我一颗小心脏,粉红的底色,表面无规则地分布了几道褐色的血管一样的花纹,属于标准的解剖学图片上的外形。没得说,也不用问,它就是波尼的心脏,他打印出来的第一个波尼的局部。尽管先前我认为首先应该问世的是波尼的脸,但我还是接受了它,因为至少现在波尼能思考了。我想象那本伟大的书正是从这颗心脏上蹦出来的,一个字一个字,然后是一个又一个段落。它是波尼灵感的泉眼。

不久前给我们写过信的老头又给我们发来了一封邮件,因为要修改一个局部。我觉得这无关紧要,随他怎么改好了。为此我给他寄去了五百元稿费作为酬劳,老头收下了,但对我说这钱他收得不合适。收下钱这件事让我们觉得放心,至少他是一个存在的人。一个突然冒出来,对你的意图了如指掌,愿意为你做任何事又不收取任何费用,这样一个神秘的人物肯定会让你害怕的。老头没过多久就寄来了修改后的图片,另一个PDF文件。我与邻居看了都觉得没毛病,因为我们委实看不出老头改动过的地方,我想也许老头是为了来要稿费才找了这样一个借口的,而这个借口看上去还那么合理。五百元,他会不会觉得给少了?

我的邻居不久后打印出了第二件物品,波尼的手。

为此我们又花了半天来讨论这个。

我的邻居已经习惯了我每次在和他讨论完之后写下的那些关于身体部件的文字,他现在能够部分地理解我写的东西了,但他仍旧觉得这些作为一篇论文的附件并不重要。戏弄那名夜大生更是没有必要。他的认知停留在我应该像我的同事那样老老实实地做一个简单的真实的研究。不过我邻居也是矛盾的,他一方面表示不理解,另一方面却很高兴能够成为我的一个伙伴,为我打印出一件又一件的人体组织。尽管这类形式在他看来也是"多余的"。

打印波尼的手难度不大,因为毕竟手只是一件工具,在它上面显示不出人物个性。同时我的邻居还觉得——在听取了部分我讲述的波尼的故事之后——对于前期的波尼来说，大脑和心脏更重要，因为他写的诗歌，后期则是手。我邻居悟性很高，尽管他一再声称他只是理工男，文学都是骗术之类的，但他很快帮我总结出波尼在写作上的特点。也就是说，写诗主要靠脑力，写小说主要靠体力。我对他说有些天才诗人写东西简直不需要大脑和心脏，他们仿佛抓起笔（现在是敲打电脑）就能写东西，仿佛手就能思考点东西。波尼不是这样的人。我邻居在某种程度上也是用手来思考的人，不过是在另一种形式上。比方他灵巧的手能够修理出来世界上任何一个破损的事物，他对各种事物的完整性，事物的完整轮廓有着天才般的记忆。当我邻居拿到一个破东西时，不用仔细想就知道它所需要的修补材料、方法以及最后完工后呈现的模样。手是他身体里最为简洁的一个工具箱，当他使用手时，实际是在拿起或放下各种扳手、锤子、起子、刀片、勺子、钉子、筷子。这个世上还有比他的手更多功能的工具吗？对莎士比亚来说，他的手也比他的脑袋重要。莎士比亚的作品简直不像是同一个人写出来的，比方说他的《李尔王》《威尼斯商人》《哈姆雷特》，每部作品都很不一样，好像他长了十双手，每只手写一种风格。

哈维尔·佩雷斯也一样。

波尼后期也是。

我邻居觉得我这番话是在神化他的修理活计，也在神化他的手。反过来说才合理，那些工具是他隐性的手，平时他不过是把自己的双手暂时摘除堆放在那些工具箱里之后又放置到阳台上,所以当他使用起那些工具时像使用自己手这一点就解释得通了。

手其实不仅仅是工具箱。我们的手上还有我们的整个命运,我们握着掌心那些貌似杂乱无章的纹路时就像一张掖着秘密的人生示意图:中间那道通常都不太长的线显示了我们的智商和才能,是否具有某种写作天才或是否具有某种修补技能我们无须挣扎,都在那儿标着呢;被叫作健康线的那道沟槽则提示了我们能活多久,是否像我曾外婆那样长命百岁,还是像波尼书店老板的一样年纪轻轻就被恶疾带走;我们的事业前景也在手上画着了,比如我在文学和学术上一事无成以及我哥哥拥有一家生意红火的药店早已是命中注定的事。甚至像我妈妈那样在六十多岁的时候会结交一个时差同样怪异的知己都在她出生的那一刻写在她手上了。手上有我们的路,我们的痕迹,我们的未来。它提示我们活在这里每一个人都有方向,有能力,有期限,有容量。它也是我们的寻宝图,但终点不是宝藏而是肉体的最终消失——不过到了七老八十,死、消失、离去、抛弃才是我们真正的宝藏呢。我们分明知道一切,但仍会沿着那些越变越细、越变越乱的线路走啊走,从虎口一直走到手腕。

当然,在我与我邻居看来,手还有另一个让我们难以启齿的功能。我们不会直接说出那个词。事实上我们之前有好几次类似的谈话都快速跳过了这个词,尽管我知道在生活中我邻居不得不靠这个来度过他的身体危机,在浴室,在水中,我邻居不可能错过尝试他的肉体所能创造的奇迹。我有时候也想干这件事，可是我害怕我的生殖器在我的注视下丑态毕露，久而久之，我就失去了这部分功能。手是移动的性器官，手淫是性活动的简易版，临时、快速、非正式、孤独——当一个性器官与另一个性器官接触时，它们是穿礼服的婚礼；一只手与一只性器官在一起时则是一次便衣苟合。我记得马克·吐温曾在书中写道："对孤独的人来说手淫是伴侣，对被抛弃的人来说手淫是朋友，对年老的和阳痿的人来说手淫是恩人，对那些不名一文的人来说，他们还是富有的，因为他们仍然有这个宏伟的消遣。""作为一种娱乐它是短暂的，作为一种工作它是十分令人疲乏的，作为一种公共展览它赚不了钱。在上流社会它是不适宜的，而在有教养的社会里它早就被驱逐出社交平台了。所以，总而言之，我要说的是：如果你一定要在性生活上下赌，不要单枪匹马地干太久，当你发现在你的身体里发生了革命性的暴动时，让你的旺多姆以其他的方式——至少别用手卧倒。"

手总是让我想到这些。当然，波尼显然不会用他写诗的手干这个，波尼身边从不缺女人，有各种女人排着队等他去操她们——在他还生活在自己祖国时。至于后期，也即他到了西班牙后是另一回事了。因此我与我邻居更愿意打印出来的这只属于波尼的手专事写作而不事其他的功能。

我邻居在这方面的羞赧程度仿佛一个刚跨入青春期的少年。联想到他不久前被一个即将出浴的成年女性裸体吓成这样，不公开谈论这个话题、这个词我完全可以理解。不管怎么样手淫是有危害的，不过它真正危害的不是使大脑疲劳、使精液损耗、腹泻、呼吸失常，以及将性欲非社会化这样简单，而是会让我们觉得这个世界最美妙的感觉只是一些机械运动并且不需要对象的真实存在。由于我们自己能够解决问题，我们就不再是任何人的偏旁和字根，我们自己能和自己交配，我们自己能解决自己的孤独问题，我们如同精准的机器，可以朝着有用的目标进发，扰乱我们的视线、吞噬我们时间的爱情和性吸引再也无法将我们从工作台上夺走。手能导控一切，如此一来，感性的身体在今后就再也不会成为我们的敌人了。

我邻居对此无话可说。我知道这类话题如果说多了还会让他产生一种误解，也许他以为我是个同性恋。我只能在写波尼的文章里对波尼和这个词说三道四，只能在我作为附件里的《身体的隐喻》部分胡言乱语。既然我与邻居已经建立起一种舒服的合作关系了，我邻居此后每隔一段时间交给我一个波尼的器官就行了，在最后一天，也就是波尼最后一个必需的器官或部件打出来后，我们就可以拼接组装波尼，让波尼问世了。现在我只能将我邻居的档案馆想象成一个原伊甸园，一所未来的造人实验室，一个诸如《摩诃婆罗多》里诸神汇聚的地方，那里的神无论用什么材料都能轻轻松松地变出一个人来，或者一条鱼、一件兵器、一个手杖。《山海经》里的女娲用飞溅出来的泥巴都能变成无数的人来，那些都是下人，像我这类既无显赫身世也无地位的人，我邻居这类孤单的体液恐惧者,波尼这类热衷于写作的漂泊者,我哥哥一家和我妈妈,我父亲和他伪善的第二任妻子,保安……都是女娲手里的"下人"。

我这段时间写下的随笔是关于心脏和手的:

心脏

现代科学已经证明心脏的职能是建立在一个严重的误解上之的。心脏既不是人们在死亡之前最后关闭的一个器官,也不分泌爱液。它实际功能非常平庸:为其他器官运输血液。有点像轨道交通的调度室。

我们却在它身上浪漫了太多的谀颂之词,我们以为它是个控制中心,还以为它大部分时间效劳于罗曼蒂克,我们还以为它是灵魂的房子,现在,一切真相大白。它不过是一坨丑陋的肉。

手

我们曾经以为,人光有肉体是不够的,一定还有一个更加高级的东西,在我们的身体死了之后,可以被上帝带走,因而,它必须是轻便的,就像气体。我们还以为,既然世界是永恒存在的,本着我们有着喜新厌旧的本能,那么,灵魂可以与人类脱节,在它再次复活时,它可以附身在一朵花上，一棵树上，一只夜莺身上的羽毛上，一块岩崖上，形式多元化，甚至，它可以不再有实体。但是，当它与我们人体结合时，一定是有处所的，就在身体位置最好的心脏那儿。而且心脏的模样大致上也配得上它，心脏外形优美，非常适合于抒情和绘画。

　　手这么有用，我们的身体却没有让它长上那么多，因为节制是世间最后的一条原则。况且，手代表着向外，获取，运动，而我们必须留给身体以安静的时间，修补的时间，沉思的时间，手就是我们向他人、向世界伸出去的触角，当我们的手向外摸索时，我们的大脑就不会向内绵延。在人体这架平衡器上，物理上的运动与心理上的运动永远是定量的，当这头太高时，那头就会低下去。所以隐修者希望藏起自己的四肢，他们十年如一日地坐在山洞里或者大漠中，为的就是能让另外那些看不见的四肢去往人类思考所能抵达的最远的大陆。

第十四章

不知读者是否记得我妈妈曾造访过的那位女同事和她的弱智儿子。话说这年冬天弱智儿子去世了，这实际上我妈妈同事和她丈夫盼了很多年的结局，也是她丈夫晚上临睡前都会想上一遍的画面。将育儿这件事娱乐化早已是过去时了，现在他们的身体一年不如一年，无法再用任何大号的轮椅或者婴儿车把他推出去散步了，儿子随时随地手淫这个怪癖也让他们抬不起头来。终于有一天早上起床后夫妇俩发现关押他的那个大笼子最终成了他的墓地。傻儿子双眼紧闭，牙关紧咬，一声不吭地平摊在床上。紧握的拳头意味着昨天晚上某个时刻这个傻小子经历了一番挣扎。他太庞大了，没有人帮忙他连翻个身都不可能，因而他们怀疑他也可能不知道自己将死，也许征兆还没显露就死了，他体型那么大，任何动静从一个部位传输到另一个部位都需要一点时间。假设血液在大脑部位堵塞了，因为体积大，路径复杂，上半身可能已经死得没有知觉了而循环血管还没到达他下半身的脚趾头呢。不过显然最后是体重给了他心脏致命的一击，因为他嘴唇发紫，脸上也发灰发紫。夫妇俩之前从未想过要帮他减肥，他们只想让他站起来，让他能走出家门，就这样，年复一年，日复一日，他身上的脂肪越堆越多，最后那些脂肪把他整个人裹了起来。

但不妨碍他分泌旺盛的性激素通行它正常的渠道。

我妈妈听说后和她的同事邻居，以及其他认识我妈妈同事一家的熟人一道长吁了一口气。这对我妈妈的同事来说是一种晚到的解放，那些年她与丈夫推着车子带他去各种地方旅游为的就是让他早早享受完人生后拔脚走人把剩下来的时间还给他们，没想到他活了一年又一年。现在终于走了，他们却也年过六十了。这点我妈妈早就想到了，我的意思是说，早在我妈妈去他们家参观那个大笼子之前她就弄明白了这种关系，是他囚禁了他们，而不是他们把他关在一个房间里，关在一个大笼子里，或者说他们互相囚禁。我妈妈于是庆幸她没有生下这样的孩子，不管他们如何拿他与我相比，至少我健康着呢，尽管我妈妈同事和其他人一样怀疑我是个"二尾子"，在某种程度上玷污了我妈妈学校整个"文二代"。

我妈妈另外一个同事的女儿，就是被我们称作"怪胎"的那个女孩，小时候总是在寒风中被挨打和罚站的人，后来嫁给了一个家电商场的电器维修员，之后离婚，然后再结，然后再离。现在带着一个女儿自己过。女孩的父亲，也就是那名退役军官后来中风，她母亲在丈夫中风后其冷漠和失望变本加厉——一直到一年前两人在一次去医院的路上死于一场车祸。

我妈妈永远不会是学校女老师中过得最差的一个，永远不会，尽管她之前一直这么认为。因为她四十不到就离异带着两个未成年的儿子，像一辆行驶中的磁悬浮车快速度过了她的后青春时期，而现在她终于长吐了一口气：有人过得比她还不如——有人死了个傻儿子，有人有个离异多次的女儿，自己还与丈夫早早死于车祸。我妈妈并不像我们看上去那样没心没肺，多年的言情小说的熏陶让她容易迷失在这类生离死别的境遇里。因而有一阵子我妈妈非常消沉。她的同龄人现在正在慢慢退场和谢幕，很快会有越来越多的人离开，而她却拜打了盹现在醒来的命运所赐，变得越来越好。我妈妈于是一改过去闭关自守的脾气，给弱智儿子刚去世的女同事打了慰问电话，还去数学老师生前居住的地方做了一次拜访——数学老师退休后也像我妈妈那样销声匿迹了，她住过的房子现在也不存在了，因为她与丈夫最后居住的那个小区拆迁了。弱智儿子去世的同事在我妈妈的慰问电话之后邀请我妈妈上门去吃饭，因为她想让我妈妈看看笼子清空后的家，实际上她想向我妈妈展示的是她刚刚拥有的正常生活。

但我妈妈却谢绝了。

我妈妈那些天在自己的日记里反复写的是这样一句话：生活要是想继续作恶就到此为止吧。

她的意思我不懂。

也无须去弄懂她。

反正她有她的生活和她自己的原则。

她那些心得越写越长后,她开始变得有点儿喜欢社交了,之前我说过的那几次主动问候保安和邀请我哥哥一家上门以及给她上述同事主动打电话,以及对去世的数学老师故居的拜访都是这方面的表现;其次,正像我前文所说,她需要给她次日将写的东西增添新内容,因此在写作中她变得越来越像个记者而不是作家,她对事实开始有了浓郁兴趣——心情就那么几种,事实却无限。她带着这样的认知不但缠绵地回访了自己的记忆,主动联系了一些老熟人,给他们打电话以及邀请她打电话的对象上门来做客,还在路上主动会与随便碰上的什么人搭起话来,甚至于给那位在老年大学教写作课的老头也打了电话。不过我猜想我妈妈是想向他炫耀她的写作成果而不是为别的。我妈妈打心眼里瞧不起老头写的东西但却急于寻找同行,并千方百计地制造文字方面的交流机会。在这点上她永远不会想起实际上我们这个家中还有一个文学专家,如我,一个离创作甚至很近的儿子,一个在研究一个真正但是不存在的作家和熟读过中外许多文学专业书的学者……她绝不会郑重其事地与我探讨起写作来的,至多炫耀式地向我朗读她写下的一些章节。而我也假装对我妈妈的这些"文学活动"或者文字活动轻描淡写,假惺惺地夸她几句,之后就找机会把话题岔开。我有足够的资本评论她的文字,我比工会主席更知道真正的写作技巧在哪里,我甚至能根据所掌握的文学理论在短短一个月内写出一本教这个世界的二三流作家如何创作小说的书。我有这个自信。但我志不在此。背着我,我妈妈于是真的虚心而不是假装地在电话中向那老头请教了一些问题。我妈妈一方面鄙视他自费出版的那些不入流的书，另一方面对他传授的那些实用主义的写作技能却奉为圭臬，比如，如何在一篇文章中掌握抒情与叙事的节奏，如何对一朵花抒情等俗气的写作技巧。当然，我妈妈真正的知音永远只会是那位公证员，尽管公证员写的东西干燥得像一坨屎，只比正式的公文好那么一点点，因为有一个"我"的主语，我妈妈却读得津津有味。然后，突然，有一天我妈妈冒出一个绝妙主意，她要把他们两人写的东西整合起来出版一本名为《夜晚和凌晨》的书。我妈妈为这个书名兴奋不已。因为这个"夜晚和凌晨"只为他们而存在，是他们两个人的"夜晚"和"凌晨"，当其他人类因为疲惫、懒惰、欲望、逃避、疾病、绝望或诸如此类的原因进入睡梦之城时，是他们两个在看管那些次要的时间——夜晚和凌晨。他们两个，一个三点钟才睡觉的人，一个三点钟就起床的人，小心翼翼地守在我们的时间边上以免它中断。时间在白天是熊熊燃烧的烈焰，而到了深夜和凌晨却只有一点点小火苗，因而我妈妈和公证员围在它边上要让它生生不息，他们把那些小时一个个地拔亮，之后把分钟一个一个扔进火堆，最后更重要的是要让那些小得不起眼也不那么经烧的秒烧得更透彻更明亮。尽管这样，时间的火苗也非常微弱，因而有些人宁可进入梦乡，不管它们是否能照见他们的身体，反正只要到了第二天他们就能看到明亮的多得简直用不完的时间。他们永远不会知道夜间和凌晨发生了什么，永远不知道在某些夜晚时间甚至可能中断，如果没有我妈妈和公证员两个忠实而勤勉的看守员，微弱的深夜和幽暗的凌晨可能就衔接不起来了。

但我妈妈没有很正式地与我谈起这本想象中的书和她出版这本书伟大的初衷。

我妈妈只是从她的假想中汲取营养，然后继续奋笔疾书。她的日记越写越多，越写越长后，其数量几乎可以媲美一位专业作家了。公证员也觉得自己已经爱上这个勤勉的写作者了，反正他也是单身汉，于是他有一次吞吞吐吐地暗示我妈妈，用他那几乎全由动词组织起来的文书般的语言向我妈妈委婉地抒情和申述。我妈妈一口回绝了。我妈妈的意思是，如果两个人走在一起，势必会把入睡时间的差距越缩越小，久而久之，就不再是一个三点钟睡一个三点钟起，可能两个人都深夜三点才睡觉，或凌晨三点就起床，甚至有可能发展到一个最坏的结果，两个人都和其他人一样十点多入睡，早上六七点钟起来。这样一来，就没有次要时间的看守人了。

我妈妈满脑子感动人的想象，好像真的有人给他们一个使命，让他们看管夜晚和凌晨的时间，好像他们必须一个要在三点钟才睡另一个三点钟就起床，时间一久，我妈妈竟忘了自己为什么会养成这样一个要到两三点钟才睡觉的习惯。没有一个医生认为我妈妈是一个称职的失眠者，因为她的睡眠时间是足够的，尽管每天早晨五六点钟会没有来由地醒来一次。医生们众口一词，给她开的一个药方是假装自己生活在另一个时区，那里的人就是在我们这里的深夜才入睡的。一旦这样想,早晨还是晚上入睡又有什么重要意义呢?我妈妈身体各个指标都很健康,尽管围绕在她令人不可费解的"时差"周围,我与我哥哥一家吃尽了苦头,尤其我,每次回家我不得不跟随她怪异的作息时间表安排我少得可怜的假期时间。我也因此只能在家里待个两三天,忍耐极限一到,我就买上车票返回我自己生活的那个城市。我妈妈也没有真正想过如果她真的和公证员成为一家人了两人过日子的方式会怎样。是否得把其中一个房间叫作"夜晚",相应地,另一个房间叫作"凌晨",前者是我妈妈统治的国度,后者是公证员栖居的王国。每天晚上八点一过,两人就得在客厅里客气而隆重地告别,就像是去远方,先是公证员跋山涉水去他的"凌晨"房间,之后是我妈妈,三点钟,准时地把睡衣穿戴完毕进入自己的房间。"夜晚"与"凌晨"离得这样近,却没有让他们有亲近感,反而孤独加剧,因为一个是往这个方向去,一个是向那个方向走,地理上近了,时间上却远了。当公证员三点钟起床去外面进行他例行的散步时,他有种我妈妈和全世界人背叛他的感觉,而当我妈妈在深夜为迟迟不来的睡眠焦急等待时,她也有一种被公证员和其他人抛弃的感觉。

因而我妈妈坚决认为他们不能走在一起。

一切只存在于书写中,一切只存在于未来那本书当中。

第十五章

  波尼最初并没有打算娶打字员,尽管打字员帮波尼了完成一些次要人物故事,在某些时候还帮他提升了他们在书中的重要性,但波尼却畏惧平庸犹如梅毒,文字间平庸和优异的交媾会让前者变成危险的感染源而不是相反。要知道波尼在自己的祖国是一代人中的佼佼者,尽管他承认弟弟实际上比他在诗歌上更有成就。

  在书写中使用语言犹如国王差兵遣将只是一种普通写作者会有的感觉,天才们创作作品却反过来,是文字如同国王般在差遣作者,因而在波尼状态最好的时候他甚至都不知道是谁写下了那些文字,尤其在他早年创作诗歌时。他想制服让他写下这些文字的那股神秘力量,可往往等他行动它就已经跑到前面去了,它跑得那么快,连影子也捕捉不到,因而在写得最好的时候他经常一头雾水,好像被他的灵感粗暴绑架了。他很难向打字员解释清楚这种感觉。在打字员的写作经验里从来没有遇到过这种情况,每次她都是在自己的脑袋里耐心而费力地打开那部字迹模糊的字典,然后不厌其烦地为打字机一个一个去找合适的词。她能够清晰地看到自己的大厦是如何一个字一个字堆叠起来的,带着一种肉体可及的速度慢慢往上升(而不是波尼的一蹴而就)。波尼因而害怕她那种工匠般的迟钝和认真劲儿把他给传染了。在他之前认识的众多文学女青年中,很多人比打字员有更高的文学天赋,她们有的六七岁就会写诗了,有的二十岁之前就已经出版过随笔或者小说了,不幸的是她们中大多数一旦征服了周围某个男作家或男文艺评论家就向缪斯缴械投降,或许因为缪斯是女的,从来都只青睐和吸引男性作家,她与她们一样同为女性,因此彼此之间没有很强烈的吸引力。性激素的淫威在女作家和女诗人身上更容易得逞,一旦被它折服,她们就不得不扔下写作这件贴身内衣向情人或者家庭垂首。

打字员甚至不用扔掉那件本来就吸引不了几个看客的文胸和内裤。因而她乐得给波尼生孩子。第一个儿子几天后就夭折了,没过多久她又怀上了第二个儿子。但第二个儿子的命运相似,在活过兄长几天后那个着急的家伙找了一个伤寒的理由就离开了这对悲伤的夫妇。生孩子这件事给才能平平的打字员一块写作上的遮羞布,经过这两起未遂的生产事件之后她无须正眼打量自己的文学事业了,她可以安安心心地为波尼整理书稿,以助手的身份帮助波尼整理书店老板的家族故事,后来当她彻底熟悉波尼的风格之后,就完全代替波尼成为那本家族故事第二卷后半部分和第三卷的作者。书店老板和大部分读者一样,根本没有读出个中差别,他们赞赏书中大段细腻的景物描写并认为它胜过对人物的精致刻画,殊不知那正是打字员的杰作,细心的读者如果从第一卷就开始留意的话会发现这些篇幅多到几乎没有节制的景物描写正是从第二卷后半部分开始的,带着浓郁的被训练过度的拘谨的随笔腔调,让读者在过于密集的故事叙述中得到了舒适的休憩。

于是波尼娶了她。

举行婚礼的那天书店老板和书店老板最要好的几个作家好友都出席了,包括打字员早年服务过的那名老诗人,但老诗人的摩洛哥女人没来。打字员的写作朋友也来了两个,波尼开地下旅馆的朋友也送来了一份微薄的贺礼,还有曾在波尼和萨拉曼卡姑娘的沙龙上露过几次面的木材商,不知道他怎么知道这事的,并且还打听到了波尼和他新婚妻子举办酒会的地方——波尼与他说过的话加起来甚至不超过十句。婚礼的出席人员就像散落在马德里不同地方的时间坐标,将波尼在西班牙的这五年时间串联了起来。在婚礼上,波尼朗诵了他弟弟早年的一首诗和自己最得意的一首,那是他从记忆中抢救出来的众多诗歌中的两首,他没有朗诵自己正在写的小说,因为他对自己写小说这件事目前没有太大的把握,他从前写的那两本书,那两本曾为他带来一笔数额不菲的稿酬和零荣誉的书现在正慢慢竖成了两根耻辱柱,那两根耻辱柱还经常想成为他的脊柱或者脊柱的一部分。杜绝这类事发生最好的方法就是尽快完成手头正在写的这本书。波尼还记得两年前那个从他窗户边跌落下去的天使的痛楚的脸,那对羽毛稀疏的翅膀，那两块铺在肩膀上黑洞般的阴影。现在，他确认天使已死去。他不再来找他了，或者他和其他的天使一道只是返回了天庭。他发现这里的人们并不欢迎他，这里的人们习惯把忧伤定义为疾病，把自由定义为野性，把敏感定义为焦虑，把身体上欢愉的简陋茅房定义为终极的幸福的宫廷。

这里没有人真正热爱写作。除了波尼。

波尼第一次意识到在他所阅读过的作家作品中，哈维尔·佩雷斯才是一枚真正的"病毒"，并非自己那写作能力不出众的新婚妻子，那名打字员。自从第一次与打字员（现在成了他妻子）认识并读到哈维尔·佩雷斯这个名字后，它带着它那些真真假假的传说就再也没有离开过他。它离他那样近，忽略它几乎不可能。在一周五天去那栋写着这个名字的"故居"去上班后，白天妻子会用敲打过"哈维尔·佩雷斯"这个名字的打字机给他打印他书店老板家族故事的手稿，晚上用打过"哈维尔·佩雷斯"的手指给他做鹰嘴豆香肠汤，用抚摸过"哈维尔·佩雷斯"这个名字的手把他身体的一部分放进自己的身体里，就是入睡也会用被"哈维尔·佩雷斯"这个字摩擦过的嗓音说出梦话来。于是"哈维尔·佩雷斯"这个名字就这样深刻地镌入了波尼的生活里。当然，哈维尔·佩雷斯对波尼构成如此巨大的吸引力还有以下几点：一是哈维尔·佩雷斯多面手式的写作方式，小说、诗歌、游记、散文、戏剧几乎没有他不能的，简直是一部万能的写作机器，堪比波尼崇拜的另一位不可能的作家莎士比亚。二是哈维尔·佩雷斯在现实世界虚假的存在方式。没有人知道他在哪里生活过，具体出生在哪一年，在哪一年去世，却又被任何人"知道"。人们甚至为了证明他的存在去发明很多证据或者伪造一些手稿。三是哈维尔·佩雷斯还是一位失踪作家。这一点目前已被证明是确凿无疑的，因为所有的研究者，不论是研究他的戏剧作品，还是研究他的诗歌，抑或研究他的游记，都公认哈维尔·佩雷斯最后"不知所终"。

就像波尼，他在自己的祖国就是一名失踪者。

对看管哈维尔·佩雷斯故居的打字员——波尼的妻子，哈维尔·佩雷斯却没有这样的魔力。"哈维尔·佩雷斯"这个名字对她来说就是一个工作单位的前缀词，没有它，没有波尼嘴中的这个不存在的人，她就不能从博物馆财务那儿领取生活所需的薪水。尽管各种神化哈维尔·佩雷斯的档案资料让他声誉渐隆，无所不及的关于哈维尔·佩雷斯档案自身就形成了一座百科全书式的图书馆，她对哈维尔·佩雷斯只有着一种节制和拘谨的热爱与尊敬。不过，不管怎么样，当她在打字室敲打那些文件材料时，只要有热心的游客过来询问这位已逝作家的任何信息，她都会竭尽全力地放下手中的活去帮助他们。

因而波尼的小说中渐渐地有了一种神秘的东西。最初他的小说不过是一个家族故事的虚拟版和扩大版，随着哈维尔·佩雷斯在他心里的发酵和成长，随着妻子带回家的日复一日的哈维尔·佩雷斯气味越来越多的积聚，他的小说渐渐变得面目模糊起来，从哈维尔·佩雷斯这个名字所汲取的养分让他的小说变成了一个博尔赫斯笔下的"阿莱夫"——可以将宇宙所有的空间都包罗其中，体积没有按比例缩小。在这个小说中，每一件事物和每一个人物都是无穷的，可以从任何的段落、从宇宙的任何角度清清楚楚地看到。那是一个失去了轮廓和结构但是无限的小说。在这个小说中，波尼曾经生活过的那块业已丢失的大陆上所有的诗人的精魂、幽灵、神祇、恶魔，另一片大陆上的那些荷马、熙德、维吉尔、但丁、叶芝、塞万提斯、莎士比亚们，那些浪漫主义、启蒙主义、写实主义、表现主义、现代主义们，那些鸡奸者、吸毒者、SM者、自恋者、屠城者们，那些押韵、隐喻、象征、排比们，全部跨着凌乱而紧致的步子来到了他的小说中。波尼再次觉得自己的手少得不够书写，认识的字母有限，不够拼读更多的词汇，才刚刚写他就从小说开头看到了小说结尾的最后一个字，看到了所有在那些传统小说中被人称为次要人物的所有脸部，看到了栖落在人物身上的所有维度，看到了所有笔画所经过的所有拐弯，看到了所有句号中所隐藏的另一群句号……

波尼明白，这才是真正的小说该有的样子。

或者说，这个世界上其实只有一种文学体裁，这种体裁就叫小说。

我生了一场病。

我不知道是不是与波尼有关，是不是波尼写作上的疯狂传染到了现实生活里的我。起初我只是反胃，吐了几次，但每次都只是痰不像痰、口水不像口水的东西，之后我发现这也不是什么痢疾，就是一整天想吐。我也吃不下任何东西。第二天我开始发高烧，症状很奇怪，全身疼，骨头痛，吃不下东西，连咽一口水都难。到了第三天我仍旧滴水未进，整个人乏力得连步子都迈不开了。可想而知整整三天我只在床上干躺着。我脑子里连半个波尼的影子也没有。一想到波尼我就像是想到某种油腻的食物，紧接着开始想吐，我启动了人工驱逐波尼程序——不去想我生活的这部分，也就是我的工作，我的所谓的研究课题，我的假作家。但读者们知道，你越是意识到你在回避某些事物，实际上你越无法摆脱。就这样，在回避和不能忘记的折磨之下我也没去邻居家串门。我有时候想，会不会我邻居某些时候也像我一样，其实对我经常去骚扰他有点不耐烦了，像他那样较真的人难道真的会对一个不存在的怀有这么大的兴趣从而将对他肉身的塑造视作自己的新追求？

我在阳台上坐了两天。身体稍稍恢复后，我在阳台上读了两天的《追忆似水年华》。那是我最喜欢的书，每次我都把它当成我的另一个现实来过，每次当我对自己的生活万念俱灰或者对某种具体的观念失望厌烦时，我就去书里过几天。那个平行世界有治愈的作用。看书对我来说也是一趟最为物美价廉的旅行。尤其是这本书，每次读它都像是去一个新地方，或者说一个新的星球，这个星球上每一样事物又自己另外构成一个新的星球体系，这些星球与星球体系之间还彼此映照、彼此转化，是一个真正的无限世界！犹如另一个"阿莱夫"。这是普鲁斯特的厉害之处！波尼做不到！我所炮制的波尼可能是赫尔德（德国哲学家）嘴中的"文学沙龙里的一位舞蹈教师"，姿势标准，身体活跃，但是没有内心（或说内心不独特）。波尼是伏尔泰启蒙主义花园中那种用各种博闻强记的知识、主义、理论雕凿和塑造起来的百科全书般的活死人。但这不正是那名夜大毕业的领导所要的榜样吗？他要的不就是某种原则和规律吗？他就是要一个可以被数学化的文学世界！他与其他文学官员一样，对文学中的形式化、对称性、均衡性和明智性有着格外的偏好。同时，在那些文化官员看来，所有的美德和天才方面的才智都应该是有兼容性和普适的，美德可以在任何人中间通用，而天才也像数学公式那样只要正确掌握就可以达到，应用和抬升我们这个世界的智力水平。换句话说，一个人要是能把普鲁斯特作品中抒情与叙事的段落比例、主要人物与次要人物的比例、窗帘等细小事物在书中被提及的次数、玛德琳蛋糕这个名字出现的频次、性错乱者在小说中的几种表现形式等清点清楚，让它形成一种方法和技巧应用起来，再愚蠢的文学习作者都有可能成为文学大师。

这样想可能都抬高了那名夜大生。

我的某些研究员同事就是干这一行的。我是说，他们就是某种规律和体系的爱好者。我最好奇的是我那位研究亚历山大图书馆的部门领导，为什么他不和我一样索性放弃事实去研究虚幻之物？与我的波尼相比，亚历山大图书馆更像是一个虚构之物，因为它好几个世纪前就被一场大火焚得尸骨全无了，留下来的全是貌似无稽之谈的传说和奇闻——尽管它代表了人类妥善保管我们自己文明的一座高峰。同事走的是与我完全相反的路径，他的其他国家的同行也是这么干的：他们搜集真证据去证明假事实；而我创造自己的假证据去证明一个假作家——我的波尼从开始就是个骗局。

我与我邻居所任职的单位本质上也都是一样的，档案馆是保存和保管已发生过的现实，我就职的研究所是收集、评价、分析已发生过的事实，并把它们抽象出来成为某个系统和某种理论，原则上我们是他们的上游。此外，我至今还在想一个问题，如果多年前那名大学招生办的工作人员不弄错我的档案我会不会去研究外星人或者某种分子生物学，抑或量子力学？甚至去建造一座真实生活中的亚历山大图书馆？我当时同样对建筑设计之类的领域感兴趣。我本来平衡得很好的理性和想象力因为那名招生办事员的工作失误不得不此消彼长，现在我往另一条路越走越远了，我踩着想象的溜冰鞋在虚构的悬崖上等着下坠，但我没能成为一名我妈妈想要的作家，没能成为波尼和波尼的同行，我甚至没能成为像我妈妈那样的对言情文学情有独钟的文学爱好者。我成了一名伪人制造者。

康复后我去了一趟单位。我把波尼的研究成果梳理了一下，然后提交了这个年度的研究总结报告。发现我写的几乎是一部传记，配上那些身体部件的隐喻文章，尽管不伦不类，但至少可以充字数。不会有人注意的。不会有人读我的研究成果，也就是我的所谓著作，如果我的编辑也是个混日子的货色的话，他（她）可能几乎不会看稿子，因为通常情况下我们这类书只能通过合作出版的方式面世，我们写书由项目经费支付一切费用，出版社给书号并负责把印好的书送到我们手里。尽管在国家图书馆系统里可以查到我们的著作，但不会有人读我的书，哪怕是一名真正的文学爱好者。不会有人能透过我戏谑的方式读到那些对他们真正有用的东西的，就像不会有真正的驴友将卡尔维诺的《看不见的城市》当成一部旅游指南，不会有福楼拜的粉丝把《福楼拜的鹦鹉》当成福楼拜传记，抑或一些自然爱好者或博物学家把这本书买回家来充实他们鸟类学书架。同样的误读还会发生在《哈扎尔辞典》和《米沃什词典》这两本书上，谁真的能通过那些词条去认识哈扎尔那个假地方呢？沿着米沃什的那些字母去的也只会是他黑洞般的诗人的记忆库，他的一旦肉体消失就会全部带走的矛盾的私人王国。阿兰·罗伯·格里耶的《纽约革命计划》对我们来说是个彻头彻尾的诡计，如果历史爱好者试图从中找到一些因果论，或者革命启示，或者对纽约这座城市感兴趣注定要对这本书失望。《2666》更为离奇，全书没有出现过一次《2666》，没有人知道这个数字是什么意思。如果有读者提出作家曾在他的另一部小说《护身符》里提到过2666年的坟墓，也不能证明作家为什么要把这本书取名为"2666"以及《2666》在这本书里的意思……作家们有时候就是一群淘气的孩子，并非每次都会认真地对待自己的读者，他们经常以诡计的方式来戏弄那些不开窍和缺乏耐心的读者。像我这类甚至都算不上是作家，只是一个一文不名的文学研究者就更有理由去捉弄一下读者了，反正不会有人读我的书，至于捉弄那名夜大生则几乎是我不可推卸的使命——为什么从古至今一直会有业余者混入我们专业队伍充当我们的领导决定我们的学术和作品命运呢？当然，不仅学术圈如此，作家队伍也是如此。我宽裕的研究经费里还包括了给我邻居做各种打印试验，因而实际上我邻居与我已经组成了一个绝佳的制假团伙：一个在文字上造假，另一个在形象上造假——只要把波尼打印出来，没有人会相信他是个假人。波尼不是"假"，而只是失踪了，而失踪的理由是因为一个真人无法在假世界生存。

在我们这个假世界，假有各种各样的形式，假和不存在有时候可以画等号——我们如何仅从存在这件事上去证明事物的真假，我们又怎么证明存在和不存在，或真存在和假存在呢？哲学家休谟就问自己是否真的有一个客观世界，他的答案是否定的。因为他无法用逻辑去推导，比方说没有任何方法可以论证桌子的存在，没有任何方法可以证明自己正在吃一个鸡蛋或喝一杯水。在这种情况下，我们就只能把存在当成一种信念接受下来，出于一种信念我们相信我们眼前存在的世界是真的。但这个真世界里有很多假东西：假大学生和假专家，如那名夜大生领导；假父亲，如我们的父亲；假男人如我妈妈同事的那名一直在笼子里靠自慰想象母亲之外的其他女性的儿子；假艺术青年，如轻易就改变理想的我哥哥；此外还有我妈妈的假小说——言情小说；公务员的假凌晨和我妈妈的假夜晚——不是用来睡觉的；我那些同事的假出差……因此我邻居与我一样对造假这件事理直气壮，尽管他自己也是个前假丈夫。

我自从生病后就没去找过我邻居，我把波尼的汇报材料交上去后去了趟医院。我仍旧觉得胃部不适，尽管呕吐停止了。医生给我做了胃镜检查后对我说得注意点自己的身体了，因为我胃里有大量的幽门螺杆菌。这是一种单极、多鞭毛、末端钝圆、螺旋形弯曲的细菌，它们的栖居地是我胃黏膜上皮细胞表面。我觉得这是一种无关紧要的毛病，每个人都会根据他独特的生活方式形成自己的疾病。比方说我觉得像肝癌之类的一定是属于波尼的，他那样勤奋地写作又没有一个良好的生活环境；脾脏病是波尼书店老板的未来（我想不出他有什么特殊的生活习惯），梅毒是波尼书店老板小男友的专属，肺癌是波尼弟弟的专利（如果他活久了，因为通常肺病都是"诗人病"，尤其是肺结核），产后忧郁症一定会被波尼妻子领走（这个已无须解释了），萨拉曼卡姑娘准是子宫癌，地下旅馆老板是阿尔茨海默症……至于我妈妈他们则更是五花八门了。我妈妈患的一定是多虑癌，公证员是亢奋癌，我哥哥是变化癌，我嫂子是平庸癌，保安是热情癌，我父亲是吝啬癌，我继母是伪善癌，我邻居是冷静癌，我自己本人是造假癌。

所以我的造假癌胜过了我的胃病，在这种情况下，我胃部的隐隐不适只是一种无理取闹，尽管如此我还是给自己放了个假。我参加了单位组织的一次短假，我们单位有一家有长期合作关系的疗养院，每年春夏之交都会组织人去那里住上几天。我于是带上了几本书，一台电脑，几支记号笔，我打算四月的最后几天就在那里度过了。

不管怎么样，这是远离我的波尼最好的方式。

第十六章

我哥哥在电话里和我说的我最初死活也不相信。我还以为他说的是上次那起事件。我让他冷静冷静想好了后再跟我讲。我哥哥生气了，他朝我大吼问我是装傻还是脑残。他从没用这样的方式朝我说过话。我一头雾水。难道我的逻辑不够用？我哥哥说不光你的逻辑不够用，任何人的逻辑都不够用啊。

尽管我哥哥冲我说话的口气好像我是这起事件的帮凶而不是受害者，我还是原谅了他，因为我们俩都是某种程度上的弑父者。我与我父亲的关系比我哥哥与我父亲的更糟，我出生时我父亲就用完了对有自己后代这件事的热情余额，可想而知，他当年对我的出生抱着何种心态，我肯定是我父亲和我妈妈的某次意外事故，也有可能是我妈妈想通过我的到来拯救他们俩的关系，但这个如意算盘显然打错了。之后我又被我父亲视作我妈妈这个阵营里的一员。所以整整一个青春期我与他几乎没有交流，他再婚后就更不要说了。

也就是说，在我的观念里，我们的父亲早就死了，早就不存在了,就像上文我对读者说的,他根本就是个假父亲。但我哥哥对我父亲的死讯却还很震惊,因为半年前他们还去拜访过他,走前他们甚至向我们的继母许诺要照顾他,谁想没多久我父亲就死了。那块肉没多久就死得不能再呼吸了。

然而没有人通知我们。

我哥哥在意的是没有人通知他们。

我哥哥于是做了件蠢事,他往我们继母家里打了个电话。电话没人接,之后再打,接起来的是个陌生人——新房主。房子刚刚过户,电话号码还没来得及换掉。我父亲和我们继母的房子半年前就在中介挂牌出售了。这件事说明了什么呢?说明我父亲一走我继母也就离开了,她可能去了那几个在外地的子女家,带着她的卖房款去讨好她那些亲生的继承人了。

我与我哥哥不一样,我从没思念过那块肉,哪怕我在最后的几个月里见过它,就像我哥哥夫妇那样,那块肉没了我也不会去怀念它。但我哥哥有点悲伤。因为我们的父亲是我哥哥来到这个世上见到的第一个男人,在这么些年里,我父亲假装像个真正的父亲,之后在我哥哥他们去他新家看望他时他在轮椅上又以一块肉的形态,仍旧假装着是我们的父亲——那时他已经没有意识了。现在他死了,但在称谓上、名义上也仍旧霸占着"父亲"这个名词。

我有点理解和同情我哥哥的心情。

在我这种幼年就被科幻杂志熏陶但又有点文学细胞的脑子

里，我常以为自己是横空出世的，这点无益于我成为科学家，也无助于成为文学家，但帮助我度过了整个父爱缺失的童年和少年。我假装我没有父亲，没有母亲——我们的那个妈妈不过是一个地球自带的成年女性，神经质、爱发脾气、感性、冷淡，但又对生活有很多幻想，我们，我、我哥哥、我们的妈妈、我们的父亲不过是曾经在一起生活的四个室友，待我们成年后就分开了。在我热衷科幻杂志（比方《飞碟探索》）的那些年里我甚至以为我们只是一些宇宙实验室里的样品，一群外星人为了了解他们的古代生活把我们塞入地球这样一个陈旧而破烂的培养皿里，在某些夜晚他们为了查看我们的发育数据用飞碟把我们带走，只消用光照一照，我们就被俘虏了，等我回来后地球上已经几十年过去了——当我做的很多梦里都有这样的场景。在这类的故事结尾，回到地球的我还会发现我爸爸没了，我妈妈也没了，我哥哥成了一个又丑又小的老年样品。

我哥哥从小对我的这些不靠谱的以梦作为冠名的幻想嗤之以鼻，他甚至以为我是个脑子有病的神经病。他从不看《飞碟探索》《兵器》这类杂志。我父亲冷血动物的精子钻入了我妈妈神经质的卵子合成了我们两个南辕北辙的后代，一个用幻想来安慰他冷漠的童年，另一个用霹雳舞去祛除他压抑的少年。最后，我活得相当极端，我哥哥活得极其平庸——我们在某种程度上都超越了自己。

我哥哥由此去仔细查看了我父亲生前留下来的"财产"，就是那栋欧也尼·葛朗台如今已易主的房子。我哥哥发现我父亲走前也就剩这套房子了，我奶奶家老屋的拆迁款早已落入我们继母的口袋，这一点都不让人惊讶。我们联系不上我们的继母也在我们的料想之中。

我父亲是个空白人。类似我妈妈在她同事家"回忆"的她梦里的那个人——由透明的碎屑组合而成。我父亲的身体里一无所有，没有内脏，没有骨骼，不只没有内脏，他也没有头发，没有眼睛，没有嘴巴（他要是有嘴巴，我为什么至今回忆不起哪怕他的一句话呢？）。他没有手，因为他从未拉过我的手，我们出门时，他总是自己一个人落在后面，与我和哥哥拉开距离。他没有腿，因为他从未跨进我们的记忆。他是一个有很多"没有"的人。

我妈妈与这样一个人相处十几年真的不容易。对我妈妈来说，自从那个争吵激烈的蜜月之夜之后，我父亲就变成了一个影子，带着他那些空白的碎屑，然后有一天为了把那把喷壶偷回家，在她的那个假梦里从窗户一头栽了下去。

现在，我父亲这个空白人在焚尸炉的大火中重生了。

因为我与我哥哥重新郑重地回忆起了他。

我妈妈从来不在我们面前说起我们的父亲，因为她不想玷污她的嘴唇和耳朵。那个人的名字或者与他有关的所有称谓每次在她耳边响起都会让她变得激动，要让她从她的舌头底下强行通过那个名字那就像让她含上一口难咽并有腐蚀危害的毒药。好多年前我父亲在我们家就踪影全无了,我们家没有一件物品有我父亲使用过的痕迹——除了我妈妈,因而我妈妈有时候甚至会唾弃自己。想想看,那人连几颗钉子、一把喷壶都要往我奶奶家捎的,怎么可能有东西留这儿呢?我父亲唯一带不走的只是我们,两颗三十多年前跑得最快最勤劳的精子,现在发育成两个大男人了。

我妈妈于是决定告诉我一些事。但好多年过去了,我妈妈还是没有下定决心把那些事告诉我。后来,随着时间的推移,那些事就变得越来越不重要了。不过我妈妈依然没有忘记她还欠我一个故事。

我想我妈妈和我父亲能生活在一起的秘密肯定是在他们婚前的那些信上,尽管总共也就五六封信,但我妈妈能被打动,则我父亲肯定有一些我们所不知的别门绝技,因为当时他们分居两地,我父亲的饲料厂并不在市区,他们凭着那几封信来认识对方。我妈当时已经做好阅读我父亲情书的准备了,因为她从小就喜欢看各种爱情故事,她今天之所以能写那些奇奇怪怪的日记也全拜那些她在不同的时期阅读的言情小说所赐,拜我父亲多年前那些情书所赐,现在逻辑非常好理解了:她今天对自己写的那些乱七八糟的东西有多投入,当年对我父亲的所谓情书——也就是信——就有多沉迷。

作为一个不称职的文学研究者,我应该花点时间去研读我父亲写给我妈妈的那些信(估计这些信早已化成灰了),我妈妈写"时间"的那些文章,还有她现在的"另一半",那位公证员的日记。用我妈妈的话说,他们两个加起来就是我们的地球时间了。

我妈妈本来打算和我讲的多年前的那个吵架之夜是这样的:

在我父亲执意从一家杂货铺买了点心来当晚餐之后,我妈妈一声不吭地跟在他后面,她沉着个脸,是想看看到了旅馆后他怎么把那些廉价的食物吞下去。我父亲因为省钱得逞,根本没有意识到我妈妈正挂着个脸;或者对他来说只要在花钱这类事上依着他,他就什么脾气也没有了。因此,多年前的那个傍晚是这样,我父亲兴高采烈地拎着一塑料袋食物(可能只是几片饼干、两只包子、一瓶汽水之类的东西)讲着一个啰里八嗦的笑话,我妈妈则在想"完了,完了"。她当时脑子里冒出的就是这几个单调的词——由于气愤,我妈妈的大脑删繁就简,主动清除了一些形容词。

在旅馆里,我父亲吃完那些食物后(我妈妈根本就没碰),他把带来的那根挤得已经扁得像一张纸的牙膏和一支掉毛得厉害的旧牙刷拿到卫生间去。我妈妈注意到,在他们出门买吃的之前他就已经把两根一次性牙刷收起来了,那两支迷你小牙膏也早就在他的旅行包里找到了一席之地了,最可气的是,马桶上那几张草纸也不见了,也准是在他的口袋里找到了栖居之所。因此,卫生间的洗手盆里有我父亲掉落的两根白色的牙刷毛,还有他搁在洗手盆上自带的一大块肥皂。我妈妈肚子饿得咕咕叫,可她因为刚才他拒绝进那家饮食店买她爱吃的三鲜面就发誓今晚什么也不吃了,她坐在自己那张床的床沿上,想着那碗未到嘴的热气腾腾的三鲜面里的茭白和肉丝。

让自己的新婚妻子滴食不沾,看他会怎么处理!!

我妈妈想多了。我父亲根本不介意。他才不会介意呢,他以为我妈妈真的就是没有胃口,真的就是不喜欢吃他可是从牙缝里省下来的另半个包子和几片没有味道的饼干。为此他把吃剩下的那几片饼干和半个包子收起来,卷进一张刚才包过包子的油纸里,然后装回尼龙袋。

他在信上写的那些全不见了。我妈妈的意思是,他为了把信写漂亮,阔气地动用了这么多好词,有时候一个句子甚至超额用了七八个形容词,丝毫不心疼那些词,不心疼那张有限的信纸,不心疼多写了几个笔画费了墨水,可是在这个实际的晚上,为了省钱,他连多余的一个分币也舍不得花。他刚才居然抖抖索索地拿半个包子来哄骗她,诱骗她。

我妈妈绝望了。

那天晚上我妈妈拒绝与他同房。这是他们蜜月的第一天,之后,他们还要游湖,然后坐车去爬那座著名的塔,然后参观一个公园。他们还有两个晚上,两个晚上他都得用他掉毛的牙刷,抹他那块有气味的大肥皂,偷卫生间里粗糙的手纸塞入他的旅行包,然后爬上她的床。之后——我妈妈那天晚上在床上想,今后他为了节约也会省着花他的精子,他会一个星期、两个星期、一个月、一个季度、一年才用一次他的精子,或者把那些旧精子来回再使用上几遍；然后改作两年用一次精子、三年用一次、四年用一次……他要把那些省下来的精子存到银行里，把旧的精子修补修补再接着用，他还要用银行给他的精子利息放高利贷借给其他的男人用……

完全可以想象得到，他们第二年几乎就不再有这类事了，之后一年比一年少。后来，至于我，我的降生真的是个意外呢。

第十七章

波尼现在每天能写上四五千字。打字员的帮助让他彻底从那部家族传记中解脱出来了,实际上新婚后没多久传记就完成了,现在全书共有三卷,八百多页,后面两百页都是打字员代笔的。妻子二流的写作才能在这部小说里有了很大的用武之地,长期的枪手工作彻底改变了她过去那种滥情和无病呻吟的随笔风格。她开始对写实有浓厚的兴趣了。为了继续从书店老板那儿领薪水,波尼隐瞒了他已经整理好第三卷(实际上这部分中老板信息写得很少)的事实,他声称还有一些章节需要润色,因而仍旧每天下午才去书店。老板现在几乎不在店里了,他又有了一个新男友,但没多久就分了。他仍旧记挂着画画的那个小男友。此时小男友已音信全无了,可能离开马德里去了法国,那次算不上成功的博物馆侧室的画展让他认识了一些人,然后有一天从前议员身边消失了。书店老板现在花更多的时间与家人相处,他的两个孩子,一个儿子和一个女儿一天一天地长大,儿子已经度完了他的少年期进入了叛逆期,因而深得他喜欢的是稚气的小女儿。因为这个情况书店老板不愿意波尼过早完成这部家族传记,他需要更多时间让女儿成长起来然后让波尼将她的故事写进这部家族传奇中——根据他祖父定下的规矩,只有男丁才能被正面书写和大篇幅地描绘。他很担心自己老了后儿子不能把这本家族故事继续写下去,种种迹象表明儿子目前对文字的东西没有任何兴趣,他沉湎于各类形式的游戏和体育运动,对酒吧的色子、魔术扑克牌游戏、竞技比赛他都兴趣盎然。只要波尼愿意,书店老板会一直雇用他,书店职员、写作上的助手和秘书,这三种身份任由波尼选择。作为交换条件,书店老板会协助波尼出版回忆得出来的任意诗歌,波尼甚至可以在书店里写他的新诗集——遗憾的是彼时波尼已彻底卷进了自己小说的漩涡中,诗歌的诗行对他来说只是一座精致但简陋的亭子,现在他想要的是一整座写作的宇宙花园。而老板觉得只有诗歌才是文学样式里的正角,其他都是旁门左道——老板自己委实缺少诗歌才华,不敢把自己的家族故事称作"文学作品"、一部"小说",或诸如此类的。对波尼来说却并非如此。波尼在整理过程中写进了很多没有真实发生过的家族事件,杜撰了难以计数的逼真的细节,还用诗歌的嗓音唱出了动听的晨曲和夜歌。波尼借这部家族故事磨尖了他小说的羽毛笔。老板很欣赏他的文字,但却不愿意承认这部传记小说配得上文学这个大家族的高贵姓氏。老板把散文、小说、游记、小品文、散文诗统统算到严肃文学之外的门类里,认为只有荷马,只有弥尔顿,只有维吉尔,只有熙德,只有席勒,只有雪莱,只有叶芝,只有诗人才是真正的作家。这样狭隘的文学观让波尼又激动又扫兴,一方面,这等于追认了他前三十年的生活价值(尽管他现在回想起自己的青年时光不无赧颜:以诗歌为借口同时和几个女人上床,酗酒,抽大麻,打架,找死),另一方面又否定了他现在的文学理想和那部伟大的《……》。

波尼有点小失落。

哈维尔·佩雷斯没有任何这方面的疑虑和偏见。

哈维尔·佩雷斯认认真真地写这个世上所有的文字体裁,只要这个世界上存在某种文字形式无不被他尝试过,并力图让自己成为这方面的专家。波尼通过他妻子工作的故居(或博物馆)收藏了哈维尔·佩雷斯的一部分作品。下面这些就是他那些不可思议的文字作品:

睡(短篇小说)

睡。

无题(诗歌)

吃的后遗症有:打嗝、放屁、腹泻、拉屎。

寻(格言散文)

↑ ↓ ← → ↖ ↗ ↙ ↘

α β γ δ ε ζ η θ ι κ λ μ ν ξ ο π ρ σ τ υ φ χ ψ ω

а б в г д е ё ж з и й к л м н о п р с т у ф х ц ч ш щ ъ ы ь э ю я

あいうえおかきくけこんさしすせそたちつってとゐなにぬねのはひふへほゑまみむめもやゆよわを

┌ ┌ ┌ ┐ ┐ ┐ ─
├ ├ ├ ├ ├ ┤ │ ┬ ┬ ┬ ┬ ┬ ┴ ┴ ┴ ┴ ┴
┼ ┼

《性剥削成为犯罪团伙标签。海外务工骗局让无数女性失去家庭》(通讯稿)

(空白)

《1291年,十字军东征终结。1492年,西班牙收复失地运动结束,同年哥伦布发现美洲。欧洲从中世纪渐渐苏醒过来,知识获得尊重,开始挑战传统的科学和神学教条。新教改革开始,德国神父马丁·路德挑战教皇的权威,同时亨利八世使英国教会脱离罗马教皇管制,也让英格兰在随之而来的德意志和西班牙之间的宗教战争中得以采取更灵活的结盟政策。但是，宗教战争一直持续到三十年战争，这场战争结束于〈威斯特伐利亚和约〉；光荣革命确认这个协议。18世纪后期，英国工业革命开启了机器时代，大英帝国在美洲的殖民地独立，而欧洲大陆也爆发了法国大革命，直到拿破仑发动雾月政变。1848年，欧洲各国爆发一系列的武装革命。最后的农奴制残余在1848年的奥匈帝国被废除。俄国农奴制在1861年被废除。巴尔干国家开始从奥斯曼帝国重获独立。1870年普法战争后，意大利和德国完成统一。1914年第一次世界大战爆发，1917年俄国革命，1918年同盟国战败，德意志帝国、奥匈帝国、奥斯曼帝国统治崩溃。1933年纳粹上台，之后引发第二次世界大战，纳粹德国与轴心国战败。战后以美、苏为首的两大战胜国集团在欧洲与全世界范围内展开冷战。1989年柏林墙倒塌后，欧洲签订〈马斯特里赫特条约〉。至2016年为止，欧盟包括28个欧洲国家，超过5亿人口。北约也扩大到包括俄罗斯的邻国——这是欧洲自从一世纪罗马帝国以来一体化最显著与最具军事优势的时期》

2315 6612 4772 0286 5611 9013 7316

3801 8047 1122 5890 7100 2933 5611 9013 6130 2244

0492 7111, 5566 5566 8717 9200

5611 9013 6402 9820

8309 1286 9013 6280 0034 1122

5611 5890 2315 0908 1687

夜偷走了我的心

广场上纵酒狂欢的声音

清晨,纷纷回到

我的耳朵里

辗转的床榻上

我整夜举债

(注:该作品必须借助于《荷马史诗》来阅读。每一组四位数字,即二位数字的页码数和二位数字的行距,代表一个字。)

在很长一段时间里,哈维尔·佩雷斯都像一座灯塔照亮正在写作中的波尼,哈维尔·佩雷斯那种"阿莱夫"式的写作方式极大地激励了波尼的创作,每次波尼在写作上遇到困难就会去想一想哈维尔·佩雷斯那几部不存在的书,那些格言,那些终止在任意词汇上的散文片段,那些不像诗的诗,那些以"地图"命名标题比正文还要多的文章,那篇空白的通讯报道,那篇只有一个字的小说……波尼有时候也会去认真想一想哈维尔·佩雷斯那张没有任何人能回忆得出来的脸,他的神出鬼没的幽灵般的躯体,他的可以穿透一切空间和时间的眼睛。玛雅人的神发现当我们能看到地平线以外的东西时，便往我们的眼里撒灰；希腊众神得知叙姆普勒加得斯王菲尼亚斯的视力超越时间以外后，便弄瞎了他的眼睛。在哈维尔·佩雷斯这里，没有任何一个神会成为他的绊脚石，因为他的别称就是"可能"，"无穷无尽"和一系列持续的行动。当外在的一切撞击我们，自然阻拦着我们，社会压迫着我们，道德制约着我们，艺术原则限制着我们……这一切也在给我们提供创造用的黏土。对创作者来说，创作时最好是眼中无物，没有自然，没有社会制度，没有道德原则，没有艺术规则，没有人类，没有文学，没有哈维尔·佩雷斯，没有波尼，没有我。

波尼正在写的这部小说越来越接近于哈维尔·佩雷斯本人，或者说接近于"阿莱夫"，接近于那些"'可能'，'无穷无尽'和一系列持续的行动"。目前小说唯一的读者是他的妻子——那名忠诚又天分匮乏的打字员。但打字员不能很好地理解这部书，无论从结构还是人物关系上它都超出了她的阅读经验。每次她读它都像一个平面世界里的人来到了一个让她眼花缭乱的多维世界，最重要的是——这部小说不像小说。她很难进入它的世界。这就是波尼自己声称的"真正的小说""元小说""总的小说"。它有难以计数的人物，有难以计数和任意的维度，有难以计数和任意的声腔。书中每一个句子都有其向外探伸的其他句子，书中每一个字围着它的发音还有其他的声部，书中每一个段落在结束时都有重影；至于标点，它们通往的不是停顿，而是一扇又一扇迷宫的门。

波尼小说的第一句引用了奥兹的话:"月亮、火、蛇,以及四种可以被定义为非存在的事物:黑暗、寂静、空无、死亡。"

没有人能从这句话猜测到他小说写的内容。

有一天波尼在街上遇见了一个人,那人很像自己早年诗歌圈中的一个朋友,于是波尼走过去客客气气地打了一个招呼。但那人不认识他。岂止不认识,那人还以为他是个小偷之类的角色,因为七年过去了,波尼还穿得像第一次来西班牙时那样邋遢。波尼把打字员给他准备好的西装和熨好的衬衣扔在一边,也不戴领带,他的皮鞋上不是沾着灰就是在什么地方裂开着口子。在他讨厌的词典里,西装和领带是排在最前面的两个词条,尽管他现在已经是一家书店的正式员工并且还在这个国家出版过两本半书的人,但仍像是个一无所有的刚刚登陆的偷渡客。在写作最投入的时候,波尼怀疑自己是一个具体的人。他的一半在这个有形的世界里,另一半在我们看不见的地方。写得越多,他的具体性就越少;每多写一个字,身体里的肌肉就会抽去一根纤维,血管会变得更细,影子变得更透明……他就是这样消失在自己的小说里的。那天他在街上走的时候想他一定是思念他们那个诗歌圈了,因为他会把任意一张脸都认成他们中的一个,仅仅凭对方递过来一个眼神。祖国巴莫拉圭亚的诗歌圈实际上早已解体了,成员们去世的去世,逃亡的逃亡,就是留下来的也被资产阶级化了——幸存者体内的每一个缝隙都被填满了现实。没有任何音信从大西洋那边传过来。这一年，离弟弟去世已经八年了，母亲也于七年半前走了。继父已与那片土地浑然天成了，还有他的一个同母异父兄弟……对岸的那个世界已经很凋零了，尽管那场人头攒动的盛筵在他头脑中从未散过席。他现在生活的这个国家一切都能被一个平静的知觉所理解，所沉思，所分类，所描述，所使用，在他自己的那个国家却必须用反叛、破坏、犯罪，必须用反常行为来获得拯救，必须打架，必须鸡奸，必须纵火，必须制造幻觉，必须自杀，必须杀人。

终于有人给他带来了消息。是经营那家地下旅馆的同乡老板。那家又潮湿又黑暗的小旅店一直还在经营着，有一天迎来了一名房客，那名房客与波尼来自同一个城市，因而他带来的消息又务实又悲伤：波尼与继父他们生活过的那片棚户区两年前在一场海啸中被夷为平地了，之后一个大型垃圾场取代了它；一场经济危机让这个国家再次堕入病入膏肓的处境，很多文化机构消失了，包括一些大学和私人出版社，市内最重要的几家书店也倒闭了，紧接着，波尼那群寄生在它们之上的朋友失业的失业，破产的破产了——但也有人在这之前就不写诗了。波尼弟弟的自杀是这一系列悲剧的序曲，波尼出走是这些悲剧的第一幕，之后，诗歌圈其他人前赴后继地为这一系列悲剧贡献了角色和情节。这对于波尼来说意味着他真的被连根拔起了，现在那儿已经彻底沦为一个回忆之邦、想象之城了，那儿不再有一片真实的土地来承载波尼的诗歌情怀和文学理想了。也可以说，现在那儿欠波尼一块诗歌的大陆，一个诗歌的祖国。

但波尼并没有过多悲伤，因为他从来没有过真正的故乡和祖国。真正的故乡和祖国从来不是一块真实的大陆，不是一个有边缘的地方，不是一条边境和另一条边境之间的空地。它就像诗歌，是某种我们一出发、一离开就永远也回不去的空间和时间，一种你永远在追寻但难以捕获的感觉，一种你想用一个词、一个句子、几句诗歌去框住在一个词、一个句子、几句诗歌之外的事物，一个你想打开却发现它的底部还有新的深渊以及更多的别的深渊的深渊。故乡和祖国不是一连串的事件和事实，不是一个空间和它的堆积物，也不是一些关系。和诗歌一样。诗歌不是一些词，一些押韵，一些语调，以及一连串中仅仅是感觉的感觉。

波尼的妻子不久为波尼在她工作的博物馆（或故居）找到了一份兼职。博物馆需要有人给哈维尔·佩雷斯作传，尽管当时市面上已有形形色色的传记，但博物馆和大部分读者对这些传记并不满意。这份兼职薪水给得不高，但可以为传记作者提供不菲的差旅费，因为撰写过程中需要对哈维尔·佩雷斯几个有争议的出生地以及他生前到过的地方做一些考证，博物馆负责人和几个哈维尔·佩雷斯权威专家急于给哈维尔·佩雷斯一个确定的身份和生平故事。所谓的差旅费实际上是一笔补助，因为那几个传说中的出生地和到访城市早就不存在了，或者由于更名在地图上已经消失了，它们只留存在传记作品的字里行间和一些研究专家的唇舌上——这些仅凭图书馆的资料就能完成。波尼欣然接受了。并非为了那笔补贴。如今波尼已在书店老板的帮助下摆脱了经济上的困窘,接受这份兼职更大的意义是让他进入到哈维尔·佩雷斯的生活里,成为这名神秘作家神秘生活的观察者,成为他写作上时间滞后的秘书,成为他文学上当代的伙伴和同行——以前波尼只能作为打字员的家属在博物馆的展架边以狐疑的眼神打量这位大师缥缈的轮廓。波尼第一次觉得哈维尔·佩雷斯对他的吸引力超过了偶像莎士比亚,尽管莎士比亚被他看作是一个文学史上能量最大的文学大师,但是莎士比亚切实的身躯挡住了他身上作为神祇的五色光芒。几个世纪以来一直有人在絮絮叨叨地讲述这名戏剧大师,评论这名戏剧大师,模仿这名戏剧大师,戏弄这名戏剧大师,憎恶这名戏剧大师……通过这些方式,戏剧大师莎士比亚身上的每一个角落,作品中的每一条字缝都被人们以各种形式探究过无数遍了,波尼最终因为莎士比亚的这种具体和实用而远离了他。哈维尔·佩雷斯不一样。哈维尔·佩雷斯的假面孔比真实的莎士比亚更迷人,哈维尔·佩雷斯的假面孔有某种无与伦比的力量,通过他,我们可以达到文字和文学的尽头,将目光深入到不可能的镜面。这里——主要是西班牙和马德里,每个人都在讲他,用他们所掌握的一知半解讲述他,用常识讲述他,用误解讲述他,用钟爱讲述他,用妒忌讲他,用厌烦讲他。每讲述一次都使人们更远离他而不是靠近。

不像莎士比亚。现在全世界的文学研究者和爱好者不仅在文学上,还在社会学、经济学、政治学、文化学、伦理学,甚至雕塑学上将莎士比亚复活了，不论是他的作品、他作品中的语气，还是他的身体、他的身世、他的谜一般的写作方式，现在都是人类的公有财产了。可以这样说，人们把莎士比亚从莎士比亚身边夺走了。

从这个意义上来说，哈维尔·佩雷斯却一直是哈维尔·佩雷斯自己。

波尼每周去一个上午，在哈维尔·佩雷斯博物馆写作或查阅资料。临时办公室就设在妻子办公室的隔壁，也是他与妻子初识的地方。为了专心写作传记，博物馆馆长给他配备了一台打字机，因而经常是每周二上午或者周三上午（波尼喜欢这两天去博物馆），夫妻俩的打字机如同一对求偶的夜莺隔着墙悠扬应和：波尼写着他心爱的哈维尔·佩雷斯传记，打字员则在一份要打印的文件和另一份文件间隙创作着灵感逐渐熄火的随笔——有时候也帮波尼审阅那部即将出版的家族故事的第三卷。妻子这类工作的开始意味着波尼在老板那儿的写作任务告一段落。打字员颇有耐心地修改着传记的最后几页，同时还负责任地把出现的几个错字修改过来，有时候波尼为了求快，或者说为了追赶上他的灵感经常写一些缩写，夹带一些拉美西班牙语的特殊词汇。

波尼自己的小说越写越长，也越写越难。随着写作上的野心的积聚和膨胀，他越来越心力不从——并非在这篇小说中用尽了所有的文体：小说、散文、诗歌、说明文、评述、寓言……而是他已不再满足于从一个维度去描述他的小说人物，也就是说，他现在习惯用三种人称来写同一个事件,每次用第三人称描述完之后,紧接着用第二人称和第一人称再叙述一遍。这样势必使小说中的每一个人物、每一个事件具备三个维度和三种腔调,这种烦琐的创作方式使得他的小说在原来的基础上又增加了三倍的体量。他认为这才是文学应该有的样子,因为世界就是如此:没有主角,没有次要人物,我们同时既是"我",又是"你"和"他(她)"。也可以说,哈维尔·佩雷斯给波尼带来的不仅是灵感,还有写作上的困难。波尼就是从这时开始熬夜的。自从有了这样的创作方式之后他一刻也不想中断,仿佛一中断他那部蛛网般的小说就会掉线头,紧接着全部散开。波尼每周去哈维尔·佩雷斯那儿也好像教徒一周一次去教堂的忏悔室,在那里整理他们的后悔和罪恶,把人间的各种属性清洗完毕,之后,披着哈维尔·佩雷斯的神圣光芒返回他的小说地面。

我邻居这段时间效率很高,不知不觉把波尼的大部分器官和肢体打印出来了,那些器官和部件都非常小,不是小一号,而是压根儿就像玩具。当他把第一个心脏给我时我还没想这么多,我当时的关注点在那些逼真的血管以及它外表似乎是湿漉漉的模样上了,尽管内脏没那么重要,但那颗心脏让我有种错觉——凭我邻居那并非专业的技术和我从不知道他们单位那是什么劳什子的打印机——我们俩真的能够造出一个真人来。另外,我当时一部分注意力还在写《心脏的隐喻》上,尤其是我邻居把波尼的手打印出来后，我有种老来得子的喜悦，急着用隐喻来给它们做一个洗礼仪式。

计较尺寸问题有点吹毛求疵了。因而我不介意届时我交给夜大生的是一只像是普通克隆店里制作出来的橡胶人偶。不管怎么样，波尼是按我研究项目的进展"降生"出来的一个人。先有他的假作品、假传记，之后再有他的肉身。他的肉身一点也不亚于我虚构出来的他的假故事、假人生、假作品。

我邻居最终还是把睾丸从我们的删除名单上恢复了。之所以在这里向读者提起这个是因为考虑到我们是这个制造假人的制造者，我邻居和我自己都不想自欺欺人，我们想正视自身。我邻居在他前妻彻底离开他之后一直在某种沮丧之中，在这种沮丧中我认为那位几乎被他气哭鼻子的女讲师是他再婚的合适人选。但女讲师已被禁止出现在我邻居的任何形式的谈话中了。我不能提这个人一个字，甚至包括她就职的大学和城市。

不知为什么我最近老想这个问题。不知是不是因为甚至像我妈妈这样的人都有了一个想成为她伴侣的蓝颜知己，我的波尼与打字员结婚了，至于我哥哥，他一如既往地将他忠贞不渝的婚姻勋章在我们眼前晃来晃去……总之，忽然之间，我觉得我和我邻居如果能和另外一个人过上日子也会很有趣。我其实某些时候与波尼一样，波尼对穿什么衣服满不在乎，而我也对我实际上寄居在哪具身体里并不在意，我究竟是不是个男身并不重要，我究竟有一根常态的生殖器还是个"二尾子"并不重要。身体不过是我们的一个不重要的容器，一架哺育我们让我们每天还能呼吸的机器，一件内心生活的不保质的外衣，一个盛放灵魂的最终会老去的肉做的器皿。从某种意义上讲，身体存在的最大意义不是让我们成为我们，而是让它成为我们的他者，以监管我隐匿的灵魂。因此，我们对它的态度一直非常复杂：一方面，我们供养它，把最好的食物奉献给它，遵从它的规律和本能来安排我们的起居；另一方面，我们经常将它视作枷锁、围墙和替罪羊。

无数次，我对着镜子一边观看我那根小得令人脸红的生殖器（我邻居从不看自己的裸体），一边质疑我的性别。当然这种怀疑属无稽之谈。我从小就被我妈妈和其他学校里的老师告诫要在性别那一栏里填上"男"字，我在各种化验和体检中也被证实为"男性"。我还有胡子，也有浓密的体毛。此外，我还有一定比例的性幻想。现在我一门心思在波尼身上，有时候我妈妈还会分去我一部分注意力，当看到大街上有长得漂亮的女性时，我也会多看几眼。但我从没想过要在床上把她们怎么样。

这就是我的问题所在。

有时候我把生殖器看作是我烦恼的一个根源。我把它当成是我人生不幸的背景。但事情总有两面性，因为如今它成了我倾注全力研究波尼的主要原因之一。它让我体内那股原先朝生殖器飞速而去的力量掉过头来朝我的大脑快速奔去，少年时它奔往飞碟，中年后它冲入波尼的怀抱。我邻居的情况也相似，他的黏液问题让他沉醉于修复和复制技术。是缺陷让我们对这个世界上真正完整的东西产生兴趣，让我们与这个世界上"完整"的假建立恋爱关系，做到了这一点后，经我们复制出来的假人能够回答我们任意的普遍而广泛的问题。所以在这部小说里我不愿意我们的读者认为我们两个只是普通人眼中的那种"变态"，或者说性缺陷者，如性缺陷、性倒错、性无能，总之，那类称呼令我不舒服。

最近我干了一件蠢事。我突发奇想地给那位为我们画过波尼脸部肖像的老头发了封邮件，我问他是否有合适的人介绍给我邻居做妻子。老头起初不明白我的意思，因为我们的合作业已结束，鉴于之前也没有什么私交，我忽然提这样一个要求让他感到困惑。经过我们邮件的两个回合之后，老头终于明白我的意思了，他说他的侄女是个老姑娘，只是不知道我邻居会不会看上她。

这件事的一个副效应是我借此对老头的底细有了一个粗略的了解。老头的确切身份是一名退休的建筑设计师，早年在一家美术学校教过书（只三五年），他老婆是他当年的学生，之后离家出走，二十年前他开始与侄女一起生活。老头的侄女之所以单身是因为性格内向，除了上班就把自己锁在家中，还从没谈过恋爱。"可能是个处女。"老头在信里用类似欣喜加忧虑的口吻写道。老头还补充说，他侄女喜欢各种好闻的气味，迷恋多种牌子的花露水。

我觉得是个合适人选。

不知怎么地，这件事最近让我变得很亢奋，同时，瞒着我邻居与老头谋划我邻居的人生大事也让我觉得这不仅是个插曲，说不定还真的能帮我邻居改变他的生活。当老头说是"处女"这个词时，我想到的是某个用来形容没有体液的女性的名词：石女。就是那类大门紧闭不让任何液体溢出的女性。

于是我们达成了一个秘密协议。我让老头把我邻居的邮箱给他侄女，他侄女先给我邻居写信。因为我邻居比这个世界上任何一个姑娘都要腼腆，哪怕对方是个四十出头的老处女，还喜欢喷各种气味的花露水。

最初事情进展还相当顺利。尽管大门不出，那名老处女却很擅长网上的那一套，她真的给我邻居写信了，但我与老头都不知道信件的内容。我邻居也是差不多的人，他擅长处理那类不需要见面的事务，他很快就给她回信了，以非常正式和友好的口吻。但接下来线索就断了。我们不知道两人其后在信里写了什么，有天老头问起他侄女这件事，他侄女说她对男人没兴趣，对那个档案馆副馆长没兴趣。

"哦，他叫什么来着？"侄女问老头的口气好像不是装出来的。

我本来等着看好戏的。我是说我希望在他们接触过几次后我邻居有一天会向我说起这名"神秘地"给他写信的女性，但这一切还没开始就中断了。就因为这件事，老头与我又断断续续通过几封信。老头告诉我他目前正在研究"巴别塔"的建筑结构，人体画非他专业,但他赞赏我为文学史去制造一个假人。他目前正在研究一座假的通天塔,尽管他担心他无法在去世前完成它的设计稿。

老头也是我这个故事里的一个插曲。我不介意我邻居在我们合谋的这起事件中颗粒无收。因为我还有更重要的事要关注。还有件事要交代,读者们可能不知道,在我完成波尼的课题研究之后,那名老头就成了我的下一个研究对象,我把他当成一部小说中的主人公,那部小说名字叫《我们看鲸去》。

当然,那是后话了。

老头给我的最后一封信的内容是:有一天他打开门发现他侄女不在家,一个人出门旅游去了。

第十八章

　　我妈妈把同事儿子去世这件事写进了她的日记，但没有给我们的父亲留下只言片语。这意味着我父亲在她心目中早已去世多年了，这次死亡不过是上次死亡的一个投影，一个加黑边的纪念，一次加强版的再死亡。公证员也同意我妈妈这样认为。公证员会阅读我妈妈写下的每一个字，因此他不会错过我妈妈的任意想法，他能够从写下来的文字中读出我妈妈徘徊着的最终没有给它们缺口的只言片语，尤其是在熟悉了我妈妈的写作风格之后，几乎每一次他都能猜到我妈妈的故事会在哪里结尾。他不像那位自鸣得意的老年大学写作课上的老头，公证员的准确判断得自对我妈妈个性的了解，而不是掌握了某种俗气的写作技巧，他也从不用这个去做炫技方面的展示。这就博得了我妈妈的欢心，尽管一切还没上升到爱的高度。

　　公证员的妻子于五年前去世。生前两人一直很恩爱，可善妒的上帝总会盯上那些幸福的人儿，因此棒打鸳鸯是上帝老头儿的拿手好戏。所以公证员无奈又不是那么伤心过度地在她消失后的四口之家继续生活着。最初他的家人，主要是儿子和孙子，总会一不小心地就提起他慈眉善目的老伴，他们还认为公证员早起的习惯就是得自于丧偶的孤单，因此他们默许了他每天与众不同的凌晨三时，忍受他走过廊道时鬼魅般的动静，承受对他是否能够从危险的散步路线上安全回家的担忧。

公证员独居的要求因而遭到了他们的拒绝。公证员的家人每天都在害怕他一个人去河边散步时会忽然晕倒在地，就像大多数上了岁数的老人那样，在那样的时刻在人迹罕至的河边不会有更多的目击者，也不会有什么好心人将他送到医院急救室，所以当他们早上七点能在餐厅里看到他时每个人都觉得像是迎来了一个重生的亲戚。公证员也因此没法和他们正式地谈一谈我妈妈的事。尽管我妈妈拒绝了他的提议，公证员仍旧对和我妈妈生活在一起这件事抱有幻想。公证员之所以每天认真阅读我妈妈的时间日记，之所以打破之前很少写点什么的习惯主动拿起笔，为的就是取悦我妈妈，既然这个世上有如此独特的两个人，为什么不充分利用这个机会呢？如果是你，你也会这么干。但我妈妈说"不"。

我妈妈最近在日记中悼念的也并非是那个傻子，而是某种你不可控制的坏运气、坏命运，你花了很多时间把它们克服了、战胜了，实际上不过是将它们推到了一边，推到了另一个人身上，另一些人身上，因而这个世界上总的坏运气不会消失，它们总是在那里，不多不少，恰恰好。我妈妈彼此年龄相仿的三个人，她自己、有个脑瘫儿子的同事和已与丈夫双双去世的同事,她们就轮流使用了这种坏运气:最早是有个傻儿子的同事,但她与善解人意又乐观的丈夫将其克服了,他们假装自己养的不过是一个不会长大的宠物,带他出门游泳,给他做大笼子,还雇保姆照看他直至他去世。之后是我妈妈自己,一度不如意的婚姻让她失去了半个世界,从未得以品尝婚姻的甜头和家庭的幸福。为此我妈妈的半个青春期还有整个中年期都搭上了。然后是车祸中去世的同事,五十出头就走了。她没去世前也没过上多少好日子,长时间两地分居带来的怨恨使她唯一的女儿成了她的出气筒,最后又造成了她女儿的悲剧命运。

这一切令人惋惜。

有一种人按自己的主观愿望来观察事物,或者顽固地按一定的习惯观察事物。我妈妈就属于这样的人。

我哥哥找了个机会把我父亲的情况告诉了我妈妈。我妈妈没说什么,而是按她一贯的方式让他把嘴闭上。在我哥哥和我妈妈的关系之间,我父亲很少是一个中介词,不过我父亲也不是我与我妈妈的中介词。这个人从他最后一次离开我们家捎走那把喷水壶后就死了。但我哥哥觉得他自己可能没说到点子上,他有点窝火。他于是不再说这件事了。何况——他不知道不久前我对我妈妈说什么了。

我妈妈显然不会给我哥哥看她那些失眠日记。这类事她只会对我说,只会给我看并告诉我她想出版这样一本书——只有在这种时刻她才会记起我是个文学研究者——尽管我对这两件事同样不置一词：她的日记和他们合出一本书，会有谁去看呢？要说我们家可能真的存在两个阵营，自从我父亲"叛变"（再婚）后，我哥哥就孤军奋战，他所要对付的是我与我妈妈那个看似不食人间烟火的世界，在最近一段时间里我虚无的世界里还添上了波尼；在我妈妈那里是她那架始终舍不得扔掉的已奏不出一个准确音阶的风琴、泡沫般华丽以安慰剂作用存在的言情小说和她关于失眠和时间的日记。我妈妈那里有更多的东西。由于我哥哥的那个电话，我妈妈与他们最近见了一次，因为我妈妈需要新的题材来为她的"日记"增添内容啊。仍旧是老时间：下午一时。主题也是老主题：吃饭。那天我嫂嫂在厨房里帮我妈妈洗菜很自然地就想起了一年前曾去拜访我父亲家的情景，因为同样是在厨房里，当时我继母与她之间有过短暂的默契，在我妈妈这里，却得依靠我妈妈最近从日记里溢出来的亢奋和我嫂嫂长时间的忍耐和孝敬来维持。

当然，我嫂嫂很聪明，如果他们在吃饭间隙碰到什么不和谐之处，她就会把我侄女搬出来。比如此刻，他们就让我侄女把最近的学习情况向我妈妈汇报一遍。让我侄女出来活跃一下气氛。

我侄女此时已迈进了少年的门槛，个子忽然蹿得很高。这得益于我嫂子一家细长的基因馈赠，但我侄女长得黑黑瘦瘦的，一点也不像我哥哥，也不那么像我嫂嫂。因而我妈妈对我们之后的后代总体上有点不那么满意。

我侄女拿出她的平板电脑用手指划弄了几下，让我妈妈看她学校发给她的期中考试成绩单。那份成绩单表现一般，不是她历史上最好的，但也不是最差劲的，我侄女不为此而羞愧。我侄女觉得关键是老师对她近期的评语值得向自己的奶奶秀一秀：她这学期学校音乐节的钢琴独奏得了二等奖，一度被他们班视作音乐尖子生来看待。这让她洋洋自得，说着我侄女从我哥哥的包里摸出她的奖章来。

一块镀铜的铁块，装饰部分上色粗糙又刺眼。

这类货色准是在小商品市场某个摊位上订购的。但上面刻了个学校LOGO。

我妈妈嘴角的微笑于是在短时间的下垂之后又微微上扬了起来。

亏得我嫂嫂出门时叮嘱我侄女带上。

亏得我嫂子想出的这个主意！

每次去我妈妈家吃饭我嫂子都得花点心思提前想好一个话题以备不时之需，据我嫂子的经验，四个人一起时冷场是常有的事。每次出现这类局面我侄女出来暖场是最管用的。我妈妈这种假清高的人会对什么都浇冷水，打退堂鼓是她擅长的另一门乐器。我妈妈交往的人有限，基本上是个信息闭塞的山顶洞人，因而要让她与时俱进地理解世界上的其他事物有一定的困难。生活在她周围得有很大的度量才能对我妈妈这类人不计较。我嫂子预料到我妈妈不会对我哥哥的话题有持续的热情，很有可能我哥哥还会因此踩了我妈妈的红线而被我妈妈扫地出门。我父亲在我妈妈那儿基本上是个碰不得的禁忌，除非她自己心血来潮要谈论这类话题。但她的心血来潮也有她自己的底线，比如，我父亲。因而我哥哥有时候很烦她这种你不知道怎样才能取悦的性格，或者说她根本就没有性格地让我哥哥困扰了几乎一辈子。

我妈妈只有在公证员那儿一切才是正常的。只有公证员才认可和接受她的反复无常，因为他们两个才是一类人啊，他们拥有同样的异常时间，拥有同样的失眠，拥有相反但是可以彼此首尾衔接的时差。

我妈妈对孙女的认可和赞赏只持续了几分钟。

在言不由衷地夸了小家伙几句后，我哥哥认为她只把嘴角的弧度向上抻了几个角度之后，我妈妈就打起了哈欠，而饭局还在进行中呢。我嫂子于是瞟了一眼墙上的相框，灵机一动问我妈妈是否赞成我侄女以后考音乐学院。

我妈妈这时忽然来精神了，因为她新近刚刚接到她一位学生的电话，就是挂在墙上的两位学生照片中的一个，那名旅居国外的学生不久后将回国，那女生认识个把做音乐的，还有个朋友是个摇滚歌手。

我嫂子把嘴一噘，但还是装作很愉快的样子紧接着问我妈妈是否愿意届时把我侄女介绍给她学生，他们可以请她的得意门生吃顿便饭，如果她上门来拜访我妈妈的话。

这个话题就这样不露声色地把我妈妈的注意力转移了。

我哥哥于是觉得我们的继母不通知我们我父亲的去世是对的，因为真的没有多少人关心我父亲是否在世这件事，我妈妈不关心；我哥哥自己曾经关心但现在关心已经过期了；我呢，我在我父亲眼里本来就是位列敌对阵营里的，我从不会把"关心"和"父亲"这个两个词同时一起使用；至于我嫂子，她只有对那次拜访有记忆，并且至今还保持着那种奇异的印象，包括对那块肉、对我们继母的假热情和真微笑。

饭局进行到这里，我妈妈已经惦着她的公证员了。鉴于她邀请我哥哥一家过来吃饭，公证员今天没有上门来与她交换日记；昨天一天她也没有好好与他聊，这时候她忽然想起他了。公证员告诉她，尽管昨天头晕被儿子送去了医院做了一个全身体检，但今天凌晨他仍能准时出门，也就是说他的身体还安然无恙，他的儿子和儿媳想象的凌晨出门栽在河边的景象要很久之后才会发生，也许永远不会发生。公证员今天醒来后就给我妈妈打这个电话。但是自从我哥哥一家到来后公证员的电话和手机短信铃声就没有再响起过。

我妈妈虚伪地把我侄女揽在怀里。但她的怀抱松松垮垮的，就像阳台上稀疏的铁制栏杆，围着小家伙，没有温度也没有向内的力度。我敏感而聪慧的侄女根据经验知道对她奶奶这类拥抱无须挣扎，与以往一样，我妈妈的热情不会持续太久。对于这种施舍给我侄女的亲昵行为就像我侄女学校里每天早上要做的广播体操，她只要姿势做标准了就行。几秒钟后，我妈妈果然松开了手，我侄女如释重负地离开了她来到了我嫂子边上。

看到这一幕，一行人简直是皆大欢喜。

第十九章

　　我觉得我、波尼和哈维尔·佩雷斯可能是同一个人,我们在彼此的身体上寄生,彼此反射,彼此拥有,现在哈维尔·佩雷斯已成功进驻了波尼的身体。哈维尔·佩雷斯是由众人创造出来的神秘人物,几个世纪来每个人都为他的存在贡献了一部分力量,包括那些慕名而来的观众,当他们站在博物馆幽暗的光线中阅读展板上的文字时,他们正在用他们的一无所知和崇拜塑造着哈维尔·佩雷斯。因而波尼不费吹灰之力就完成了哈维尔·佩雷斯前半生事迹的评述。哈维尔·佩雷斯的材料来源太丰富了,几乎每个研究者都有一部自己的哈维尔·佩雷斯,每个人都争着声称哈维尔·佩雷斯从事的写作就是他的研究方向,是他终极的人生目标。关于哈维尔·佩雷斯的爱情和婚姻也是五花八门、莫衷一是,有人说他没有过一次恋爱经验,有人说他有两个老婆,还有人说他是个双性恋和性无能者。既然哈维尔·佩雷斯是一个不可能的人,或者说哈维尔·佩雷斯是一个穷尽了所有可能性的人,所有人类身上有的独特性他也都应该有。这就使得哈维尔·佩雷斯的面目变得越来越模糊，越来越离奇。但这难不倒波尼。波尼从一份可靠的资料上获悉——既然所有的材料都是杜撰虚构的，"可靠的资料"即是波尼认为最有说服力的——哈维尔·佩雷斯有过两段婚姻，有两个家庭，五个儿女。但没有人知道他的五个继承人的下落。对哈维尔·佩雷斯这方面的研究就到这里为止了，对他的社会关系仅仅是蜻蜓点水。波尼更愿意相信哈维尔·佩雷斯有过婚史和家庭，在他不寻常的写作经历背后有一份寻常如他人的生活更让人信服。哈维尔·佩雷斯的争议性就是出在每个人都相信自己才是最了解哈维尔·佩雷斯的，每一个人根据自己的兴趣爱好虚构了一个哈维尔·佩雷斯。比方说，在一些作家搜集的研究材料中哈维尔·佩雷斯的形象就如堂吉诃德，一个十足的理想主义者和不切实际的浪漫主义者；但在另一些文学史家的笔下却如同莎士比亚，一个狡猾的现实功用主义者；在一些历史学家嘴中，哈维尔·佩雷斯就是一个博物学家；在一些喜欢政论文的学者趣味中，哈维尔·佩雷斯是一个隐身的政客；另外还有一些数学家也参与进来了，他们觉得哈维尔·佩雷斯是个符号学专家……每次当波尼搜索到一部分自称是哈维尔·佩雷斯的定性文章时，总是在不久之后便会发现另一部分结论与之完全相反的材料。因而对于哈维尔·佩雷斯这个人，总是站着两面对射的镜子，当其中一面试图反光时，另一面很快就会把对方的光悉数反射回去，在一系列的反射之后，哈维尔·佩雷斯的真实面目就消失了。这可能也是这么多年来人们热衷于研究哈维尔·佩雷斯的原因之一,因为没有真相,每个人都是真相。

不过让波尼感兴趣的显然不是在这里。尽管波尼已经从哈维尔·佩雷斯的生平故事中汲取了养分并应用进他的小说中——现在光写这样一部传记也成了他热衷的事情之一,这种兴趣几乎与他的小说是等同的。随着研究的推进,波尼越来越发现哈维尔·佩雷斯的人生结局才是他一系列的争议部分最为重要的,才是博物馆委托给他的写作任务中最该浓墨重彩加以描述的地方。几乎所有的研究者和研究材料都对哈维尔·佩雷斯的终局含糊其词,有人说他是病逝的,有人声称他死于一场意外,有人说他被暗杀,每个人似乎都"知道"他的死,并在文中言之凿凿提及他的死。

这种一致性让波尼觉得蹊跷。显然这里面大有文章可做。

波尼怀疑"死"这种结论。

并非每个人都消失于死亡。有些人还活着就已在人们的记忆中去世了,这种消失方式发生在一个创作者身上经常是:一、作品不够好,在人类集体记忆中没能留下印迹,他的作品没有被任何人传播过,一写下来就死了,就是废纸,除了他自己没有读者。二、其作品不但被公开出版,被众人阅读、追捧和评价,他还被众人期盼,被盗版,被写进教科书。但是他的肉体消失了。不是说他死去了,而是他失踪了。在《2666》中,波拉尼奥借他的小说人物之口说法国有一个失踪作家俱乐部,从古至今莫名消失的那些作家如今都居住在那儿。当然,不久之后作家又借他小说人物的观察告诉读者,那个消失作家俱乐部实际上是一座疯人院。也就是说,那些作家都是各自失踪的,没有什么集体的借口,最后也没有一个统一的归宿,这些人就像陨石碎片那样充分燃烧过后从各自的运行轨道上滑落下来,然后根据各自的重力形成自己独特的消失方式——在这之前他们也不属于同一个星球和同一个碎片。

波尼坚持认为哈维尔·佩雷斯失踪了,而不是死于其他理由,比方说,死于疾病、角斗、失恋,或一场战争。也就是说,在人们认为他死了的时候他实际上还活着,只是不再以哈维尔·佩雷斯的名义,不再用哈维尔·佩雷斯的名字。在我们为自己所发明的各种死亡中,自杀是最有诗意的,但显然不会属于哈维尔·佩雷斯这样的人。哈维尔·佩雷斯是个理性大过感性的人,就像我一样,脑子里有一根可靠的平衡木,指引着我们不向任何一边倾斜。哈维尔·佩雷斯之所以写下这些光怪陆离的题材和作品并非出于感性的表达需要,而是想看看自己能力的极限。他在玩一个智力游戏,输家、赢方和裁判三方都是自己。

让波尼认为哈维尔·佩雷斯"失踪"而不是"死"的理由不仅因为这些。波尼在几份资料中都发现有人提及了他健康到完美的体魄,几乎从未生过病。哈维尔·佩雷斯对旅行也兴趣盎然,他很小就出门旅行,为的是独自一人去探索比利牛斯山脉间的一个神秘山洞,因而他首次旅行线路就囊括了西班牙东北部和整个法国南部。之后他又不远不近地做过几次旅行,尤其是在他的青年期。但鉴于当时简陋的交通工具和战乱糟糕的治安，能到的最远的地方不过方圆几百公里。没有任何人提及他曾在国外居住过。当然也不能说他"失踪"后就没去别的国家定居——当时欧洲的国家概念就像一条一直在弹跳的皮圈。娶妻生子对哈维尔·佩雷斯的写作似乎不曾有重大的影响，因为他的作品没有任何一处提及他的家庭或者他的子女。他写下来的作品数量惊人，如果就像他自己声称的那样十五岁就开始写书，直至五十岁"去世"的话，一百部作品必须不吃不喝才能完成（巴尔扎克活了这么久才写了九十多部）。一百部作品足以将当时，也包括现在的各种文学体裁写尽了，也玩尽了写作中的各种花招，因而接下来对他最刺激的恐怕就只有失踪了。他的能力耗尽了，他的目标穷尽了，他在他生活了五十年的环境中无所事事。他因而未死先亡。

哈维尔·佩雷斯憎恨死亡。这点与波尼和我一样。波尼从几篇他留下的随笔文章中得知，哈维尔·佩雷斯从不相信有来生，他认为我们的肉体是一次性的，用尽它的功能就是善待它的唯一方式，也就是说活到自然死亡。死亡无须我们主动去追求，因为它终将来临。死了之后就一笔勾销了，再大的才能也将在这件事上被清零。健康的体魄加上他唯物主义，或者说务实的死亡观导致哈维尔·佩雷斯既不会消逝于疾病类的死亡，也不会消逝于自杀。他一定是离家出走的。

至于去哪儿并不重要。

重要的是有一天他忽然不见了。

波尼自己的小说越写越长,等哈维尔·佩雷斯故居的兼职工作结束时他已经完成了一百万字,而这部小说还不知道在哪里收尾。波尼越来越觉得他这部小说根本不会有什么结尾,在叙事风格上刚玩出花样体量就已经让人胆战心惊了,所以以"……"来命名恰如其分。他原计划小说中涉及的每一事件写上二三十万字,每个人物再写上几万字。但事件越写越多,人物也是如此。尤其是人物的几何式增加成了他小说最大的困惑,因为根据他立下的创作原则,小说中每一个人物应当既是主要人物又是次要人物,但每写一个人物都会出现新的人物,这种不停增长的无限性让他精疲力竭。主角—次要人物—新的陌生人物,主角(原先的次要人物)—次要人物(原新的陌生人物)—新的陌生人物,主角(原先的陌生人物)—次要人物(更新的陌生人物)—最新的陌生人物……这种可怕的循环和增长让人一眼望不到头。无穷无尽在写作中虽然是迷人的但也是令人疲惫的。但一部书为什么非得有开始和结束?一部书为什么要完成?一部书为什么非得有固定的作者,为什么不可以有这样一部书,所有人都能成为它的作者而不损害其完整性?

打字员病得很厉害。

起初只是咳嗽,后来开始发高烧,还长起了水疱。医生对此没有确切的定论,因为她的症状和原因都很混乱,似乎是细菌引起的,又像是病毒所致,同时又像是伤口感染或者某种恶性肿瘤的晚期。之后平静了一段时间,除了头痛有好转的迹象外,但她整天病恹恹的。往常她一天可以打上好几百页的文稿,现在才打几页纸手指关节就开始疼痛。她还头晕。她做什么都提不上劲来,只能勉强对付博物馆的工作。她也不再写任何东西了,连帮波尼改错别字都吃力。好在这时波尼的家族小说顺利出版了,书店老板暂时没有新工作给波尼,波尼自己的小说也能独立完成,无须她帮忙整理那些在打印稿上改来改去的文字。病中的打字员有时候脑子里会跃出她夭亡的两个儿子,尽管他们甚至还没形成自己的面部特征,她却对他们的脸有着清晰的画面,好像他们已在她身边生活好多年了,她甚至能说出他们的性格——一个内向文静,一个活泼多动。波尼这时才明白原来两个儿子的夭折对妻子构成了伤害,他原先以为她并不在意,因为她还年轻,他们也还有作品,他能写诗歌和小说,她也能写散文作品,用基因在这个世上留下痕迹和用文字留下痕迹有什么区别呢?妻子的身体也可能是在两次不成功的生产中拖垮的,最近一年她经常不是隔一个月来一次月经,就是来一次就要持续十来天。她就像一架被过度使用了的机器,很多零件都衰退失灵了,由失灵的零件带来的那些故障目前进入到了深入的、实际的增长。

波尼承担了大部分家务。但他力不从心,因为经常熬夜写到凌晨一两点钟,而第二天还得去书店,如果是冬天,书店打烊天都黑透了,因而夜晚来临后的前两个小时他慷慨地给了妻子,剩下来属于自己的他一分钟也不浪费。妻子变得越来越沉默,经常在家一句话也没有，也没有任何证据表明她在博物馆上班时把话说完了，因为到后来她甚至不能天天去那里上班了，直到彻底辞掉工作。她打字的速度也越来越慢，能让她发愣的目标越来越多，给波尼的感觉就像是她在一个字一个字把那些话吞到肚子里面，然后由她的胃把它们打出来，她在自己身体里写一部书，那部书却不能被任何人阅读，也不想给任何人阅读。

这与波尼弟弟很相似。

弟弟自杀前半年也与波尼妻子一样，话非常少，吃得也少，每天都在他们合租的房子里写诗，在阳台上发呆，下午则一个人去河边散步。日复一日地重复着这样的生活却不知疲倦。弟弟的诗稿在他孤独的写作中越积越多，不到半年就塞满了一抽屉，这应该是他一生里诗歌创作的鼎盛期，他在这些诗稿中迅速形成了自己的风格，用词越来越铿锵，但意境却越来越邈远，每一个字都离它的本义相去甚远——用这种距离来丈量生活和诗歌的南辕北辙的间距。这些诗不曾给任何人阅读过，因为没等到第一个前往他抽屉的读者的脚步他就把它们烧毁了。连波尼也只阅读到它们灰烬松散的身体。那时候弟弟的肉体在疲惫的创作中一点点退场，他需要的能量越来越少，或者说他能从自己的内部获得能量，他用那些肌肉的纤维搭成字母然后在内部变成句子，在内部把骨头变成停顿，把血管变成诗行……每写完一首诗，弟弟就消失一次，一直到完全消失。那时候没有人注意到波尼弟弟在准备他的死亡，波尼那时候有太多的姑娘要约会，有太多的活动要出席，每天都忙得团团转。按说波尼有好多次机会拉开弟弟的抽屉去读一读那上面哪怕一个省力的标点，可波尼那时候对诗歌的态度有点玩世不恭，就像所有诗人都会进入的一个阶段，从以内分泌为燃料的爆发期，到沉郁低落的反省期，最后到理性作为冰面的成熟创作阶段。波尼当时正处在第二阶段。

没有迹象表明妻子能从这场说不清、道不明的疾病中走出来。她辞去了博物馆的打字工作，但这加剧了两人的经济危机，因为波尼的书店工作收入不算高，不久前出版的那部家族小说虽然支付了一笔不低的稿酬，但妻子的医药费是个无底洞。哈维尔·佩雷斯的传记还没最后完成，波尼不想把它仅仅当成一份兼职工作，因而进展相当缓慢。有时候他把这部所谓的传记当成自己小说的辅料，有时候则把它当成小说体外的一个构成部分，此时他已经与哈维尔·佩雷斯合为一体了。有好几个晚上，波尼还以为是哈维尔·佩雷斯在写下这些文字，是哈维尔·佩雷斯在写他自己的传记，是哈维尔·佩雷斯在写波尼的小说。这种混沌的感觉让波尼很是振奋。这时候，肉体世界消失了，只有眼前的文字在浮动，在文字发出的光芒中波尼看到了一切他想看的，他能看的，和他不想看也能看见的。

波尼自己的小说里最初的那个家族故事的雏形早已消失不见了，随着故事的进展，越来越多的新人物把家族故事的轮廓稀释了。波尼不能清晰地向别人讲述自己正在写的小说。他的小说里有一切。所有在地球上发生过的，他小说里都有；所有在时间中发生过的,他的小说里也都有,他的小说是个水晶球,能照见一切在时间中和空间中存在过的。这个时间和空间的"阿莱夫"让他害怕。他不知道这个世界上尚有作家害怕过自己的作品的,比方说,哈维尔·佩雷斯是否害怕过他写下的那些作品?哈维尔·佩雷斯的作品中很大一部分需要我们去命名,需要我们给它们新的体裁名字,甚或发明一种新的语言来适应它们。在哈维尔·佩雷斯的作品中,有时候几个短句子就是一本书,因为这几个短句子有无穷的阅读方式,能从左到右读,从右到左读,从上到下读,几个句子交叉开来读,先读偶数的单词再读奇数的单词然后连起来读……每一种阅读方式都能得出一个有别于其他的独立故事。除此之外,读者还可用发明自己的阅读方式读出自己的故事来。可以说是哈维尔·佩雷斯创造了一种文字虽少但容量大得惊人的写作方式。普通小说只是一面有一个或两个镜面的镜子,他的很多小说却是一颗多面的钻石——有五十八个面向,甚至更多。他的其他作品也是那样。就文字本身来说一是种平淡无奇的材料,但一旦被像哈维尔·佩雷斯这类魔鬼或者神使用了就是巫术或魔法了。这个世界上有很多作者曾挖空心思用光怪陆离的词或句子试图让作品显得与众不同,但读者却往往只能从中读出一个老故事来;还有一种情况,作者写了几十万字,乃至上百万字,却只讲述了一个老生常谈的故事。也就是说,在这两类作者的笔下,文字不过是一堆不会增殖的横平竖直的笔画。

　　妻子的世界越是萎缩,波尼的小说宇宙就越是庞大。写作的时候,波尼经常一从妻子的卧室跨出来,就跌入到了一个无穷的喧嚣大宇宙中。就像当年的哈维尔·佩雷斯——哈维尔·佩雷斯把自己溺毙在自己创作的那个无限世界中。波尼的妻子朋友很少,几个写作的好友也来往不多,生病后她几乎足不出户,因而她的世界再也不会比一个卧室、一个卫生间、一个餐厅更大的了。而波尼的小说却有成千上万个卧室、成千上万个广场、成千上万条大路和成千上万座大山、成千上万个人物,另外还有各种维度世界的各种互相交叉。波尼在这样一个巨无霸的世界中却并没有迷失,反而比在妻子的卧室还自在,因为他无须去专门照顾他的小说人物,那里每个人都有一个被其他次要人物舒服服务着的世界,同时,在另一些章节里他们又以一些主要人物的次要人物的身份游荡着,想消失就消失,想出场就出场,非常自由。在这样的文学世界里,波尼想和谁说话就和谁说话,想让谁说话就让谁说话。有时候波尼甚至不知道自己竟是个作者,他经常在深夜把小说作者、小说人物和小说读者这三种身份混淆起来。这三者也许真的可以合三为一。波尼的同行、那名被我喜欢的意大利作家卡尔维诺曾就借《寒冬夜行人》这部小说讨论过作者、读者和小说人物的关系。这三者最好三位一体:

造书的人与看书的人之间有一条界线。我愿意做个看书的人,因此时时注意站在界线的这边。否则就会失掉读书时不掺杂私心的那种愉快感,变成另一种人,我可不愿做另一种人。这条界线并不十分严格,正在趋向消失,因为造书的人现在越来越多,有与看书的人合二为一的倾向。

同时,卡尔维诺也在那本书中写过波尼此刻正在体验的自由感:

> 如果我想我只能写一本书,那么这本书应该如何、不应该如何的种种问题便会阻碍我,使我止步不前。如果我想我要写的是整整一个书库,那么我的心情便不会感到压抑,因为我知道不论写本什么样的书,它都将得到补充、反驳、衡量、增补,将被成千上万本我尚需写作的书籍所掩埋。

与写诗不一样,在诗歌中,每一个字都有重量,稍一失衡诗人便会携他所写堕入那个平庸、万劫不复的深渊。诗人在写作中就像一个小心的走平衡木的杂耍艺人。而小说家,正如卡尔维诺所说,在小说中,篇章、人物、事件可以时不时地互相补充、对抗、权衡,互相引申和引证,作家压力很小,可以随时在他的小说中修改他的人物、事件,修改他的人物、事件的篇幅。而写诗是短跑,一次性的快速运动,诗人必须在有限的几行里就要把姿势做好。小说可以说是所有文体中最为自由的一种。波尼正在写的这部"总的小说"更是这方面的极限,他甚至取缔了通常小说有的规则。塞万提斯让小说成了一种现代文学体裁,但也正是塞万提斯让小说成了人尽可夫的妓女,波尼现在要做的就是让"小说"重新恢复至它的处女之身——通过他的这部不可思议的小说重新去定义"小说"的概念。即使他的小说最后被出版社退稿又如何呢?波尼早就对此做好了准备。

作为波尼的研究专家,我也早就预料到这类事会发生。几乎不会有出版社能够接受这样一部书的,但不要紧,很多伟大的作品出版前几乎都遭受过这类羞辱,有的在出版的最初一段时间里也受尽了屈辱,因而在未完成波尼的研究论文之前我就给我的夜大生准备好了一堆证词。

如下(部分内容来自弗拉希内利的《专家的话》):

"或许我的头脑有些迟钝,但是我真的无法理解一位先生居然花费三十页的篇幅去描写入睡前在床上的辗转反侧。"欧兰多夫出版社的一位编辑对普鲁斯特的《追忆似水年华》写下的退稿评语。

1851年《白鲸》在英格兰以如下的理由遭到拒绝:"我认为这本书不适合青年文学市场,篇幅过长,风格过于老旧,我们觉得它似乎有些名不副实。"

1965年,福楼拜的《包法利夫人》接到了一封退稿信:"先生,您把您的小说埋藏在一堆杂乱的细节之中,这些细节虽然描写得不错,但却纯属多余。"

艾米莉·狄金森的第一部诗集手稿于1862年遭到出版社

拒绝:"有一个疑问,你的韵脚全押错了。"

亨利·詹姆斯的《圣泉》(1901):"过分刺激人的神经……无法阅读。神经紧张已经到了绝望的最大限度。根本没有故事。"

詹姆斯·乔伊斯的《一个青年艺术家的肖像》(1916):"在书的结尾,一切都被弄得支离破碎。无论是文字还是里面的思想都成了散落的发潮的碎片,就如同潮湿的火药粉末一般。"

菲茨杰拉德的《人间天堂》(1920):"故事没有结尾。无论是主人公的性格或者职业似乎都不能让故事的结尾显得合情合理。总之一句话,我觉得故事有头无尾。"

福克纳的《圣殿》(1931):"我的上帝啊,我的上帝啊,我们可不能出版这本书。否则我们都得进监狱。"

乔治·奥威尔的《动物庄园》(1945):"在美国根本卖不动关于动物的书。"

贝克特的《莫洛伊》(1951):"出版它毫无意义:美国大众的低级品位和同样低级品位的法国先锋派完全不契合。"

安妮·弗朗克的《安妮日记》(1952):"这个小姑娘似乎没有特殊的天分或者说情感,让这本书提上一个层次,而不仅仅是一件简单的好奇品。"

纳博科夫的《洛丽塔》(1955):"应该给精神分析学

家读读这本书，很可能已经这么做过了，小说里面包含一些优美的章节，但是它过于令人作呕，即使对于最开明的弗洛伊德学者来说也是如此……我请求将其埋葬一千年。"

约瑟夫·海勒的《第二十二条军规》（1961）："我真的无法理解这个人到底想干什么。这是关于一群美国士兵在意大利的故事，他们互相换妻，找妓女，却没有任何有意思的事情。当然，作者也许是要表现自己的幽默感，可能还要来一点讽刺，但是他没有在任何知识层面上娱乐我们。他有两种手段，两种都是最糟糕的，反复、没完没了地使用……简直乏味至极。"

H.G.威尔斯的《时间机器》（1895）："对于普通读者来说有些无趣，对于科技行来的专业读者来说又太过肤浅。"

……

（以下是评论家们对作家和他们的作品的评论）

巴尔扎克。"在他的小说里，无论是情节也好，人物也罢，没有任何东西能够展现作者的想象力。巴尔扎克永远不会在法国文坛占有一席之地。"（《两个世界的评论》）

艾米莉·勃朗特。"在《呼啸山庄》中，《简·爱》的缺点被这么放大了一千倍。仔细想想，唯一能给我们安慰的

就是想到这本小说永远也不会畅销这一事实。"(《北不列颠评论》)

托马斯·曼。"《布登勃洛克一家》仅仅就是作者用毫无意义的风格描写毫无意义的人物的毫无意义的故事的两本厚书而已。"(《大西洋月刊》)

赫尔曼·梅尔维尔。"《白鲸》是一部悲惨、苍白、平庸,甚至有些可笑的作品……而且那个疯子简直无聊透顶。"(《南方季度评论》)

沃尔特·惠特曼。"沃尔特·惠特曼同艺术的关系,就如同猪和数学。"(《伦敦评论家》)

……

波尼未来的《……》可能也会遭此命运。

这是夏季。我邻居最不喜欢的季节。但不影响他工作。昨天他对我说除了那玩意,他完成了波尼所有身体部件的打印。"那玩意"就是之前被他去掉后来又在清单上被补上的睾丸。我邻居再好的复制技术也不能把它与阴茎分离,因为这类"手术"连男科医生都勉为其难。它的多褶皱的造型非常费工夫,因而我邻居打算最后来完成它。

我邻居已不记得给他写过信的老头的侄女了,既然那只是我们打印计划里一个不足道的插曲,我也很快忘掉这件事。新打印出来的波尼清爽干燥,没有任何体液溢出,这是我邻居理想中的人类。我盯着它尚未装上睾丸的阴茎,觉得有点怪怪的。

波尼现在几乎已是我所要的样子了,尤其是脸部,我很惊异我邻居是怎么打印出他脸上那些小鬈毛的效果的,我是说他那些胡茬,他的眼珠子也有惊人的效果,那种灰绿的颜色在打印机上并不好调配,但我邻居出色地掌握了它的色度。不过我怀疑我邻居搞错了,波尼不是地道的欧洲人,他眼睛里应该有拉丁美洲文明非常古老的那种黑,有诗歌斧头白刃的光那样的白,有文学激情玫瑰里燎烈的红,和比速朽评论的霉菌的绿都还绿的绿。但那有什么要紧?除了我,实际上不会有人在意他眼珠子的颜色的。

在某些夜晚,我写我虚拟的波尼,波尼的传记和波尼那些子虚乌有的作品;某些夜晚,我则继续写着人体组织的注释和隐喻,后者尤其让我乐此不疲。这必定是受波尼的哈维尔·佩雷斯的启发——哈维尔·佩雷斯去形象化、去体裁化的写作观念通过波尼传递到了我这里,而我也为其感染了。我想象这一系列附在我论文里以脚注或者说注释形式出现的随笔,连同那具真实的波尼的身体,一定会让夜大生目瞪口呆;但也有一种情况,我的论文夜大生可能连一个字也不会去读,而波尼,他则会当成我送给他的礼物。一个丑陋的可能是给他孙子准备的玩具。

在我邻居忙着组装波尼的身体部件时,我脑子里在想着下一篇,即如何写下"脸"的隐喻。我在他家沙发上抽着烟喝着茶,他则忙不迭地把波尼的下半身拆下来又装上去,时不时地,还去阳台上的工具箱里翻腾一些可能用得上的小物件——因为波尼的腿有点长，据他自己说，比例不是那么恰当。我却不这么看。

以下是那天我在他家构思好晚上回家写下的：

脸其实是一个舞台。

它给五官提供一个崎岖的展示场地，它自身却不显示。与其他五官相比，它更像一个抽象的物体，它所有的起伏、伸张、柔软和坚硬，都是为了五官，它总体上是沉默的，就像安静的土壤，和地平线。

脸是人的表面，正像灵魂是人的里面一样。表面也很重要。男人们第一眼相中女人通常都因为她们令人瞩目的脸蛋。不过研究颅相学的贾尔（Flanz Joseph Gall）认为，人根本就没有什么表面。人的心智、本能和感觉都会显现于大脑表面，比如天生记忆力过人者头颅圆，双眼距离较远。麻木愚钝者，头狭小而尖，嘴唇厚大。嘴唇薄的人刻薄。隆布罗索认为天生的罪犯的某些脸部特征与原始人很相似，除了体毛稀少、前额后收外，通常都下颚前突，斜眼，耳朵大，牙间隙较大，目光锐利，情感有某种程度的迟钝，等等。更有甚者，反犹主义者们认为，犹太人在脸上也是有其标志物的，如长脸（多为国字脸）、大鼻子、胡子浓密都是犹太人坏品德的外显。川剧变脸的艺术形式是颅相学的直白的戏剧版。在川剧中，变脸演员会运用抹暴眼、吹粉、扯脸等艺术手段，来表现剧中人物的情绪、心理状态的突然变化——或惊恐，或绝望，或愤怒，或阴险，或变态，等等，以达到"相随心变"艺术效果。

人们习惯于将脸当成是一块用于映照身体内部的幕布，将脸上的五官当成一个已知条件来理解看不见的内心世界。人们希望这个世界存在着一些密码，可以带领我们通往一个大致可视之物，几近暴露，似是而非。人们害怕自己的内心世界如同害怕一切不可知的事物。

脸并非我们的面具，真正深不可测的人的内心是不会呈现在脸上的。但所有的面具都会将它们做成一张脸。不过我们肯定希望自己有很多面具，而将真正的脸藏在其中。因为并非所有的时刻都需要我们以真实示人。我们希望在自己与他人之间隔着一块迷茫的幕布，最好的状态是：当我们出现在他人面前，最好是四五个不同的自己，每一个都很清晰，每一个都是其余几个的对立面，补充。这些面具互成碎片、轶事，或作为一种知识形式。

因为前一天没弄停当，第二天我又去了他家。我邻居继续忙他的，我则在边上陪着。我邻居的儿子最近几天一直在家，我听我邻居说因为他前妻怀孕了，儿子不能去外婆家过暑假，更不能随他妈妈一起生活了。他前妻四十多了，能怀孕我认为这是好事。因而我邻居和他前妻，一对曾经的夫妇最近一段时间一个忙着在制造真人，一个忙着在打印假人，都在做大事情。邻居在那儿组装打印人时，我与我邻居的儿子说了几句话。但小家伙对我心不在焉的聊天并不上心，那小子没心没肺的，还不知道自己将有个同母异父的弟弟和有两个家庭意味着什么呢。和我与我哥哥当年的情况相似，我们那时候天天盼着我们的父母分开，但不知道我们的父亲真的走了后对我们意味着什么。我父亲身在曹营心在汉，他每天琢磨着那几枚铁钉和喷水壶的恍惚模样我们其实都看出来了，但我们意识不到那对我们意味着什么，对我妈妈意味着什么。

我总是避开在任何文本中写到孩子是因为我觉得孩子的世界有点邪门，所以我让哈维尔·佩雷斯有无孩子成为一桩悬疑，让波尼失去两个襁褓中的儿子，让我邻居害怕体液，让我本人失去性功能，甚至让我妈妈对我的小侄女也规避三分……只有这样才可以堂而皇之地回避孩子。成人世界和儿童世界并非主次关系，成人世界趋向于对一切问题做出一个统一的回答，小孩子的世界更愿意提问和表达它的对立面，就这个意义而言，小孩的世界并不是成人世界的附庸和副本，而是另一极、另一端、彼岸、反影、本质。孩子们经常通过他们的行为向我们传达一个信号：在我们生活平滑的表层之下有一股难以言传的力量在沸腾着，为了表面上的平静与和平，我们大人们整天说假话，做言不由衷的事……儿童们其实更像是我们的千里眼和顺风耳，他们特殊的知觉系统能够感知和质疑被我们粗糙的感官主动或被动麻木掉的真相和秘密，但是我们成人世界并不把他们的疑问当回事。鉴于我只是一个才华不逮的文学研究者，我不是无所不能的哈维尔·佩雷斯，也不是才华横溢的波尼，我就不强迫自己写任何有关于孩子的故事。我的虚构故事里往往还没开始就先会把男主人公阉割了，让女主人公步入绝经期，以免他们一起生出孩子来。

我与我邻居儿子很快就大眼瞪小眼没话说了，不久，他拾起游戏机去了阳台，而我则继续在脑子里构思我那些隐喻文字。

我邻居穿着一件短袖针织汗衫，一条棉麻料长裤，几乎没有腿毛和胸毛，裸露部位都干干净净的，除了下巴上有一点胡茬。他是他们这个年龄里罕见的没有肚腩和不油腻的人之一。就物理身体而言，他一切算是完美了。他们家室内温度常年在二十六摄氏度左右，因而无须担心我邻居所恐惧的事，四个房间里整齐发力的四台空调让我们的皮肤干干燥燥的就像家具表面一样。齐鸣的空调声向来是我邻居欣赏的低音交响乐。我邻居在这样的环境中容易保持清醒的头脑和快乐的心情。

早在打印部件之前他就在接头处留好了机关，波尼关节和肌肉软组织设置的是不同大小的系数，不同的软组织也打印出了不同的皮肤外观和手感。我邻居在一些细节上的讲究简直是登峰造极了。

要不怎么说他是无人能敌的技术男呢。

所以我无须担心打印的那些零部件。我也不懂。我不知道我邻居是怎么算出这些肢体零件间的尺寸的，因为看上去是那样严丝合缝，打印人的比例也完全符合一个真人的比例——除了他修改过的那两条腿。为了配得上这具完美的躯体，我提议给波尼做一顶真发。我邻居认识肿瘤医院旁边的一家假发店，假发师过去是一名理发师，因为来医院化疗的病人多起来后他看到了商机就改行做了一名假发师。假发店在附近一带非常有名，甚至上过电视新闻，因为它所售的所有假发都是用真发一根一根粘起来的，要价显然要比别的地方高很多。不过我邻居和我不在乎。主要是我不在乎。波尼的鬈发和微缩的体形从某种程度上降低了做假发的技术要求，估计费用也不会很离谱。于是在组装好所有的部件，最后一个睾丸也打印出来后，我们找了一个下午带着波尼去了趟理发店。

一个星期后，假发师就通知我们去取货了。

第二十章

我妈妈连着两天没有见到公证员了，打他手机也没接，之后她有了一种不祥的预感。尽管我妈妈不是那种善解人意、会体贴人的人，但她现在一门心思在他身上了，在那些日记身上，因而一天没有公证员的消息就会让她寝食难安。

平时混乱但此刻清晰的逻辑推理能力往使她在公证员经常散步的河边兜了一圈之后，我妈妈觉得公证员可能正是在那儿出事了。结果与我妈妈想的一模一样：公证员在公园门口的一个石桩上摔了个跟头，牙齿磕破了两个角，鼻梁骨差点压断。石桩在白天非常醒目，周围也没有什么障碍物，能在这样大的石桩上撞上说明公证员当时的情况有点微妙。公园门口是公证员每天都要经过的地方，怎么可能撞上这个石桩呢？公证员的儿子第一个行动起来，他建议父亲做个全身检查，之后不由分说地把父亲摁在车子里驶向了医院。结果一个小时后出来——公证员有点小中风。公证员脑血管里有几个小血栓在路上打家劫舍，还好没有在他身体里造成大的交通事故。公证员对此不以为然。他藏起那张化验单，决定照旧每天早上去散步。

因而几天后当我妈妈见到他时，他只是鼻梁上多了一小块事故结束后的血痂，那两颗破牙齿倒没有影响他的咀嚼功能，他故作轻松地向我妈妈描述了一番"惊心动魄"但"什么事也没有"的一跤。我妈妈不全信。我妈妈认为我们都是巨大因果机器上的一系列小零件和小环节，如果他不认识她，他说不定就不会在这个该死的早晨撞上一块多管闲事的石桩。因而她的推理路径是这样的：如果她不是个初级音乐爱好者她就不会与我那该死的父亲结婚又离婚；如果她一直有一桩幸福的婚姻她就不会每天凌晨三点才入睡；如果她不是因为深度失眠每天凌晨三点才入睡她就不会认识凌晨四点出门散步的公证员；如果凌晨四点散步的公证员不是因为当时想着凌晨三点才睡觉的她，他那几块要命的小血栓就不会在血管里停下来；如果那些顽皮的小血栓不在血管里停下脚步来他就不会撞上一块熟悉的石桩……因此，我妈妈武断而自信地认为，公证员之所以在这块那么明显、过去从未撞上过的石桩上倒下就是因为他认识了她。我妈妈难得为一件事去忏悔，因而我妈妈和公证员都知道，这次她可能动心了。

公证员一家却被他们父亲的意外吓住了。就像公证员儿子夫妇之前想过的那样，公证员真的有一天倒在了凌晨的散步途中——所幸安全着家了。公证员的儿子夫妇决定限制他凌晨外出。夫妇俩最初采用的限制方案间接而婉约：头几天晚上一到饭后八点就软施硬磨地要公证员与他们一起看电视，他们还从家里倒腾出了一些他爱看的西部枪战旧碟片，试图把他的注意力拴在沙发上而不是任由他自行放倒在床架上。但这招不管用。不管是看电视还是碟片，不出半个小时公证员就能在沙发上睡着。因而到了次日，这名鼻子上绑着纱布的老人仍能准时三点醒来并且动如脱兔地打开大门去赴他时间看守人之职。他儿媳于是在婉约的程度上增加了一定的剂量：背着公证员她和她丈夫轮番给亲戚和认识公证员的一些老朋友打电话要求他们最近晚上八点轮流来拜访公证员：周一是公证员的一个堂弟，周二是公证员早年的一个邻居，周三是公证员原先单位的死党，周四是公证员的妹妹，周五是另一个邻居，周六是公证员的发小，周日是儿子全家一起上……这些谈话轰炸起初管用，但两周后公证员就病倒了。

所以我妈妈的"夜晚"时间与公证员的"早晨"时间有长达两周不能互为续集。公证员卧了几天床，还去看了一次医生，这次医生名正言顺地把上次开的降血脂的药添进了他的药单上，在儿子一家的劝抚下公证员也安安心心地在家里待了几天，但让他恼怒的是，即便是在被儿子和儿媳的温柔陷阱安排下晚上十点入睡次日仍旧能在三点钟醒来，而且那样的时刻还非常折磨人：当身体被困在床上时，他的另一部分仍旧朝向大街和公园习惯性地踱去，沿着河岸，穿过树丛，过灌木，甚至在他撞上的那块大石桩边上徜徉几分钟……有时候，在这样似梦非梦的幻觉中，他做了一些过去他不曾做的、也不被允许做的事：拧一拧经常迎面碰上的菜贩子的鼻子，往公交车的屁股灯扔一块石头，往河面上丢一坨屎……现在那儿全是他的地盘了，他也是全部的他，意识和潜意识彼此渗透，淘气和稳重合二为一，温柔和作恶同仇敌忾，在那样的想象中他无所不能，因为无所不能而为所欲为，这让他兴奋不已。因而公证员在养病期间记下的"早晨"日记更加妙笔生花，不再是就事论事的流水账了。我妈妈显然也喜欢他现在的这部分"日记"，因为它与她自己的现在有了更多的相似处，不再是一个人用现实的材料、另一个人用虚构的材料，不再是一个人在河边的"早晨"、一个人在床边的"夜晚"。此时他们拥有的时刻也有了更多的相似点，当我妈妈爬上一张刚刚入睡的床时，公证员也在另一张床上脑子里回放某种小说不像小说、幻想不像幻想的东西。现在时间的篝火越拨越旺、越拨越亮了，我妈妈光亮的分子和公证员光亮的原子边缘正在彼此融化融合，在这种融合中我妈妈和公证员看见一切他们想看的——这种感觉与波尼写他最近的小说很相似。因而当我妈妈在电话中互念前一天的日记时，比任何时候都更靠近对方。

　　我妈妈就是这样沉浸在他们的友情和写作聚会中乐此不疲。她已不再依赖那些给我的电话和我给她打的电话来挨过她的艰难时光了，她也不再留意小区门口保安像枚钉子一样搜索她的目光，有时候她自己还主动去找他的目光为的是给她的"日记"增添一点内容。保安现在认识了小区里更多的人：几个像我妈妈一样在地下车库跳广场舞的老太太，和一个来这里当保姆的最后成了他未婚妻的小姑娘。每个人都运行在自己那条独特的轨道上，以各自的方式被织进时间这条飞毯上，有时候是以一条细小的经，有时候是以一根瘦弱的纬，最后那条飞毯飞向了远处和死亡：我在忙碌波尼的研究中模糊了自己的私人生活，我妈妈借她那些微不足道的日记放大了自己的感情，保安借他的未婚妻消除了他的无所事事；波尼借他的小说主人公哈维尔·佩雷斯，哈维尔·佩雷斯借他万能的写作能力，我父亲借他的死亡，我父亲的第二个妻子借我父亲的死亡和她的伪善，我哥哥借他对霹雳舞的遗忘能力和对家庭生活的热衷，我嫂子借她对我哥哥的爱和她的务实能力……每个人最后都将消失于时间。

于是，我妈妈决定和公证员生活在一起了。我妈妈觉得只有他们住在一起了公证员才会放下不能在凌晨三点外出散步这块心病，尽管她喜欢他最近的"日记"。她现在已不再介意睡在她身边的男人是否会持续用一把掉毛的牙刷，是否会偷宾馆里的小肥皂，是否会在分手时甚至带走一把喷水壶，就像索尔·贝娄在他《晃来晃去的人》中写的那样，我妈妈的岁月已经失去了它们的特色，"从前，曾有专门烤面包的日子，专门洗衣物的日子，事件开始的日子，事件结束的日子；而现在呢，千篇一律，彼此雷同，你很难把星期二和星期六区分开来"。对我妈妈来说，岁月失去它的特色还表现在他们最后可能出版的"日记"也同她曾读过的那些言情小说一样一开始由某个闪亮的词作为火把主导但最终消失在一片柴米油盐的黑森林里。在她现在记录"日记"的笔记本里，某种重复现在已经开始了：某些名词一用再用，某些出现在她文字里的人老调重弹说来说去都是那几句话；很多事情都是之前做过的事件的回音；就是她和公证员现在死去，也不过是从前的那些人在他们身体里的再死一次。

因而她"文艺老年"的身体里第一次有了一个实际的念头，她决定把这个念头告诉我们。我哥哥是第一个表态的，因为他不想他务实的小日子经常被她怪异的时差所骚扰，自打我们的父亲去世，这种骚扰还与对我妈妈未来的担忧结合在了一起，因而如果有一个接盘手哪怕他是个凌晨三时的看守者我哥哥也会喜闻乐见的。我妈妈公布这个结果后我哥哥忐忑又欢天喜地通过公安系统的一个朋友以某种非正式的方式调查了公证员一家人的情况，其满意的结果甚至超出我哥哥的意料之后，我哥哥觉得将我妈妈交给这名公证员再合适不过了。

至于我，我妈妈只是草率地给我来了一个电话。由于我事先就知道她在交往一个人，她还曾在电话里给我朗诵过他们的"日记"，因而我的批复又干脆又简短：做你想做的！早在这篇小说的开头我就向读者说过了我妈妈将我视作她的剩余部分，她对面的山峦，她的深不可测的海底，她的水晶球里的影子……因而我们俩向来沟通良好。说真的，我其实有能力帮助我妈妈出版那些关于"时间"的日记的，但我觉得像私人档案一样保存着，比将它们保存在一本书里要来得更有意义。我现在鄙视书，鄙视任何形式的出版，鄙视作家，鄙视评论，鄙视读者，鄙视图书排行榜，鄙视即将倒闭或已倒闭的书店，鄙视反应迟钝且满嘴谎言的报纸，鄙视事不关己的杂志，鄙视夜大生，鄙视我自己，鄙视让我疲惫不堪的所有正式和非正式的文学活动……只要我一停下波尼的研究工作，我就再也不想与书和写作发生关系了。

第二十一章

　　波尼的妻子去世了。一切如波尼预料的那样，她没能挺过这年圣诞节。看着一个人在眼皮底下慢慢消逝和在某天清晨被告知相依为命的弟弟忽然自杀情况是不一样的，在妻子这种看得见的死亡中，波尼拥有更多的是平静而不是悲伤，因为死亡事先张扬的身影让他看到了我们仍旧是某种统一整齐事物里的成员，不管扮演什么角色，眼前都有一个在我们出生那一刻就搭好的死亡舞台，每个人都必须去上面走一遭，然后孤独消逝。书店老板参加了波尼妻子的葬礼，就像五年前他们的婚礼那样，一切都还能在原封不动的基础上进行，因为葬礼和婚礼设在同一个客厅里，婚礼上的白色甚至还没来得及被时间染污就被应用到了她棺木上花瓣的色彩里。木材商没来，木材商那年在春季的山洪暴发中被卷进了莱茵河里。两个相识不久的邻居加入了这支人影稀少的送葬队伍。波尼从未见过面的打字员的几个远亲也从附近赶来了，不知道他们从哪里打听到了消息。波尼对打字员是个孤儿的情况只是一知半解，现在他知道了她从小被一个表姨妈收养，但他们来往很少（她表姨妈待她很苛刻）。噩耗于是把分散在几处的几个亲人聚集到了一起，但也只有表姨妈和家里的几个表姐妹。在葬礼上，她们轮番安慰波尼，给波尼看他妻子小时候的照片和搬到马德里后给她们写的一些信，有几封信中提到了波尼，有几封信讲述她的打字员工作，语气都不咸不淡的。几个表姐妹都在马德里附近的阿尔卡拉小城和附近的村子里住着，葬礼结束当晚就坐火车回去了。打字员的文学朋友也来了几个，和打字员一样，生活在文学花苑最下层的他们仍然被写作的热情炙烤着却煮不熟任何作品，也没有任何盛名的可能性等着他们，马德里文学圈有它封闭而自以为是的江湖，它只给那些二流的写作者留位置，最好的和三流的都会被拒之门外。因而没有几个人认识打字员，认识打字员的朋友，也没有几个人认识未来的文学之星波尼。打字员的葬礼同其他人的葬礼一样静悄悄地进行着。葬礼过去的第一个周末，出于安慰和商讨他的书稿，摩洛哥女人把波尼请到了家里，波尼于是成了那天晚宴的主角。但书店老板和其他几个诗人作家才是那晚的主要谈话者。老诗人也在，他彼时已病入膏肓，裹着一条毯子窝在沙发上，作为一个端庄的陪衬抬升了这次聚会的规格。别无其他了。话题都与文学有关。但波尼无意关心聊马德里文学圈、诗人们的逸事和他们自己的诗歌，他只喝了几勺蔬菜汤。现在他看到肉有点恶心。

"尽管我十分讨厌打字机，但必须承认它对于自我批评是有帮助的。打字稿毫无人情味，看起来很丑陋，当我将一首诗打出来,我立刻就发现了它的缺陷,而在手稿上,我就会看不到这些缺陷。对于一首别人的诗,我所知的最严厉的是将它手抄一遍。此时,生理上的厌烦肯定会使最细小的缺陷自我暴露:手一直在寻找停下来的借口。"

波尼不禁想起第一次见到打字员时自己的滔滔不绝。在贬低了他未来妻子的博物馆工作之后,为了讨她欢心,他引用了某位诗人说的上面的这段话。但打字员当时没有领情。打字员那时候每天都被博物馆里的文山会海所淹没,给她的打印材料一天堆得比一天多,但没有半点诗歌的气味,为了一份微薄的薪酬她的手也没有停下来的理由,因此她一边含糊地回应着波尼的话一边飞快地在键盘上敲击着。上述那段话只有几个最富黏力的词落在了她耳膜上:"自我批评""丑陋""缺陷""手"。现在波尼在某些晚上重读那位诗人的这段话不禁泪如雨下,他想到自己当时一个劲地掉书袋时妻子那张被平庸和害羞衬得通红的脸。

> 全都在蹒跚;
> 全都在墨水中咳嗽;
> 全都用鞋子磨损地毯;
> 全都斟酌着别人的念头;
> 全都认识邻人所相识的那个人;
> 主啊,他们可以说些什么,
> 他们的卡图卢斯也这样走路?

叶芝的诗只是加剧了他的痛楚。
　　停止所有的时钟，切断电话
　　喑哑了钢琴，随着低沉的鼓声
　　抬出灵柩，让哀悼者前来
　　让直升机在头顶盘旋悲鸣，在天空狂书他已死去的消息
　　把黑纱系在信鸽的白颈，让交通员戴上黑色的手套
　　他曾经是我的东，我的西，我的南，我的北
　　我的工作天，我的休息日，我的正午，我的夜半，我的话语，我的歌吟
　　我以为爱可以不朽，我错了
　　不再需要星星，把每一颗都摘掉
　　把月亮包起，拆除太阳
　　倾泻大海，扫除森林
　　因为什么也不会，不再有意味。

　　这些诗句让他心碎。
　　一如我妈妈离职时要求校长将那架旧风琴作为给她的纪念物，波尼也向博物馆馆长索要了那台打字机作为凭吊妻子的信物，妻子死后第一次搬家波尼就带上了那台打字机，和其他家什一起：一箱子书，几件旧衣服，一台收音机，一辆二手自行车……书店老板给了波尼一个不需要付租金的单间，条件是全天候看管他的书店——之前是半天的工作——除此之外，波尼还负

责书店自主印刷小册子的编辑工作。但书店在经营上已经一蹶不振了，后面这些业务最终没有开展起来，波尼只是额外地得到了几个月免租金的房子。实际上自从小男友离开后书店老板就再也没能恢复元气，那套家族系列图书的出版给他带来的欢愉极为短暂，很快他就坠入到虚无当中，直至有一天从四楼阳台上跳了下去。那时候波尼已经写完《……》了（尽管这部小说没有完结的时候），他在马德里的生活也临近尾声。每样事物在收尾的时候都是有一定的征候的，但不是所有人都能接收到。波尼不悲伤，但无疑他得面对新的改变。彼时对失踪走火入魔的波尼来说，书店老板的离世也不是真的离世，只不过是加入了一支人头攒动的失踪者队伍，实施一场早晚要开始的消失，就像很多年前的哈维尔·佩雷斯那样。每一个去世的人和失踪者都不过是远行去了一个他们生者到不了的地方，而最终生者与死者将会合，我们在那里与之碰面。

　　妻子去世半年内波尼搬了很多地方。书店老板的库房只是一个临时的栖息之所，很快他又找到了一处采光很好的房子，因为这对他视力模糊的眼睛有好处，他那时候没日没夜地写作，眼睛已经不大好使了，有时候必须费力辨认才不至于把"b"看成"p"，不把"i"看成"l"。新公寓的房东是书店老板的一个老朋友，只收了他一半的租金。但这也住不久。波尼每次搬家都带上妻子的那台打印机。打印机现在成了妻子的化身，因为很多年来她的手就停留在它上面，做出一副创作的姿势，或者说和创作很接近的姿势——有些词她重复了又重复，有些句子她从未碰过，但每一次碰触她那模糊的文学精灵都试图从打字机僵硬的机械身体上展翅欲飞，每一次飞离那架笨重的机器却又都在原地栽倒……妻子写下来的作品很少，只有薄薄的一本小册子，也没有被正式出版过，有些还是波尼帮她润色的。妻子没有什么文学野心，唯一的念头就是帮波尼改完那部家族小说。现在那部小说出版了，可妻子却不在了。

波尼把笔插入的是药水瓶而不是墨水瓶。《……》越是接近"完稿"这种感觉越是强烈。有时候这种感觉与作为文学研究者的我很接近，我常常觉得，哈维尔·佩雷斯、波尼和我，我们是三合一，我们可能是三个文学世界里最不安分的人：哈维尔·佩雷斯用魔法水来创作，他写下的每一部作品都是新的，每一部都像是另一个人写下的，因而他写作的目的就是让自己消逝，隐身，去作者化，变成别人，让自己失踪在自己的作品中。我是一个研究假作家的人，我把写作的羽毛笔插入一只装了海水的漂流瓶中——一些无名者若干年前将其投入了大海，为了让另一些无名者若干年后把它捞起——我蘸着海水写下的字没有颜色因而不会在任何纸上着墨，更不会在这个世界上流传，最后，那只被我蘸过水的漂流瓶重又归入大海，而我写下的也重新被运入造纸厂进行新的轮回——我是另一个意义上的失踪者。波尼是我们当中比较特别的一个，他把笔插入药水瓶是想医治我们有史以来的小说病，给我们的小说一个长生不老的寿命，一个无限的身躯。

在波尼的文学世界里,作家最为道德的做法不是替读者写下好作品,而是不要因为他的作品给别的写作同行和读者带来障碍,用他的作品为他们建墙,竖栅栏,用他的作品来让他们止步。这方面我们文学史已有太多的反例了,扳一扳手指头我就能代波尼数出一堆来:《跳房子》《人生拼图版》《哈扎尔辞典》《周期表》《闺房及哲学》《S》《凶年纪事》……写下这些作品的作家们都不像波尼,他们自以为是地以为他们为我们的文学从事了某种创新,他们绞尽脑汁地为我们建造起了一座比一座吓人的大厦——辐线结构的大厦、蛛网结构的大厦、链环结构的大厦、回形结构的大厦、牛排式结构的大厦、细胞式结构的小说大厦……借此企图,或者已经跻入伟大作家的行列。他们是用吓唬人的方式让我们向他们致敬的。但在波尼看来这群人的做法只让他们像一群手艺差劲的泥瓦匠,除了造起一堵又一堵让小说世界变小变窄的墙外一无所有。再拉风的大厦如果不能住人就只是违章建筑。因而波尼要致敬的是另外一些伟大的作家,比如普鲁斯特和波拉尼奥,他们用他们巨无霸的作品为我们拆除了小说写作中的障碍物,拆除了墙,拆除了栅栏,让我们看到小说其实是一块没有边际、可以容纳万物的平地,地平线有多长,它就有多大,天空有多高,它就有多深。因而,经常在深夜,当波尼把他那支被小说写秃的羽毛笔插进他的药水瓶时,他在文字中看到的是一个大到让他摸不到边的又热闹又孤寂的宇宙:孤寂是因为是他而不是别人写下这些文字,在他之前从来没有人用这种腔调写下过它们，在他之后也没有；热闹是因为文学世界从来不缺人影，他不是第一个作者也不是最后一个，经他写下的每一个词语在他选择它们之前就已经有意义了，在他之后也继续存在。"全都在墨水瓶中咳嗽"这样的句子已经被叶芝写过了；"把月亮包起/把太阳拆除"，这个句子也被奥登用过了；"卢梭，我怕过、爱过、恨过、苦过、努力过，尔后死去/我做所有这些事，都带着对你的记忆/如果是上天给我灵魂，是大地用最纯粹营养滋育"被雪莱两个世纪前就写下了……但这些"全""都""在""墨水瓶""中""咳嗽""把""月亮""包""起""太阳""拆除""卢梭""我""怕""爱""恨""苦""努力""尔后""死""所有""这些""事""带着""对""你""记忆""如果""上天""灵魂""大地""最纯""崇拜""营养""滋育"尽管已经无数遍在岩石、羊皮、泥瓦、莎草纸、竹简、锦帛、宣纸上被书写过，在各种纸上被用得磨出了毛边——现在它们却又跃上了电脑屏幕，被反复继续使用。这个世界上还有比词语更牢固的东西吗？还有比词语更经用的事物吗？词语从来用不破也用不旧。就这个意义而言，字典可能是一部更为伟大的作品，因为字典被反复阅读，被无限阅读，被用各种方式阅读之后仍旧是一部字典，而有些伟大的作品被反复阅读后却很少是伟大的作品了。怎样才能创作一部像字典一样的伟大作品呢？怎样才能拥有一部像字典一样拥有无数作者（字不是由一个人创作出来的）、无数的主人公（每一个字都是主人公）、无数的读者

（每一个查字典的人是读者）的作品呢？具有字典的开放性，让任何一个文学爱好者把小说的最后一个字变成一部新小说的第一个字——就是波尼的小说野心，就是一部理想的《……》。

波尼的身体越来越疲惫，字典的想法让他惊恐。他看不到这部小说的终点，因为尽头还远远未来。他整天都用于写作，书店工作几乎没有什么干扰，因为买书的人越来越少了，书店老板出现在店里的时间也越来越短。老板经常快下班才来，收了钱就离开。直到有一天走了后再也没有回来。波尼那时候麻痹大意，老板其实之前同他有过一番谈话，但波尼没有留意他话中那几个关键词。小男友走后书店老板又有过几段短暂的恋情，但都没有像那一次那样燎烈，可以说那个恶魔般的小情人夺走了他的一切。书店老板自杀前一个月小男友在阿维尼翁死于吸毒过量，与两个同性恋一起暴尸街头。法国警方的消息传到马德里后，辨认他的身份花了半个月的时间，因为小男友并不是马德里人，他是南部安达卢西亚人。书店老板于是成了一个最为主要的证据提供者，不知道这是不是后来导致书店老板跳楼的原因。书店老板跳楼的前一天晚上还在书架上整理那部家族故事，他看到自己重复的身影整整齐齐地躺在第三卷里，头枕着祖父的葬礼，脚横亘在他最喜欢的小女儿身上，他女儿彼时已经出落成一个美少女了。第三卷的故事正好戛然而止在她十四岁生日那天。

因而不会有第四卷了。

也可能再也不会有续集了。

波尼此时决定中止他的小说。

波尼的《……》可以在任意的地方停下来，因为他已经创造了一种可以让作者随时离开、新的作者随时可以加入进来的结构。就小说本身来说波尼的歇笔对它没有造成大的伤害——就像一部真正的字典。故事刚刚进行到其中的一位主人公（在其他篇章他是不重要的配角）：一位哲学教授不孕的妻子产下了一个儿子。而在这之前，两人结婚十五年了，妻子却没为他生下一儿半女。这对年届不惑的夫妻已经决定做丁克家庭了，但就在这时妻子怀上了她年轻情人的孩子。小说写到这位教授分别接到医院妇产科和妻子同事的电话，在电话中他们告诉他，他妻子上班后不久羊水就破了。教授于是在家里磨蹭了半天，他收拾了几件妻子的衣物打算去医院看望这位未来的儿子。但一场突如其来的大雨挡住了他的脚步。他于是借着等雨之际，电话叫来那位暗恋他多年的女记者，在妻子躺过的双人床上与她做了爱，之后，教授重新拉开拉杆箱的拉链，把妻子和婴孩要穿的衣物一件一件地塞进去。蓦地，这位犹疑中的教授想起了一个细节，很多年前，在妻子与他结婚不久，有一天，妻子要回老家去看父母，他送她去车站：

在月台上，车子即将启动时他对妻子说，我没法一直陪着你，我将你送到车站，之后就会有人从下一个车站将你接走，这段行程就是这样……每一段行程都是这样。教授当时说这话时觉得很心痛,仿佛他再也见不到妻子了,仿佛妻子被那个人接走后就再也见不到她了。

这就是这卷小说的最后一段。波尼把小说中止在这里。今后只要有人对此感兴趣都可以把这篇小说接着写下去,写教授妻子的故事。在波尼写的这个《教授的苹果》的小说卷里,教授的妻子只是一个背影,面目不清,还思虑重重,故事主要情节都是教授自己与女记者暧昧不清的故事和他自己清晰的哲学断思,其中哲学断思成了最主要的情节。我前面说过了,波尼不会满足于只写一个故事,他的很多小说分卷都是像这卷几乎是一部百科全书,所有体裁都能在他的小说里找到一席之地,而所有的情节都是开放性的。这名被戴绿帽的哲学教授之前也用第一人称和第二人称分别描绘过他了——在其他的章节里——他有时候是次要人物,有时候甚至没现过身。除了哲学教授,波尼还写了一个研究萤火虫的教授,哲学教授的同行,那家伙有个神经质的早年带着拖油瓶女儿离开他的妻子,有一天,这位性情古怪的自然科学教授忽然收到了妻子不知从哪儿给他写来的信,在信中回忆了他们短暂婚姻的同时还试图勾引他。

那卷小说的结尾写了这位萤火虫教授做了一个梦:

五月的一天,我在乌鸫夫妇栖居的合欢树下又做了一个梦。在梦中,我成了一名捕梦者。每天天一擦黑,我就举着捕梦网去往世界各地,我的职责就是进入人们形形色色的梦境,将他们破损的梦补好。但我怎么知道他们的梦有破损呢?很简单,这个世界上没有一个人的梦是完美的,也许他们小时候做过完整的梦,可只要进入成年,他们的梦就变得破损不堪,也就是说,我只要发现一个成年做梦者就可以进入他的梦境。在黑暗中,睡着的成年人头顶通常有一抹微光,就像萤火虫的尾光大小,而小孩子的光很大,很亮,很刺眼,因而我很容易躲开那些未成年人的梦境直扑我的猎物。就这样,我每晚都会捕到很多梦,每次当我从一个人的梦境跳入另一个人的梦境,我都会有稍许的难过,因为讲真的,职业使然我不愿意看到那些过于残破的梦,尽管梦越破我就越有施展的余地,但我经常为它们号啕大哭,有些人的梦破得根本不值得修补了,也就是说,他们的梦破得就像现实一样没有一处想象的缝隙,多数情况下我会尽我所能将它们补缀好,只是头一天修补好的梦,经常到了第二天,或者几天、几个月、几年之后又会破成碎片,这使得我永远有没完没了的工作要做。我非常热爱这份职业,只是有时候我会忘记自己的真实身份,我到底是一个在野外的萤火虫研究专家呢(因为我举着一只捕虫网),还是一名真正的捕梦者?每次当我外出捕梦时,我都会穿上一件特制的衣服,就像那些宇航员,因为要从那抹微光进入我工作对象的梦境必须在一种失重的情况下,但只要我进入对方的梦境,一切就不是问题了。我最爱光顾的是男人的梦境，因为男人的梦做得大，场面开阔、大气、现实，我可以在其中畅通无阻；女人们的梦做得很有细节，更丰富，磕磕碰碰、满满当当的，你经常会在其中遇上不期而遇的东西，在造梦方面她们所具有的想象力让人叹为观止。鉴于此，我准备好了两种工作状态：也就是说，当我修补男人的梦境时要搭建起一个脚手架并准备更多的工具和原材料，有时候我还得使用快捷交通工具从一个地方赶往另一个地方，好在这花不了我多少时间，因为在梦里时间过得很快，有时候闪电眨眼的瞬间就可以让我从一个城市跑到另一个城市。实际上给女人补梦让我花掉更多的时间，因为大部分女人的梦破得就像一张渔网，你都想象不到她们是怎么折腾自己的梦的，也就是说，她们的梦是一个我们完全陌生的宇宙，但完美严密，它有自己的秩序，有自己的材料，有自己的德行和律法，甚至有自己的居民（尽管也叫人类），你简直无法用我们现有的逻辑和方法来对它进行修补，每次碰到这样的对象，我只能哀叹自己运气不好。光凭闪烁在他们头顶的微光我是判断不出哪个是女人的梦、哪个是男人的，只要进入梦境就不能回头，而一旦修补好梦境就会自动合上，就像合上的大门。因而修梦其实是有点风险的，搞不好你一晚上一事无成，因而每次补完回来后我都非常累，有些根本补不了的，我干脆就劝他们别做梦了，尤其是那些女性做梦者。另外，我也会捕到一些失眠者的梦。失眠者怎么会做梦呢？失眠者当然也会做梦！！只是他们的梦是半透明的，重影的，模糊的，就像一本被印刷了两次的书，白天的生活和夜间的奇思异想并行重叠，因而它们常常让我眼花缭乱，伤及视力，逢到这样的顾客，我的主要职责就是给他们造墙，也就是将梦与现实隔开来，用一种笨拙的分离术，但每次时间都不够，因为每次当我刚刚搭建起墙的基脚他们就醒了。每个失眠者的睡眠时间都不会超过八个小时呀。有的甚至只有两三个小时。因而为这类人工作我的精神最为紧张，可让人恼怒的是，这类顾客目前越来越多。包括我本人。

交货时间终于来临。我还有什么可说的呢？简直是太完美了。我邻居对我的赞美悉数接纳，包括最后打印出来的那只睾丸和那头真发简直就像一个真的人。那名假发师不负众望，尽管我不认为他是真的把真发一根一根粘上去的，但显然那张特殊的头皮最终把真假的裂缝给填平了。我们没有忘记给画了草图的老头寄去一封感谢信，拍了几张波尼的打印件照片发给他，但老头没回信。不知道是因为上次他侄女的事还是老头去世了。老头八十多了，随时有可能离开我们。上文我就说过了，上一次是他最后一次给我们写信。

看着完美无缺的波尼我有点担心3D打印这项技术最终毁了雕塑这门艺术，但我邻居觉得我的疑虑是多余的，因为当年照相技术问世也没有把绘画艺术给毁了，这些新技术的发明只会让其中的一种风格，比方说写实风格变得一无是处，但肯定会催生其他更多的艺术流派。照相机发明后不是马上就有了印象派了吗？之后什么达达、立体、抽象、表现主义简直让人目不暇接，就是电脑成为我们生活中一台无所不能的机器之后，绘画也仍旧是艺术花苑中的一株常春藤。

现在波尼就立在我的书房里，高三十厘米，体宽约五厘米，与几本我最喜欢的书站在一起。我在书架上专门腾出了一个空格作为他的栖息处，同时辅以几本他可能会喜欢的书作为背景道具。这些书实际上是我本人的最爱，几本纳博科夫、卡尔维诺，几本博尔赫斯、罗伯-格里耶、理查德·耶茨，艾丽丝·门罗全部的中译本。我邻居过来参观过波尼的"新居"，但没提什么建议，不是说他对环绕着波尼的几本纳博科夫什么的无感，而是他觉得这种花哨的手段会把他打印波尼的辛劳给抵消了。在他眼里，波尼仍旧只是个复制人，而不是我眼中的一个新作家，因为他最后的手工活让他像降生了波尼一样。波尼当然也不是裸体的，一周前我们俩找到小区里的一位老裁缝给他量身订制了一件上装，式样是六七十年代流行的束腰夹克，领口上镶着一个衬衣假领子。那件小衣服很费工，因为针脚必须细小，同时夹克衫还得有蚂蟥带，但常规的蚂蟥带很粗，很难穿进衣服的下摆，裁缝最后缝进了一根很细的橡皮筋，效果也很好。裤子我们没有定制，因为我邻居家有现成的，他儿子丢弃的一个玩具人偶身上直接扒下来就可给波尼蔽体用。是一条做工还相当考究的牛仔裤，牛仔裤上甚至还有"Lee"的牌子字样。鞋子是我钥匙扣上的一个玩具，谢天谢地，它们刚好能套进他的光脚板。一切看上去没什么毛病，连最后被安上去的象征性地晃荡在他裤裆里的睾丸都是浑然天成的，那两个小圆球正是让打字员两个夭亡的儿子降生的主要肇事者之一。

看着这两个小圆球，我沉默不语。因为这部小说快写到结尾了，我仍然是一个因为有着小生殖器而无法与任何女性交媾的单身汉，而我邻居也仍旧是一个对女性体液恐惧不已的离异者。我邻居注定要一个人过，就像我一样。但这个世界有两个毗邻而居的单身汉也不是一件糟糕的事。就是全部是单身汉也不至于让地球毁灭。单身并且还能够把日子过下去意味着我们作为两个人类产品是完美无缺的，无须借助于与他人组合的方式，是一种进化完全的产物。就像那些草履虫。草履虫的世界是那么简洁、美好。人类历史已经证明婚姻只是一种雌雄异体的动物用于生存和繁殖的补救方式，而且它还证明了我们不过是一些凌乱的孤单的部首和偏旁，只是部分地诠释了这个世界的意义，在任何问题上，我们都只有一半的存在感，当我们是左、是阳、是凸、是撇、是上时，永远有另一极、另一半需要我们来张望、对峙和结合。也因此，男性的部首和女性的偏旁，或者女性的部首和男性的偏旁之间的吸引、组合、打磨、删除、丢失、复合及至消失，构成人类感情史上最为复杂而麻烦的篇章——文学史上有很多作家就以写这类人类半成品的婚恋故事为生。我妈妈就是这类读物的忠诚读者。我把我和我邻居视作真正的人类产品而不是半成品是因为我们自己就是正反意义兼具的形容词，是两岸，是中轴，是东西，是南北，是上下，是前后，是左右，是里和外，是远和近……我们自身就是生态平衡的星球，在性这类问题上能够自力更生，避免一切由此而来的依赖和奴役，我们的单数也是复数，我们堪称空间和精神双重节约的典范。当然了，从另一个方面来说，尤其是对我妈妈这类言情小说的读者来说，我们完美的存在也是一种缺陷，因为我们不能给我们的文学史带来灵感和阅读美德。当我们就像能够自转的恒星，强大而独立地存在着时，我们同样也沉默地乏味、永恒、光秃秃着。

我的学术论文彼时也进展得差不多了。我几乎写了一部波尼的传记，我杜撰了一些假年份和假数据，还虚构了一些不存在的作品名字，一部分是波尼的，一部分是哈维尔·佩雷斯的。一位真名就叫哈维尔·佩雷斯的西班牙朋友帮了我，他允许我摘用他一部分作品放到我的论文中，他像我的假哈维尔·佩雷斯那样，有着一个无限的文学野心，但他是个诗人，最近在写一个长篇，不过他诗人挑剔的笔触和过分的斟词酌句让他举步维艰，也就是说，小说进展极其缓慢。不过他的诗好过希梅内斯，而小说，他的目标是堂吉诃德，他最爱的作品是中国古典小说《西游记》。真实的哈维尔·佩雷斯在我杜撰他的假同名人时给了我不少帮助，我们通过邮件交流，他帮我审核了一些假的真历史年代，主要是涉及波尼生活的那段时间的马德里历史。不过最后我弃用了那些真实的史料，因为这让我写得趔趔趄趄，不如胡言乱语来得畅快，因而最后我完全不顾波尼到底是生活在哪个年代的，好像查不到具体的时间更好。哈维尔·佩雷斯还帮我完成了一份谈话音频（在谈话音频中他有个化名，并不叫哈维尔）。我们装成两个真正的访谈者，对象是波尼在西班牙的那二十多年生活，并对波尼小说传世的情况进行了一番像模像样的讨论。在我们的对谈中波尼是一个在西班牙语文学史和马德里现实生活中被同时忽略的文学大师，通过谈论波尼我们把假人哈维尔·佩雷斯的声誉也抬高了，我们轮番聊着这两个人物，也就是说，我弄了好几面镜子，从一面假的再去反射另一面假的，其目的就是想把读者和听众的脑子绕晕。除此之外，前面我也提到了，我还印制了一些假照片，真人哈维尔·佩雷斯从马德里周日的旧货市场上淘了一些旧照片，然后我用制图软件处理了一些我认为是重要的人物形象，主要是用化妆术制造一个假的波尼安插在这些影像中。这些照片就像那个年代作家诗人们聚会时的留影，男男女女举着酒杯或在酒会上引颈高歌，或在一个酒吧之类的地方勾肩搭背，要不就是一个装腔作势的书房，总之是那类地方，他们用作品以外的东西构成自己和读者的记忆。另外一些则是波尼故居的照片和手绘图，炮制这类文本资料对我来说则易如反掌。后面这些工作我邻居也帮了我一些忙。

至于我那些更为重要的文字资料，即我的关于人体的隐喻随笔，我把它当成波尼的"使用说明"黏附在我那些论文不像论文、传记不像传记、小说不像小说的文字中，以此方式来戏弄那名夜大生。

整个过程的艰难程度只有我自己知道。三年来我的交际活动主要局限在我自己家和我邻居家之间，围绕着我们荒诞的打印计划我的现实就像一个俄罗斯套娃：我妈妈和我哥哥生活在我和我邻居的外层，那儿有我妈妈的失眠生活和她与公证员的友情，以及我哥哥一家三口其乐融融的小日子；再往外，是我那些沽名钓誉的同事和我父亲与继母一家……当然，我还有另外一个现实，那儿的主人公是波尼和他的偶像哈维尔·佩雷斯。我的工作方式固定而乏味，通常我晚上才写论文，午休过后打开电脑，但好状态总是晚上才会出现。因而我的同事们看不到我的勤勉和努力。在他们致力于用信用卡上的课题经费周游世界时，我正在事物的内部和外部对文学宫殿做着双重的参观和访问。没有人知道我曾几小时几小时地在假博学家哈维尔·佩雷斯的假故居里滞留，目的就是为了让我的波尼有个心灵归宿；也没有人会知道当波尼嘀咕他那些不可思议的小说观时，是我在边上为他添柴加薪给他送去了一个又一个人名。与外面轮廓清晰的世界相比，我更喜欢我内部那个模糊、矛盾的现实。我更喜欢那个因果桥梁断裂的世界。我所理解的作家行动就在一个行动与另一个行动的切换之间的那段静止时光。我们的文学世界就是一个你能看到一切你想看到的，你能够看到你以前、以后，你前面、后面的东西的那个世界；在那个世界里你还能看见你眼皮的反面，光的里面，天空的上面而无须向左或向右使劲转动你的瞳孔。除此之外，你最后能看到的我们被隐匿起来的自身……文学让我们看见我们所生活的世界不仅是广场、街道、房间、山峦、人群，"世界"这个概念还应指山峦的褶皱，湖水的背面，纸的里面，光的反面……在那个世界里你能听到蛇和苹果共处在伊甸园的声音，远方路和近处的路交叉的声音，牙齿咬向自己喉咙的声音，词被写成句子的声音，牙齿咬向自己喉咙又松开的声音，句子变成文章又消失的声音……

我肯定不会让那名夜大生领导失望的。他要有的东西我的论文里都有了，照片、索引文字、作者生平、对他作品的评论文章、隐喻、一张我和哈维尔·佩雷斯的谈话光盘，甚至是一具波尼的3D身体。夜大生会让波尼站在他办公室的档案柜里，只是把它当成我送他的礼物，或者一件小玩具。这我不在乎。在有关于波尼的作品章节里，我做了一些他所需要的分类和分析。我如一名法医，掰开分析波尼小说《……》的血管，用蛛形结构、排骨结构、回形结构等给它们命名，以分拣肌肉的方式罗列了人物职业类型（波尼在他未竟的小说中总共写了四个书商，四名医生，八个护士，五个教授，一位木材商，八个不同类型的作家和诗人，三个演员，一名博物馆馆长，七名馆员，等等），以区分骨骼的方式细数了波尼那部家族小说的男女性别比例（借此推断他的性取向。也就是说，很多作家都会在他/她的小说里通过他们小说人物的性别取舍向读者泄露了他们的性取向，异性恋、同性恋和双性恋对他们小说人物的性偏向肯定是不一样的）。同时，我还根据他的趣味，引用了一些佶屈聱牙的启蒙主义、浪漫主义、狂飙主义、解构主义、象征主义、后现代主义理论穿插在我的文章中。装大尾巴狼是我同行们的专擅，在此我也没有落后。不做出这样的表面形式他就会对我的论文提出质疑，继而一些专家学者就会怀疑的我经费开支以及我下一个级别的职称评定。总之，如果不这样做我就无法在学术圈混下去。

因此，我提交了我的研究成果。一部文字稿，一些照片，一张光盘，一个3D打印人偶。我留了最后一个部分。不到关键时候我不出手。这最后一个部分还需要一点时间去完成。在我这部小说的最后几个章节，我还有一点时间去完成。因而，慢慢来，故事我还没讲完。

第二十二章

我最终没有去看我妈妈,因为我妈妈声称不想要一个正式的婚礼,她甚至拒绝将这个消息公之于众。但我哥哥出于一种形式主义的讲究给公证员的儿子打了一个电话,两人一拍即合,当即约了个周末两家人吃了顿饭。这顿饭与多年前我父亲再婚那次有某种相似之处,但我与我父亲双双缺席了。不知怎么地,这让我哥哥有一点伤感。

我妈妈却觉得我并没有缺席他们的婚宴,因为我早就通过她在电话里给我朗读的日记熟悉了她的公证员,我早就熟悉他那种老实人的叙述腔调、他的用词习惯,以及他大器晚成的语言风格。我虽然不在饭桌上,但我对他们俩的结识过程了如指掌。我妈妈甚至做好了一次与公证员同行的旅行。她决定等气候合适的时候带他来我住的城市看看我。这个旅行计划她也已在电话里通知我了。

因而那天他们用餐时我给他们打了一个庆贺电话。我与公证员聊的时间最长,因为他想在这个场合正式认识我。越过那些冗长的寒暄之后，公证员在电话里急迫地想知道我是个怎样的人，他问我是否看世界杯，喜欢哪国的足球队；我对我上硕士的大学的三年学制有什么看法；他们居住的小城、也是我的故乡的市政建设是否需要提高；等等。我妈妈一反常态，并不认为公证员在电话里说得太多了，相反，公证员问得越多，我妈妈越以我是个文学研究者而自豪。我的每一个回答也让公证员满意。尽管我妈妈脑子里当时有一瞬间闪过我的另一个同类参照物——她同事去世不久的傻儿子——她很快认可我还是像儿时一样，是她的补充能量，她的深藏的内部，她的隐性的外延，她的不可及的高山，她的不可抵的月球，她的对面的镜子，她的后面的窗户，她的词典，她的索引，她的后传，她的可转动的水晶球，她的月光宝盒……没有人在宴会上提起我的"波尼"。我也没有对他们说我的另一部分生活。我心满意足了。他们也心满意足了。公证员儿子也认识我，我们当时是同一所中学毕业的，他低我两届，但公证员介绍后我才知道。因而很快，我们两家就在这样一种融洽的气氛中合二为一了，甚至我侄女与公证员的孙子也成了好朋友。我哥哥得知他们居然在同一所学校。融合得这么好，我妈妈恨不得两家人搬到一起住。

所以从那一天起我妈妈就有了一个合法的伴侣。她的房子不大，但足以容纳公证员搬过来与她同住。我哥哥丝毫不介意公证员住到我们家里来。而且我哥哥与公证员的儿子想到一块了，这两个与我们有巨大时差的人终于在一起了，世界从此就太平了，我们两家再也不用担心其中一个的"凌晨三点",也不用担心另一个的"夜晚三点"。不管他们把时间一秒一秒拆开来用,还是一个小时一个小时藏着以便以后用,不管他们是把时间之火熄灭了再睡觉还是让时间的火光一直照进他们不结实的梦境中,我哥哥一家从此不用再担心几个周末不去看我妈妈,公证员的儿子也不必再为公证员每天早晨三点的外出提心吊胆了。现在公证员也不外出了,因为他不忍心那么早从我妈妈身边起身,我妈妈也不再为睡不着的三点之前的时间而焦虑了,他们和解在前仆后继的时间看守人身份上,他们没日没夜地谈啊谈啊,从公证员早年的工作到他病逝的妻子,从我妈妈的风琴到她与我父亲恐怖的宾馆一夜,慢慢地,公证员不再每天傍晚八点钟就离开我妈妈独自去睡觉,我妈妈呢,也不忍心整个上午都让公证员一个人醒着。他们需要更多的时间谈话,于是,他们利用这两个小时谈白天还没谈完的话,我妈妈也不再推后她的睡眠时间了,十二点一过她就开始哈欠连天。渐渐地,我妈妈与公证员睡眠时间越来越一致,越来越靠近,在这种一致和靠近中,已经没有什么能在日记中记录了,没有什么必要需要在日记中倾诉了,当他们几乎在相近的时间里躺上那张大双人床就是他们在一起的写作时间,他们利用那些梦写作,利用粗重的呼吸写作,利用闭着的双眼写作,利用几乎同时抵达清晨的意识写作。就像我的研究对象、假人波尼在他的一篇小说所写的那样。波尼在他的一篇小说中写道:那位萤火虫教授有一天发现自己成了一个捕梦者,他举着一只捕梦网来到了我妈妈和公证员身边,他纵身一跃的时候,他发现跳入的是两个人的梦境,一大一小,大的嵌着小的,小的含在大的中,因而他以为是同一个梦,他在里边发现了很多又相似又相异的事物,他们的梦尽管都破得各有特点,但其中一个梦破的地方正好是另一个梦的完整部分,因而捕梦的教授几乎不用工作,只要把两个梦重叠在一起就行了。萤火虫教授非常惊异,因为他从未碰上过这类客户。离开时,捕梦教授想,要是人人都像这两位老人那样该多好啊,那样他就省力多了,不对,教授紧接着又想,如果这样的话,他就要面临失业了。

在我妈妈沉浸在她与公证员的新生活中时,我父亲的第二任妻子没有任何消息。我父亲就这样消失在我们继母的迁徙中了,就像从来没有存在过。他们曾经住过的房子如今已被新住户的身影占据了,我哥哥偶尔经过那栋他拜访过一次的房子会朝上面张望一下,但再也不会像过去那样心潮澎湃了,我嫂子有时候会想起那个与她一起在厨房煮饺子汤的女人,以及我父亲当时像一块肉那样缩在那张多功能轮椅上的模样。

我与我哥哥一样,我们很少会想起我们童年和少年时的父亲。一定是因为那两个时代结束得太迅速了,当我哥哥以校外一群舞友作为他狭隘的朋友圈来分散注意力、我像架学习机器那样整天聚焦于试卷上的高分时,我们的父亲想着的是如何将家中那几颗还没生锈的铁钉搬运到我奶奶家以及最后一天如何优雅地把那把喷水壶弄走。我妈妈呢,我们当时家中唯一的女性,在丈夫吝啬习性的日复一日、年复一年的折磨和两个性情与学习成绩都南辕北辙的儿子管教几年的围困中,靠的是看上去乖戾实质上是与世无争的性情,和看上去是现实实际上是浪漫的幻想良药才让自己把生活继续下去的。这样的时代结束之后,我们的父亲离开了,我妈妈通过她固定的言情读物生活在一个她喜欢的封闭世界里,我哥哥有了我务实的嫂子,我有了我的大学作为我的避难所。我父亲已成过去;我妈妈从不忘却过去;我哥哥忘却过去但其方式是让自己变成另外一个人寄居进另外一具身体去文艺化、去忧伤、去敏感;我则让自己变成一个沉默的学者以写过去的事来获得一种现实感。

这一切多么奇怪啊!

但这就是我们一家!

第二十三章

就在摩洛哥女人帮助出版波尼那部小说《……》时,波尼失踪了。经营一家出版社的摩洛哥女人的朋友(实际上是老诗人的朋友)怎么找也找不到波尼。小说稿留下了,人却不知去向。摩洛哥女人与波尼还有几个共同认识的朋友,于是那位在德国经营过布庄的诗人朋友成了第一个被她发问的人。显然,这位朋友知道的还不如摩洛哥女人和她那位出版社朋友多。书店老板本来是最好的线索,但已于半年前去世了。书店老板一走就带走了波尼大半的熟人关系和所有的文学朋友关系。摩洛哥女人的朋友、那名出版商于是疑虑参半地把波尼小说的第一卷读完了,不用看余下的,他毅然决定一卷不落地出版这部鸿篇巨制——有十二卷之多。出版社老板还来不及赞赏这部小说神异的结构和它错综复杂的人际关系,阅读才刚刚开始,还没有被卷进这十多卷小说之间令人眼花缭乱的联系,就被波尼语言的魅力卷入了一个深不可测的漩涡。出版社老板被波尼颇具弹性但又无所不尽的语言惊艳得目瞪口呆。那些被才华瞬间制造出来而不是借由时间打磨出来的句子在任何一卷都无可挑剔。

但小说稿刚刚进印刷厂发排波尼就不见了。

马德里文学圈几乎被打听遍了，没有一个人知道波尼的去向。波尼本来也不属于马德里文学圈，马德里的小说圈和诗歌圈都不把他列为自己人，波尼认识的文学朋友非常有限，妻子去世后，原先有交往的妻子的几个文学朋友也同他失去了联系。波尼的存在于是就成了一个谜。有人猜测波尼回归了自己的祖国，但这显然不可能，因为波尼早就因偷渡失去了国籍，那个动荡的拉美国家已经没有他半点容身之地了。了解他身世的人也都知道他在自己的祖国没有亲人了，他憎恨自己的祖国如同先知憎恨自己的故乡。也有人觉得波尼可能步书店老板的后尘自杀了，毕竟有这么多理由让他去自杀：有一个悲惨的童年，童年的阴影就像一把大雨伞在笼罩和庇荫着他写作的同时最终也会成为把他吞噬的深渊；诗歌才华比他出众的弟弟死于自杀，弟弟的命运会像病毒一样传染给他；与他关系最为亲密、也是他最好的朋友书店老板死于自杀；两个儿子死于襁褓期；妻子于一年前病逝……这么多死加起来足够让波尼以任意的死亡方式消失于这个世界。当时还没有人知道波尼对哈维尔·佩雷斯的痴迷，当时没有人想到可以从哈维尔·佩雷斯的角度去寻找波尼消失不见的线索。除了我，没有人知道波尼对哈维尔·佩雷斯的入迷已达到了进入他身体内部的程度，没有人知道波尼对哈维尔·佩雷斯的失踪已走火入魔了。如果波尼在最后一年以勾画哈维尔·佩雷斯失踪路线作为写作之余的消遣被公布于众的话就会有人从中获悉波尼大致的去向。那些用记号笔画在小说稿背面的线路图每一张都是一条寻找波尼的可靠线索：有几张线路图仅限于西班牙境内；有几张线路分布在四个拉丁语国家——西、葡、法、意；有一张往东和向北延伸至奥地利和德国；线路最复杂的一条到了中东和西亚。凭着对哈维尔·佩雷斯作品和性情的熟悉程度，波尼预见哈维尔·佩雷斯最后必定会让自己追随作品而去，因为哈维尔·佩雷斯追随自己作品的方式就是消逝于世人之眼。因为"失踪"——波尼从哈维尔·佩雷斯的很多研究文章（也包括部分别人研究他的文字资料）中得知——是哈维尔·佩雷斯治疗自己全能写作的方式，当一个人无所不能时，实际上就是失去了能力，一个人无所不能比无能更可怕。就像失踪就是追寻、追寻经常表现为失踪那样。很多事物的正面就嵌含在反面之中，反面也蕴藉在正面里。

波尼多年前就从自己的祖国"失踪"了呢。

战争期间，我在五角大楼度过了漫长而无聊的一天。我干完差事，心事重重地跑过漫长的走廊，渴望回家，我来到一扇旋转门前，旁边站着一名卫兵。"你去哪里？"卫兵问道。"我想要出去。"我回答。"你已经出来了。"

诗人奥登有一次在他的一篇文章里回忆他的一段往事，奥登的意思是里面和外面有时候是一回事，就像失踪和出现、失踪和追寻，都是同一个概念。

对哈维尔·佩雷斯本人来说，他不会认为自己"失踪"了，用他那种惯于戏弄人的语言方式来形容，他"只是带着自己的后背去了一个新地方"。把世界视作一个开放的广场而不是一座有限的阁楼，视作一个有着连续的门的空间而不是一个封闭之所，视作一些持续的时间而不是秒、分、小时、天、月和年，就不存在失踪和消失。就像波尼的小说。波尼的死去并非真的死，而只是转化，死去之后不过是转化成了细菌里的一块肉，植物茎叶上的一滴汁液，另一个人类身体里的一小片骨髓，一块岩石上的一朵苔藓……我们不过是置换了一种形式仍旧存在于这个世上。

某种消失就是某种重现。

因而最后哈维尔·佩雷斯去了哪里根本不重要，尽管这么多文献没有一处切实地提到他的最终归宿，所有的人谈及了他的死，为他发明了各种各样的死。在波尼看来，哈维尔·佩雷斯画下的那些线路每一条都可能指向他自己的归宿。不管去了哪里，唯一重要的是哈维尔·佩雷斯不再写作了。自从人们再也见不到哈维尔·佩雷斯后哈维尔·佩雷斯就不再写作了——用我这类自诩为"文学研究者"的无才者、波尼的研究者的话再来描述一遍：

自从哈维尔·佩雷斯没有作品之后，就被人证明为"死"了，"失踪"了。

哈维尔·佩雷斯的命运也是波尼的命运。

波尼从开始写《……》的第一天就把世界上所有的小说写完了，既然创作出了一种无所不能、无所不及的小说形式——一千个人物就有一千种视角和叙述方式，一千种视角在一千个小时里又有一百万种叙述视角和叙述文本……文学和现实就在无限和无垠的意义上合二为一了，文学和现实的界限消失了……波尼这种令人苦恼的创作状况和哈维尔·佩雷斯很相似：

> 自从哈维尔·佩雷斯发明万能写作之后，哈维尔·佩雷斯作为一个作家就再也没有意义了。

因而我决定让波尼的故事就终止在这里。我让摩洛哥女人的出版社朋友出版波尼的作品为的就是让世人了解他，然后让他消逝。假设小说不出版，波尼的文学野心就只能停留在我这个文学研究者那无人问津的蛛网密布的纸页间和夜大生的档案文件柜里，抑或成为我电脑上持续几天的一片可贵的闪光但之后就在某次停电后永远消失。

摩洛哥女人的朋友非常荣幸地被我选中做了波尼的伯乐。这名资深出版人不负众望一部接一部、两年内就出版了波尼的全部遗作。一次性地出版这么多作品必定会在波尼的同行间引发妒忌并在读者当中引起怀疑，并非这些人不相信波尼的才华，而是他们不能理解为什么一部小说要写得这么长。过了这么些年，读者和作家们心目中的文学英雄仍旧是会在自己的作品里画上休止符的巴尔扎克、托尔斯泰、陀斯妥耶夫们，在他们看来，这些大师的作品都是一部一部写出来的，每一部作品都有开头和结尾，有轮廓，有顺序，有风格，而不是一盘混沌的无政府的大杂烩，如同《……》。人们读小说也是为了从中找到出口而不是为了迷路。此外，这些读者和作家们还害怕复杂又巨大的东西，与波尼的东西相比，狭隘、清晰、亲密得令人压抑的传统小说更让人放心。在这样传统的小说阅读过程中，读者们始终能够看见和分辨出自己的身影，可以随时逃跑，随时背叛，随时返还地球。他们也不想在一部作品中让读者、作者和主人公三者合一。《……》这种奇异的三合一方式挑战了他们的智力和耐力。对了，他们更希望自己只拥有一个读者身份。小说出版后摩洛哥女人的朋友感到意外又是在情理中的是反响平平，或者说，只有少数人买它的账。波尼的小说没有给出版社带来滚滚财源，除了零散卖掉几百册总共只售了五十套全套（亨利·米肖说凡是卖到三百册以上的书都是坏书）。也没有人打听小说作者为什么会在这么重要的新书发布会上缺席（出版社老板只说"作家消失不见了"）。一部分人好奇这个作家为什么要写这样一部长得令人崩溃的小说，他们对照片上这个拉美人长相的男子也没什么兴趣，有些人拾起新书翻了几页就扔在一边了。人们普遍认为要把这么厚的十几卷书读完得好多年时间，也有可能是一辈子，又有谁会阔气地为它花上几年的阅读时光呢？波尼既不是巴尔扎克，也不是托尔斯泰，不是陀斯妥耶夫，不是普鲁斯特，现在读者们只有时间读报纸上的畅销书排行榜和它们蜷缩在杂志封底的简介。出席新书发布会的几十个人里只有几个人事后读了波尼的小说——十二卷，三万多页。认真读完的有在大学里任教的两名文学教授，其中一个仅仅因为自己是波尼的同名人；一个整年被出版社催稿的评论家；三五个文学判断力还没有成形的小说习作者。他们与新书发布会上习惯于阅读报纸文化版新书短讯或连载小说的人不一样，这几个值得人尊敬的读者认为这本书是有史以来的惊人之作，是"小说中的小说"，绝对可以刷新人们的文学感受力。他们很奇怪为什么之前未读过这位作者其他的书——他们当然不知道波尼那两本以枪手身份写下的通俗小说和那部本来就没有具名的书店老板的家族小说。这几个完整地读完小说的人于是开始和周围人谈论《……》，尽管只是在自己的朋友圈里和一些小型读书会上扩散他们了不起的心得和评价。那两名大学教授理应能够、也最有责任在自己的学生或者同行中传布这部小说的，但前面我说过了，其中一个只是因为是波尼的同名人才去阅读，阅读动机不纯，因而事后对波尼的评价也是莫衷一是。另一位的确算得上是波尼的知音，这名可敬的文学系教授每周在大学里有两堂文学课，此外还带五个硕士生，因而在这样的情况下他都能挤出时间花了足足半年认真拜读了这部作品，之后，他做了一些专业而详细的笔记。他称波尼这部作品"前无古人后无来者"，是"另一部

《追忆似水年华》"。可惜是这名年轻教授在学术圈,或者说文学评论圈还没建立起自己的权威,他只有副教授职称,因而他的赏识还需要借助时间和名望的上升去扩散。他深知这一点,也就是说,他一个人的赏识力量单薄且价值不高,因而他强迫他的一个研究生去研究波尼的《……》。就这样,他把种子播在了他那名天赋并不高的研究生身上。有可能在未来通过他那名研究生催生出一大拨波尼和他的继任者。第三类人,或第三个人,就是那名书评作家,我必须向他致以最崇高的敬意,因为很少有评论家写作前能把评论对象的作品读完的,那些渎职的批评家通常只读一个开头再读一个结尾就炮制他们的快餐文章,然后在各类文学刊物或报纸阅读版上赚稿费。他们都是这样干的。但这位年长的评论家没有。他就像出版社老板那样,一开始就被波尼打动了,为波尼的小说气势和文学野心所折服,因而这名资深的老评论家兢兢业业,一个字一个字地把这部小说的十二卷都读了,为了厘清人物关系,他还画了几张人物谱系图,之后,他打算写上一系列文章向读者推荐这匹跃出传统小说栅栏的文学黑马。可事与愿违,就在这位评论家读完不到一个月里,一场突如其来的脑梗死就夺去了他的性命。他深夜时分倒在家中的书房里,直到第二天才被妻子发现。因而波尼小说在评论界的命运就到这里了。(评论家去世前,他只来得及在当地报纸上发表一篇千字文,他的那一大波评论计划还没来得及实施呢。)波尼小说的影响力在第三类人,也就是那些写作者身上达到了峰值,几个正在准备小说创作的年轻作者发现了它。这是一群富有阅读经验的创作者，尽管作品不多，但比一般的读者更敏锐地捕捉到作家的创作初衷和深藏的写作技巧，因而他们对波尼崇拜得五体投地。堪比当年波尼对哈维尔·佩雷斯。很快，波尼成了他们文学上的引路者，他们在一个小圈子里形成了一个"波尼读书会"，每周聚会读几页波尼的小说，其中至少有两个还决定成为波尼这总的小说的下一个作者，也就是成为哲学教授去医院看望刚刚临盆的妻子之后那卷小说的续写者。这几个心潮澎湃的年轻作家认为，在今后，小说作者或许只有一个名字：人类。所有对小说写作有兴趣的人都可以写同一部小说，小说拥有同一个名字，每个继任者写的小说都是这部由波尼起头的小说的分卷，所有的小说都可以在波尼小说的结构框架下汇聚起一部总的小说，一直到人类消失。借着这样的可能性，在今后，文学出版社只需要出版一部小说，小说评论家只需评论一部作品，图书馆里只需要放置一本小说，但所有的书架用的都是"……"这个名字。文学部的所有小说书架都是这本由各种作者写成的书。

波尼生前就这样想的！

这几名小说习作者的激动显然也传递到了我这里，我觉得尽管波尼的小说没有让图书市场沸腾，没有被更多的人阅读，但不会削弱它的地位，波尼会成为文学史上最为重要的一个作者——他让其他小说都消失在他的书名之下。波尼这么重要以至于我不得不让他提前消失。也是时候让他消失了。只有他消失，其他作者才有机会捡起他丢下的羽毛笔续写那部永恒的和"总"的小说。

因而有一天,波尼关上他租处的房门,把书留在书架上,把打字机——自己和妻子的那台打字机——上的灰揩干净,把洗干净的碟子沥在搁架上,把床上的被子叠整齐,把手上纸张和油墨的气味搓洗干净,就这样消失了。我无须关心他去了哪里,这个世界上有这么多可去之处,他写过这么多地方,哪一个都可以成为他归隐之处,他可以进到他任意一部小说里,选择任意一个他喜欢的地方,或者与他喜欢的主人公结邻而把余生度完。就是在他自己的小说世界里找不到称心处也还有别的作品可去,去《追忆逝水年华》里的巴尔贝克海滩,去《麦克白》里的勃南森林,去《红与黑》里的维里埃村,去《尤利西斯》里的都柏林,去《少年维特的烦恼》里的W城,去《约翰·克利斯朵夫》里的莱茵河边,去《战争与和平》里的莫斯科,去《罪与罚》里的彼得堡,去《人间》里的巴黎,去《唐璜》里的塞尔维亚,去《城堡》里的城堡,去《红字》里的波士顿,去《没有个性的人》里的维也纳,去《魔山》里的达沃斯山疗养院,去《看不见的城市》里的达奥米拉,去《白鲸》里的鲸鱼客店,去《小径分岔的花园》里的阿希格罗夫……这个世界因为作家的作品而使它有限的大陆架增加了延绵数倍的地平线,由于波尼的同行们已经写下了这么多的小说和它们的地名,真实的和虚构的,足以让波尼休憩和旅行了。除了不同的地理,波尼还可以消失在不同的时间里，有这么多的时代，这么多的过去，这么多的现在，这么多的未来供波尼消失，波尼简直一刻也不想在现在这个世界里待着。况且，不论去哪里，他的哈维尔·佩雷斯都会在自己身边给他留好位置……

结　尾

亲爱的读者们,你们可能猜到了,这就是我论文的最后一部分,波尼研究课题的最后一个章节。为了完成波尼这个假作家的研究,我向那名夜大毕业生递交我的文章和各类研究资料后决定让自己消失一段时间。让自己消失在众人跟前一段时间,这是我研究内容的一部分,是我这部论著的脚注和跋,是后记,是书后。我真的想让自己彻底消失或者真正失踪,就像波尼和哈维尔·佩雷斯那样——但我做不到。我也没地方可去,我无法像前面两位那样可去任意被文学作品描述过的地方,甚至我们这个世界并非真实存在的地方,我的精神世界如此有限,我精神世界的有限性投影进了我的现实,让我最多只去个我在这篇小说里提到过的那些人,我哥哥一家,我妈妈,我邻居,或我的那些利令智昏的同事们,他们不知道的某个地方做一次短途旅行。背上我的双肩包,塞上一副耳机和遮眼罩,带上一本我最近在读的书和一盒口香糖,也许还有一只多功能的主要用于拍摄的手机。我假装自己不存在了。可真实的情况是我没有足够的资本让自己失踪。

事实上这个世界上有资本失踪的作家为数有限。一个没画好的圆是没有背面的。

在我自己本人的世界里，一切都还是半成品，我没有一部像样的作品，我没结过婚，没有孩子，没有女朋友，没有父亲；我在单位没有一官半职。我这样贫瘠至此的世界，甚至没有一个小说家愿意以我为对象来写我。不过我很高兴我哥哥的生活可以完整地沉浸在世俗里面，没有任何的节外生枝和急转直下——很多年前他就用他性情突变的少年偿清了一切。我哥哥药店的生意蒸蒸日上，我嫂子务实贤惠，我侄女有小聪慧而且还有那么点儿音乐天分。我妈妈那里也令人欣慰，她已找到了自己的归宿，尽管促使她和公证员结合在一起的理由是那样不可思议，至少婚后她不再失眠了，公证员也一样，两人都有了一个普通的睡眠，还有什么比这更令人高兴的呢？我父亲，这个从小我就想要把他从世界上清除出去的人，我们家庭和睦的一个霉菌，终于得偿所愿地去世了，变成了坟墓里几颗瘫痪的灰粒，让我们不是那么舒服的继母，也带着那套从我父亲名下继承来的大房子从我们眼皮底下消失了，这样，我就可以佯装我从没有过父亲和他的第二次婚姻，当我在字典或者别的什么文学书上看到"父亲"这两个字时就会像看到别的字那样风轻云淡，我对我父亲憎恶的泡沫如今已经消融在风平浪静的记忆海面上了。我的同事们呢？他们一如既往的功利和庸俗，我们这个行当就是这样，会钻营者如鱼得水，不善经营者如我，就过着一份假人的生活——生活在真实的现实世界里，却整天靠冥想和杜撰来过日子。

还有谁呢？哦，那名保安！那名只在我小说中出现过一次的保安如今已经结婚了，生活可谓美满幸福，还如愿地生了个大胖儿子。给我们画过画的老头还在继续画画，画得不知所终，他的大龄的侄女仍旧未嫁。我邻居在那次档案协会年会上邂逅的女讲师仍旧在清高和犯贱中顽强求生地孤独求荣。我邻居的前妻有善终，她过得不错——尽管与第二任丈夫的口角免不了，即便对方是自己中学时期的同学。但她过得不错，她对前夫的恨意已消，因为现在的新欢补偿了她一切。

该说到我邻居了。

这才是重点。不仅仅是因为他帮了我这么多忙，渡过重重技术难关协助我费尽心思地打印出了波尼。因为打印出来的波尼实际上并不重要——这是我自己和自己玩的噱头，夜大毕业生才不在乎呢——重要的是我邻居在与我研讨打印方案的这两年时间里，他让我不孤单，一个体液恐惧症者和生殖器短小者，两具去性别化的身体以彼此靠近又分离的方式讨论了男人、女人和人类，讨论我们身体的各个组织部件和它们的隐喻，讨论真人和假人。在我频频拜访他的那些下午，他坐在沙发一端，我坐沙发的另一端，我眼盯着阳台上一层又一层叠加起来的工具箱，在各种各样的铁钉、螺丝、起子、改锥综合起来的金属气味中，得以从疲惫地构想假波尼的劳作中解放出来。"我们是两个假人，"有一次我对我邻居说,"你不能与一个有体液的女人一起过日子,我不能与女人交媾。我们于是以制造假人来证明我们是两个真人。我们俩这是一种怎样的境界呢?"

我邻居显然不会回答我这类又蠢又疯狂的问题。

我与我邻居面对面朝着的两扇门在大多数时间里仍旧彼此静默着。邻居在里边琢磨着他的修补活计,我在家里盯着不存在的波尼,我们两条路径在波尼问世之后仍旧朝着自己的方式岔开来。这是我们的未来。液体在不同的身体里流动着,唯独流经我邻居的那一具时被赋予了特别的意义,因此他没法接受一具有别于自己的身体,特别是适婚女性的身体和她的体液。而我已经假装我身体里没有阳具了,只是一些被精神附着的肉块,只是一系列想法和观念的尘埃,只是一些思考的电流,当我的一半以弟弟、以儿子的身体应付我那个以前麻烦不断的家庭时,另一半可以完整地思考一些东西,比如另一个波尼,另一个哈维尔·佩雷斯,就像一个真正的文学研究者。

我还不知道我要去的地方,我还不知道我打算消失几天的度假地在哪儿,但无疑不会远。在我生活的这个时代,失踪的概念也许已经变得很狭隘了,比方说切断网络、合上门就可以做到消失,因而我无须做很多准备,不像我的另外两位主人公,哈维尔·佩雷斯和波尼,当他们失踪时,必须先让自己宽大的后背挤进文学史密密麻麻的段落里,必须成为一股让人无可企及的力量,必须无限,必须无垠。而我,一个微不足道的文学研究者，只需关掉手机，睡个饱觉，然后买上一张去短足的车票。

于是就这样，我带上门，有一天出发了。

2018年3月至6月6日20时19分马德里

2019年7月改毕

后记

现实与虚构之双生花

都静下来了。

在阳台上,我听到我的骨骼、血管、隔膜、肺、胰脏相继松弛下来的声音,它们堆叠的方式过去让我吃惊,而现在我也不惊讶它们纷纷离开好像从来没有在我身体里占据过一席之地的样子,因为都静下来了,当我把身子探出窗外时,我妹妹告诉我,楼下干掉的游泳池里有一只正在洗澡的海鸥。在世界还在运行时,这只海鸥和它的亲戚们经常在傍晚时分来这里洗澡,尽管海就在不远处,这种娱乐方式不过是它们为海寻找一个对立面,而这个世界存在的规则是,每样事物都有它的对立面。

哦,我差点忘了我们正在隔离中,而世界已经不再运行了。游泳池干掉了。鸟们无所适从了。海滩上罕无人迹。所有的门都合上了。所有的窗户每到傍晚就有人向外探出头。

　　我忽然想起我离开马德里有两个半月了。一年多前,我在马德里皇宫下面河边的一幢公寓里写《伪人》,每天傍晚这个时候,我合上电脑去河边踱步,那几幢楼房和那条蓄水很少的河流被我疲倦的眼神擦了一遍又一遍,有时候它一成不变的风景蹭得我眼球生疼,有时候我又为这种不会激起我过度反应的舒适而释然。每天凌晨三点钟,我的老室友,八十四岁的路易斯就要起床,之后去墓地看望他去世五年的女儿。他甚至有墓地看门人给他的钥匙。我总是在这个点被他吵醒,因为他听力不好,总是在拿面包时碰响炊具而浑然不觉,他的大头皮鞋在走廊里走动的声音也是惊天动地的。有时候他会血流满面地出现在我醒后的早晨里,对着卫生间的镜子一个劲地用棉球擦拭,而原因没有例外——走路时不小心摔倒了。这种事故在我们这个小公寓已经司空见惯了。我也几次想与他谈谈能否改掉他凌晨起床的习惯,但忍了忍最终没有说出口,直到我去年初搬走。

　　十二个人在屋里,八个座位空着——
　　时间已到,该开始这一文化活动了。
　　一半人进来是因为天下起了雨。
　　另一半人全是亲戚。哦,缪斯。
　　去年搬家时我哭得一把鼻涕一把泪的,想起辛波斯卡诗句中"亲戚"这个词,尽管风马牛不相及。忘了提一句了,老路易斯也是个诗人,写过六本自己打印装订成的诗集,但他的诗不输给任何一个号称"诗人"的人。所以，我顺带着也想起了后面"缪斯"这个词。

他当时护送我去新搬的公寓，还见了我的新房东。

自从我自己的生活变得虚拟后，我对虚拟世界的兴趣变本加厉，而不是相反。当然，我不能说老路易斯是我的"缪斯"——尽管我在《伪人》中虚构的那个凌晨三四点起床的公证员，"我"妈妈的男友部分得自于他的早起习惯。在西班牙的这几年，我的真正的"缪斯"和男神是何塞·加塞特·奥尔特加，我以我糟糕的西语趔趔趄趄地读完了所能买到的他的所有作品，让我庆幸的是，我在偶尔要去上课的学校经常能看到他的雕像，实际上，我几乎还能在校园里嗅到略萨的气味——他在这里拿的博士学位，另外还有几位获过诺奖的"校友"，但我想，在这里我得到的不是什么超级文学营养，不是什么文学大师略萨，也不是卡米洛·塞拉、阿雷克桑德莱·梅洛、哈辛托·贝纳文特等，而是某种与生活齐平的东西，某种把我们从文字、声响、线条和色彩的结构里拖开的东西，比方说，某种我为自己找到的对立面。

我经常想起智利作家波拉尼奥，他并没有在马德里生活过，他一直住在巴塞罗那，但我知道他生活最为窘困的时候做过超市看守员甚至捡过垃圾。马德里的拉丁美洲人非常多，我与路易斯合租公寓所在的那个地段就是拉美人聚居地（路易斯后来还有了一个五十出头的秘鲁女友）。我还与一对巴拉圭和阿根廷情侣合租过。那位小我几岁的阿根廷人有个兄弟，母亲后来异嫁又生了一堆孩子，他来西班牙前曾经营一家生意兴隆的巧克力油条店，最有钱的时候买过一辆二手汽车，后来追随女友来到了西班牙，现在给一家比萨店送外卖。小说中的波尼就是波拉尼奥与我这位阿根廷朋友的合体。另外，我真有一位叫作哈维尔·佩雷斯的好朋友，他是个非常棒的诗人……我知道以这种方式来回溯我的小说是不对的，因为我的小说根本不值一提，哪怕一个最小的地方的文学志都不会有它的身影，最无名的人都不会来谈论它。但凡有印刷它的书籍也很快会被送到二手书店或造纸厂的纸浆池回炉，成为另一本烂书的新的身体。但坐在这个傍晚的阳台上，一切就这样涌出来了。因为此时我还怀念着远在六百公里外的马德里——就是在那儿我写下它的。我还想着世界什么时候能够恢复它可能并不讨我们喜欢的秩序。不管秩序如何令人讨厌，它是我们这个世界能运行起来唯一的理由。

约翰·伯格说，到处都有痛苦，而比痛苦更为持久且尖利伤人的是，到处都有抱有期望的等待。眼下的痛苦就是这场还没有结束的疫情，很多地方还在源源不断地死人，尤其是我小说中写过的那块拉丁美洲大陆，此时正处于疫情的"震中"，而我暂时栖居的欧洲也刚刚从慌乱中恢复元气。至于期望，我现在对一切都不抱期望了。如果说有期望，也被我早年学习如何成为一个作家的努力耗尽了——我至今没能写出一部像样的作品。一夜之间，我已经像别人一样把写作视作一种行当了。比方说，我经常在这里看到一群又一群的拉美学生将文学系的学习生活视作他们在这里混身份的一个理由——要知道这里也是略萨这个狗屎作家领取学位和荣誉的地方。我与和《伪人》里同名的现实里的诗人好友哈维尔·佩雷斯聊过真正的写作和文学，现实里的哈维尔觉得我已经把自己的文学野心强加给了小说中的波尼，也就是要把所有的小说变成唯一一部小说，所有的出版社只出版一部小说，所有的作家只写同一部小说，小说可以是任意的文体，以及只要有人类这部小说就在写作中……这些实现不了的文学野心可能恰恰是解构文学最好的方式。现在有些人，不论是西班牙还是中国，都有一些人太把文学当回事了，把它当成专业，当成商业，当成学位，当成职称，当成职务，当成荣誉，当成体制……就是没有人把它当成一个动作。比方说，打开电脑，或铺开纸张的一个即兴的手指运动。我们应该用某种贬损文学、嘲讽文学的方式还给文学原有的尊严。

我妹妹的猫（西语名叫Juanita，中文名是小六月）坐在阳台上，它是一只正宗的马拉加猫（学名是欧洲短毛猫），它庞大的家族就在楼下的花园里，也就是说，它其实是我妹妹从楼下那些本来有自由行动权的猫家族中抢夺来的一个小家伙，现在它成了我妹妹的密友，也是我隔离时期最好的小伙伴。我们每天与它相处就如同与自己的影子。它能听懂几个简单的西语和中文句子，比方说，"看着我！""过来！""想吃零食么？""快去睡觉！"它就是我写的这个小说中会中西语的"我"，那个"阴茎短小"的叙述者——既是理科爱好者又是文学研究者，并非单指他会中、西两种语言。在两种语言和两个物种之间跳跃给我妹妹的猫的生活形成了一定的难度，但也让它有了某种奇怪的视野，有时候它会自动消除猫的局限，当我们对它说话时，它会从喉管里发出某种既不像猫也不像人的咕哝声。

我觉得有时候它是小说中的那个"我"，也是现实生活里的我。我的小说就是那几声既不像作家又不像研究者的咕哝。我的意思是，我经常既"是"又"不是"，我喜欢各种事物的边界，将狭窄的边界当成我宽阔的王国来生活。我喜欢听到我的那些部分在另一个地方纷纷掉落的声音。我喜欢看到我的过去已然消失在将来的身影。事实上，有时候我也觉得自己就是小说中的流亡作家，那个波尼，一个没有身份的人，或者说在各种身份间流亡的人，在诗人和作家之间，在拉美和西班牙之间，在死亡和失踪之间，在可能和不可能之间——一如我在文学写作者和研究者的夹缝间流亡……我于是试图以一个文学研究者和一个作家作为我的小说写作对象。我决定拿起手术刀，写一本给作家们看的书。

那是两年前我动笔时的想法。

我不知道对这篇木已成舟的小说我还能说些什么。

小说写得很快，几乎就在三个月之内，从三月初一直到六月中旬。我知道那段时间我一直"身首异处"，庞大的中文成熟的身体被紧裹在一件西语的破衣烂衫里面，每天几个小时热闹的虚构故事夹带着我本人过分安静紧张的现实生活，这两种形式的分裂一直折磨着我在马德里那一年的生活。写完之后我就去学校上课了,我经常能在校园里看见几张类似波尼的面孔,他们是前来西班牙读他们拉丁美洲文学学位的墨西哥人、厄瓜多尔人、秘鲁人等,都三十出头,出版过好几部诗歌或小说了。我很惊异我提前把他们写了,我还没认识他们之前我虚构的波尼就帮他们经历过一些事了,也帮他们失过踪,帮他们失败过。但他们与波尼不一样,他们热衷于出席各种文学活动,还与一位教诗歌的英国老师打得火热;每逢有头有脸的作家参加的各种活动他们一个也不会落下,尤其是那位墨西哥老兄,整天忙着去认识各种人。有一次我在一个文学研讨会上碰见他,他告诉我他的博士研究课题是最近二十年的西语戏剧。为什么是戏剧,我问他。他说戏剧好找工作。他说话的时候,皮衣袖口上蹭得锃亮的人造革的裂纹张大了嘴巴,好像要把他说过话的吞下去,然后再次吐出来。

我没说话。

我那时有点怀念我虚构出来的波尼,因为他与他们不一样。我是说,我希望这个世界真有人能去做一件不可能的事然后高调地失败——显然,我的这几个拉美作家同学日后是会飞黄腾达的。我借这部小说探讨了很多我自己不能释然的文学话题,因为我自己就有两具身体,一个说话的,一个反驳我自己说话的,我自己互为反面,自己就是自己的对立面。

因而我在小说中设立了很多"对立面",不仅仅是现实与虚构这对关系最为相爱相杀的兄弟。小说中最大的一组"对立面"就是:"我"这个文学研究者在中国的真实现实生活—"我"虚构的假作家波尼在西班牙的流亡生活—由波尼所生活的马德里人再次虚构的假文体家哈维尔·佩雷斯,这实际上是三个层次的现实和虚构,三者就像俄罗斯套娃,一个嵌着一个,一个感染着另一个,一个凝视着另一个。这三个人物到底谁是真正的主人公呢?我自己也很迷惑,一个打算戏弄学术界和文学界的中国文学制假者,一个似乎是以流水账般被记叙着的假的拉美流亡作家波尼("我"研究波尼),一个更假的纯粹是马德里人杜撰出来的神秘的西班牙文体家哈维尔(小说中波尼研究他)?他们是一支射向另一支的箭,一支比一支虚无,一支比一支遥远,也一支比一支更真实——从某种意义上说。另外还有几组值得我在这里提一提的"对立面":"我"与波尼,从不创作的文学研究者和希望创作一部"总"的小说的被研究者,为了向无尽、无限的波尼和哈维尔·佩雷斯致敬,"我"也成了一个用尽各种研究材料的文学研究者;波尼与哈维尔·佩雷斯,一个拉美假作家和一个马德里假文体家,后者是前者理想中的写作楷模;"我"与"我"哥哥,理性的理想主义者和感性的现实主义者,或者说一个失败的理性主义者和一个失败的艺术爱好者;波尼和波尼弟弟,两者如同一具诗人的身体和一颗诗人的心;"我"和波尼两对兄弟,"我"与向现实而生的"我"哥哥和波尼与向理想而死的自杀的弟弟,两对兄弟都是不同形式的父亲缺失者;"我"与"我"邻居,"我"对反现实的和假的不存在的现实有兴趣,而"我"邻居只对已盖棺定论的过去的现实有兴趣,一个是阴茎短小者、一个是体液恐惧者,如同两个假男人;"我"妈妈和公证员,"我"妈妈是一个前半夜的失眠者,公证员是一个后半夜的失眠者,最后两者合一,地球上的时间就此完整统一;"我"与"我"妈妈,一个货真价实的严肃文学研究者和将小说概念排除在言情小说之外的文学爱好者……

这种二元论现在读起来或许很笨拙,但我写完后才发现自己不知不觉形成了这么多的"对立面"。实际上我与小说主人公一样,我有根理性的弦一直像火车轨道一样在任何时候将我引向一个清晰的不会迷路的地址,这也就是我至今写不好小说的原因——我大脑里有几个我那个身任数学老师的父亲赠予的基因,它们可恶地阴魂不散。

这篇姑且算得上创作谈的文章快结束了,结束前我想为我前年去世的同学说上两句,也就是"我"哥哥死去的那位爱好写作的好友的原型。他是我小学和初中同学,喜欢博尔赫斯、卡尔维诺和贡布洛维奇,在我动笔前一个月死于酒后心脏猝死。我很难过,因为他不会再看到我的文字了,卡尔维诺和博尔赫斯也不会有他们的中文复制品了(在小说里他将这两位作家模仿得惟妙惟肖)。这段可能在我生命中地位不高的友情令我非常难过,因为我同学是最早与我谈论博尔赫斯、卡尔维诺和贡布洛维奇这三位作家的人,也只有他能随我一起乘文学的升降机下到最灼热和最深刻的地心,那儿仅有几名游客,孤单、缄默、宁静、波涛汹涌。如今他永远地留在了那个地方。他不打算上来,因为那儿有更好的文学，也有更好的作家，就像波尼和哈维尔·佩雷斯。

是的，一直是——现实这口窄井映衬着它头顶虚构的广阔天空。或者反过来。

哦，太啰唆了。

不说了。

2020年7月3日 马德里